ज्ञान गरिमा के
68 वर्ष

भारतीय
ज्ञानपीठ

समकालीन गुजराती कहानियाँ

समकालीन गुजराती कहानियाँ

सम्पादन

मीनाक्षी जोशी

भारतीय ज्ञानपीठ

लोकोदय ग्रन्थमाला : ग्रन्थांक 1088
ग्रन्थमाला सम्पादक
रवीन्द्र कालिया
सह-सम्पादक
गुलाबचन्द्र जैन

ISBN 978-81-263-3047-8

समकालीन गुजराती कहानियाँ
(कहानी-संग्रह)
सम्पा. : मीनाक्षी जोशी

प्रथम संस्करण : 2011
मूल्य : 200 रुपये

प्रकाशक : **भारतीय ज्ञानपीठ**
18, इन्स्टीट्यूशनल एरिया, लोदी रोड, नयी दिल्ली-110 003

मुद्रक : विकास कम्प्यूटर ऐंड प्रिंटर्स, दिल्ली-110032

आवरण : राधेश्याम अग्रवाल
आवरण-सज्जा : ज्ञानपीठ कला प्रभाग

SAMKALEEN GUJRATI KAHANIYAN
(Short-stories)
Edited by Meenakshi Joshi

Published by
Bharatiya Jnanpith
18, Institutional Area, Lodi Road
New Delhi-110 003
e-mail : jnanpith@satyam.net.in, sales@jnanpith.net
website : www.jnanpith.net

First Edition : 2011
Price : Rs. 200

मेरे प्रिय आत्मीयजनों
को
जिन्होंने जीवन के अन्धकार
को
उजाले में बदलना सिखाया

पूर्वकथन

हिन्दी कथा-साहित्य उम्र के उस दौर से प्रिय रहा जब से अक्षर ज्ञान के साथ पुस्तकें पढ़ना सीखा। बचपन नन्दन, पराग, चम्पक, चन्दामामा के साथ गुजरा तो किशोरावस्था गुलशन नन्दा के उपन्यासों के रस में डूबी। साहित्य की थोड़ी बहुत समझ आते-आते वह दौर भी आया जब धर्मयुग, साप्ताहिक हिन्दुस्तान, ज्ञानोदय, हंस, कादम्बिनी, सारिका, नवनीत आदि पत्रिकाएँ पढ़े बिना चैन नहीं मिलता था। यह शौक या कहूँ जूनून, आज भी बरकरार है। विभिन्न साहित्यिक पत्रिकाओं में अन्य भारतीय भाषाओं का साहित्य, विशेषकर कहानियाँ हिन्दी में पढ़ते-पढ़ते महसूस किया कि गुजराती कहानियों का स्थान उनमें नहीं के बराबर है। जिज्ञासा हुई कि मेरी मातृभाषा का कथा-साहित्य कितना सम्पन्न है? भारतीय भाषाओं की तुलना में उसका स्थान कहाँ है? बस! फिर क्या था, एक ओर तो गुजराती साहित्य को समझने-परखने का अवसर मिला तथा दूसरी ओर इसमें निहित कितनी-कितनी अनुभूतियों एवं अनूठी अभिव्यक्तियों के इन्द्रधनुषी रंगों से 'नियति' के पृष्ठों को रँगने के लिए मन आतुर हो उठा।

इस दिशा में प्रथम प्रयास था गुजराती साहित्यकार सुरेश सोमपुरा द्वारा लिखित रोचक पुस्तक 'कापलिकों नुं जगत' का हिन्दी अनुवाद (कापालिक कथा) जो 'दैनिक-भास्कर' नागपुर से धारावाहिक रूप में लगभग 125 अंकों में प्रकाशित हुआ। अतः अनुवाद कार्य के प्रथम प्रेरणास्त्रोत का श्रेय माननीय श्री प्रकाश दुबे (सं. दैनिक भास्कर, नागपुर) को दूँ तो कोई अतिशयोक्ति न होगी। इसके पश्चात् कहानियों के अनुवाद एवं प्रकाशन का जो सिलसिला चला, वह आज इस संकलन के रूप में आपके समक्ष है।

संकलित कहानियों में से कुछ कहानियाँ नया ज्ञानोदय, समकालीन भारतीय साहित्य, वागर्थ, हंस, अक्षरा एवं साक्षात्कार आदि पत्रिकाओं में प्रकाशित हुई हैं। मेरे मनोबल को बढ़ाने एवं अनुवाद कार्य जारी रखने के लिए प्रोत्साहित करनेवाले इन सभी पत्रिकाओं के सम्मानीय सम्पादकों के प्रति हार्दिक धन्यवाद जैसे शब्द यद्यपि अपर्याप्त

ही लगते हैं, तथापि उनका सादर आभार। संकलित कहानियों के रचनाकारों की भी कृतज्ञ हूँ जिन्होंने अनुवाद की अनुमति सहित अपनी रचनाएँ मुझ तक पहुँचाईं।

कहानियों के चयन एवं अनुवाद में आनेवाली कठिनाइयों को दूर करने में गुजराती-साहित्य के वरिष्ठ लेखक, कवि एवं पत्रकार आदरणीय श्री हर्षद त्रिवेदी का सहयोग न मिला होता तो आज यह संकलन आपके हाथों में न होती। अपने प्रिय मित्रों, आत्मीय जनों तथा उन पाठकों को कभी नहीं भूल सकती जिन्होंने समय-समय पर पक्ष-विपक्ष में अपनी प्रतिक्रियाओं से मेरा मार्ग प्रशस्त किया है।

अन्तिम चुनौती थी किसी ऐसे प्रकाशक की स्वीकृति जिसके माध्यम से अधिकाधिक पाठकों तक यह संग्रह पहुँच सके। ऐसा प्रकाशक जिसका नाम ही उसकी श्रेष्ठता का पर्याय है, वह है—भारतीय ज्ञानपीठ प्रकाशन। मेरे जैसे साधारण इंसान के लिए बड़ा सौभाग्य और क्या हो सकता है कि ज्ञानपीठ से पुस्तक प्रकाशन की अनुमति मिले। मैं भारतीय ज्ञानपीठ के निदेशक श्री रवीन्द्र कालिया के प्रति जितनी भी कृतज्ञता व्यक्त करूँ, कम है।

—मीनाक्षी जोशी

समकालीन गुजराती कहानी

हर्षद त्रिवेदी

1950 से पहले की गुजराती कहानियों में घटनाओं का गहरा रंग अधिक है और मानव- मन की संकुलताएँ बहुत कम हैं। कहानी का अन्त नाट्यात्मक या चौंकानेवाला हो, इतने मात्र से ही कहनी को कहानी कहा जाता था। उसमें भी एक दौर तो ऐसा आया कि जिसमें अखबारी वृत्तान्त और कहानी के बीच का भेद ही जैसे मिट गया। कलात्मकता की बात तो बहत दूर थी परन्तु कोमल भावनाओं के ताने-बाने में उलझी हुई कहानी घटनाओं के मोटे पोत के कारण अपने ही बोझ से झुक गयी थी। बीच-बीच में सुविचार-सूक्तियाँ और सीधे उपदेश-कथनों ने हद कर दी थी। ऐसी कहानियों की सीमा लाँघकर यूरोपीय आधुनिकता के चिह्न प्रकट कर सके और कहानियों के आन्तरिक-बाह्य कलेवर को समूचा बदल सके, ऐसी क्रान्ति की सुरेश जोशी ने। 1957 में प्रकाशित सुरेश जोशी की कहानी 'गृहप्रवेश' गुजराती कहानी के क्षेत्र में प्रवेश करती है और कहानी के विकास में मील का पत्थर सिद्ध होती है। सुरेश जोशी और उस दौर के किशोर जादव, प्रबोध पारीख, राधेश्याम शर्मा, ज्योतिष जानी, भूपेश अध्वर्यु और अन्य कहानीकार स्थूल घटनाओं के स्थान पर मनोव्यापारों को महत्त्व देने के अलावा भाषा के लीलाव्यापार को भी महत्त्व देते हैं। इन सभी कहानीकारों ने भाव-सम्वेदन और मानव-जीवन की स्थूल घटनाओं का आधार मात्र ही लिया और विविध प्रयोगों द्वारा कहानी को एक कलास्वरूप देने की ठान ली। उनके प्रयोगों में फैन्टसी मुख्य थी। इस फैन्टसी को आधार मिला था काव्यमय सर्जनात्मक गद्य का।

आगे चलकर उसका भी अतिरेक हुआ और कहानी के सम्प्रेषण के प्रश्न खड़े हुए। उस समय की आलोचना ने भी पाश्चात्य मानदंडों का आधार लेकर कहानी से भी दुरूह आलोचना की। कहानी और आलोचना दोनों दुर्बोध बने रहे। हालाँकि यह दौर चल रहा था उसी समय में ही परम्परा से नाता तोड़े बिना कुछ कहानीकारों ने प्रयोगशील कहानियाँ देने का प्रयास भी किया। मधु राय, घनश्याम देसाई, सुमन शाह, चिनु मोदी, लक्ष्मीकान्त भट्ट, हरिकृष्ण पाठक, रवीन्द्र पारेख और सरोज पाठक जैसे

कहानीकारों की कई कहानियों में जीवन और कलात्मकता का समन्वय है। फैन्टसी इन कहानियों में बिलकुल नहीं थी ऐसा नहीं है, परन्तु उसने जीवन और मानव-मन की संकुलताओं को ठीक-ठीक निभाया है। अपने यहाँ आधुनिक और आधुनिकोत्तर कहानियों का बहुत अध्ययन हुआ है। परन्तु ऐसी अन्तिम कहानियों का समय के सन्दर्भ में मूल्यांकन करने की प्रक्रिया जैसे शुरू होने से पहले ही रुक गयी है। रूपरचना और तथाकथित कलात्मकता के व्यामोह से बाहर आने में और अपनी मुद्रा धारण करने में काफी समय लगा। परन्तु इस दौर में भी इवा डेव, चन्द्रकान्त बक्षी, रघुवीर चौधरी, भवगती कुमार शर्मा, धीरेन्द्र मेहता, धीरुबहन पटेल, वीनेश अन्ताणी, कुन्दनिका कापड़िया आदि कहानीकार सामाजिक सरोकार और मानव-सम्बन्ध विषयक अपनी निजी प्रतीतियों से उपजी कहानियाँ देते रहे। ये कहनीकार न तो आधुनिकता के शिकार हुए और न ही उन्होंने सीधे-सीधे घटनाओं का आलेखन किया। किसी भी प्रकार के ग्रह, अनुग्रह या पूर्वग्रह के बिना मात्र अनुभूति की पूँजी पर रचित ये कहानियाँ आज भी जीवन्त लगती हैं।

1980 के बाद परिष्कृत कहानी के नाम से जैसे बाढ़ आयी। एक साथ बहुत बड़ी तादाद में कहानी और कहानीकार आये। मानो चारों ओर कहानी का ही बोलबाला रहा! ऐसा लग रहा था कि गुजराती में कहानी का युग ही नहीं आया, उसकी रिद्धि-सिद्धि भी दिखाई देती है। छोटे-बड़े अनेक रचनाकारों ने जैसे इस स्वरूप को वश में करने के लिए तप आरम्भ किया है। यहाँ नहीं दिख रही मात्र रूप की महिमा या नहीं दिख रहा मात्र अनुभव का सिलसिला। दोनों का अपूर्व समन्वय सिद्ध करने के लिए आज का कहानीकार तत्पर हुआ है। सुरेश जोशी द्वारा प्रतिष्ठित कलात्मकता को छोड़े बिना समाज के साथ तालमेल इन कहानियों की विशिष्टता है।

स्वरूप की दृष्टि से देखें तो ये कहानियाँ कथावस्तु को अधिक से अधिक अनुभूतिजन्य रूप में कलात्मक रूप से प्रकट करने के लिए नये-नये रूप धारण करती हैं। किसी एक ही कहानीकार की अलग-अलग कहानियाँ भी समान रचनारीति से युक्त नहीं है। विषयवस्तु की दृष्टि से भी गुजराती कहानीकार का अनुभव विश्व व्यापक हुआ है। जीवन के अनेक जाने-अनजाने कोनों तक यह कहानीकार गया है, और उसके सम्मुख अब भी आश्चर्यों की सीमा नहीं है, ऐसा स्पष्ट रूप से लग रहा है। समाज के विभिन्न स्तर, निजी व्यक्तित्व रखनेवाले पात्र और किसिम-किसिम की भाव स्थितियाँ और उसके अनुरूप ही नहीं, बल्कि सशक्त और सरल रूप से व्यक्त कर सके, ऐसी भाषा की अभिव्यक्ति हासिल करने के लिए आज का कहानीकार जैसे सजग रूप से औजार लेकर कहानियाँ लिखने बैठा है।

इन कहानियों ने न तो समाज को हाशिए पर धकेला है न तो स्वरूप के प्रति अभिज्ञता गँवाई है। किसी अंचल की भाषा या परिवेश लेकर आनेवाली कहानियाँ,

अवैध सम्बन्धों की कहानियाँ और तरह-तरह के शोषणों को विषय बनाकर रची जानेवाली कहानियाँ आज भी लिखी जा रही हैं परन्तु इन कहानियों का पर्यावरण और व्याकरण बदला हुआ है। कहानी बहुआयामी बनी है। कहानी दर कहानी नया आकार देने की जद्दोजहद बढ़ी है। आज का सर्जक अनुभव के केन्द्र में ही घिरा हुआ नहीं है, उसकी परिधि के तरफ भी वह गति के दौरान अनेक त्रिज्याओं द्वारा निजी लय और आकृतियाँ प्रकट कर रहा है। परिणामस्वरूप दो दशक पूर्व की कहानी को 'धूल धूसरित' की ओर की सायास गाली खानी पड़ी थी, ऐसी स्थिति आज नहीं है। हालाँकि अपवाद तो हर जगह रहेंगे ही, फिर भी कहानीकारों का एक पूरा वर्ग एक दूसरे के प्रकट प्रभाव में आये बिना अपनी तरह से अलग गति कर रहा है।

इन कहानियों में स्पष्ट परिलक्षित होता है पात्रों के मनोजगत के साथ-साथ विधि-विधान और समग्र परिवेश का जीवन्त आलेखन वर्णन मात्र न रहकर कहानी को निरन्तर गति देने में और चरित्रों को समुचित रूप से उजागर करने में सहायक बन पड़े हैं। कुछ पात्र तो चरित्र की कक्षा तक ही न रहकर सम्वेदना से युक्त, चुनौतीपूर्ण और रोचक भी हो उठे हैं। भाषा तर्जुमेदार वाक्य रचनाओं से बाहर निकलकर गुजराती भाषा की तासीर प्रकट कर सके, ऐसी देह धारण कर सकी है। आरोह-अवरोह भले ही आएँ परन्तु नीति-रीति और गति सीधी-सरल और कला-निर्मिति अभिमुख होने के कारण भेद कम हुआ है। और इसलिए पाठक को भी एक प्रकार की सघनता का अनुभव प्राप्त होता है। सबसे आकर्षक तत्त्व तो स्वभाविक सर्जनात्मकता का है। अधिकांश कहानियों में उखरने वाला आयास शायद ही देखने को मिलता है। अपने कहानीकार में कहानी खींच लाने की तपिश के स्थान पर एक कलाकार का सहज धैर्य प्रकट हुआ है, जो कहानी के उज्ज्वल भविष्य की ओर इंगित करता है। ये सभी कहानियाँ इन चर्चाओं का प्रतीतिजन्य और सर्जनात्मक उत्तर हैं। यह उत्तर कोई सामूहिक प्रयत्नों से नहीं, समग्र गुजराती कहानी की गतिविधि के सन्दर्भ में, समय की माँग के अनुसार जाने-अनजाने अपनी-अपनी निष्ठा से अपने आप, सहज रूप से तय हुआ है। ग्रामीण पात्र, परिस्थितियाँ, तनाव, समाज के अच्छे बुरे तत्त्व, मानवीयता के उच्च-मूल्य-प्रमाण, संकुल भावानुभाव, साफ और सटीक भावाभिव्यक्ति, रचनारीति के नये-नये प्रयोग और दूसरा बहुत कुछ कहानी में कहानी की शर्त पर, कलात्कता को लुप्त किये बिना सिद्ध कर देनेवाली आज की कहानियों का स्वर मुख्य रूप से करुण रहा है। यह करुणता व्याकुलता के स्तर पर नहीं है, सम्वेदनशीलता, संजीदगी और कलात्मक तटस्थता लेकर आयी है।

समग्र रूप से देखें तो गुजराती कहानी के पिछले तीन दशकों की कहानियों में गुजराती समाज का चित्रण है। ये कहानियाँ अधिक कलात्मक और अन्य भाषाओं की तुलना में सर उठाकर, सीना तान कर खड़ी रह सके, ऐसी सक्षम सिद्ध हुई हैं।

अनुक्रम

आफत

केशुभाई देसाई

दो दिन में ही केतन का टेक्स्ट पूरा हो गया। उसके उत्साह का पार न था और माया बेन को तो दूसरा काम ही क्या था! जिस पुस्तक को कॉलेज में धीमी गति से पढ़ाते हुए पूरा साल निकल जाता वही पुस्तक दो दिन में पूरी कर छोड़ी। पढ़नेवाला का उत्साह चाहिए। पढ़ानेवाला तो तैयार ही था! माया बेन सचमुच खुश थीं।

''पन्डोरावाला पाठ तैयार कर लिया।'' कॉफी पीते-पीते ही उसने 'कोचिंग' शुरू कर दी।

''मौसी, कहानी तो मजेदार है, किन्तु उसका मुख्य स्वर समझ नहीं आ रहा।'' केतन ने जिज्ञासापूर्वक पूछा, ''जियस ने अग्निदेव को स्त्री की सर्जना का आदेश दिया; और पृथ्वी पर पुरुष जाति से बदला लेने के लिए उसने 'आफत की पेटी' साथ भेज दी। इसका क्या अर्थ है? समझाएँ।''

माया बेन केतन का प्रश्न सुनकर खुश हुईं। मुस्कारते हुए उसने प्रश्न का उत्तर प्रश्नरूप में ही दिया, ''क्यों? तुम्हें नहीं लगता कि स्त्री पुरुषों के लिए आफत बन कर ही आयी हैं?'' फिर प्यार से बोली, ''हाँ, यह भी नहीं भूलना चाहिए कि स्त्री आफत की पेटी में ही आशा परी को भी लपेट लायी है। क्यों, ठीक है न?''

केतन मौसी की बात का समर्थन करते हुए बोला, ''यानी जो स्त्री आफतों की दीवार खड़ी कर सकती है, वह घोर मुसीबत में आशा की किरणें भी बिखेर सकती है।''

''एक्जेक्टली।'' माया बेन ने केतन की पीठ थपथाई।

सच तो यह था कि माया की सूनी-सूनी जिन्दगी में दो दिन से रौनक छा गयी थी। कारण था केतन। उसकी छोटी बहन अनुराधा का भतीजा। माया पहले खुद की पढ़ाई में लगी रही, उसके बाद पढ़ाने में। एक दिन अचानक ही जब किसी ने उसे शादी का प्रस्ताव रखा तब उसे महसूस हुआ कि शादी की उम्र तो कब की गुजर चुकी थी...परिवार में वह सबसे बड़ी। दो भाई और एक बहन—अनुराधा...इन सबको

पढ़ाते-लिखाते, उनका विवाह करते-करते खुद बेचारी कुँआरी रह गयी। यद्यपि इस बात का उसे अफसोस भी नहीं है। वह मजाक में कहती, ''और कुछ नहीं तो देश की एक ज्वलन्त समस्या—जनसंख्या वृद्धि की रोक का जाने-अनजाने ही उदाहरण तो बनी हूँ। घर में हम चार भाई-बहन थे। बचपन में ही माता-पिता का साया उठ गया था; इसलिए सबकी जवाबदारी मेरे सिर पर ही थी। अपनी इस जिम्मेदारी को निभारने में इतनी डूबी थी कि मन में कभी यह ख्याल भी न आया कि मुझे भी मैरिज कर लेनी चाहिए। अन्ततः विवाह के लिए आये प्रस्तावों पर ध्यान देने का प्रयत्न किया। तब पता चला कि उम्मीदवार प्रायः या तो विधुर थे या फिर निस्सन्तान। मैंने शादी का विचार छोड़ दिया। अपने आप जनसंख्या वृद्धि की आफत से देश को उबरने में सहयोग हो गया।''

''देश की आफत दूर करते हुए खुद आफत में पड़ गयीं, उसका क्या?'' हृदय को बेध डालनेवाला यह फिकरा किसी उद्दंड लड़के ने कसा था। माया कुछ देर के लिए दुविधा में पड़ गयी। यह लड़का बातूनी भी था। माया को चुप देखकर वह फिर बोला, ''मैडम, वे सब तो विधुर थे या दूसरा विवाह करनेवाले। मैं तो नहीं हूँ, न विधुर और न विवाहित!''

पूरी कक्षा ठहाका लगाने लगी। फिर सबकी नजर माया की ओर जम गयी। अब उस लड़के की खैर नहीं! यह ध्यान आते ही हँसने में साथ देनेवाले लड़के अनायास गम्भीर बन बैठ गये। किन्तु माया ने बड़ी उदारता से उस जोक को उपेक्षित कर कहा, ''वेलकम मॉय ब्वॉय! बहुत समय से एक कुँवारा लड़का दत्तक लेने की सोच रही थी। तैयार हो न!'' वह लड़का इतना लज्जित हुआ कि फिर साल भर नजरें झुकाये पीछे की बेंच पर बैठा रहता।

माया को शादी न होने का दुख न था, बढ़ती उम्र में किसी देखभाल करनेवाले की कमी तो हमेशा सालती थी।

केतन आया तब से उसकी चेतना से सुषुप्त यह अभाव स्वयं दूर हो गया था। उसे लगता कि रातों-रात उसकी उम्र दस वर्ष कम हो गयी।

''आई मीन, टेन इयर्स यंगर।'' केतन ने उसकी बात का अँग्रेजी में भाषान्तर करना चाहा।

''से, यंगर बाइ टेन इयर्स; अंडरस्टूड?'' माया ने उत्साहपूर्वक कहा, ''वैसे तो मेरा चालीसवाँ साल चल रहा है। लेकिन तुम्हारे आने से ऐसा सकारात्मक प्रभाव हुआ कि मानो मैं तीस साल की हूँ, ऐसी स्फूर्ति और जोश महसूस कर रही हूँ। यह रीडिंग केवल मेरी ही नहीं, प्रिंसिपल की भी यही ओपिनियन है!''

केतन को अच्छा लगा, मौसी का आत्मीयता भरा आतिथ्य। बल्कि कुछ देर के लिए, मौसी की मानसिक स्वस्थता का कारण वह है, इस पर उसे गर्व भी हुआ। यदि

मौसी ने शादी की होती तो उनके घर में ही बच्चे होते और उनका यह सूना-सूना घर कितना भरा-भरा लगता—यह कल्पना उसके किशोर मानस पर बिजली की रेखा की तरह उभरी और लुप्त हो गयी। वह फिर से 'पंडोरा' का रहस्य पढ़ने लगा।

"प्रोमेथयस नामक व्यक्ति ने स्वर्ग से अग्नि चुराई। देवों के राजा जियस क्रोधित हुए। उसने पृथ्वी पर बसी 'आइटेन' नाम की बलवान मानव जाति को सबक सिखाने का निश्चय किया। जियस को शायद मालूम था कि पुरुष-जाति को यदि कोई नियन्त्रित रख सकता है, तो मात्र स्त्री ही! उस समय पृथ्वी पर केवल पुरुष ही रहते थे। अत: जियस ने तुरन्त अग्निदेव को आज्ञा दी—इसी वक्त एक स्त्री का सर्जन करो और उसे पृथ्वी पर भेज दो।"

इस तरह 'पन्डोरा' पृथ्वी पर आयी। दहेज में जियस ने दी वही 'आफत की पेटी'!

"कुछ भी कहो, जियस आखिर है तो देवाधिदेव। वर्ना पंडोरा के साथ भेजी पेटी में दुनिया की आफतों के साथ 'आशा' को भी रखने की भूल नहीं करते। 'पंडोरा' थी तो देवलोक की कन्या ही। इसलिए उसे मुसीबतों का बोझ भले ही ढोना पड़ा किन्तु साथ-साथ आशा स्वरूप उन मुसीबतों से छूटने का उपाय भी सुझाया!" केतन ने पॅन्डोरा की कहानी का सारांश सुना दिया। माया खुश हुई।

"फाइन, वेरी फाइन।" केतन का कन्धा थपथपाते हुए वह बोली, "तुम्हारी ग्रहणशक्ति बहुत अच्छी है। तीन साल मेरे साथ रहोगे तो इसमें कई गुना अधिक विकास होगा। बी.ए. तक तो मैं ही तुमको पढ़ाऊँगी। एम.ए. के लिए भी कुछ जमा दूँगी। यूनिवर्सिटी में बहुत पहचान है। और केतन, यदि मेरा बस चला तो मैं तुम्हें अपनी तरह 'मास्टर' नहीं बनाऊँगी। तुम्हें आई.ए.एस. करवाकर कलक्टर बना दूँगी, कलक्टर!" माया रंगीन सपनों की दुनिया में खो गयी। केतन जिज्ञासी भरी नजरों से उसके सामने ताकता रहा। मौसी का स्नेह देख वह गदगद हो उठा।

"और फिर उसके बाद तुम खुद ही सिलेक्ट कर लेना अपनी मनपसन्द लड़की। मैं बीच में नहीं पड़ूँगी। अपनी लाइफ-पॉर्टनर चुनने की तुम्हें पूरी आजादी मिलनी चाहिए। क्यों? शरमा क्यों रहे हो? बी बोल्ड ब्वॉय!" कहते हुए माया ने उसे प्यार से उठा ही लिया, "यू आर ग्रोन अप! तुम कोई बच्चे नहीं हो! तुम्हारी मूँछें निकल आई हैं।" केतन लाड़ करके लिपट गया मौसी से, "मैं चाहे जितना बड़ा होऊँ, रहूँगा तो आपका केतन ही न!"

माया ने कहा, "ऑफकोर्स! केतन यानी केतन ही! इससे अधिक कुछ और नहीं। मैं कोई तुमको 'साहब' थोड़े ही कहनेवाली हूँ। चाहे तुम कोई मिनिस्टर ही क्यों न बन जाओ, मेरे लिए तो तुम मेरी अनु के केतन हो।"

रात के साढ़े बारह बज रहे थे किन्तु बातों में मौसी-भाँजे दोनों को समय का पता न था। माया की नजर अचानक घड़ी पर पड़ी, "ओह, यह समय भी कितना दगाबाज है। अकेले हो तब एक घंटा भी बिताना कठिन होता है। और कोई प्रियजन मिल जाए, तो समय कब सरक जाता है, पता भी नहीं चलता। अरे, छोकरा! इट इज ऑलरेडी हॉफ पास्ट! कुछ पता चल रहा है समय का?" माया खड़ी हो गयी। वह तो ठहरी टाइम-टेबल के अनुसार चलनेवाली स्त्री। रात के दस, साढ़े दस बहुत हो गये। अपने आप आँखें मुँदने लगती। सुबह पाँच उनकी नींद खुलती। बस! फिर दिन भर वह और उसकी प्रोफेसरी। लाइट बन्दकर वह सोने ही जा रही थी एकाएक कॉलवेल बजी।

"कौन?" कुछ खीझ भरे स्वर में माया बोली।

"मैं हूँ, रमणलाल।" जवाब। "पापा आये हैं।" कहते हुए अपने कपड़े ठीक कर वह दरवाजा खोलने लगी।

केतन अपने पापा से लिपट गया।

"इस तरह बेचैन क्यों हो रहे बेटा, मैं तुम्हें ले जाने के लिए ही आया हूँ।" रमणलाल ने उसे आश्वस्त करते हुए कहा।

माया रमणलाल के लिए पानी लाने अन्दर गयी थी। रमणलाल के शब्द उसके कानों में पड़े। वह स्थिर हो गयी।

"अपने कॉलेज में इस वर्ष से 'प्रिसिंपल इंग्लिश' विषय भी उपलब्ध रहेगा। गाँव के विद्यार्थियों को गाँव छोड़कर यहाँ-वहाँ भटकना नहीं पड़ेगा।"

"बहुत अच्छा! बहुत बढ़िया! पप्पा हाऊ फाइन यू आर!" केतन नाच उठा।

माया ने प्रयत्नपूर्वक चेहरे पर उभरी मायूसी को पीछे ढकेला।

"भोजन करेंगे न?" उसने औचारिकता निभाई।

"चलेगा...वैसे आधी रात को आप जैसे प्रोफेसर को रसोई में लगाना ठीक तो नहीं, फिर भी साली होने के नाते यदि आपकी बहुत इच्छा हो तो खिला दीजिए।" रमणलाल ने कुटिल मुस्कान के साथ कहा। रमणलाल के मजाक का कोई असर नहीं हुआ माया पर। वह चुपचाप किचन में चली गयी।

झेंप मिटाते हुए रमणलाल पुनः अपने गाँव के कॉलेज का विवरण देने लगा, "अभी तक हमारे कॉलेज में केवल गुजराती और अर्थशास्त्र ही मुख्य विषय के रूप में पढ़ने की सुविधा थी। जिनको इंग्लिश पढ़ना हो उन्हें मजबूरन बाहर जाना ही पड़ता था। यह तो अच्छा है कि हमारे जैसों के बच्चे तो सगे-सम्बन्धियों के घर रहकर पढ़ लें किन्तु जिनका कोई न हो ऐसे सामान्य लोगों के बच्चों का क्या?"

माया चुपचाप भाखरी बोलती रही। रमणलाल ने केतन से कहा, "अपना

सूटकेस तैयार कर लो, सुबह पहली ट्रेन से निकल जाएँगे।''

केतन अपना सूटकेस तैयार करने लग गया। माया बड़बड़ाई, ''रात की बस भी है, बहुत जल्दी हो तो।''

साली का कटाक्ष सुन रमणलाल अनुनय करते बोला, ''तुम्हें भी लगता तो होगा, इस तरह आधी रात को यह आफत कहाँ से आयी?'' थाली परोसते हुए माया बोली, ''यह तो अच्छा हुआ। कुदरत का खेल देखो कि तीन साल तक चलनेवाली आफत पूरे तीन दिन भी न चली।'' रमणलाल चुप हो गया। कुछ देर बाद फिर बोला, ''केतनिया ने कोई शरारत तो... ?'' उसकी बात पूरी होने से पहले ही केतन बोल पड़ा, ''पापा, मौसी तो आज पंडोरा की कहानी के मूड में हैं...वरना तो उन्हें मेरा यहाँ रहना बहुत अच्छा लगता है।''

''बदमाश!'' कहते हुए माया ने प्यार से केतन को चुटकी भरी, ''पॅन्डोरा की पेटी में तो आफत के साथ एक आशा परी भी छिपी थी...तुम तो बस आफत बनकर ही आये और आफत बनकर ही जा रहे हो।'' लाख कोशिश के बाद भी माया अपनी आँखों के कोनों में उभरते आँसुओं को रोक न सकी। हालाँकि रमणलाल को यह सब देखने की फुरसत न थी, पर केतन को किसी गहराई में कुछ खटकता-सा लगा। किन्तु यह खटकना भी क्षण-मात्र को। आगे कुछ भी नहीं।

अगली सुबह जल्दी ही बाप-बेटे, मौसी को अकेला छोड़ विदा हुए।

''आफत टली।'' कहकर माया बिस्तर पर लेट गयी और अनायास ही उसकी हिचकियाँ बँध गयीं।

इस पार या उस पार

ईवा डेव

बिजली-सी तेज गति से नीलम ने अपनी कार जयेश के ऑफिस के पिछले हिस्से में खड़ी कर दी। तूफान की तरह आया हवा का झोंका जयेश के लिए नीलम के आगमन की सूचना देने के लिए पर्याप्त था। उसने व्याकुलता से ऑफिस की खिड़की से झाँका और नीलम की कार को देखा। अपनी टेबल पर पड़ी फाइलें, पेपर्स, पेन, चश्मा सब फैलाकर अव्यवस्थित कर डाला, ताकि वहाँ आनेवाले किसी भी व्यक्ति को अपनी व्यस्तता का आभास दिलाया जा सके। फिर जल्दी से सीढ़ियाँ पार करते हुए, ऑफिस के पिछले दरवाजे से बाहर निकला और फुर्ती से कार में जा घुसा।

"डरपोक! और अच्छी तरह देख लो कि ऑफिस की खिड़की से किसी ने तुम्हें मेरी कार में घुसते हुए देख तो नहीं लिया।" कार स्टार्ट करते हुए नीलम ने तिरस्कारपूर्ण स्वर में कहा।

नीलम के ताने सुनने का आदी था वह, पर आज उसके स्वर में अजीब आक्रोश देखकर जयेश सहम गया। उसने सोचा वह नीलम पर वैसा ही क्रोध प्रकट करे, जैसा घर में पत्नी कला पर करता है। किन्तु उसकी हिम्मत न हुई।

"तुम्हारी इच्छानुसार मैंने कार के काँचों को टेईन्ट करवा लिया है, ताकि अब बाहर से काई तुमको देख न सके। डरपोक!" कार की गति तेज करते हुए नीलम ने फिर कटाक्ष किया।

ऐसे अवसर पर नीलम को शान्त करने का एक ही उपाय था कि उसे प्यार से किसी दूसरी बातों में उलझाया जाये। हालाँकि वह उस कला में निपुण नहीं था, फिर भी उसका मूड ठीक करने में कभी-कभी सफलता मिल ही जाती थी। जयेश ने धीरे-से उसके हाथ पर अपना हाथ रखा। किन्तु एक ही झटके में हाथ खींचकर नागिन की तरह फुफकारती नीलम बोली, "मुझे हाथ मत लगाओ।"

वह नीलम के तेवर देखकर सकपका गया। पिछले डेढ़ वर्षों से चल रहे उसके प्रेम-सम्बन्धों में आज पहली बार नीलम ऐसा कठोर व्यवहार कर रही थी। वह

अचम्भित–सा इस समस्या में उलझा था। नीलम के बदन से किसी फ्रेंच परफ्यूम की मादक सुगन्ध चारों ओर फैल रही थी। चुस्त जीन्स, उस पर मोरपंखी रंग का छोटा पारदर्शक टॉप और स्टेयरिंग के साथ ताल मिलाता उसका वक्षस्थल। जयेश की इच्छा हुई कि उसे बाँहों में भर ले, किन्तु नीलम की उग्रता और अवहेलना उसे शान्त बैठने पर मजबूर कर रही थी। उद्वेग, अपमान और कामाग्नि से पीड़ित जयेश खिड़की से बाहर देखने लगा। यह क्या! कार पूरी गति से उसके बंगले की ओर जा रही है। उसने क्षण भर के लिए आँखें बन्द कीं और फिर रास्ता पहचानने का प्रयास करने लगा।

"आँख बन्द करके भी तुम्हें यह रास्ता मालूम होना चाहिए हम तुम्हारे घर ही जा रहे हैं महाशय। तुम्हारी देवीजी कला से मिलने।"

यह सुनते ही उसके होश उड़ गये। बुद्धि को मानो लकवा मार गया। घबराकर काँपती आवाज में बोला, "पर क्यों? यह अचानक तुमको क्या हो गया है?" उसे याद आया नीलम पहले भी कई बार यह कहकर उसे डरा चुकी है कि एक दिन मैं कला से मिलकर अपने सम्बन्धों का भाँडा फोड़ने वाली हूँ। नीलम ने आक्रमण जारी रखा, "मुझे क्या हुआ है? यह तुम अच्छी तरह जानते हो। पिछले कितने दिनों से मैं खुद से लड़ रही हूँ। इस विचित्र प्रेम बन्धन में तड़प रही हूँ पर अब और लम्बे समय तक इस त्रिशंकु की स्थिति में नहीं रह सकती। अब तो फैसला करना ही होगा, इस पार या उस पार, पर मझधार में तो नहीं।"

"अचानक! आज ही, इसी वक्त?" जयेश धैर्य खो चुका था। नीलम ने कार की स्पीड और बढ़ा दी। नीलम का कला से मिलने का क्या परिणाम होगा, यह सोचकर ही उसका पूरा शरीर शिथिल पड़ गया। रगों में बहता रक्त जम गया। वह घिघियाते स्वर में बोला, "प्लीज नीलम, ऐसा काम न करो। ऐसा करके हममें से किसी का भी भला नहीं होगा। हम सब दुख के सागर में डूब जाएँगे।"

नीलम ने एक नजर उसके चेहरे पर डाली। वह जड़–सा हो गया था। उसके माथे पर पसीने की बूँदें चमक रही थीं। साँसों का कम्पन बढ़ गया था। डर से उसका बुरा हाल हो गया था। कार की गति धीमी करते हुए नीलम ने उसका हाथ पकड़ा। लगा बिल्कुल ठंडा पड़ गया है।

"माई गॉड! क्या हुआ तुम्हें?" चिन्तित स्वर में नीलम ने पूछा।

"लगता है शरीर में जान ही नहीं है और साँस लेने में भी तकलीफ हो रही है।"

यह सुनते ही नीलम का सारा आक्रोश धुएँ की तरह गायब हो गया। "अरे! यह तो सचमुच डर गया।" बड़बड़ाते हुए नीलम बोली। उसका मन अज्ञात भय से काँप उठा—उफ्! यदि इसे कुछ हो गया तो? नारी सुलभ सहजता से भरकर नीलम

ने जयेश का हाथ फिर से अपने हाथ में लेकर थपथपाया और उसे आश्वस्त करते हुए बोली, ''मैंने सपने में भी नहीं सोचा था कि तुम्हारे जैसा हार्डहेडेड इन्टेलेक्चुअल इतनी छोटी-सी बात से इतना नर्वस हो जाएगा।''

''तुम ही सोचो। क्या मैं इतनी बेवकूफ हूँ? तुमने मुझे इतना ही पहचाना?'' एक दीर्घ श्वास छोड़ते हुए नीलम बोली। अब जयेश की जान में जान आयी। उसके पूरे शरीर में शान्ति की एक लहर दौड़ गयी। उसने नीलम की ओर ध्यान से देखा। वही आधुनिक नारी। ब्वॉयकट बाल, यौवन के नशे से भरपूर उसकी सुन्दर काया, लापरवाह मिजाज व्यक्त करती मुखमुद्रा। परफ्यूम की सुगन्ध उसे पुनः उत्तेजित कर रही थी। किन्तु इस समय अपनी अच्छा पर अंकुश लगाना जरूरी था।

अब तक नीलम ने कार अपने फ्लैट के कॉम्पलेक्स में पार्क कर दी। कार से उतर कर उसने दूसरी ओर का दरवाजा खोलते हुए जयेश से कहा, ''सँभालकर आराम से उतरो।'' अपने फ्लैट की ओर जाते हुए आगे बोली, ''तुम्हारी नाजुक हालत देखकर मेरी तो जान ही निकलने लगी थी। सोचा इस स्थिति में मेरे घर से ज्यादा सुरक्षित स्थान और कोई नहीं हो सकता। यदि डॉक्टर की जरूरत पड़ी तो मैं यहाँ व्यवस्था कर सकूँगी।''

''सॉरी और थैंक्यू। जो हुआ उसके लिए शर्मिन्दा-सा हूँ। यह सब कैसे हुआ इसका कोई जवाब नहीं है मेरे पास। अब ख्याल रखूँगा।'' जयेश ने धीरे-से उसके हाथ दबाते हुए कहा। लिफ्ट से दोनों पाँचवीं मंजिल पर पहुँचे। नीलम ने अपने फ्लैट का दरवाजा खोला। ड्राईंगरूम में जयेश को सोफे पर बैठा कर वह किचन में चली गयी। थोड़ी ही देर में वह दो प्याले चाय लेकर आयी। हमेशा की तरह जयेश से चिपक कर बैठ गयी। इस परिवर्तन का कारण समझने में जयेश को देर नहीं लगी। ऑफिस से अचानक वह उसे आज जिस तरह लेकर आयी है, उसके पीछे जरूर कोई बात है। वह फिर अस्वस्थ होने लगा। उसे डर लगा कि नीलम फिर से वही बातें न दोहराने लगे।

''गरम चाय पी लो, तुम्हारी तबीयत के लिए ठीक रहेगा।'' मौन तोड़ते हुए नीलम बोली।

''नीलम तुम मेरा कितना ख्याल...''

''नहीं।'' नीलम ने उसकी बात काटते हुए कहा, ''इस दुनिया में तुम्हारा ख्याल रखनेवालों में कला से बढ़कर कोई नहीं है। वह तुम्हारी रग-रग में बसी है। तुम्हारी हर साँस में उसके प्राण धड़क रहे हैं। वह तुम्हारे लिए अपना जीवन तक न्योछावर कर सकती है। यह उसके सिवाय कोई नहीं कर सकता। मैं तो बिलकुल नहीं।''

यह सुनकर जयेश पत्थर बन गया। यह लानत थी या व्यंग्य। उसका अपमान

था या वह सचाई जिसे अपने पारिवारिक जीवन में उसने कभी नहीं समझी थी। वह नीलम की आँखों में उसके शब्दों के अर्थ ढूँढ़ने लगा। 'मैं तो बिलकुल नहीं' नीलम के शब्द दिमाग में हथौड़े की तरह पड़ रहे थे। पर क्षण भर में पुरुष होने का अहं जाग उठा।

"नीलम, यह क्या पागलपन है?"

"प्लीज, मेरी भावनाओं के लिए पागलपन जैसे हल्के शब्द का प्रयोग मत करो। आज जो बात मैं कह रही हूँ, वह बहुत पहले कहनी चाहिए थी। पिछले कई दिनों में मैं घोर मानसिक कष्ट सह रही हूँ। इसका तुम्हें जरा भी ख्याल नहीं है, उस पर विचार करना तो दूर की बात रही। दुख तो इस बात का है कि तुम्हें इसका अहसास दिलाने की मेरी हर कोशिश नाकाम रही। तुम मेरी पूरी बात सुनने को भी कभी तैयार नहीं थे और अब भी नहीं हो।"

जयेश को लगा कुछ देर पहले जो नीलम उसके पास थी, वह क्षण भर में कोसों दूर हो गयी है। बाढ़ में बहनेवाले दो व्यक्ति जिस प्रकार लाख कोशिश के बावजूद भी एक-दूसरे के करीब नहीं आ पाते, ऐसी ही स्थिति उनकी हो रही थी। नीलम बोलती चली जा रही थी, "अकेली स्त्री के सैकड़ों चाहनेवाले होते हैं किन्तु हजारों शत्रु भी। रईस घराने में पली-बढ़ी मैं स्त्री स्वातन्त्र्य को सर्वोच्च मानती थी। मानती थी कि जिन्दगी में पुरुष के साथ की कोई जरूरत नहीं और यदि शारीरिक सन्तुष्टि के लिए उसकी आवश्यकता पड़ेगी तो समाज में तुम जैसे लोगों की कमी नहीं। जवानी के जोश में मैं समझती थी कि पुरुष से भिन्न नारी प्रकृति पर, उसकी आजादी पर मेरा अपना ही हक होगा। अपने सम्पूर्ण जीवन संसार की प्राण और आत्मा की मैं और केवल मैं ही हकदार रहूँगी। किसी पुरुष को ठेकेदार नहीं बनने दूँगी।"

जयेश के माथे पर पड़ती सिलवटें उसकी परेशानी व्यक्त कर रही थीं। वह बीच में ही न बोलने लगे, इसलिए नीलम बोलती चली जा रही थी, "जब तुमसे मुलाकात हुई, तुम अच्छे लगे। तुम्हारे जैसे विद्वान वैज्ञानिक को मित्र बनाना, मेरे लिए चुनौती थी। जब तुमको पा लिया तो मुझे अपनी जीत का अहसास हुआ। मैं अपनी जीत के जश्न में डूबी थी। इसमें कला मेरी प्रतिद्वन्द्वी होगी, ऐसा मैंने सपने में भी नहीं सोचा था।"

नीलम की बातें सुनकर जयेश के मन में उसके प्रति घृणा उत्पन्न होने लगी। वह पूरी कठोरता के साथ बोला, "तो यह सब पहले से ही सोची हुई तुम्हारी चाल थी। आज हकीकत समझ में आ गयी। वह बहाने बनाकर फोन पर मुझसे सम्पर्क करना, आगे पढ़ाई के लिए मेरा मार्गदर्शन लेना, मीठी-मीठी वाणी में मेरी तारीफ करना। कोमल स्पर्श से..."

"बस! बस करो! मैं और तुम दोनों अच्छी तरह जानते हैं कि किसने क्या

किया? पोस्टमार्टम करने से कोई फायदा नहीं। तुम्हारे पूछे गये प्रश्न—'मुझे क्या हो गया है?' का जवाब नहीं जानना चाहोगे? इतने दिनों से तुम मेरी बात टालते आ रहे हो। किन्तु थोड़ी देर पहले हुई घटना ने मेरे दिलो-दिमाग को हिला डाला है। कितने आश्चर्य की बात है कि अब भी तुम्हें सचाई जानने की जरा भी इच्छा नहीं है। तुम मेरे प्रेम का भार वहन करने में अक्षम हो, फिर भी तुम्हें मेरा बोझ तो हल्का करना ही होगा। जिस नारी स्वातन्त्र्य की फिलॉसफी में मेरा दृढ़ विश्वास था, जिसे मैं सुरक्षित रखना चाहती थी, वह आज मैं खो बैठी हूँ। मैं अपना अस्तित्व भी खो चुकी हूँ। हर पल तुम मेरे पास ही रहो, ऐसी इच्छा मुझे परेशान कर देती है। यह घर सूना-सूना-सा लगता है। नींद हराम हो गयी है और मैं निराशा के गर्त में गिरती जा रही हूँ। लगता है जैसे मैं स्वयं से अलग हो गयी हूँ। जब-जब तुमसे यह सब कहना चाहा, हताश होना पड़ा। तुम्हें जो चाहिए था, वह सब मैं तुम्हें देती रही, किन्तु मुझे जो कुछ चाहिए था, वह मुझे कभी नहीं मिला। मुझे महसूस होने लगा कि अपने सम्बन्ध एक होने के बावजूद भी हमारी जरूरतें अलग हैं। आज मैं निश्चय करके ही आयी थी तुमसे यह सब कहने के लिए, किन्तु कला का नाम लेते ही तुम्हारी दशा भय से मृतप्राय हो गयी। मैं छटपटा उठी। साथ ही सत्य की एक नुकीली सुई जैसे मेरे हृदय में चुभ गयी। पल भर में ही मुझे समझ में आ गया कि तुम पर कला का कितना गहरा वर्चस्व है। काम और प्रेम के बीच का अन्तर मुझे तुरन्त समझ में आ गया। तुम्हें मुझसे प्रेम नहीं, काम की अपेक्षा थी। अब मेरी समस्या अपने-आप सुलझ गयी है।'' यह कहकर नीलम ने राहत की साँस ली।

जयेश की स्थिति ऐसी हो गयी कि काटो तो खून नहीं, बोलो तो सुनाई न दे, उजाले में भी अँधेरा नजर आये। वह शर्म से जमीन पर गड़ा जा रहा था। नीलम से नजरें मिलाने का उसमें साहस न था। वह मुश्किल से खड़ा हुआ और चुपचाप दरवाजे की ओर बढ़ने लगा।

''ठहरो! मैं तुम्हें घर छोड़ आती हूँ।'' नीलम ने शान्त स्वर में कहा।

''नहीं, इसकी कोई आवश्यकता नहीं।'' उसने तीखे स्वर में जवाब दिया।

''जैसी आपकी मर्जी।'' नीलम ने लापरवाही से कहा।

लिफ्ट ऊपर आने का इन्तजार करते हुए वह सोचने लगा—मैं इस पार...वह उस पार...। 'तुम' से 'तू' बनने की बजाय मैं 'आप' बन गया।

अँधेरी गुफा

दिनकर जोशी

मिसेज बंसी ठाकुर जबसे ट्रांसफर होकर मेरे डिपार्टमेंट में आयी हैं, तब से काम-काज का आधा बोझ मेरे सिर से कम हो गया है। मेरे डिपार्टमेन्ट का स्टॉफ वैसे तो शिक्षित और कार्यसक्षम कहा जा सकता है। इस डिपार्टमेंट की विशेषता यह थी कि सभी कर्मचारी तीस-बत्तीस से अधिक उम्र के थे। परिणामस्वरूप ये युवा कर्मचारी कम अनुभवी, किन्तु उत्साही अधिक थे। पुस्तकीय ज्ञान अधिक, व्यावहारिक कम। इस वजह कार्य के नियमों, अधिनियमों और उनके अर्थ-प्रयोग को लेकर प्रायः तर्क-वितर्क होते रहते। इसे गलत तो नहीं कहा जा सकता, किन्तु बीस वर्ष से सरकारी नौकरी में रहने के बाद ये सारे नियम कितने उपयोगी हैं, यह मैं अच्छी तरह जानता था। इस व्यावहारिक ज्ञान को तर्कों के माध्यम से उन्हें समझाने में मेरा बहुत समय चला जाता। इन सब कारणों से जब मिसेज ठाकुर ने मेरे सहयोगी के रूप में पद सँभाला, तब मैंने मन-ही-मन एक राहत महसूस की।

बंसी ठाकुर कोई नयी कर्मचारी न थी। सरकारी नौकरी में उसने भी लगभग दो दशक व्यतीत किये थे। शिक्षित तो वह थी ही, साथ ही कर्मनिष्ठ अधिकारी के रूप में उसकी प्रतिभा प्रशंसनीय थी। सबके साथ मिलजुल कर काम करवाने की उसकी योग्यता, उसके व्यक्तित्व को अधिक आकर्षक बनाती थी। सरकारी जानकारी के अनुसार वह छयालीस की हो चुकी थी, पर ईश्वर ने ऐसा शारीरिक सौष्ठव दिया था कि उम्र से दस वर्ष कम लगती। उसके परिवार के विषय में मैं कुछ जानता नहीं था, पर पहले ही दिन सबसे परिचय कराने के बाद हम केबिन में चाय पी रहे थे, तब बातों-बातों में उसने कहा, ''मेरे मिस्टर की ऐसी आदत है कि सुबह छः बजे गरमागरम मसालेवाली चाय का पहला डोज मिलना ही चाहिए। उनकी इसी आदत के कारण मुझे साढ़े पाँच बजे उठना ही पड़ता है।''

बंसी द्वारा दी गयी यह जानकारी मेरे लिए कुछ भी उपयोगी न थी, किन्तु जब उसने बिल्कुल सहज से अपनी व्यक्तिगत बात का उल्लेख किया तब उस पर

प्रतिक्रिया व्यक्त किये बिना, ऑफिस के कामों की बात करना सज्जनता नहीं कहीं जा सकती। मैंने पूछा, "आपके बच्चे तो बड़े हो गये होंगे। उनकी अब कोई अधिक देखभाल तो नहीं करनी पड़ती होगी?"

"एक प्रकार से आपकी बात सच है सर।" उसने हँसकर कहा, "मुझे बच्चों की देखभाल नहीं करनी पड़ती है, क्योंकि मेरी कोई सन्तान है ही नहीं।"

मैं क्या कहूँ, कुछ सूझा नहीं। वह नि:सन्तान है और सन्तान-प्राप्ति का प्राकृतिक समय लगभग समाप्त हो रहा है, यह जानने के बाद दुख व्यक्त करना कितना उचित होगा, मन में यही उलझन हुई। इस दुविधा का अन्त खुद बंसी ने ही किया, "मेरे मिस्टर को बच्चे बहुत पसन्द हैं, इसलिए हम लोग हर रविवार को सोसायटी के बच्चों को इकट्ठा कर कुछ खास कार्यक्रम करते हैं।"

"आपके मिस्टर क्या करते हैं?" मैंने पूछा।

"अरे साहब! क्या कहूँ? उनके कामों का तो कोई हिसाब नहीं। चौबीस घंटे के दिन में अड़तालीस घंटे का काम हाथ में ले लेते हैं और काम खत्म ही नहीं होता।" कहकर बंसी ठहाका लगाकर हँस पड़ी।

बातचीत खत्म हुई। और इससे अधिक पूछताछ करना उचित भी न था, न मुझे उसमें रुचि थी। दो-तीन दिन के बाद बंसी ऑफिस में कुछ देर से आयी। देर से आने का कारण मैंने उससे पूछा न था। आते ही उसने कुछ क्षोभ से कहा, "आइ एम सॉरी सर! रोज की फास्ट ट्रेन छूट गयी। उसके बाद की स्लो गाड़ी में आयी। इसलिए देर हो गयी। आज पूर्णिमा है। मैं अपने पति के साथ हर पूर्णिमा को एक खास पूजा करती हूँ। मेरे मिस्टर को पूजा विधि में बहुत श्रद्धा है।"

"कोई बात नहीं।" मैंने सहजता से कहा।

उसके बाद थोड़े ही समय में बंसी ठाकुर की एक विशेषता मेरे ध्यान में आ गयी। जब कभी भी उसे पाँच-दस मिनिट अधिक बात करने का अवसर मिलता तब किसी न किसी बहाने वह अपने पति की चर्चा किये बिना न रहती। पति के लिए वह प्राय: 'मेरे मिस्टर' का सम्बोधन करती। किन्तु थोड़े दिनों के परिचय के बाद 'मेरे मिस्टर', 'हमारे ठाकुर साहब' बन गये। पति के लिए यह प्रेम, वह भी इस उम्र में, मुझे शुरू में तो विचित्र लगा, फिर सोचा जिस स्त्री के बीस-पच्चीस वर्ष के दाम्पत्य जीवन में सन्तान न हो उसका पारिवारिक जीवन अपने पति में केन्द्रित हो जाना कोई आश्चर्य की बात नहीं। उसकी यह विशेषता ऑफिस के अन्य लोगों को भी ध्यान में आयी थी। वे पीछे-पीछे अपनी इस प्रौढ़ अधिकारी का मजाक भी उड़ाते थे। मुझे लगता था, शायद बंसी भी उनके इस मजाक से परिचित थी। इस बात को बहुत महत्त्व न देकर वह बिन्दास होकर कहती, "शाम को मेरे घर पहुँचने से पहले यदि हमारे ठाकुर साहब पहुँच गये हों तो मेरी गैरहाजिरी मैं वे परेशान हो जाते हैं, कई तरह की

चिन्ताएँ करने लगते हैं। इसलिए मैं शाम को स्टेशन से सीधे घर पहुँच जाती हूँ। सब्जी खरीदने भी रुकती नहीं। एक बार यदि उनका मूड अपसेट हो जाये तो उन्हें सेट करने में बहुत समय लगता है।''

बंसी के इन ठाकुर साहब को कभी देखा न होने के बावजूद भी उनका कल्पनाचित्र अनायास ही मेरी नजरों के सामने चित्रित होने लगा था। एक दिन बंसी ने ही खुद मुझसे कहा, ''सर, आप यदि एक बार ठाकुर साहब से मिलेंगे तो उन्हें भी अच्छा लगेगा। आपके विषय में उनको मैंने बताया है। उनका स्वभाव ही ऐसा है कि आपके जैसे लोगों के साथ उनकी शीघ्र मित्रता हो जाती है।''

इस बात को अधिक समय नहीं हुआ था। पारिवारिक कारण से मुझे डोम्बीवली जाना था। बंसी डोम्बीवली में ही रहती थी, यह मुझे पता था। संयोग से उस दिन रविवार था। मैंने बातो-बातों में बंसी से कहा, ''बंसीजी, आपके ठाकुर साहब से मिलने का सौभाग्य मुझे अगले रविवार को मिल सकता है।''

बंसी प्रश्नसूचक दृष्टि से मुझे देखती रही। कुछ बोली नहीं। ''नहीं समझी?'' मैंने हँसकर स्पष्ट किया, ''अगले रविवार को एक वैवाहिक काम से डोम्बीवली आनेवाला हूँ। आपके घर चाय-पानी का कार्यक्रम सोचा है। अपना पूरा पता दे दीजिए।''

एक क्षण के लिए बंसी अवाक् दृष्टि से मेरी ओर देखती रही। किन्तु अगले ही क्षण उसने जिस तरह से उत्तर दिया, उससे मुझे लगा कि वह मेरा भ्रम था।

''क्या बात करते हैं सर? आपके चरण हमारे घर में पड़ें इससे अधिक शुभ अवसर और क्या हो सकता है?''

और फिर तुरन्त बुझे हुए चेहरे से बोली, ''मेरे मिस्टर को भी आपसे मिलकर बहुत खुशी हुई होती, पर...''

''पर क्या मिसेज ठाकुर?'' मैंने धीरे से पूछा, ''आप लोगों को यदि और कहीं जाना तय हुआ हो तो...''

''ऐसा ही है सर!'' बंसी ने क्षमायाचना के स्वर में कहा, ''शनिवार शाम को ही हम मेरी ननद के यहाँ थाणे जा रहे हैं। रात वहीं रुकेंगे। दूसरे दिन रविवार की सुबह उनके यहाँ हवन है। सगी ननद के घर का आयोजन है, इसलिए जाना तो पड़ेगा ही। और फिर हवन करने का प्रस्ताव भी उन्होंने हमारे ठाकुर साहब को ही सौंपा है। अब आप ही कहिए सर...''

''इसमें कहना क्या है?'' मैंने सरलता से उसकी चिन्ता दूर करते हुए कहा, ''इस बार ठाकुर साहब से मिलना नसीब में नहीं होगा। ईश्वर चाहेगा तो दुबारा फिर कभी आऊँगा।''

''वह तो ठीक है, पर आपका स्वागत करने का मुझे इस बार अवसर नहीं

मिला। इसका मुझे दुख है।''

बात वहीं खत्म हो गयी। उसके बाद के दो-तीन दिनों में बंसी ने कई बार अपने इस दुख को मेरे समने व्यक्त भी किया, ''सर, आप आनेवाले थे, यह बात मैंने अपने मिस्टर को बताई, तब उन्होंने यहाँ तक कहा कि अपन हवन के दर्शन कर तुरन्त वापस लौट जाएँ। खाना खाने के लिए नहीं रुकेंगे। आपसे मिलने के लिए वे भी बहुत उत्सुक थे, लेकिन आप ही बताएँ पुरुषों को व्यवहार कहाँ समझता है? सगी ननद के यहाँ से मेहमानों की तरह दर्शन कर वापस आ जाएँ तो उन्हें कितना बुरा लगेगा? मैंने ही आग्रह कर उन्हें ऐसा न करने दिया।''

''सच बात है, बंसी जी। व्यवहार तो निभाना ही पड़ता है!'' मैंने बिना किसी प्रयोजन के बोल दिया।''

बहुत दिन बीत गये। अब तो मुझे भी बंसी द्वारा बार-बार अपने पति का उल्लेख करने की आदत से जिज्ञासा बढ़ने लगी थी। पाँच-दस मिनट बातचीत करने के बाद भी, यदि वह उसकी चर्चा न करती तो मैं इन्तजार करने लगता उसके पति की बात सुनने के लिए! सच कहूँ तो अन्दर-ही-अन्दर मुझे इस ठाकुर साहब से ईर्ष्या होने लगी थी। बंसी जैसी शिक्षित, संस्कारी, सुन्दर और मिलनसार स्त्री, इतने वर्षों के बाद भी पति से इतना प्रेम करती हो, तो किसे ईर्ष्या न होगी? ठाकुर साहब को देखने की मेरी व्याकुलता बढ़ती जा रही थी।

फिर एक अवसर मिल ही गया। इस बार बिल्कुल अचानक ही डोम्बीवली जाना पड़ा। मैं बंसी को इसकी पूर्वसूचना भी न दे सका। कार्यक्रम के अनुसार मुझे शाम को जिनके घर भोजन के लिए जाना था, वहाँ देर होने की सम्भावना थी। अत: मन-ही-मन पहले बंसी के घर जाकर उसे सरप्राइज देने का निश्चय किया। डायरी में लिखे पते के अनुसार मैं शाम को पाँच बजे बंसी के घर पहुँच गया। घर खास बड़ा न था, किन्तु उसकी बनावट आकर्षक थी। पैसेज में लिफ्ट के पास की दीवाल पर यहाँ रहनेवालों के नाम की सूची लगी थी। मैंने ध्यानपूर्वक बोर्ड देखा। फ्लैट धारक के रूप में भी 'मिसेज बंसी ठाकुर' का ही नाम था। महानगरों में अब अनेक कारणों से पत्नी के नाम पर ही सम्पत्ति खरीदी जाती है। यह कोई नयी बात न थी। बंसी के फ्लैट के दरवाजे के पास आकर मैं खड़ा हो गया। कलात्मक नक्काशीदार दरवाजे पर, ऐसी ही कलात्मक रूप से लिखी नेमप्लेट लटक रही थी—मिसेज बंसी ठाकुर। मैं एक क्षण इन अक्षरों को देखता रहा। ठाकुर साहब के प्रति मेरी ईर्ष्या धीरे-से हँस पड़ी। ठाकुर साहब ने पत्नी के पीछे अपना नाम तक छुपा दिया है। मुझसे तो शायद ऐसा न हो सके। लगता है बंसी जिस पतिप्रेम में डूबी हुई है उसका प्रत्युत्तर शायद ठाकुर साहब भी देते हैं। मैंने कॉलबेल का बटन दबाया। अन्दर बजती सुमधुर कर्णप्रिय घंटी की आवाज बाहर भी सुनाई दी। शायद ठाकुर साहब कला-प्रिय होंगे।

कुछ ही देर में धीरे-से दरवाजा खुला। सामने बंसी खड़ी थी। इस समय बिना मेक-अप के, घरेलू सादे वस्त्रों में वह स्वस्थ और सौम्य गुजराती गृहणी लग रही थी। ऑफिस के कृत्रिम भावों के स्थान पर इस समय उसका चेहरा शुद्ध और स्वच्छ लग रहा था। मुझे देखते ही उस चेहरे पर क्षण भर में ही परिवर्तन आ गया। मुझे लगा मेरा आना उसके लिए कोई बाधा तो उत्पन्न नहीं कर रहा, किन्तु अगले ही पल उसने उत्साह भरे स्वर में कहा, ''ओहो! सर आप, इस तरह अचानक? फोन तो किया होता।'' उसके स्वर में मिठास थी।

''मैं आपको सरप्राइज देना चाहता था। और यहाँ आना इतनी जल्दी में निश्चित हुआ कि आपको सूचित करने का समय भी न रहा। यहीं पास में एक परिचित के यहाँ डिनर के लिए आमन्त्रित था। इसलिए सोचा थोड़ा जल्दी जाकर ठाकुर साहब से मिलने की इच्छा पूरी कर लूँ।''

''अन्दर आइए सर!'' बंसी ने कहा।

बैठक बहुत ही सुचारू ढंग से सुशोभित था। कम फर्नीचर में भी सब कितना आकर्षक लग सकता है, इसका आभास बंसी के इस बैठक को देखकर हो गया।

''क्या कहूँ सर? ठाकुर साहब के नसीब में इस बार भी आपसे मिलना नहीं लिखा होगा।'' बंसी ने पानी का गिलास तिपाई पर रखते हुए कहा, ''आज सुबह ही उनको एक साहित्य सम्मेलन में व्याख्यान देने के लिए नागपुर जाना पड़ा।''

''क्या? ठाकुर साहब को साहित्य में भी इतनी रुचि है?'' मैंने आश्चर्य से पूछा।

''साहित्य में तो उन्हें बहुत ही रुचि है। देखिए, यह सारी किताबें उन्होंने ही जमा की हैं।'' कहते हुए बंसी ने एक दीवाल के पास पुस्तकों से खचाखच, किन्तु व्यवस्थित रखी हुई आलमारी की ओर संकेत किया।

बंसी के पति की यह यह नयी बात जानकर मुझे आश्चर्य हुआ, ''ठाकुर साहब का तो आग्रह था कि मैं भी उनके साथ जाऊँ। पर आप ही बताइए, उनको तो इस प्रकार जब-तब बाहर जाना ही होता है, हर बार मुझे साथ ले जाने की जिद करें तो कैसे चलेगा? मुझे तो ऑफिस का काम भी देखना चाहिए न?'' बंसी ने सहजता से कहा। ठाकुर साहब के प्रति मेरे मन में ईर्ष्या बढ़ती ही जा रही थी, जिसे मैं बलपूर्वक दबाने का प्रयास कर रहा था। कहीं वह प्रकट न हो जाए।

थोड़ी देर यहाँ-वहाँ की औपचारिक बातें होती रहीं। बंसी ने चाय-नाश्ता लाकर मेरे सामने रख दिया था। चाय की ट्रे उसने जरा झुककर रखी, तब सच कहूँ, मैं उस पर से अपनी नजर हटा न सका। नाश्ते की प्लेट, चाय का कप, पानी का गिलास आदि रखने की उसकी अदा बहुत ही कलात्मक और सुन्दर लग रही थी। एक बार फिर ठाकुर साहब के लिए ईर्ष्या का भाव तीव्र हो गया।

चाय–नाश्ता लेकर कुछ देर बाद मैं खड़ा हो गया। बंसी के पति से मुलाकात न हो सकी, इसका औपचारिक दुख व्यक्त किया। बंसी ने भी अफसोस जताते हुए कहा, कि अब वह स्वयं ही कभी ठाकुर साहब को लेकर मेरे घर आएगी।

मुझे जिस मित्र के यहाँ जाना था, वहाँ पहुँचा। तब अन्य अतिथियों का आगमन न हुआ था। मैं वक्त से पहले ही पहुँच गया था। मित्र के साथ बात करते–करते मैंने मिसेज बंसी ठाकुर की बात छेड़ दी। मैंने बताया कि वह मेरी ऑफिस में मेरे साथ ही काम करती है, उसके यहाँ ही गया था। यह जानकर मेरे मित्र ने तटस्थतापूर्वक कहा, ''वह बेचारी बहुत भली महिला है। हमारे पड़ोस में ही रहती है। संस्कारी है। दूसरों के दुख में दुखी हो जाती है। किन्तु बेचारी का भाग्य ही इतना कठोर है कि जिन्दगी इस तरह अकेले ही काटनी पड़ रही है।''

मुझे लगा मेरा मित्र शायद उसके निःसन्तान होने के कारण ऐसा कह रहा है। मैंने कहा, ''उसकी कोई सन्तान नहीं है, किन्तु इस दुख की कोई लकीर उसके चेहरे पर नहीं है।''

''बात निःसन्तान होने की नहीं है।'' मित्र ने स्पष्ट करते हुए कहा, ''शादी के दूसरे साल ही उसका पति उसे छोड़कर किसी दूसरी औरत के साथ भाग गया था। बंसी और उसके परिवारवालों ने बहुत खोजबीन की, उसके वापस आने की राह भी देखी। बाद में पता चला कि उसके पति ने धर्म परिवर्तन कर एक मुस्लिम स्त्री के साथ निकाह पढ़ लिया है। इतना ही नहीं वह यह देश भी छोड़कर चला गया है। बंसी के घरवालों ने पुनर्विवाह के लिए बहुत कोशिश की, पर बंसी न मानी। अब वर्षों से वह अकेली ही रहती है। इतनी अच्छी महिला, जिन्दगी भर अकेली रहेगी इसे बदनसीबी नहीं तो और क्या कहा जाए?''

मित्र ने बंसी के विषय में जानकारियों का खजाना खोल बड़ी सहजता से मेरे सामने रख दिया जो मेरी उम्मीदों के ठीक विपरीत था।

यह जानकारी मेरे लिए असहनीय थी। कोहनी की हड्डी पर अचानक चोट लगने से जो झनझनाहट होती है, ऐसी ही एक अकथनीय पीड़ा से मेरा हृदय काँप उठा। बंसी के मुँह से बार–बार निकलते शब्द—'मेरे मिस्टर' और 'हमारे ठाकुर साहब' मानो मेरे चारों ओर चक्कर काट रहे थे। तेजस्वी मिसेज बंसी ठाकुर के मन की अँधेरी गुफा जैसे मेरी नजरों के सामने विकराल जबड़ा खोलकर प्रकट हो गयी थी।

नियति

हर्षद त्रिवेदी

सब कहते हैं मैं बेहोश हूँ पिछले छः महीने से। डॉक्टरों की कोई तदबीर काम नहीं कर रही है, और मिलने आनेवालों की भीड़ मेरे पलंग के चारों ओर गिद्धों की तरह जमा होती रहती है। एक के बाद एक आते, पंख फैलाते, लम्बी गर्दन ऊँची करते, कर्कश आवाजें करते, फिर दूर जैसे कुछ देख लिया हो, उस तरह प्रफुल्लित हो जाते। सामने, ठीक मेरे पास आने के लिए आपस में आपा-धापी करते। सलाह देने की स्पर्धा...कोई कहता—इसे तो नाखून में भी रोग न था, अब बेचारा कितना लाचार हो गया है। आधुनिकतम दवाओं से लेकर तन्त्र-मन्त्र, ताबीज, मनौती तक के चोंचले...। विशाखा सबको ध्यान से सुनती और सलाह देनेवाले जाने के बाद सब भूल जाते। अभी-अभी किसी ने मुझे मीरांदातार ले जाने की बात कही। मुझे ले जाना सम्भव न हो तो विशाखा अकेली भी जाकर आ सकती है। अब शायद इन सब बातों में विशाखा को श्रद्धा हो भी, लेकिन वह थोड़ी देर के लिए भी मुझे किसी के भरोसे छोड़कर नहीं जा सकती।

देखते-देखते छः माह बीत गये। कलैंडर थम गया है। मिलने आनेवालों में कुछ लोग ज्यादा ही सेन्सेटिव भी हैं। वे मुझ पर दया दिखाने की बजाय विशाखा पर अधिक दया दर्शाते हैं। सब उसके सामने ही कहते हैं, "विशाखा, तुम अपना ध्यान रखना तो भूल ही गयी हो! देखो तो कैसी हो गयी हो बिलकुल। उसकी बीमारी का तो कोई इलाज ही नहीं है। जब डॉक्टरों ने ही हाथ धो लिये, तो हम क्या कर सकते हैं? तुम दिन-रोज यहाँ पड़ी रहोगी तो वह होश में तो नहीं आ जाएगा? तुम्हें भी तो अपनी जिन्दगी जीना है या नहीं? कुछ नहीं तो दो-चार दिन के लिए घर चली जाओ! घर तो न जाने कैसी दशा में होगा? घर नहीं तो पापा के यहाँ...थोड़ा मन हल्का हो जाएगा।" बाहर निकलते-निकलते प्रार्थना भी करते जाते हैं, 'बेचारे को भगवान...' पर यह कोई धागा तो नहीं है। जो तोड़ दिया जाए। पिछले एक महीने से आने-जानेवालों की भीड़ कम हुई है। आनेवाले एक बार आएँगे, दो बार आएँगे, फिर...?

विशाखा कब से बैठी-बैठी मैग्जीन के पन्ने पलट रही है। कभी-कभी खिड़की से बाहर देखती रहती है। अचानक एक पक्षी ने लम्बी सीटी-सी बजाई। विशाखा चौंककर खड़ी हो गयी। उसने खिड़की से बाहर देखा। बाहर अशोक का वृक्ष झूम रहा था—हवा से, इधर-उधर। क्षण भर के लिए उसकी आँखें पक्षी को देखना भूलकर अशोक में खो गयीं। मैं उसे कहने के लिए व्याकुल हो उठता हूँ—"अरे, यह तो...भूल गयी? उस दिन शाम को मैंने तुम्हें बताई थी..." पर अपने होठों पर मेरा बस नहीं है। मुझे लगा था कि विशाखा अभी पूछ बैठेगी—"हें, यह किसकी आवाज है?" पर ऐसी गलती करने की स्थिति से वह कब की उबर चुकी थी। उसे पूरा विश्वास था कि जवाब नहीं मिलेगा। मेरे पलंग की बाजू में टेबल पर रखे थरमस पर मक्खियाँ भिन-भिना रही थीं। "विशाखा, सुन रही हो? देखो न, यह कितना गन्दा लग रहा है!" विशाखा कैसे सुनती? शुरू के एक महीने की बात अलग थी। अब तो उसे भी याद नहीं होगा कि मुझे क्या पसन्द है क्या नहीं! अभी नर्स आकर पूछ गयी, "जूस दे दिया?" विशाखा शिथिल पैरों से खड़ी हुई, जम्हाई ली एक अंगड़ाई के साथ। मुझे इच्छा हुई कि मेरे सिर पर हाथ फेर दे तो अच्छा, पर वह तो सीधी पहुँची टेबल के पास। उसकी नजर थरमस पर पड़ी। लड़खड़ाती चाल से वॉश बेसिन की ओर मुड़ी। कँपा देनेवाली नल की तेज आवाज। उसने नल धीमा किया, थरमस धोया। नल खुला छोड़ कर ही वह खिड़की के पास आयी। थोड़ा-सा वाशिंग पाउडर लेकर वापस गयी नल के पास। फर्श पर कितनी सारी बूँदें यहाँ-वहाँ बिखरीं। लगता है यह विशाखा है ही नहीं। मैं उसे टोकूँगा, अब तो वह डर भी नहीं रहा होगा। थरमस साफ कर उल्टा रख दिया टेबल पर। हजार बार समझाया है कि इस तरह उल्टा नहीं रखते, थोड़ा-सा तिरछा, दीवाल से टिका से कर रखना चहिए नहीं तो वेक्यूम होता है और अन्दर का काँच तड़ाक से टूटकर चूरा हो जाता है। वेक्यूम तो मेरे अन्दर भी हो गया है, पर...।

बगलवाले कमरे में फ्रिज है। विशाखा फ्रिज में रखा जूस निकाल कर ले आयी। बिलकुल ठंडा देने के लिए डॉक्टर ने मना किया है, इसलिए थोड़ी देर टेबल पर ही रखेगी। किन्तु मेरा सोचना नितान्त गलत था। उसने तो यह उठाई सीरिंज। धीरे-धीरे पिचकारी जैसा बड़ा इंजेक्शन भरकर, मेरी नाक में लगी नली के द्वारा मेरे शरीर में धीरे-धीरे...हूँ...अब कुछ राहत मिली। मैं जूस के स्वाद की कल्पना करता हूँ पर गले में कफ भर गया है। जूस कभी खारा-खारा तो नहीं होता। आजकल मेरी बीमारी ने विशाखा को बिल्कुल मूढ़ बना दिया है। सम्भव है कि पिसी हुई शक्कर के बदले नमक या फिटकरी डाल दी हो। पर डॉक्टर ने कहाँ मुझे मना किया है मीठे के लिए जो फिक्र की जाए! इंजेक्शन पर प्रेशर देने के कारण विशाखा का अँगूठा रक्तिम हो गया है। कुछ बोरियत के साथ उसने सीरिंज ठिकाने पर रखते हुए मेरी ओर देखा।

मालूम नहीं अचानक क्या हुआ, वह आकर मेरे सिरहाने बैठ गयी और धीरे-धीरे मेरे बालों की लटों को अलग-अलग करते हुए गोल घुमाने लगी। मैं कन्धों पर उसकी जाँघ का स्पर्श महसूस करता हूँ। उसकी अँगुलियाँ मेरे बालों में जिस प्रकार घूम रही हैं...पिछले छः-सात महीनों में ऐसा कभी नहीं हुआ। विशाखा तुम्हारी इच्छाएँ मेरे मन तक पहुँच रही हैं, पर लाचार हूँ, क्या करूँ! हालाँकि वह भी यह जानती है। कहता हूँ छोड़ दो मुझे विशाखा इस अस्पताल के भरोसे और चली जाओ घर...कब तक घड़ी के पैंडुलम की तरह...मन हुआ उसे बाँहों में भींच लूँ, पर अभी तो वह खुद अपनी इच्छाओं को मारने में लगी है, तब मेरी इच्छाएँ उस तक कैसे पहुँच सकती हैं?

विशाखा खड़ी हो गयी। शायद उसे ठंड-सी लगी होगी, पंखा धीमा किया! मुझे चादर ओढ़ा दी। मुँह खुला रखा। उसे इतना तो याद है कि मैं कभी मुँह ढाँक कर नहीं सोता, किन्तु आज नहीं तो कल उसे ही मुझे चादर ओढ़ानी पड़ेगी, मुँह ढाँक कर...! हाँ, उसे ही!...अभी कल ही तो डॉक्टर कह रहे थे, अपने शरीर पर कन्ट्रोल नहीं है, पर चेतना जागृत है। जब तक दवाओं का असर होता रहेगा तब-तक कोई कॉम्लीकेशन्स नहीं होंगे। हमारा प्रयास यही है कि...ब्रेन जल्दी से जल्दी...कहते हुए उसने मेरे पैर के तलुए में पेन दबाई। मेरा पैर काँपा पर मैं पैर खींच न सका। डॉक्टर ने होठ दबाये। विशाखा मुझे एकटक देख रही थी। शायद पहली बार उसकी आँखों में दया के स्थान पर भविष्य की चिन्ता दिखाई दी। वक्त की बात है, मुझे कुछ हो गया तो भी उसे आर्थिक रूप से कोई तकलीफ न होगी। खुद का घर है, भले ही बीमा कम्पनी के लोन पर। मेरी मृत्यु के साथ ही किश्त बन्द। मकान पूर्ण रूप से उसका। इसके बाद भी कम-से-कम दो-ढाई लाख तो उसे मिलेंगे ही। और हाँ...ग्रेज्युटी फंड के कम-से-कम गिनो तो भी डेढ़ लाख तो होंगे ही, साथ में हर माह दो-एक हजार पेन्शन। कोई दिक्कत नहीं होगी। वैसे तो इन छः महीनों में ही उसकी कमर टूट जाती, पर हॉस्पिटल और दवा का पूरा खर्च सरकार दे रही है। बिल पास होने में देर-सबेर होती है, फिर भी 'कल क्या करेंगे?' ऐसी स्थिति तो नहीं आयी।

अब लग रहा है कि विशाखा ने यदि पाँच वर्ष तक 'एन्जॉय' करने की जिद न की होती तो आज घर में एक बच्चा भी होता। कितना अच्छा होता, उसके सहारे वह जी लेती। लेकिन...लेकिन क्या? एक तरह से अच्छा ही है कि सन्तान नहीं है वर्ना इस तरह दिन-रात वह मेरे पास कैसे रहती? बच्चे को स्कूल भेजने से लेकर हजार चिन्ताएँ...पर मैं अभी कहाँ मर गया हूँ जो इतना अधिक सोच रहा हूँ! दुनिया में कुछ भी असम्भव नहीं। क्या पता, कल शायद किसी दवा का असर हो जाए...पर नहीं...डॉक्टर कहते हैं ऐसी कोई सम्भावना नहीं लगती। पेशेन्ट पाँच-दस साल तक भी इस तरह बेहोश रह सकते हैं...! और कुछ न हो तो...कुछ न हो तो मौत नहीं होती।

बाकी तो डॉक्टर ही सच्चे हैं कि कुछ नहीं होता!

तो क्या यही मेरी नियति है? विशाखा, अभी तो केवल पैंतीस वर्ष उम्र है तुम्हारी...अपना भविष्य बर्बाद मत करो। कोई अच्छा आदमी देखकर...मुझे छोड़ दो अपनी नियति पर! इतना कहने लायक होश में आ जाऊँ तो भी बहुत!

एक बार मैंने बिल्कुल पास जाकर उसे कान में कहा, "विशाखा, तुम्हारे बिना एक साँस भी..." कहीं वह इसी बात को याद रख तो नहीं जी रही होगी? दो साल पहले मैं सरकारी काम से तीन दिन के लिए बाहर गया था, तब वह कैसी बावरी बन गयी थी। कहती थी, बड़ी मुश्किल से निकले यह तीन दिन। उस रात बरसते पानी के साथ हम भी कैसे बरस पड़े थे! यह वही विशाखा है। छः महीनों में उसकी शक्ल ही बदल गयी है...अभी वह गहरी नींद में सो रही है। कोई सपना तो नहीं देख रही होगी। अचानक चीखकर जाग जाये तो समझना चाहिए कि उसे कोई अच्छा स्वप्न आया होगा! इस सपने के बाद तो उसे हमेशा ऐसे ही चीखते रहना होगा न? इससे तो अच्छा...क्या अच्छा घुटन, बेचैनी?

एक क्षण के लिए मैं भूल जाता हूँ कि यह अस्पताल की खिड़की है। ऐसा लगता है, मैं अपने घर की खिड़की के पास कुर्सी पर बैठा हूँ। बाहर अशोक के दो वृक्ष लहरा रहे हैं। एक चिड़िया उसमें बार-बार जाती है, फिर थोड़ी देर में हवा में मंडराते हुए उड़ जाती है। शायद अशोक में उसका घोंसला है। विशाखा भी इसी तरह उड़ती रहती थी। आज खमण तो कल खांडवी। कुछ-न-कुछ नया बनाती रहती। मैं खांडवी नाम बार-बार भूल जाता, तो वह कहती—इसे हांडवा की बहू कहते हैं! खांडवी...। मैं खांडवी का एक रोल मुँह में रखकर उसकी गरदन को धीरे-से सहलाता। आज मेरा हाथ बहरा-गूंगा हो गया है। हाथ क्या, मैं ही पूरा बहरा-गूंगा...ठूँठे वृक्ष में किसी शाखा फूटने की प्रतीक्षा कर रहा हूँ। फिर भले ही उस डाली के पत्ते-पत्ते पर मृत्यु का सन्देश हो। विशाखा भी इस ठूँठ के साथ ठूँठी हो गयी है। छः महीने से आनन्द क्या है, उसका भी उसे पता नहीं है। अब तो समय का भी ध्यान नहीं रहता। घंटों मेरे पास बैठी रहती है।

अचानक धूप निकल आयी है। सीधे मेरे मुँह पर ही पड़ रही है। कहीं विशाखा जाग न जाए। नहीं तो धूप देखते ही खिड़की बन्द कर देगी। उसे कौन बतायेगा कि मुझे धूप अच्छी लग रही है। खिड़की खुली रहने दो। पर अब उसे कुछ कहने की जरूरत ही कहाँ रह गयी! धूप को बादल निगल गये। कबसे उनका खेल चल रहा है। थोड़ी ही देर में लगता है कि अभी बरसात होगी...और फिर अचानक तपती हुई धूप। मेरे हाथ-पैर खिंच क्यों रहे हैं? सारी नसें तन रही हैं...प्राण छटपटा रहे हैं, शायद उल्टी के साथ जान निकल जाएगी...पर ऐसा अचानक क्यों? हूँ...जूस का टाइम हो गया है। जल्दी कोई मुझे...मैं...लग रहा है मैं पूरा उछल रहा हूँ...हाथ-पैर काँप रहे

हैं। कह रहा हूँ, कोई मुझे...मैं लाचार नहीं होता तो कहाँ कभी कुछ माँगता? मेरे गले की घरघराहट सुनकर एक वार्ड-ब्वॉय दौड़ता आया। मुझ पर नजर डाली न डाली और फिर दौड़ गया। विशाखा तो बाजू के कमरे में गयी थी, उसे बुलाकर ले आया।

विशाखा शान्त मन से आयी। वार्ड-ब्वॉय से बोली, "जाओ फ्रिज में जूस रखा है, ले आओ। बाजू के कमरे में एक औरत को भर्ती किया गया है। इनकी तरह ही पीड़ा है, पर वह तो पेरेलेटिक है। मैं भी कहाँ उसे देखने चली गयी।" वार्ड-ब्वॉय के आने तक फटाफट सीरिंज साफ हो गयी...सब गले के नीचे तुरन्त उतर गया जैसे नदी से बाढ़ का पानी उतर गया हो। थोड़ी देर में डॉक्टर आये। मेरा चेक-अप किया, फिर विशाखा से बोले, "हर दो घंटे में जूस देना भूलना मत...मैंने दवा दे दिया है नाक से...।" हाथ से इशारा करते हुए कहा, "अभी सो जाएँगे।" मेरी जीभ में मरोड़-सी उठने लगी। मैं अचानक चीखकर कहना चाहता हूँ, "मैं हमेशा के लिए सो जाऊँ, ऐसी कोई दवा दे दो न!"

आज देसाई देखने आये हैं। विशाखा को कुछ पुरानी बातें याद आ गयीं। उसकी टेबल के पास ही देसाई का टेबल था। शादी होते ही विशाखा ने इस्तीफा दे दिया था। देसाई ने कहा था, "विशाखाबेन भविष्य का तो विचार करो। आजकल किसी को नौकरी मिलती नहीं और आप चालू रोजी-रोटी को लात मार रही हैं? दो-चार साल में सारा रोमैंटिसिज्म पिघल जाएगा। फिर कल किसने देखा है?" विशाखा चिढ़ गयी थी उसकी बात सुनकर, पर चुप रही। उस समय एक ही भूत सवार था उस पर अपने पति को जीवन से भर देने का, एक-एक क्षण को उत्सवमय बनाने का। नौकरी करते हुए यह सम्भव नहीं होता। मेरी पगार भी तो अच्छी थी, इसलिए कुछ और सोचने की आवश्यकता नहीं। हालाँकि देसाई की बात सच थी, कल की किसको खबर है? "मान लो, यदि कहीं इन्हें कुछ हो गया तो...नहीं, नहीं, मैं नहीं सहन कर पाऊँगी।" फिर सोचा कि ये तो बात करने की स्थिति में भी नहीं है तब? इनके होने न होने से क्या फर्क पड़ता है? इस तरह कब तक अस्पताल में बैठे-बैठे साँसें गिनते रहना। इस समय उनका श्वासोच्छ्‌वास सुनाई दे रहा है और मैं अपना भाग्य सोच रही हूँ? क्या करूँ?

अभी-अभी उस औरत को भर्ती किया है। ओह...मुश्किल से वह मेरी उम्र की होगी। बेचारी पेरेलिटिक हो गयी। दो-तीन दिन बुखार था। डॉक्टर ने दवा दी। कहते हैं कि दवा की गड़बड़ के कारण उसे पेरेलिटिक हो गया। ये डॉक्टर भी...। मैंने अखबार में एक घटना पढ़ी थी। एक रोगी को दर्द कम करने के लिए दी जानेवाली दवा से ही उसका रोग और बढ़ गया था। जब मरीज़ की मौत हो गयी तब इन कारणों का पता

चला। कहीं इनका केस भी तो...? रीढ़ की हड्डी के पास सुपारी जैसी गाँठ निकली थी। छोटा-सा ऑपरेशन...डॉक्टर कहते, चिन्ता करने लायक कुछ नहीं है, यह तो सामान्य बात है...पर मैं पूछती हूँ कि इनको होश क्यों नहीं आता? इससे तो गाँठ ही अच्छी थी। मैंने तो पहले ही साफ इंकार किया था, किन्तु इनको कौन समझाए? कहने लगे, बाद में गाँठ बढ़ जाएगी तो और परेशानी होगी, इससे पहले...। इन्हें शायद कैंसर का भी डर था...तो फिर डॉक्टरों ने मुझे क्यों नहीं बताया। यह औरत तो पूरे होश में है। क्या नहीं बीतती होगी उस पर। देखा जाये तो मैं भी तो पेरेलेटिक हूँ उसकी तरह। छः महीने हो गये... इस अस्पताल के बाहर की दुनिया को देखे। एक के बाद एक आनेवाले लोगों का शोर, तरह-तरह की सलाहें, बेचारा...आदि का सम्बोधन सुनती रहती हूँ दिन भर। ऐसे में कहाँ ढूँढ़ू अपनी जिन्दगी? देसाई ने शायद ठीक ही कहा था। इस औरत ने कितने सपने देखे होंगे, सब चकनाचूर हो गये। क्या होता होगा उसकी इच्छाओं का? उसे तो शरीर का साथ ही नहीं, जबकि यहाँ तो शरीर की दौड़ ही इच्छा विरुद्ध! कल उनके बालों में अँगुलियाँ फेरते हुए रोम-रोम वेदना से भर उठा था। कैसे शान्त करूँ यह वेदना? उन्हें दवाएँ और जूस देकर? कभी दिल में आता है कह दूँ कि एक साथ पन्द्रह-बीस डोज़ दे दो मुझे या फिर उन्हें, लेकिन तुरन्त अपने आप को सँभालती हूँ। ऐसी परिस्थिति में इतनी उत्तेजना...वे तो खुद हिल भी नहीं सकते।

दिन भर देखती रहती हूँ—उस औरत का पति आधा-पौन घंटा उसके पलंग के पास बैठता है और घंटा-डेढ़ घंटा बाहर बरामदे की बेंच पर। बैठे-बैठे या तो वह पेपर पढ़ता रहता है या कुछ गुनगुनाता रहता है। वह भी मेरी तरह विह्वल होगा? दर्दी तो होता ही है दर्दी पर उसके साथ रहनेवाले का दर्द तो...उसकी कोई दवा नहीं खोजी गयी होगी? इतने दिनों में यहाँ हूँ। घूम-फिर कर बरामदे में जाती हूँ, कभी किसी नर्स के साथ बातचीत में लग जाती हूँ। कैसे भी करके शायद मन कुछ हल्का हो जाए। पर कल रात तो रमाबेन नर्स ने मुझे अचम्भित ही कर दिया। फोन की घंटी कब से बज रही थी। कोई उठाता ही न था। मैं दौड़कर बाहर गयी। रमाबेन कहाँ चली गयी होगी? मैं बहुत देर तक उसकी टेबल के सामने की बेंच पर बैठी रही। लगा, कहीं से फुसफुसाहट की आवाज आ रही है। आवाज कहाँ से आ रही है, यह निश्चित नहीं हो रहा था। अचानक नजर पड़ी और ध्यान आया कि जिस कमरे के दरवाजे पर शाम तक ताला था, वह इस समय अन्दर से बन्द था। मैं बैठी ही रही। दस मिनट के बाद दरवाजा खुला। कोई पुरुष निकला और सरसराता-सा चला गया। टेबल पर रखे पेपर कब से फड़फड़ा रहे थे। मैंने उस पर पेपरवेट रख दिया था। कहीं से कुत्ते के भौंकने की आवाज आ रही थी। एक क्षण के लिए मैं दहशत से भर गयी। तभी

उसी दरवाजे से रमाबेन बाहर निकली। वह आकर कुर्सी पर बैठ गयी। मुझे देखकर बोली, ''कुछ काम था?'' मैं कुछ नहीं बोली और उसके सामने देखती रही। वह घबरा कर नजर चुराने लगी। फिर कुछ देर बाद बोली, ''मेरे मिस्टर थे। क्या करें? मेरी हमेशा नाइट ड्यूटी...।'' मैं उठकर अन्दर आ गयी। सोचने लगी अस्पताल छोड़कर घर चली जाऊँ।

डॉक्टर कहते हैं कि उन्हें खिंचाव आना बन्द हो जाये तो अस्पताल से छुट्टी देने में कोई दिक्कत नहीं। फिर दवा और जूस तो घर पर भी दिया जा सकता है। यदि आज मैं नौकरी करती होती तो? इतनी छुट्टियाँ कैसे मिलतीं? यहाँ आने के बाद मेडिकल स्टोर के सिवाय कहीं गयी ही नहीं। दिन में तीन बार कपड़े बदलने वाली मैं छः महीनों से तीन जोड़ी कपड़ों में दिन गुजार रही हूँ। तैयार होना, सजना-सँवरना तो भूल ही गयी हूँ। दिन भर इस अस्पताल में दवाओं और फिनाइल की गन्ध तथा वही का वही वातावरण! क्या पता, कब घर जाना हो सकेगा? घर अकेली जाऊँगी या फिर? आजकल एक भी विचार अच्छे नहीं आते।

घड़ी पर नजर डाली। रात के ग्यारह बज रहे हैं। कल रात से तो रमाबेन का ही ख्याल आ रहा है। चलो कुछ देर बरामदे में ही टहल लूँ। उस औरत का पति बैठे-बैठे जम्हाई ले रहा है। मुझे देखकर उसने बैंच पर मेरे बैठने के लिए जगह दी। फिर धीरे से बोला, ''कैसी तबीयत है अब उनकी?'' क्या जवाब दूँ? ''वैसी की वैसी ही।'' मैंने कहा। वह मेरी ओर ताकता रहा। सोचा उसकी औरत की तबीयत पूछूँ, पर नहीं पूछी। मेरे मन की बात शायद वह समझ गया हो, इस तरह उसने ही बताना शुरू किया, ''मेरी पत्नी को पूरा होश है यही तो दुख है न? आधा शरीर जड़ हो गया है। एक माह हो गया। उसे भी नींद की गोलियाँ दी जा रही हैं। हमने तो सब ईश्वर के भरोसे छोड़ दिया है...''

''यहाँ बरामदे में सरसराट हवा आती है, है न? अन्दर तो...'' मैं अचानक बोल पड़ी।

''आप तो छः महीने से यहीं है। ऊब गयी होंगी न?''

मैं क्या कहूँ? कुछ देर चुप रही। फिर पूछा, ''आप दो दिन में ही ऊब गये क्या?''

''ऊबा तो नहीं। एक महीने से ऐसा ही चल रहा है। भाग-दौड़, टेंशन। यहाँ आने से पहले सिविल अस्पताल में थे। वहाँ कोई फायदा नहीं हुआ तो यहाँ लेकर आये। यहाँ के डॉक्टर होशियार हैं और स्टॉफ भी अच्छा है!''

मेरी नजरों के सामने रमाबेन का चेहरा घूमने लगा। फिर तुरन्त इस औरत का ख्याल आया।

''इनकी उम्र ही क्या है? अभी से यह रोग...'' मुझे लगा इस तरह उद्विग्नता

व्यक्त करना ठीक नहीं था।

"आपकी तो जिन्दगी जैसा कुछ बचा ही नहीं होगा न? आखिर छः महीने क्या होते हैं..." उसने एक नजर मुझ पर डालते हुए कहा। मैंने आँचल ठीक किया। कमरे से उसकी पत्नी की कसक भरी आवाज सुनाई दी। वह उठकर अन्दर गया। मैं बेंच से उठकर बरामदे में टहलने लगी। इधर से उधर एक चक्कर...दूसरा चक्कर...बाहर आयी। मुझे शान्ति मिली। "पानी पिला आया हूँ।" कहकर वह मेरे सामने खड़ा हो गया। मैं सचेत हुई। "उन्हें जूस देने का टाइम हो गया है।" बोलकर अन्दर गयी। वह भी दबे पैरों से मेरे पीछे आया। मेरी धारणा भी एक तरह से यही थी। तय न कर सकी धारणा या अपेक्षा? सिरिंज तैयार कर जूस लाने के लिए पैर उठाये ही थे कि वह बोला, "ले आता हूँ।" उसने कदम उठाये। मैंने कहा, "फ्रिज के निचले हिस्से में दाहिने ओर..." मुझे उससे मदद लेने में कोई संकोच न हुआ, वह तो ठीक, पर मेरे बोलने में इतनी स्वाभाविकता कहाँ से आ गयी?

नली में जूस डालते समय सीरिंज पर काफी दबाव डालना पड़ता था। उसने मेरे हाथ से सीरिंज ले ली। हाथ का हल्का-सा स्पर्श भी हुआ। सीरिंज वापस लेते वक्त एक बार फिर रोमांच महसूस हुआ। पता नहीं...यह सब क्यों अच्छा लग रहा है मुझे? पलंग की चादर ठीक कर मैं बाहर निकलने ही वाली थी कि वह फिर मेरे सामने खड़ा था। बड़ी मुश्किल से खुद पर काबू रखा। लग रहा था जैसे मैं अभी उसका हाथ पकड़ लूँगी। मैं जान-बूझकर उससे दो कदम पीछे ही रही। बरामदे में हम दोनों के अतिरिक्त और कोई न था। चलते पंखे की आवाज सुनाई दे रही थी। मैंने हाथ ऊपर उठाकर अपने शरीर को थोड़ा खींचा, फिर गहरी साँस छोड़ते हुए बेंच पर बैठ गयी। उसने फिर मेरी ओर देखा। मैं विह्वल हो दौड़कर अपने कमरे में आ गयी। आकर बिस्तर पर गिर पड़ी। शरीर बेकाबू हो रहा था। मैंने करवट लेकर दोनों पैर समेट लिए। आँखें बन्द हो रही थीं। खिड़की का दरवाजा हवा के झोंके से खड़खड़ा रहा था। क्या वह अभी भी हाथ बाँधे बेंच पर बैठा होगा?

अचानक, यह क्या! ये पलंग से उठकर खड़े हो गये। मेरी बगल में आकर लेट गये। पानी में सरकते पतवार की तरह इनका हाथ मेरी देह पर सरक रहा है। मैं आँखें बन्द किये ही इनके और निकट जाती हूँ। इनके आलिंगन ने मुझे पूरा का पूरा दबोच लिया है। मैंने खुद को खिड़की की तरह पूरा खुला छोड़ दिया है। हवाओं का आना-जाना जारी है...इनकी साँसें सिसकारियों में कैसे बदल गयीं? अब तो सिसकारी भी नहीं...तीव्र पीड़ा भरी चीख...मौत की दर्दनाक चीख...! यह चीख किसकी है? कहीं इनकी तो नहीं? बस! इतनी ही देर? मैं एकाएक जाग जाती हूँ। इनकी शिथिल-सी देह किसी क्षण विशेष की प्रतीक्षा में पड़ी है। साँस तो बराबर चल रही है। तो

फिर? मुझे भ्रम हुआ क्या? किसी की भाग-दौड़ की आवाज सुनाई दे रही है। क्या हुआ होगा?

मैं साड़ी का पल्ला ठीक करते हुए भागी बरामदे की ओर। देखा...बेंच खाली थी। तुरन्त ही उस औरत के कमरे की तरफ लपकी। वह जोर-जोर से हिचकियाँ ले रही है। उसकी नाक और मुँह से फुफकार भरी आवाज निकल रही है। सीना तेजी से ऊपर-नीचे हो रहा है। उसका पूरा शरीर दो-तीन बार हवा में कुछ उछला। मुँह से फेन...और धीरे-धीरे...सबकुछ शान्त हो गया। पति ने उसका पकड़ा हुआ हाथ धीरे से छोड़ दिया...मैं चादर ओढ़ाती हूँ। गले तक आकर हाथ रुक गये...फिर मुँह ढाँक दिया...दौड़ती हुई वापस आयी अपने कमरे में...इनके सिर पर हाथ फेरा और फिर फूट-फूट कर...।

लाल चुनरी

वर्षा अडालजा

रात्रि के ठीक दस बजकर चालीस मिनिट पर माँ ने देह त्यागा था। तब पापा और मैं माँ के बिस्तर के पास ही थे। डॉक्टर को बुलाने का समय भी न मिला और माँ ने आँखें मूँद लीं।

पिछले कुछ दिनों से माँ बेचैन तो थीं। पिछले वर्ष ही उनका ब्रेस्ट कैन्सर के कारण ऑपरेशन हुआ था। तब से ही कोई कसर रह गयी थी। कॉलेज में अन्तिम वर्ष की मेरी परीक्षा समाप्त होने के बाद भी कहीं घूमने न जा सकी थी। पापा ने भी अपना दिल्ली का दौरा रद्द कर दिया था। माँ ने बहुत कहा था, ''अभी, अपनी सहेलियों के साथ तुम महाबलेश्वर क्यों नहीं गयी? और आप भी दिल्ली क्यों नहीं जाते? तुम लोगों को लगता है कि तुम दो द्वारपाल की तरह मेरी निगरानी करोगे तो क्या मृत्यु नहीं आएगी।''

''माँ, प्लीज!''

''इसमें प्लीज क्या?'' बड़बड़ाती माँ ने करवट ली।

''मैं नहीं गया तो बात कहाँ से कहाँ ले गयी सुशीला।'' कहते हुए पापा अन्दर चले गये।

मैं मौन खड़ी रह गयी। ऐसे दृश्य मेरे लिए नये नहीं थे। यह कोई आश्चर्य न था। बचपन से ही माँ और पापा के बीच कभी झगड़ा, उग्र चर्चा या कोई बहस होते मैंने कभी नहीं देखा था; तो प्रफुल्लित हो जाऊँ, ऐसे प्रेम के दृश्य भी कभी नहीं देखे थे। पूरे घर में एक निर्जीव शान्ति व्याप्त रहती। माँ कुछ कहतीं, पापा तुरन्त सहमत हो जाते, और पापा की हर हाँ में माँ की हाँ शामिल होती। कभी भी हँसी-मजाक या चुहलबाजी का प्रश्न ही न था दोनों के बीच।

सामने माँ का अचेतन शरीर पड़ा था। सिर एक ओर ढुलका हुआ। हाथ पलंग के नीचे लटकता हुआ। मृत्यु से यह मेरा पहला सामना था। पापा सोफे पर ढेर-से हो गये थे। मैं बहुत घबरा गयी थी। रोने की बजाय मैं चीखती हुई बाजू में रहनेवाली चारु

काकी के घर दौड़ पड़ी और बिना रुके, लगातार दरवाजे की घंटी बजाती रही। तुरन्त दरवाजा खुला। मैं कुछ बोल नहीं पा रही थी। मेरी हालत देख चारु काकी मेरे घर आयीं। कुछ ही देर में आस-पास के सब लोग आ गये। मैं एक कोने में दुबक गयी। चारु काकी मेरे सिर पर हाथ फेरते हुए मुझे सान्त्वना देती रहीं, ''देखो तो सही, लड़की सहम गयी है। रो भी नहीं सकती। अभी बेटा, अब तुझे ही सब सँभालना है। अपने पापा को सहारा देना है। चलो, टेलीफोन की डायरी तो उठाओ जरा! सब सगे-सम्बन्धियों को फोन करो तो।''

मेरी थोड़ी हिम्मत बँधी। फोन की डायरी लेकर फोन करने लगी। पापा तो ऐसे निढाल पड़े थे कि वे मेरी किसी बात का जवाब नहीं दे पा रहे थे। तब मैंने ही अपनी सूझ के अनुसार फोन कर दिये। किसी अनुभवी ने सारा सूत्र-संचालन सँभाल लिया था। डॉक्टर के सर्टिफिकेट का क्या...कितने बजे अन्तिम यात्रा निकलेगी...फूल और लकड़ियों की जल्दी व्यवस्था करो...शोक-सभा कब रखना है? यह पहले तय करो, ताकि अखबारों में खबर दी जा सके...।

माँ के मृत शरीर को नीचे जमीन पर लिटाकर उस पर चादर ढाँक दी थी। सिरहाने दीपक जलाया गया। मृत देह के आस-पास बर्फ की सिल्लियाँ रख उस पर बोरियाँ डाल दी गयीं। किसी ने चौके में जाकर मटका उल्टा कर दिया था। मौसी-मौसा आ चुके थे। मौसी बहुत रो रही थीं। कुछ और सगे-सम्बन्धी भी आ गये थे। थोड़ी देर तक गम्भीर वातावरण रहा। मेरी आँखें भीग रही थीं, किन्तु मुझे फूट-फूट कर रोना न आता था। चारु काकी ने 'श्री कृष्णं शरणममं' की धुन गाना शुरू कर दी, सब उनके साथ गाने लगे। कुछ देर बाद धुन बन्द हो गयी।

बस! अब पूरी रात यों ही बैठे रहना था। कुछ देर धीमी आवाज में बातें होती रहीं... ''सुशीला बेन बहुत भली थीं....कितनी शान्त और सहनशील...ऑपरेशन के वक्त मैं एक रात उनके पास रही, कितनी तकलीफ थी उन्हें, पर एक शब्द भी न बोलीं...हम भुज गये थे न, शादी में। बारात में जाते वक्त उन्हें बिच्छू ने काटा था, बिचारी छटपटा रही थीं, किन्तु मुँह से चीख न निकली। बल्कि अश्विन भाई ही कितना रोये थे।'' बहुत देर के बाद बातों का सिलसिला थमा। नीरव रात्रि में अभी-अभी यहाँ से गुजरी मृत्यु की पगध्वनि स्पष्ट सुनाई दे रही थी। मैं घुटनों में सिर छुपा कर बैठी थी। चारु काकी मेरी पीठ सहलाते हुए कह रही थीं, ''बेटा, चुप हो जा! माँ का चले जाना तो दुखद घटना है, पर क्या करें, ऊपरवाले की जैसी मर्जी।'' मेरी कोरी आँखों में जलन होने लगी थी। चारु काकी अपने घर से चाय बनाकर लायीं और सबसे चाय पीने का आग्रह करने लगीं। पूरी रात काटनी है। धीरे-धीरे लोग चाय पीने के लिए उठने लगे। मैंने पापा के लिए कॉफी बनायी और जबरन उन्हें पिलाई। चारु काकी की बहू शीला भाभी अब तक जाग रही थीं। उनकी छोटी-सी बेटी मस्ती कर

रही थी। उसे सुलाने के लिए भाभी कितने प्रयास कर रही थीं। मैं सोचने लगी मेरी माँ ने भी मुझे यों खेलाया होगा? लाड-प्यार किया होगा! मनाया होगा?

स्मृति के धुँधले दर्पण में ऐसा एक भी दृश्य न था। चारु काकी दिये में घी डाल रही थीं। मौसी-मौसा और कुछ लोग खामोश बैठे थे। पप्पा को बड़ी मुश्किल से सुलाया था। मैं भी थोड़ी देर लेटी, पर नींद कहाँ से आती! दुनिया भर की बातें सोचते-सोचते सिर भारी हो गया। अजीब बेचैनी हो रही थी। लगता था, अभी उल्टी हो जाएगी।

मुझे याद नहीं कि मैं कभी मम्मी से लिपट कर सोई। आज भी सो रही हूँ, हमेशा की तरह अकेली। और पापा भी अकेले। अचानक मैं उठकर बैठ गयी। मन की गहराई में दबे विचार आज एकाएक बाँस की तरह फूटकर दिल को छलनी कर रहे थे।

चौथी-पाँचवीं कक्षा में थी तब। रीता की बर्थ-डे पार्टी में गयी थी। उसने मुझे अपना नया घर दिखाया था। एक बड़ा-सा बेडरूम दिखाते हुए बोली थी, ''यह मेरे मम्मी-डैडी का बेडरूम।'' मुझे आश्चर्य हुआ। मेरे पप्पा और मम्मी का बेडरूम अलग-अलग क्यों? अलग बेडरूम का मतलब समझने जितनी बड़ी हुई तब कई बार रात को जाग जाती। छिपकर देखती, माँ-पापा एक-दूसरे के बेडरूम में जाते हैं क्या? मुझे यह कहते हुए खुद पर ग्लानि भी होती, किन्तु अपनी जिज्ञासा को रोक नहीं पाती। धीरे-धीरे कई बातों में मम्मी-पापा के बीच का अलगाव मुझे समझ में आने लगा था। मुझे पापा पर दया आती और मम्मी पर खूब गुस्सा आता। कभी-कभी तीव्र इच्छा होती कि मम्मी को झकझोर कर पूछूँ, ''माँ, तुम ऐसी क्यों हो? तुम्हारी सारी इन्द्रियाँ, हृदय भी मूक और बधिर क्यों हैं?'' पर मैं जानती थी कि यह प्रयास व्यर्थ ही होगा। माँ जैसी हैं, वैसी ही रहेंगी।

बाहर के कमरे में आकर मैंने चारु काकी को आराम करने भेज दिया। मैं मौसी के पास बैठ गयी। मौसी ने मुझे अपनी बाँहों के घेरे में ले लिया। मैं बहुत बार मौसी के घर रहने चली जाती थी। वहाँ मुझे अच्छा लगता था। दोनों हँसमुख स्वभाव के थे। एक दिन मौसी ने पुराने फोटो का अलबम निकाला था। छोटे भाई-बहनों के मस्ती भरे कितने फोटो थे उसमें। मौसी बता रही थीं—सारे बच्चों में सुशीलाबेन सबसे अधिक मस्तीखोर। गिल्ली-डंडा खेल में उसे कोई हरा नहीं सकता था। ऐसी-ऐसी विचित्र नकल कर सबको वह खूब हँसाती थी। मैं आश्चर्य से उस मस्तीखोर की फोटो देखने लगी। यह माँ थी? मेरी माँ? माँ के पास तो उनके बचपन की एक भी तस्वीर न थी।

''रहने दो मौसी, माँ और मस्ती? मैंने तो आज तक माँ को मुस्कुराते हुए भी नहीं देखा है।'' मैंने कहा।

''वह तो घर और भाई-बहनों की जिम्मेदारी उस पर जल्दी ही आ गयी थी।

इसलिए ऐसा लगता है। माँ बीमारी के कारण बिस्तर पर ही रहतीं।''

मैं बहस करती, ''पर इससे क्या कोई इंसान पत्थर हो जाता है। आपको पता है, कॉलेज में ड्रामे के एक रोल में मुझे लाल चुनरी पहननी थी। उत्साह के कारण बिना पूछे माँ की आलमारी खोली। माँ कितना नाराज हुई, फिर मुझे समझाने लगी कि चुनरी खराब हो जाएगी। कीमती है। नाटक में नहीं पहनी जा सकती। आखिर पापा ने किसी ड्रेसवाले से किराये पर चुनरी ला दी थी।''

मौसी उस समय कोई जवाब न दे सकीं।

''ऐसा भी हो सकता है बेटा कि दीदी की तबीयत खराब रहने के कारण स्वभाव चिड़चिड़ा हो गया हो। वरना वह तो कितनी भोली और सरल!''

भोली और सरल शब्द सुनकर जोर से हँसी आ रही थी, पर मैंने हँसी रोक ली। मौसी को माँ से बहुत लगावा था इसलिए। कुछ देर आँखें बन्द किये चुपचाप बैठी रही। आँख खुलती तो सामने सफेद चादर में लिपटी माँ की देह दिखती। सोच रही थी, मृत्यु के समय व्यक्ति को उसके दुखद प्रसंग याद न आये तो क्या करें? सुखद स्मृतियों का भंडार तो मेरे पास था नहीं। वह भी माँ के लिए? सोचते-सोचते मैं मौसी के कन्धे पर सिर रखकर सो गयी। चारु काकी की तेज आवाज से मेरी आँख खुल गयी।

''अब सगे-सम्बन्धी आने लगेंगे। अभी बेटा धीरज रखना। तुम्हारी माँ ने नये कपड़े की पोटली स्वयं अलमारी के ऊपरी हिस्से मे रखी है, बताया था। जाओ, जरा ले आओ।''

तो माँ को पता था कि वह दुनिया से विदा होनेवाली हैं। लेकिन इसका जरा भी असर आने न दिया। हमारी मोह-माया का बन्धन तो था ही नहीं न! लोग आने लगे। कुछ लोग तैयारी में लग गये। माँ जिस कमरे में थीं, वहाँ से सबको बाहर जाने के लिए कहा गया। मैं काँप रही थी। मौसी ने कुछ अन्य औरतों के साथ मिलकर बर्फ हटाया। बड़ी मुश्किल से माँ के कपड़े उतारे। ब्लाउज कैंची से काट डाला। गीले तौलिये से मृतदेह को स्पंज किया। मौसी ने उन्हें नये कपड़े पहना दिये। माथे पर कुंकुम लगाया। बाहर आँगन में अर्थी तैयार हो रही थी। पापा अन्दर के कमरे में हतबुद्धि बैठे थे। मन हो रहा था दौड़कर पापा के पासा चली जाऊँ। पर मुझे बताये गये काम पूरे करने थे। टेप रिकॉर्डर पर गीता के श्लोक बज रहे थे। किसी ने अन्दर आकर नयी शॉल थमा दी। चारु काकी ने शॉल एक तरफ रख दी।

''शॉल क्यों ओढ़ाना। सुशीलाबेन तो सुहागन थी। अभी बेटा, उनकी लाल चुनरी तो होगी ही, लाना।''

''माँ की लाल चुनरी तो बिलकुल ही नयी है।''

''सचमुच! मैंने तो उन्हें चुनरी पहने कभी देखा ही नहीं। एक तो असली रेशम

और फिर उनकी देखभाल। बढ़िया ही होगी। लेकर आना तो।''

मैं माँ के कमरे में गयी और मन में रहस्य के भंडार की तरह अलमारी खोली। ओह! तरह-तरह की वस्तुओं से भरपूर। वह भी कितनी व्यवस्थित जमाकर रखी गयीं। हैंगर में लटकी कितनी साड़ियाँ, ब्लाउज, परफ्यूम, पर्स, चाँदी की नक्काशीदार छोटी-छोटी कितनी सारी चीजें। जब मैं स्कूल में पढ़ती थी, तब वह सब देखने और पाने को कितना जी चाहता था। अलमारी खोलने को जैसे ही चाबी घुमाती, माँ आ पहुँचतीं, ''तुम्हें क्या चाहिए? मुझसे कहो। तुम सब बिखेरोगी।'' मुझे बुरा इस बात का लगता कि क्या माँ की चीजों पर मेरा कोई हक नहीं? मैं नीचे बैठ गयी। नीचे के खंड में कीमती साड़ियाँ मलमल के कपड़े में लपेट कर रखी गयी थीं, उसके भी नीचे एक साड़ी अलग कपड़े में लिपटी रखी थी। वही माँ की लाल चुनरी थी। मैंने उसे निकाल कर तुरन्त कपड़ा अलग किया। चुनरी की तह खोली। अगर अभी माँ होतीं तो दौड़ती आतीं और चुनरी मेरे हाथ से छीन लेतीं। मुझे न देने के लिए कितने बहाने बनातीं। हृदय पर कड़वाहट की बूँदें पड़ने लगी। इस समय माँ निर्जीव पड़ी हैं। क्या अर्थ था यह सब सहेजने का? कौन-से हीरे-मोती जड़े है इस चुनरी में कि मुझे कभी शौक से पहनने न दिया? और आज इस अवसर पर काम आ रही है। माँ मुझे मनाने की कोशिश करतीं, ''अरे! अपनी बिटिया को शादी के समय इतनी अच्छी चुनरी पहनाऊँगी कि रानी लगेगी।'' मैं समझ जाती। सब टालने के बहाने हैं ये।

मैंने कपड़े में लिपटी लाल चुनरी की तह खोली। आश्चर्य! लाल चटक रंग, हाथ की कढ़ाई और उस पर सोने के तार से गूँथे बेल-बूटे। चुनरी की तह खराब न हो, इसलिए उसके भीतर कागज रखे थे। मैं धीरे-धीरे उसे खोलने लगी। ओह! कितनी सुन्दर, काश, उस दिन माँ ने मुझे यह पहनने दी होती? सब देखते ही रह जाते। मुझसे अब रहा न गया। मैंने पूरी तह खोलकर उसका जगमगाता आँचल कन्धे और सर पर डाल लिया। आईना देखकर स्वयं पर मुग्ध होने लगी।

''अभी...'' बाहर से चिल्लाने की आवाज आयी। मैं चौंकी। तुरन्त चुनरी उतारकर तह करने लगी। तभी मेरी निगाह चुनरी उतार कर नीचे गिरते हुए एक छोटे से कागज पर पड़ी। पीले पड़ गये उस कागज को मैंने उठाया। शायद कोई बिल होगा। मैंने जल्दी से उड़े हुए कागज को खोला और सरसरी निगाह से पढ़ डाला। पढ़कर मेरे पैर मानो जमीन के अन्दर धँस गये। मैं स्तब्ध थी। उस पर लिखा था, ''प्रिय खुशी, हमें बिछुड़ना ही पड़ा। शायद यही नियति थी। तुम्हारे माता-पिता अपने विवाह के लिए राजी न हुए और घर छोड़कर आने की स्थिति में तुम न थीं। तुम पर छोटे भाई-बहनों की जिम्मेदारी थी। अब तुम विवाह करके परायी होनेवाली हो। तुम्हारे सुखी-जीवन के लिए अनेक शुभकामनाएँ, मेरे मन में कोई कड़वाहट नहीं है। याद है, खुशी, तुम्हें एक लाल चुनरी बहुत पसन्द थी। अपनी शादी में वही चुनरी पहनने की तुम्हारी

खूब इच्छा थी। वही चुनरी तुम्हें भेंट कर रहा हूँ। शादी में जरूर पहनना।

अब हम कभी नहीं मिलेंगे। एक दूसरे के हाल-चाल भी नहीं जान सकेंगे। मुझे विदा दो।

तुम्हें बहुत चाहनेवाला...''

मैंने पत्र कई-कई बार पढ़ा। अचानक सबकुछ स्पष्ट हो गया। माँ का उदास, भावहीन चेहरा नजरों के सामने घूम गया। कितने वर्षों तक इन जख्मों को छिपाये माँ जीती रहीं? परिस्थितियों से जूझती रहीं। उनके साथ हुआ अन्याय और पापा तथा मेरे साथ हुआ अन्याय...सम्बन्धों के माप-तोल में कहाँ क्या गलत था? क्या सही था? अब सब खत्म हो गया था...पीड़ा भी और जीवन भी।

मैंने कागज के टुकड़े-टुकड़े कर मुट्ठी में भींच लिया। चुनरी लेकर बाहर निकली। माँ को मृत देह पर चुनरी ओढ़ा दी। मैं एकटक देखती रही। माँ उस चुनरी में कितनी सुन्दर लग रही थीं। पापा ने माँ के चारों ओर घूमकर प्रदक्षिणा की। माँ को फूलों का हार पहनाया और उनके पैरों पर सिर रख फूट-फूट कर रो पड़े। मैंने माँ की मृत देह पर फूल बिछा दिये। साथ ही वे कागज के टुकड़े भी। जिन्दगी भर माँ ने जो गोपनीय रखा, अन्तिम यात्रा के साथ ही वह भी भस्म हो जाये। 'राम नाम सत्य है' के साथ अर्थी उठी और मेरा रुदन फूट पड़ा।

मंगलसूत्र

बिन्दु भट्ट

पुष्पा ने बस की आखिरी सीढ़ी से पैर नीचे रखा ही था कि पीछे से जोरदार धक्का लगा। सड़क पर पैर रखते हुए वह लगभग गिरते-गिरते बची। सीधे खड़े होने की कोशिश करते हुए बाईं ओर बगल में अचानक ऐसा दर्द उठा कि वह झुक कर दोहरी हो गयी।

"साला दाढ़ीजार..." पीछे देखा और दर्द के साथ गाली भी उसके होठों में दब गयी। उसने साड़ी के पल्लू से होठ पोंछे और चल पड़ी। आज तो चाय भी आधी छोड़कर निकली है, कहीं भी समय पर नहीं पहुँच पाती। पहले ऐसा न था। पुष्पा को लगा, पहले सचमुच ऐसा कहाँ था? शादी के पहले पन्द्रह वर्षों तक तो सूरज कहाँ से उगता है, कहाँ डूबता है, उसका भी पता न था। शादी के बाद ससुराल में चूल्हे-चौके के सिवाय कहाँ कुछ देखना पड़ता था? गंगाजी का पुल पार कर जब वह साबरमती तट पर आयी तब उसे पता चला कि दुनिया में ऐसी नदी भी है, जो साल में ग्यारह महीने सूखी पड़ी रहती है। दिन के उजाले में उसने पहली बार ठीक से हरपाल को देखा तब समझ में आया कि उसकी आवाज की तरह, आँखें भी उतनी ही तीखी हैं।

कमरे से बाहर पैर रखते ही वह घबरा जाती। न जाने कितनी ही घूरती आँखों को अनदेखा कर वह स्वयं में सिमटने का प्रयास करती। यहाँ की औरतों को वह आश्चर्य से देखती। चूल्हा-चौका, कपड़ा-बरतन, झाड़ू-पोंछा, हाट-बाजार, ब्याह-मातम—सब जिम्मेदारियाँ बिजली की गति से सँभालने वाली ये औरतें न जाने किस मिट्टी की बनी हैं? और तो और यदि मोहल्ले में टंटा-फसाद हो जाये तो पति को घर भेज, खुद अकेली ही सबसे निपट लेतीं।

पुष्पा के विस्फारित नेत्रों को देखकर हरपाल कहता, "अरे! इनका बस चले तो ये अकेले ही बच्चे पैदा कर लें, तुम से तो..." पति के अधूरे छोड़े वाक्य को समझ विरोध करना चाहती पर उसकी आँखों के लाल कोने देखकर वह तलवार म्यान में

कर लेती। जब नयी-नयी आयी थी, तब एक बार उसने दो दिनों तक सिर्फ रोटी ही बनायी थी। पड़ोसन रज्जो ने पूछा तो कहा, "मुन्नी के बापू नहीं हैं, मैं कैसे बाजार जाऊँ? हम लोगों में तो..." रज्जो ने लगभग धमकाते हुए कहा था, "अरे! लाजो रानी, इस तरह अपने उधर के रिवाज से चलोगी तो जिन्दगी भर एक-न-एक चीज को तरसती रहोगी। जिस तरह अपने अधर के घूँघट और चद्दर छोड़ दिये हैं, वैसे ही ये नखरे भी छोड़ो और हाथ-पैर हिलाओ। एक बात गाँठ बाँध लो—जैसा देस वैसा ही भेस। तुम भी सीखो और छोकरियन को भी सिखाओ।"

सुबह चार बजे से चरखा चालू हो जाता। उसके उठते ही, साथ में सोई छुटकी भी जाग जाती। वैसे तो वह आठ साल की है, पर पतली-सी गुदड़ी में माँ के कारण ही उसे गर्मी मिलती। पुष्पा उसे हरपाल के पास सुलाती फिर अपनी गुदड़ी भी उसे ओढ़ा देती। फटी-पुरानी पतली-सी गुदड़ी में पैरों को सिकोड़े, सोते हुए हरपाल को देखकर उसका सिन्दूर पिघलने लगता, पैर की अँगुलियों की बिछिया चुभने लगती।

एक काम करते हुए उसकी आँखें बाद के दूसरे कामों पर लगी रहतीं और मन कपास की तरह कल तथा आज के सूतों को सुझलाने में। जिस ठकुराइन के पैर, दिन के उजाले में उसका पति तक न देख सकता था, वह म्यूनिसिपल संडास की लाइन में खड़े-खड़े पैर बदलती रहती। वह लाइन खत्म होती तो नल की लाइन शुरू हो जाती। वैसे तो पानी भरने का काम उसने अपनी लड़कियों को सौंप दिया था पर जबसे ठंड शुरू हुई है, माँ का दिल मानता नहीं। खुद ही पानी भरती, कपड़े धोती। बड़ी टिफिन तैयार करती। बीच की सरोज-शैलु दोनों बिस्तर उठातीं, तैयार होतीं, कॉलेज जातीं। झाड़ू-पोंछा और शाम की रसोई भी मँझली करती। बड़ी मुन्नी दोपहर को रेडीमेड कपड़ों की दर्जन के भाव से सिलाई करती। सपने देखने की उम्र में उसकी आँखों पर चश्मा लग गया। दिन भर लगे रहें तब शाम को मुश्किल से रोटी-भाजी का जुगाड़ हो पाता।

रज्जो कई बार कहती, "बड़की को बिठा दे करघे पर, दोनों कमाओगी तो कल को चार पैसे जमा भी हो सकेंगे।"

उदासी की गहराई में छिपी दहशत पुष्पा की आँखों में तैरने लगती। लड़कियों को बाहर काम पर भेजने की बात पर हरपाल पागल हाथी की तरह घर को चौराहा बना डाले तो? पुष्पा रास्ता पार कर रही थी कि पास से गुजरती बस से उसे अपने नाम की पुकार सुनाई दी। उसने देखा रज्जो बस के दरवाजे पर खड़ी हाथ में पकड़े टिफिन को हिला रही थी। पुष्पा को लगा उसे आज भी देर हो जाएगी। इस सरक्यूलर बस की अपेक्षा रज्जो की तरह वह भी डबल बस से आती तो? लेकिन रोज के आने-जाने में दस रुपये का खर्च कैसे पुसाता? रज्जो से समानता नहीं की जा सकती। उसका

तो पति भी कमाता है, और फिर केवल एक ही बच्चे को पालना—हमीद। मेरे सिर पर तो चार-चार जवान लड़कियाँ। क्या होगा? कौन थामेगा उनका हाथ?

उसने अपने मन को दूसरी ओर लगाया—आज हाजरी मास्टर छुट्टी पर हो तो? पुष्पा फिर गिरते-गिरते बची। देखा तो सेफ्टी पिन से जोड़े स्लीपर के पट्टे टूट गये। उसे मालूम था कि ये कभी भी टूटेंगे। स्लीपर निकाल कर हाथ में ले ली और एक हाथ से उसने साड़ी की चुन्नटों को ऊपर खोंसा। जल्दी कपड़े धोने के चक्कर में वह आधी गीली हो जाती। बस में उसके गीले कपड़ों को देख लोग सरक जाते, यह लाभ ही था। वह मुस्करा उठती। इन सबको गंगाजी में डुबकी लगवाएँ तो? ठंड के मौसम में सुबह ग्यारह बजे तक गंगा किनारे, कोई युवा तेल-मालिश करता तो कोई दंड-बैठक लगाता। नहाकर छोटा देवर महेन्द्रपाल घर आता तो पाँच सौ ग्राम चावल झटक जाता। और वह खुद! एक ओर चूल्हे पर पानी उबलता रहता, नाईन आकर तेल उबटन करती और नहलाती। नहाकर अन्दर के आँगन में बाल सुखाती बैठती तथा नाईन पैर में महावर लगाती। महावर तो आज भी है, पर अब उसका रंग फीका पड़ गया है।

एक तो नंगे पैर और फिर गीला पेटीकोट। चलना मुश्किल हो गया। इस तरह वह कब पहुँच पाएगी? दूर से मानव मन्दिर पर फहराती ध्वजा देखकर उसने सिर झुकाया। मन्दिर के टॉवर पर देखने की उसकी हिम्मत न हुई। तभी घड़ी ने नौ डंके बजा दिये। आज तो हाजरी मास्टर वापस ही भेज देगा। सोसायटी के गेट पर पहुँच कर उसने सामने कम्पाउंड की ओर देखा। कमरे की देहरी के पास टेबल पर हाजरी मास्टर दयालजी गर्दन झुकाये कुछ लिख रहे थे। पुष्पा के मन में आया कि लौट जाऊँ, पर वह गेट खोलकर अन्दर आ गयी। गेट खुलने की आवाज के साथ ही दयालजी की नजरें ऊपर उठीं और बायफोकल से सीधी चुभ गयीं। चार सीढ़ियाँ चढ़ते हुए पुष्पा को लगा जैसे वह अभी फिसल जायेगी। जैसे ही वह करीब पहुँची कि ताक में बैठे दयालजी ने रजिस्टर पटकते हुए कठोर आवाज में कहा, "आज भी देरी। कहाँ घूमने रुक गयी थी? यह क्या तुम्हारे बाप का बगीचा है कि जैसी मर्जी हो करो। है कोई चिन्ता? ऑर्डर की इस साड़ी के लिए चार दिन बचे हैं। आधी साड़ी तो अभी बाबिन में ही है। इस तरह तो हो चुकी पूरी।" दस्तखत करती पुष्पा को कोई सफाई देने की इच्छा न हुई। क्या कहे? ठंड में स्कूलों का समय देर से होने के कारण दो-दो बसें खचाखच भरने के बाद बड़ी मुश्किल से तीसरी बस मिल पाती है, वह भी लटकते-खटकते। पर इस सप्ताह में वह चौथी बार देर से आयी। रोज-रोज वही कारण।

"एक तो जरी-बॉर्डर, बूटी का काम लिया। इन कामचोरों पर कैसी दया। इन भुक्कड़ों को तो..." दयालजी के बाकी शब्द पुष्पा के करघे की खट्-खट् में बिखर गये। दयालजी का गुस्सा पुष्पा समझ सकती थी। अभी तक वह सूत और रेशम का ही काम करती थी। अबकी बार दयालजी की दया से उसे जरी-रेशम और बॉर्डर-

बूटी का काम मिला है। साड़ी पूरी होने पर साढ़े-चार सौ नकद मिलेंगे। कितने हाथ-पैर जोड़े, तब दयालजी ने सोसायटी के इंचार्ज से कहा था, ''दो साल से काम कर रही है। ठीक है। पति कमाता नहीं। पहले मिल में था, मिल बन्द हो गयी तो मजदूरी नहीं करता और फिर सब लक्षणों से पूरा है। चार-चार लड़कियाँ हैं। इस बेचारी से ही घर चलता है। वैसे तो यह धर्म का काम है।'' दयालजी के खैनी भरे टेढ़े-मेढ़े होते मोटे होठ और मुँह से निकलते सिगरेट के धुएँ के अलग-अलग आकार बनाने में मशगूल सोसायटी इंचार्ज को देखकर पुष्पा का मन घृणा से भर उठता। मानो उसकी गरीबी को एक बिकाऊ माल की तरह दिखाता और दूसरा खरीद कर उपकार करता। पुष्पा खून का घूँट पीकर रह जाती।

इस बुनकर मंडली में पुष्पा दो वर्षों से काम कर रही थी। शुरू में तो थोड़ी-बहुत मदद हो जाये उतना ही, पर बाद में सारी जिम्मेदारी उसके सिर पर आ गयी। हरपाल नुक्कड़ पर बैठता। अनाड़ी को माल बनाने और बोझ उठाने के सिवाय काम भी क्या मिलता? ऊपर से अकड़ू। बात-बात पर 'मैं ठाकुर जात' की छड़ी फुँफकारती। उसे मिल में भी रंगों की समझ आते दस साल लग गये थे। पुष्पा ने करघा खड़ा कर बुनी हुई साड़ी को कसने के लिए लकड़ी की पट्टिओं को ऊपर-नीचे फिट किया।

''अरे, छोड़! अब अब बस भी कर। रोटी नहीं खानी है?'' कहते हुए रज्जो पुष्पा के पास आकर बैठ गयी।

''तू खा ले, मुझे भूख नहीं।''

''तू मेरी एक भी बात नहीं मानती। मैंने पहले बोला कि इस बार टेस्ट करा ले। पिछली बार तो बच गयी, पर नहीं मानी।'' पुष्पा के चेहरे पर नाजरागी देखकर वह फिर बोली, ''हाँ, ठीक है, सुअर का बच्चा ही पैदा करना, पर कुछ अपना भी ख्याल कर। देख कितनी फीकी पड़ गयी है तू। ये हाथ-पैर में सूजन अच्छी नहीं। इस ब्लड-प्रेसर के मारे कभी-कभी बच्चा पेट में ही मर जाता है और साथ में माँ को भी ले जाता है। अपने लिए न सही पर लड़कियों के लिए तो तुझे जीना पड़ेगा। वरना तेरा ये खसम तो...''

''बस-बस, बहुत हुआ। तू जा! दयालजी देखेंगे तो तेरा पेट भी गालियों से भर जाएगा।'' पुष्पा ने रज्जो को वहाँ से चलता किया। वह सोचने लगी, रज्जो की बात सच थी। लड़कियों के लिए तो जीना ही पड़ेगा। जन्म दिया है पर पालूँ कैसे! न तो भर पेट रोटी दे सकती हूँ न तन ढाँकने को पूरे कपड़े। कौन पकड़ेगा इन लड़कियों का हाथ? वतन में वर ढूँढ़ने की हैसियत ही कहाँ है? मान लो हो तो भी मेरी लड़कियाँ वहाँ घुटकर मर जाएँगी। वहाँ के रीति-रिवाज और रहन-सहन तो ठीक, पर घर के बाहर सब अनजाने। छुटकी के जन्म के समय देवरानी आयी थी तो घर जाकर उसने कैसी-कैसी बातें फैलाई थीं, ''अरे, वहाँ तो माँ-बेटियों ने शरम-हया बेच खाई है।

जेठानीजी तो दिन-दहाड़े जेठजी से बतियाती हैं और लड़कियाँ? दुपट्टा डालें तो कसम ले लो हमसे। अरे, रात-बेरात सौदा लेने चली जाती हैं और न जाने क्या पकाती हैं, हम तो भूखी ही मर गयीं। दाल में मीठा और सब्जी में भी। एक घड़ी को भी चैन नहीं, सारा काम खुद करो। न कहार, न धोबन। हमारी तो कमर ही टूट गयी।''

पुष्पा के हाथ थम गये। नहीं, वह लड़कियों को मरने नहीं देगी। कभी-कभी लगता कि ये लड़कियाँ ही उसके लिए खुली हवा और दिन का उजाला लेकर आयी हैं। यदि सरोज-शैलू जुड़वा न हुई होतीं तो हरपाल गाँव छोड़ता क्या? वह पाँच भाइयों के बीच छ: बीघा जमीन और आम के भरोसे वहीं पड़ा रहता। वह खुद दिन भर चौके से, सामने बैठक में हुक्का भर-भर के भिजवाती रहती या कभी दस-पन्द्रह दिनों में, अँधेरे कमरे में टिमटिमाती ढिबरी के उजाले में नशाखोर पति के पैर दबाती रहती। राजसी ठाठ-बाट की विलायती छत के नीचे दीमक लगे काठ-स्तम्भ कब तक टिकते? ईश्वर का किया मजाक अच्छा ही रहा। बेटे की राह देखती पुष्पा की गोद में जुड़वा बेटियाँ धर दीं।

जब अपने वतन में थी तब वह कहती, ''ये तीन-तीन बेटियाँ सर पड़ी हैं। कुछ करो। इस तरह कब तक ठकुराई के गरूर और खानदारी इज्जत के मोह में इस गाँव में पड़े रहोगे?''

हरपाल का प्रश्न सामने होता, ''तो क्या करूँ?''

''परदेस जाओ। गाँव के कितने ही लोग मुम्बई, कलकत्ता, दिल्ली, अहमदाबाद जाते हैं। जो काम मिलता, करते हैं। कोई नया हुनर सीखते हैं। सँभाल लेते हैं।'' लेकिन हरपाल का एक ही जवाब होता, ''वो सब छोटी जात के काम हैं। हम से नहीं होते।''

अन्त में पुष्पा के पिता ने दस हजार रुपये देकर, धन्धा करने के लिए हरपाल को अहमदाबाद भेजा। धन्धा तो क्या करता? पुष्पा के मायके की पहचान से एक मिल में काम मिल गया। आज इस बात को पूरे सत्रह वर्ष हो गये। जोड़-तोड़ करते-करते बापू नगर की निराश्रित चाल में एक कमरे का भी जुगाड़ हो गया। पूर्वजन्म का कुछ लेन-देन बाकी होगा, इसलिए पड़ोसन रज्जो ने किसी तरह पुष्पा को इस हथकरघा सोसायटी में लगवा दिया। सोसायटी इंचार्ज को पहले कुछ भेंट तो देनी ही पड़ती है, पर हरपाल से किस तरह बताया जाये? और फिर पैसे की व्यवस्था कहाँ से होगी? ऊपर से मिलें बन्द हो गयीं। बड़ी को इस दिसम्बर में बीस पूरे हुए। काम और कमान के चक्कर में उसे मुश्किल से बारहवीं तक पढ़ाया। मँझली सरोज-शैलू जिद कर कॉलेज जाती हैं। फीस माफ है। क्या पता शायद कोई शिक्षा की कद्र करनेवाला मिल जाये।

पुष्पा सोच रही थी क्या जिन्दगी भर इसी तरह छोटे-बड़े सहारे ढूँढ़ते रहना पड़ेगा। एक गहरी साँस लेकर उसने दीवाल से पीठ टिका दी। अन्दर की आग भट्ठियों की तरह धधक रही थी। ब्लाउज़ के नीचे का बटन खोलकर उसने छाती को मसल दर्द कम करने का प्रयास किया, तभी दाहिनी ओर कुछ चुभा। उसे याद आया कि बस में कोई खींच न ले इस डर से मंगलसूत्र उतार कर उसने ब्लाउज में रख लिया था। निकालकर फिर गले में डाल लिया। मंगलसूत्र के लॉकेट को हाथ में पकड़ पुष्पा उसे एकटक देखती रही। मायके की एकमात्र निशानी। क्या नहीं दिया था उसके माँ-बाप ने? तिलक में पूरे इक्यावन हजार नगद। शादी में चेन, अँगूठी और ट्रक भर घर-गृहस्थी का सामान। यह भी कम लगा तो फेरे लेते समय हरपाल ने जिद कर स्कूटर भी लिया। पुष्पा के दस तोले सोने सहित सबकुछ खत्म। अब बचा है केवल यह मंगलसूत्र।

पुष्पा की नजर पेट पर पड़ी। छुटकी के वक्त कितनी मन्नतें मानी थीं। दशाश्वमेघ घाट से विश्वनाथ मन्दिर तक लेटते-लेटते हुए जाकर दर्शन करने के बाद चावल न खाने की मन्नत छोड़नी। पर वक्त! लगा कलेजा बाहर आ जाएगा। उसने पल्ले से चेहरे पर आये पसीने को पोंछा। फिर पेट की ओर देखा। पुष्पा को लगा कि हाथ में पकड़ी पोटली की तरह उसका पेट दिन पर दिन नीचे की ओर सरकता जा रहा है। पेटीकोट का नाड़ा ऊपर करना चाहा तो एक धक्का फिर और। करघे की खड़खड़ाहट में उसकी तड़पती आवाज ओझल हो गयी। कोई दौड़कर पूरी ताकत के साथ अन्दर से जैसे दरवाजे खोलने की कोशिश कर रहा हो। कभी बायीं ओर से कभी दाहिनी ओर से, कौन होगा? पुष्पा ने कसक से दाँत भींच लिए, "इस बार भले ही पैदा हो जाये। सुअर का बच्चा, लेकिन मर जाऊँगी तो भी..."

उस दिन जन्माष्टमी थी। लड़कियों को मेले जाना था। किन्तु बाप तो हमेशा की तरह हाथ झटक कर खड़ा हो गया था। बड़ी ने उस दिन पहली बार बाप के सामने मुँह खोला, "बापू, मैं भी अम्मा के साथ करघे पर बैठती तो?"

"खबरदार! जबान खींच लेंगे हम। तुम्हारी अम्मा जाती है, वही काफी है।"

पुष्पा को गुस्सा आया। क्या वह कोई नीच काम कर रही है? लेकिन पति को समझाते हुए उसने बात को सँभाला, "आप मानो। घर में तीन-तीन जवान बेटियाँ बैठी रहें, उससे अच्छा कोई छोटा-मोटा काम करें, उसमें क्या गलत है?"

सुई से दाँत कुरेदते हरपाल को चुप देखकर पुष्पा की हिम्मत बढ़ी। "सुबह बड़ी घर सँभाले और दूसरे पढ़ें। किसी अच्छे घर में एक समय खाना बनाएगी तो कुछ सीखेगी भी। कल को ससुराल जाएगी तो क्या करेंगे? यहाँ तो खाली डिब्बों के सिवाय क्या देखा है उसने?" न चाहने के बावजूद भी उसकी आवाज में कड़वाहट आ गयी।

"ये नहीं होगा। कभी नहीं। लोगों की जूठन हमारी लड़कियाँ नहीं उठाएँगी।

अगर देहरी के बाहर कदम रखा तो तुम्हारी भी टाँग तोड़ के धर देंगे हम। तुमको क्या? जात-बिरादरी में तो मुँह हमें दिखाना है।" हरपाल चीखा।

"हाँ हाँ...ले जाएँगे हमारी लड़कियों को तुम्हारे जातिवाले। और दहेज में क्या दोगे खाक! याद रखना तुम्हारे ही कारण ये लड़कियाँ बूढ़ी होकर इसी घर में दफन न हो जाएँ तो मेरा भी नाम बदल देना।"

रोती-कलपती पुष्पा सो जाती और हरपाल जूते चटकाता घर के बाहर। उस जन्माष्टमी की रात भी ऐसा ही झगड़ा और फिर तमाशा। दारू की गन्ध से लथपथ गालियों की बौछार तथा दरवाजे पर लातें। उस दिन तो हरपाल ने हद कर दी। आधी रात को चारों लड़कियों को आँगन में धकेल कर पुष्पा पर बलात्कार ही किया। एक-एक चोट के साथ आदेश, "लड़का दे साली, कमजात, छोकरा ला, हरामजादी..." हरेक आघात के साथ पुष्पा का निश्चय फौलाद बनता जाता, "नहीं दूँगी, मर जाऊँगी तो भी..."

पुष्पा यहाँ भी हार गयी। कितनी ही देशी-विदेशी औषधियाँ और गोलियाँ लीं, पर फिर भी छठवाँ महीना पूरा होने आ गया। उसे लगता लड़की ही होगी तभी तो टिकी है। कभी लगता कि मर जाना बेहतर, किन्तु फिर बेटियों के लिए हृदय में प्यार उमड़ने लगता। करघा खट्-खट् चल रहा था, साथ ही पुष्पा के विचार भी। उसकी उँगलियाँ कभी फिसलते तार को सँभालती तो कभी टूटे तारों को जोड़तीं। एक गुलाबी रेशम का तार और दूसरा सुनहरी जरी का। बॉर्डर में केरी आकार की हल्की जामुनी बूटी और वैसी ही बूटी पूरी साड़ी में। ऐसी साड़ी पहनी हो तो गहनों की भी जरूरत नहीं।

"क्यों पुष्पा बहन सो गयी क्या? हाथ चलाओ हाथ। अनाज नहीं खाती क्या...?" दयालजी ने अपनी हाजिरी का अहसास करवाया।

इस बार शुरू से ही तकलीफ रही है। पहले तीन-चार महीने पेट में अनाज का दाना न टिका। हाथ-पैर चेहरे पर हमेशा सूजन रहती है। डॉक्टर कहते हैं, नमक बन्द करो पर चटनी के सहारे ही तो रोटी मुश्किल से गले के नीचे उतरती है, फिर? सरकारी अस्पताल से ताकत की गोलियाँ मिली हैं, लेकिन दूध के साथ खानी पड़ती हैं। सातवाँ शुरू होने पर करघे का काम नहीं कर सकूँगी। अभी ही मुश्किल से हाथ पहुँचता है। छोटे कद की यही तकलीफ। कैसे पूरे होंगे सब काम! पुष्पा ने सोचा, मेरे बदले यदि मुन्नी को करघे का काम मिल जाये तो! वह बेचारी तो कब से कह रही है। बोलूँ क्या दयालजी को? पर उसे क्या भेंट चढ़ाऊँगी? पुष्पा का हाथ मंगलसूत्र तक जाते-जाते रुक गया। उसे उबकाई आयी। उठकर बाथरूम की ओर जाते हुए पुष्पा की आवाज उसके कानों में पड़ी—"अरे मैं तो पहले से उसके लक्षण समझ गयी थी। मेरे हमीद के गले बाँध रहा था मेरा देवर। अच्छा हुआ पहले ही भाग गयी।"

पुष्पा सोचने लगी, "मेरी बेटी ऐसा करेगी तो? बेचारी छूटेगी या फिर...।" उसका कलेजा धक-धक करने लगा। हरपाल तो पूरे घर को आगे लगा देगा और खुद भी मर जाएगा। पुष्पा को लगा कि न जाने कितने ही नश्तर उसके पेट को खोद रहे हैं। वह बैठना चाह रही थी, पर लगा गिर ही पड़ेगी। जैसे कोई छाती पर चढ़कर बैठा हो। हवा में हाथ हिलाते हुए उसे धकेलने की कोशिश करने लगी। उसके पैरों से सररर महावर बहने लगा। बाथरूम में लटकती साँकल उसके हाथों से खिंच गयी। खड़ड़ड़ड़ड़ और एक चीख—"अम्मा रे...!"

पुष्पा की आँखें खुलीं तो समने सफेद सपाट छत। कानों में पड़ती किसी की बड़बड़ाहट। उसने धीरे-से बाजू की ओर नजर घुमाई तो मुन्नी उसका हाथ पकड़े स्टूल पर बैठी थी। नजर सरक कर आगे पड़े स्टैंड पर गयी। टप...टप...टपकती लाल और सफेद बूँदे उसकी नसों में समा रही थीं। वह थक गयी। नजरें तो न जाने कितने दूर के दृश्यों को पास खींच रही थीं। पुष्पा ने आँखें बन्द कर लीं।

माँ को होश में आया देखकर मुन्नी ने पूछा, "अम्मा, प्यास लगी है?"

पुष्पा ने आँखों से इंकार किया। पलंग के करीब खड़ी छुटकी पास आयी। उसके सिर पर हाथ फेरने का मन हुआ, पर हाथ निर्जीव-सा लटक गया। छुटकी जोर से रोने लगी, "अम्मा...हमारा...!" उसका रोना टिफिन लेकर आती हुई रज्जो ने सुन लिया।

"अरे, छोड़ बिटिया...एक नहीं हजार मिलेंगे। जा नीचे जाकर तेरे चाचा को ये थैली दे और बोलना हरा नारियल ले आये।" रज्जो ने छुटकी के हाथ में थैली पकड़ा दी। मुन्नी ने देखा कि दोनों बोतलें खाली होने आयी हैं, वह नर्स को बुलाने चली गयी। पुष्पा ने आँखें खोल रज्जो को बुलाना चाहा पर आवाज ठीक से नहीं निकल पा रही थी। रज्जो नजर बचाती हुई दवा, टिफिन, चम्मच, प्याला इधर से उधर करती रही। नर्स आकर दोनों बोतलें निकाल कर चली गयी। पुष्पा ने सोचा, पूछूँ पर क्या? मुझे कुछ-कुछ समझ में आ रहा है। वह हवा में उड़ते कागज की तरह हल्की लग रही थी। अन्दर से जैसे किसी ने सारा बोझ निकाल दिया है। चलो, वह भी चली गयी और उसे भी बख्श गयी। पर वह लड़की थी या...या फिर? पुष्पा काँप उठी। रज्जो दौड़कर नर्स को बुला लायी। "ये काँप क्यों रही है?"

"होता है ऐसा भी कभी।" कहते हुए नर्स ने इस प्रकार इंजेक्शन लगा दिया, जैसे दीवाल में कील ठोंक दी हो। जाते-जाते बोली, "इसके मरद को साब ने बुलाया है।"

"मुन्नी के बापू..." पुष्पा बुदबुदा रही थी।

"अरे, नाम मत ले उस हैवान का। उसे तो अभी भी कागज पर दस्तखत नहीं करना है। उस नासपीटे को क्या पड़ी है औरत और बच्चों की! मुँहजले के मुँह में

बस एक ही बात—लड़का दे, लड़का दे। कहाँ से दें? और तेरे बस में हो तो तू कर पैदा। तू ही तो हर बार डाल देता है लड़की और...पर इस बार..." बाकी के शब्द रज्जो के गले में ही दबकर रह गये।

पुष्पा एकदम उठकर बैठ गयी। उसने मंगलसूत्र निकाल कर रज्जो के हाथ में रख दिया। उसकी मुट्ठी बन्द कर, सहमी हुई मुन्नी को पास बुलाया। उसके सिर पर हाथ रखते हुए कहा, "अब तू भी मेरे साथ करघे पर काम करना।"

तप

रवीन्द्र पारेख

रेवती मन-ही-मन बड़बड़ाती चलती रही। सड़क का छोर आ गया, किन्तु वह कहाँ से गुजर रही है, इस तरफ उसका ध्यान ही न था। दफ्तर से निकलने के बाद धूप धीरे-धीरे कम हो रही थी। तेज हवा से उड़ते आँचल के छोर को उसने अँगुली में लपेट लिया और इस प्रकार मरोड़ने लगी मानो किसी फैसले को मरोड़ रही हो। नम्बर न लगी लाटरियों का कचरा जैसे हवा में उड़ा दिया, काश! वैसे ही इस निर्णय को भी...

उसे सबसे अधिक गुस्सा मम्मी पर आया था। वह भी भाई-भाभी के हाथों की कठपुतली बन गयी थी। यद्यपि यह भी सच था कि भाई की स्थिति ठीक न थी लेकिन वह कहाँ उस पर बोझ बननेवाली थी! खुद का खर्च निकालने जितना तो वह भी कमा ही लेती थी। एक ही शौक था उसे पर उससे दूसरों का कोई नुकसान तो न था। उसने जो कुछ खर्च किया, खुद का किया। उसमें दूसरे किसी का क्या लुट गया? केवल इसी कारण मात्र से भाई-भाभी ने उसे नकार दिया होगा, ऐसा भी नहीं लगता। स्वभाव से अवश्य वह कटु वचनी थी, पर अब तो पूरे घर को उसकी आदत पड़ गयी थी।

"नहीं, नहीं..." रेवती के मुँह से अनायास निकल पड़ा। किसी ने सुना होगा क्या? उसने आस-पास नजर डाली, कोई न था, फिर तो खुद से ही सवाल-जवाब करती चंचल बनी चलती रही। उसका सिर 'नकार' मुद्रा में कब घूम जाता, इसका उसे खुद ही पता न चलता था। उसका स्वभाव किसी ने समझा होता तो बात इतनी आगे बढ़ती ही नहीं। उसने तो बहुत कोशिश की थी, किन्तु उन लोगों को भी तो समझना चाहिए न?

समझना उन लोगों को ही चाहिए था क्या? किसे समझने की आवश्यकता थी? उसने तो नहीं कहा था न, कि शादी हुए बगैर वह कच्चा खा रही है? और न ही कुछ ऐसा भार बन गयी थी उन पर कि भार कम करने के लिए चाहे जिससे उसकी जीवन-गाँठ बाँध दें। एडहॉक बेसिस पर महिला बैंक में नौकरी तो मिल ही गयी थी और अब तो परमानेंट भी हो गयी...फिर ऐसी क्या उतावली थी कि एक ड्रग एडिक्ट के

पल्ले मुझे बाँध दिया। रोज सीरिंज नस में खोंच लेता और पूरी रात बड़बड़ करता रहता। सुबह उठकर माफी माँगता, फिर रात को जबरन माफी मँगवाता। वह कोई महान हस्ती तो था नहीं कि...एक दिन तो उसने रेवती पर हाथ उठाया तब रेवती को सहन न हुआ। बिफर कर उसने साले को ऐसी लात मारी कि वह लड़खड़ाता हुआ आईने से जा टकराया और उसका सिर फूट गया।

मानो तकदीर ही फूट गयी हो, इस प्रकार रेवती माँ की गोद में रोती रही। रेवती को वापस घर ले जाने के लिए उसने भी कई चक्कर लगाये, किन्तु रेवती टस-से-मस न हुई। पिछली बार आया तो मनाने के बदले तलाक देने की धमकी दे गया। रेवती को लगा कि आँचल की गाँठ बाँधे रखने की अपेक्षा उसे खोल देना अधिक आसान है...और फिर जहाँ जुड़ना ही गलत था, वहाँ से छूट जाने का गम भी क्या? उसने ही सामने कहलवा भेजा कि यदि वह नहीं आया तो मैं खुद ही तलाक ले लूँगी। वह भी समस्याओं की गाँठें नहीं, पर जीवन की गाँठ छोड़कर ही माना।

भाई-भाभी ने समझाया तो बहुत पर...मम्मी भी बोलीं, ''बेटियाँ तो ससुराल में ही अच्छी लगती हैं।'' रेवती आक्रोश से भर गयी। ''ऐसा नहीं...'' भाई ने रेवती के कन्धे पर हाथ रखते हुए कहा, ''तू घर में बैठेगी तो फिर छुटकी का हाथ कौन थामेगा!''

''उसकी शादी के लिए क्या मुझे विधवा बनना पड़ेगा?''

''इसमें विधवा होने की बात कहाँ से आ गयी?''

''देखो भैया, मैं ससुराल जाऊँगी तो उस अफीमची का खून हो जाएगा मेरे हाथों।''

सुनकर मम्मी तो स्तब्ध रह गयीं। लगा कि लड़की तेजाब से भरी है। इसके बावजूद वह एक दिन रेवती से बोलीं, ''रेवती, मेरे कारण भाई-भाभी रख लेंगे तुझे, लेकिन मैं कितने दिन रहूँगी? इससे अच्छा तू ससुराल में होती तो...''

''तुम्हें बोझ लग रही हूँ तो बोल दो मैं अपना देख लूँगी।''

''तो फिर क्या चाहिए?'' मम्मी ने लम्बी साँस खींची।

''तुम्हारा दामाद ड्रग-एडिक्ट है।''

''और तुम? तुम लॉटरी-एडिक्ट नहीं हो।'' मम्मी ने घूरते हुए कहा। रेवती उन नजरों का सामना न कर सकी। वह विरोध तो करना चाहती थी, पर कुछ कह न सकी। बोलती भी कैसे, हकीकत तो यही थी न?

किसी भी तरह से लॉटरी की लत छूटती ही न थी। वह जानती थी कि वह हद से अधिक पैसे लॉटरी में खर्च कर डालती है और ट्रेज़ेडी यह कि आज तक एक रुपये की लॉटरी भी न लगी थी। समझ में नहीं आ रहा था कि आखिर यह शौक उसे कहाँ से लग गया था! वर्ना तो औरतों को केवल 'सेल' में ही रुचि रहती है, जबकि

वह तो टिकिटें ही खरीदती जाती इस आशा से कि एक दिन तो...

रेवती गिरते-गिरते बची। उसने नीचे देखा, साड़ी चप्पल में फँसने के कारण खिंच रही थी। झुककर उसने साड़ी बाहर खींची और चौक की तरफ मुड़ी। अचानक उसे याद आया कि आज तो एम.पी. लॉटरी का रिज़ल्ट है। एक सनसनी-सी पूरे बदन में दौड़ गयी। जल्दी से जल्दी हॉस्टल पहुँचना चाहिए। जानती थी कि एक कौड़ी भी लगने वाली नहीं, फिर भी हर बार रिज़ल्ट देखते वक्त उसका उत्साह दुगुना हो जाता। एक अजीब-सी मुस्कान उसके चेहरे पर आयी। मन-ही-मन बड़बड़ाई, ''यों तो जिन्दगी में भी उसे क्या मिला था?...फिर भी वह जीवित तो है न?'' पल भर के लिए लगा कि वह खुद भी टिकिट ही है। कुछ समय पापा ने सँभाला, उसके बाद मम्मी ने। उनके पास न लगी तो पति को सौंप दी गयी। वहाँ से वापस हुई तो अब भाई-भाभी के पास।

रेवती घर में क्या बैठी, मानो घर ही बैठ गया। रातों-रात भाई-भाभी का व्यवहार बदल गया। आवाज में मिठास कम होती गयी। रातें लम्बी होती गयीं। उनकी हर बात व्यंग्य और तानों में बदलने लगी। लॉटरी पर होनेवाला खर्च भाभी को चुभने लगा। घर में बड़ी मुश्किल से खर्च पूरा पड़ता है और बहनजी को लॉटरी से फुरसत नहीं मिलती। यह सब सुनने और सहन करने का स्वभाव रेवती का न था, फिर भी वह गम खा गयी। मन तो चाहता था कह दूँ, लॉटरी आपके पैसे से तो नहीं खरीदती न? फिर मम्मी का चेहरा देखकर चुप रह गयी। बेकार में उसका सन्ताप बढ़ेगा और वह...। पर उसका मौन लाचारी थी। अब भाभी की जीभ और लम्बी हो गयी, ''घर के काम-काज तो कुछ नहीं, और जी भर कर खाने को चाहिए।''

''तो मैं कहाँ मुफ्त में खा रही हूँ?''

''तो, तो यह पैसे किसी होटल वाले को ही दो न, वही खिलाएगा।''

''वह तो है, लेकिन मुझे तो घर का मोह है, इसलिए...''

''इतना ही मोह था तो घर छोड़ा ही क्यों?''

''घर बैठना था न इसलिए...'' रेवती जल उठी।

''क्या कमाल है!'' भाभी ने व्यंग्य किया, ''जो था, वह छोड़ दिया और जो नहीं है उसके पीछे भागती फिर रही हो। घर तो 'वर' से होता है, बाकी तो...''

भाभी बड़बड़ाती-फड़फड़ाती चौके में घुस गयी। बाकी की कसर शाम को पूरी हुई। भाई नौकरी से घर आया और भाभी ने आग में घी डाला।

दो दिन बाद मिलने वाली पॉलिसी की रकम के लिए भाई ने पूरा घर सिर पर उठा लिया। पॉलिसी के पेपर निकालने के लिए जैसे ही आलमारी खोली, ढेर सारी लॉटरी की टिकिटें फर्श पर बिखर गयीं। हजारों रुपयों की लॉटरी। नम्बर न लगी हुई पुरानी लॉटरियाँ। इन सबके बीच पॉलिसी के पेपर कहाँ मिलते? भाई खीझते हुआ

चिल्लाया—"रेवती...रेवती..." रेवती दौड़ती हुई आयी, "क्या हुआ?"

"यह सब क्या है?" टिकिटों को घूरते हुए उसने पूछा।

"टिकिटें।"

"इतनी सारी?" भाई चीखा।

"तो भी कहाँ लगीं?"

"नहीं लगती तो लेती ही क्यों हो?"

"लूँगी ही नहीं तो लगेंगी कैसे?" रेवती जबरन हँसी। इतने में ही भाभी आ टपकी, "आनेवाले दिनों में यह घर लॉटरी का म्यूज़ियम न बन जाये तो कहना!"

भाई के चेहरे पर क्रोध की रेखाएँ खिंच गयीं।

"इस घर में रहना हो तो यह सब छोड़ना पड़ेगा रेवती।"

"लेकिन मैंने तो लॉटरी खरीदना इसी घर से सीखा है।"

"इस घर से घुटने के बल चलना भी सीखी, तो क्या अब भी घुटने पर ही चलती रहोगी?" भाई बोला।

"और यह सब किसके सर पर रहकर?" भाभी कहाँ चुप रहती।

"अपनी जान पर, अपने भरोसे पर भाभी।" रेवती कमान से तीर की तरह छूटती हुई बोली, "मैं अपने पैसों से लॉटरी खरीदती हूँ, उसमें..."

"हम पर उपकार नहीं करती समझी न? और अपनी कमाई पर बड़ा घमंड है तो अलग ही रहो न!"

"यह घर मेरा भी है भाभी।"

"था, अब नहीं है। यह तो तुम्हारे भैया में ही दम नहीं, वरना तुम्हें यहाँ टिकने ही कौन देता?"

"कौन मुझे टिकने नहीं देगा? मैं भी देखती हूँ जरा।"

अचानक भैया क्रोध से भर उठे। उसने रेवती की बाँह पकड़ कर बाहर सड़क पर धकेल दिया। रेवती ने पुनः घर में घुसने की कोशिश की, किन्तु तब तक दरवाजे अन्दर से बन्द हो चुके थे।

मेन गेट खोलकर रेवती होस्टल में आ गयी। वॉश-बेसिन की तरफ मुड़ी। मुँह पर पानी के छींटे मारे। पर्स में से नेपकिन निकाल चेहरे पर धीरे-से दबाते हुए उसने अपने कमरे का दरवाजा खोला और पलंग पर जा गिरी। लॉटरी की बात याद आते ही वह एकदम उठ बैठी। स्विच-ऑन किया। कमरे में हल्का नीला उजाला फैल गया। पर्स में से रिज़ल्ट वाला पेपर निकाल कर नम्बर देखने लगी, किन्तु लॉटरी की टिकिट कहाँ है? अलमारी खोली, उसका हर कोना देखा। बैंक की फाइल निकाली, उसमें रखे पूरी पेपर्स उलट-पलट कर देखे, पर टिकिट कहीं न मिली। लग रहा था, उसकी जान ही निकली जा रही है। फाइल में ही तो रखी थी...आखिर गयी कहाँ?

उसने अलमारी का ड्रॉअर ही पूरा बाहर खींच डाला और अगले ही पल ढेर सारी टिकिटें फर्श पर बिखर गयीं। घुटनों के बल बैठ वह सभी टिकिटें तितर-बितर करने लगी। उसे खुद पर गुस्सा आया। इतनी सारी टिकिट क्यों जमा कर रखी हैं? उनके रिज़ल्ट आ चुके थे, और वह नम्बर नहीं लगे थे...फिर क्यों झख मारने के लिए...अब इस ढेर में एम.पी. की टिकिट कैसे खोजूँ? इसी फालतू के ढेर के कारण ही तो उसे घर के बाहर निकाला गया था। वह भी हार मानने को तैयार न थी। फोन पर धमकी दे डाली थी, "घर में रहने दो, नहीं तो कोर्ट की सीढ़ियों पर पैर रगड़ने को तैयार रहो।"

"हूँह!" जैसे तिरस्कार भरे शब्द के साथ भैया ने रिसीवर रख दिया था। रेवती ने मम्मी को भी ताकीद की थी पर उसकी कौन सुनता? आखिर केस करने के अलावा कोई और उपाय भी न था।

अब टिकिट ढूँढ़ने के सिवाय और कोई उपाय न था। एक बार फिर सारी टिकिटें देख डालीं, पर वह टिकिट तो हाथ न लगी। आज तक, रिजल्ट आने से पहले इस तरह कोई टिकिट गुमी न थी। आज नम्बर चेक किये बिना ही...नम्बर मिलाने के बाद भी वह कोई टिकिट फेंकती न थी, और यह तो बिना नम्बर देखे ही...वह सिर खुजलाने लगी। राम जाने टिकिट कहीं होगी भी या फिर...

"नहीं-नहीं, खो तो नहीं सकती।" वह अपने आप से ही बोली। उसने फिर एक-एक टिकिट देखते हुए दूसरी ओर रखना शुरू किया। तभी पड़ोस में रहनेवाली उसकी फ्रेंड अन्दर आयी। लॉटरी की टिकिटों के बीच बिखरी हुई रेवती को देखकर हँस पड़ी, "क्यों...कोई लगी भी या फिर...?"

"लगी भी होगी शायद पर वह टिकिट ही नहीं मिल रही..."

"सँभाल नहीं सकती तो खरीदती ही क्यों हो?"

टिकिटों का ढेर दिखाती रेवती बोली, "सँभाल रखी है, उसकी ही तो मुश्किल है।"

"अब खाना खाने चलोगी या लॉटरी खाकर ही पेट भरोगी?"

"मुझे नहीं खाना। तुम जाओ, मेस बन्द हो जाएगा तो..." कहते हुए रेवती पुन: लॉटरियों के ढेर में उलझ गयी।

"कमाल है!" कहकर फ्रेंड बाहर चली गयी।

अचानक रेवती को याद आया कि उसने किसी डायरी में नम्बर नोट तो किया ही था। वह तुरन्त खड़ी हुई तो उसकी गोद से कुछ टिकिटें उड़कर फर्श पर गिरीं। डायरी तो ठीक...पर कौन-सी डायरी? कपबोर्ड से उसने सारी डायरियाँ बाहर निकालीं। डायरी के पन्ने पलटते हुए उसमें से एक विज़िटिंग कार्ड नीचे गिरा। कार्ड देखा, वकील का फोन नम्बर था। उसे याद आया वकील ने कहा था कि हम केस

जीतेंगे ही। डिवोर्स के बाद स्त्री को मायके में रहने का हक मिलना ही चाहिए। उसे उस घर का सदस्य माना ही जाना चाहिए... और भी बहुत कुछ कहा था उसने। खुद उसके लिए भी यह प्रतिष्ठा का प्रश्न था। रेवती जानती थी कि माँ के यहाँ, बेटी को पराये घर जाना है, यही मानकर पाला-पोसा जाता है और ससुराल में तो उसे अपना समझता ही कौन है? है न विचित्र! रेवती अपनी ही धुन में बड़बड़ा रही थी, ''दो-दो घर होते हुए भी वह रही तो बेघर!''

कोर्ट से फैसला सुनाया गया था कि तलाक के बाद यदि स्त्री अपनी माँ के घर रहती है तो भी वह उस परिवार की सदस्य नहीं मानी जा सकती।

रेवती पर मानो आसमान टूट पड़ा। पर वह क्या करे? यह तो अच्छा हुआ कि शहर में वर्किंग विमेन हॉस्टल का उसे पता चला...लेकिन इस टिकिट का कहीं पता नहीं लगा रहा। बेचैनी बढ़ती जा रही थी। सोचा, यदि नम्बर मिल गया और टिकिट ही नहीं मिली तो? उसे स्वयं पर क्रोध आ रहा था। गुस्से में उसने अपने बाल बिखेर डाले। इतनी सारी टिकिटें जमा ही क्यों कीं? तभी उसके शैतान मन ने तर्क दिया, ''यों तो जमा न करने लायक कितना कुछ...''

''चुप...'' वह स्वयं पर झल्लाई। यह सच था कि कहीं वह संग्रह करना नहीं चाहती थी, और कहीं वह खुद संग्रह न हो पायी। आश्चर्य है, फिर भी वह कितना संग्रह कर बैठी है...लॉटरी की टिकिटें भीं! रेवती फिर टिकिटों के ढेर के बीच बैठ गयी। उतावली बढ़ती जा रही थी पर टिकिट का ढेर कम नहीं हो रहा था। एकाएक उसे पता नहीं क्या सूझा, सारी टिकिटों को एक बोरे में भर खिड़की से ही उसे बाहर कचरा पेटी में फेंक दिया। बोरे के गिरने की आवाज से पास बैठा कुत्ता चौंककर उठ खड़ा हुआ। अजीब सन्ताप से भर रेवती ने दरवाजा बन्द किया, फिर सामने पड़ी बैंक की फाइल उठाकर दूसरे कोने में फेंक दी। पलंग पर जा यों फफक कर रो पड़ी मानो सबकुछ हार गयी हो। उसकी नजर फेंकी हुई फाइल पर पड़ी। फाइल का फोल्डर खुल कर बाहर आ गया था और उसमें...उसने झपट कर फोल्डर उठाया...यह रही एम.पी. लॉटरी की टिकिट। नम्बर मिलाने के लिए उसने रिज़ल्ट वाला पेपर उठाया ही था कि दरवाजे पर दस्तक हुई। आश्चर्य...''इस समय?''

भाई ने हाथ बढ़ाते हुए कहा, ''कांग्रैट्स...तुम्हें दो करोड़ की लॉटरी लगी है।''

''व्हॉट?'' रेवती फर्श पर ही बैठ गयी। फिर टिकिट का नम्बर मिलाने लगी। नम्बर मिलते ही वह चीख पड़ी, ''जीत गयी...जीत गयी...।'' वह खुशी से अन्दर-बाहर फुदकने लगी। फिर रुककर भाई से पूछा, ''तुम्हें कैसे पता चला?''

''तुम अपनी डायरी मम्मी के पास भूल आयी थीं, उसी में नम्बर लिखा देखा...''

दिल उछलकर हथेली पर आ जाएगा, ऐसा महसूस होते ही रेवती ने अपनी

आँखें बन्द कर लीं। फिर भाई का ख्याल आया। भाई को पलंग पर बैठाकर बोली, ''क्या लोगे? चाय या...''

''मैं तुम्हें लेने आया हूँ।''

रेवती चौंक पड़ी। मानो गाँठ खोल रहा हो, इस तरह भाई बोला, ''क्या लकड़ी पीटने से पानी कभी अलग होता है?''

''किन्तु तुमने तो बिना लकड़ी पीटे मुझे अलग कर दिया।''

''उससे बहन का रिश्ता थोड़े ही मिट जाता है।''

''मिट ही गया है, रिश्ता भी और मैं भी।''

''ऐसा क्यों कहती हो? हमारा एक-दूसरे पर अधिकार तो है ही न।''

''कम-से-कम मेरा तो नहीं है।'' रेवती हँसी।

''मेरा तो है ही, तुम पर ही नहीं...।''

''मेरी सम्पत्ति पर भी, यही न...?''

''हाँ, यही तो...''

''हूँ...एक फूटी कौड़ी नहीं दूँगी।''

भाई को झटका लगा। क्या कहे, कुछ सूझा नहीं तो धमकी देने पर उतर आया, ''तो मजबूर होकर मुझे तुम पर केस करना होगा।''

रेवती के होठों पर कड़वी मुस्कान आ गयी।

''कोर्ट ने ऑलरेडी जजमेंट दे ही दिया है कि मैं उस परिवार की सदस्य नहीं हूँ। इतना ही नहीं...''

भाई ने कुछ कहने की कोशिश तो की, पर शब्द गले में ही अटक गये। रेवती ने लगातार खुले दरवाजे की ओर इस प्रकार देखा कि भाई को चुपचाप बाहर निकल जाना पड़ा। उसको जाते हुए देख रेवती हँसी। पहले धीरे से, फिर ठहाके लगाकर इतनी जोर से कि...।

शक्तिपात

अंजलि खांडवाला

पति की सरकारी नौकरी की वजह से शिवानी आज यहाँ तो कल वहाँ। अभी-अभी ही उसके पति का ट्रांसफर हुआ। फिर से घर खाली करना और फिर एक-एक तिनका समेटकर दूसरा घर जमाना शिवानी के लिए बहुत मुश्किल हो जाता। फिर भी उसने पुराने घर को समेटकर नयी जगह में व्यवस्थित कर दिया। अब वह सबसे विकट समस्या को सुलझाने में जुट गयी। दोनों बेटों का एडमिशन। उस क्षेत्र के सुप्रसिद्ध विद्यालय 'शक्तिशाला' की बहुत प्रशंसा सुनी थी उसने सबसे। वह शाला के प्रिंसिपल से मिलने पहुँची। सज्जन से दिखते प्रिंसिपल अपनी छोटी-छोटी आँखों से शिवानी को यों देख रहे थे मानो कोई डॉक्टर स्टेथेस्कोप से उसका परीक्षण कर रहा हो। प्रिंसिपल के सामने बैठी शिवानी उनकी आँखों का देखना टाल कर बच्चों के एडमिशन के विषय में पूछताछ करने लगी। अचानक चौंककर प्रिंसिपल बोले, "आप शिवानी हो न?"

"हाँ, पर...आप कैसे पहचानते हैं?"

"मैं तो दिन में कितनी बार आपको याद करता हूँ। पिछली बार महाबलेश्वर कब गयी थीं? वह माताजी का मन्दिर याद है न?"

महाबलेश्वर...माताजी का मन्दिर...शिवानी को कई वर्ष पुराना समय याद आया। उसकी आँखों के सामने अतीत की घटनाएँ दृश्य बनकर उभरने लगीं।

जंगल की पगडंडी पर, दो चमकते काले जूते चले जा रहे हैं। कदमों की लय जैसे आन्तरिक लय को प्रकट कर रही ही—चम...(एक-दो-तीन) चम...(एक-दो-तीन)। जूतों से सीधे ऊपर, अन्तिम छोर पर एक, हनुमान-सा माथा चमक रहा है। उस माथे के अन्दर अखरोट जैसे मस्तिष्क में इसाई धर्म की जड़ें फैली हैं, जिसकी लताएँ पूरे व्यक्तित्व पर छायी-सी लगती हैं। हाथ की अँगुलियाँ, चेहरा और काले जूते बाहर रखकर पूरे शरीर पर सफेद लम्बा कुर्त्ता लटका हुआ-सा है। कुर्त्ते पर पड़ी सिलवटें अपनी-अपनी जगह स्थिर खड़ी हैं। बत्तीसी बाहर निकालकर हँसती हुई

कुर्ते की सफेदी, चारों तरफ फैली हरियाली में उभरती आती है। सफेद रंग से आकर्षित हुई दो जवान आँखें उस आकृति का पीछा करती चली जा रही हैं। 'मेरे पीछे कोई है' इस विचार का अनुभव होते ही काले जूते की गति धीमी हो गयी। पानी में मछली की तरह तैरती पीछे आ रही दो आँखें सफेद कुर्ते से टकराती हैं। चारों पैर थम गये। चारों ओर बिछी शान्ति में मानो रंगीन पंखुरियों वाला शब्द-कमल खिल उठा।

"इस पगडंडी पर चलते हुए मुझे आज पहली बार कोई मिला है।" आवाज में लहर-सी डोल उठी।

"इस रास्ते पर आप रोज आती हैं?" आवाज में वजन था, गम्भीरता थी।

"इतनी सँकरी कमरवाली पगडंडी कहलाती है, रास्ता नहीं।"

नाजुक अँगुलियों को गोल घुमाते हुए वह बोली।

कुर्ते के मोटे कपड़े के भीतर एक कम्पन हुआ।

"आ..ई...मीन...पगडंडी..." सफेद कुर्तेवाले की जीभ लड़खड़ायी।

"इस पगडंडी पर मैं तो दो सौ बार आ ही चुकी होऊँगी।"

जंगल की हरियाली के बीच झरते प्रकाश में बोलनेवाली की आँखों में तूफान और सुननेवाले की आँखों में उलझन चमक रही थी।

"आप यहाँ पास में ही रहती हैं?"

"वह...पीला मकान दिख रहा है न...वहीं...'किंग्स कॉटेज' नाम है! और आप... ?"

"दि नोबलिस कॉलेज में...सतारा रोड पर।"

"वहाँ से गुजरते हुए तख्ती देखी है। ऐसा लगता है कि वहाँ कोई नहीं रहता।"

"वह पादरियों का कॉलेज है।"

"आप वहाँ क्या पढ़ते है?"

"पादरी बनने का प्रशिक्षण।"

"आप अभी पादरी नहीं हैं?"

जवाब में नकारात्मक सिर हिला।

"तो फिर यह सफेद कुर्ता किसलिए?"

"ईश्वर यदि मनुष्य को रंगीन देखना चाहता तो मोर या तितली की तरह हमें भी रंग-बिरंगा नहीं बनाया होता?"

"कितनी अतार्किक बात! भगवान को कहाँ पता था कि मनुष्य उसके रंग और डिज़ाइन से ऊबकर कुछ ही दिनों में नये रंग के लिए रोता-कलपता भगवान के पास आएगा। वैसे भी मनुष्य अपनी कल्पनाशक्ति से चाहे जैसा रंग धारण कर लेता है, फिर भगवान को क्या पड़ी है?" भौंहे चढ़ाये शिवानी सफेद कुर्ताधारी से उत्तर पाने उसके सामने ताकने लगी।

उसने कलाई में बँधी घड़ी की ओर देखा, ''बहुत देर हो गयी है...प्रार्थना का समय हो जाएगा।'' कहते हुए आगे-पीछे देखे बिना सफेद कुर्ता भागा।

शिवानी बॉम्बे यूनिवर्सिटी में फिलॉसफी की विद्यार्थी थी। पिछले सप्ताह ही उसकी परीक्षा खत्म हुई थी और शिवानी परीक्षा की थकान उतारने के लिए महाबलेश्वर गयी थी, अकेले। वैसे शिवानी को किसी का साथ पसन्द था, पर वह अकेले में भी एकान्त का भरपूर आनन्द ले सकती थी। 'किंग्स-कॉटेज' उसके पिता का ही बंगला था। बंगले के पास ही बनी झोंपड़ी। उस पर पूरा विश्वास रखते हुए शिवानी को अकेले भेजने में उन्हें कोई आपत्ति न हुई।

पादरी ने जीवन के तीस वर्षों का परिभ्रमण पूरा कर लिया था। नौ भाई-बहनों में वह पाँचवाँ था। नाजरथ नाम था। जन्म के पूर्व ही उसकी माँ साराम्मा ने निश्चय कर लिया था कि यह बालक ईश्वर को अर्पण होगा। आठ भाई-बहनों को सब बातों की छूट किन्तु नाजरथ अपनी छोटी खिड़की खोलकर रंगों को स्पर्श करना चाहता या फूलों की खूशबू लेने के लिए गहरी साँस खींचता अथवा उसकी जीभ स्वादों में डूब जाना चाहती तो माता-पिता तुरन्त उसे रोक-कर कहते, ''ईश्वर को पाना है तो मन को इन सब चीजों से दूर रखना होगा।''

नाजरथ भी स्वभाव से जिद्दी। जो ठान लिया सो ठान लिया। तीव्र बुद्धि, पढ़ने की लगन और ईश्वर को प्राप्त करने की धुन के कारण उसे 'जेस्युइट्स ऑर्डर' में प्रवेश मिल गया। पादरी बनने के लिए ही उसका जन्म हुआ है, बस यही उसकी श्रद्धा थी। उसे अपनी जिन्दगी से कोई शिकायत न थी। तेरह वर्ष की साधना के बाद अब उसकी मंजिल, उसका ध्येय बिल्कुल निकट था। पन्द्रह दिनों में वह बिशप की हाजिरी में पादरी की पदवी का ताज पहनेगा। इन पन्द्रह दिनों में उसने अमन की गहराई में उतरकर अपनी निष्ठा की जाँच की थी। कहीं कोई भी छोटी-सी कमजोरी तो नहीं? महाबलेश्वर आये उसे केवल तीन दिन ही हुए थे कि शिवानी से भेंट हुई। नाजरथ को समझ में नहीं आ रहा था कि शिवानी से मिलने के बाद उसे क्या हो रहा है! शिवानी भी कहाँ जानती थी कि कुछ पलों के लिए मिले उस पादरी की चाह, सुबह के इन्तजार में रात भर उसे जगाती रही। दूसरे दिन प्रात:काल की प्रार्थना उसने फटाफट निपटाई। मुँह धोते हुए बेसिन पर लगे आईने में नाजरथ ने तीन-चार बार अपना चेहरा देखा। अपना चेहरा देखने का इतना आनन्द उसे कभी नहीं मिला था। छह बजने में पाँच मिनिट बाकी थे। वह कॉलेज के लोहे के छोटे गेट से निकल कर 'किंग्स कॉटेज' की ओर चल पड़ा। दूर जलती हुई रंगीन बिजली देखकर नाजरथ का हृदय धड़कने लगा। उसकी नस-नस में सिहरन-सी उठने लगी। कुछ ही देर बाद वह शिवानी के साथ-साथ चल रहा था। शिवानी के हाथ में लाल गुलाब की एक कली थी।

"लो, यह अपने कुर्ते में लगा लो। आपके सफेद कुर्ते में कुछ रंगत आ जाएगी।" कहते हुए शिवानी ने गुलाब उसकी कँपकँपाती अँगुलियों में थमा दिया।

"आप कल उस पगडंडी पर पहली बार ही गये थे?" शिवानी ने पूछा।

"हाँ, क्यों?"

"वहाँ से और आगे जाने पर माता का मन्दिर है। बनाया हुआ नहीं। छोटी-सी गुफा के अन्दर माता की स्थापना की गयी है। अद्‌भुत जगह है वह। आप देखना चाहेंगे?"

"क्यों नहीं?"

पैर आगे बढ़ने लगे। पगडंडी पीछे छूटने लगी।

"आप पादरी कब बन जाएँगे?"

"बस! पन्द्रह दिनों में।"

"पन्द्रह दिनों के बाद क्या कोई बड़ा फंक्शन होगा?"

"ग्रैंड फंक्शन, मैं जिसकी प्रतीक्षा बचपन से कर रहा था। बिशप के सामने पूरी विधि होगी। अन्तिम बिशप मुझसे भेंट करेगा...और उसके बाद मैं पादरी।"

"आपको क्या प्रतिज्ञा लेनी होगी?"

"प्रतिज्ञा तो मैं चार वर्ष पहले ही ले चुका हूँ।"

"भीष्म प्रतिज्ञा क्या?"

"भीष्म...मतलब...?"

"अरे! भीष्म कौन? आप यह भी नहीं जानते और चले हैं प्रतिज्ञा लेने।"

नाजरथ का चेहरा फीका पड़ गया।

"आपने कौन-कौन सी प्रतिज्ञा ली हैं?"

"अपरिग्रह : अर्थात् स्वामित्व का त्याग, ब्रह्मचर्य, जेस्युइट ऑर्डर का पूरा पालन, और जनसेवा।"

"इन प्रतिज्ञाओं का पालन आप कर सके?"

"बहुत-कुछ।"

"चार वर्षों में आपको कभी भी आपके 'ऑर्डर' की आज्ञाएँ असत्य नहीं लगीं?"

"नहीं।"

"मान लीजिए कि जेस्युइट्स ऑर्डर का कोई निर्णय या विचार आपको बिल्कुल गलत लगे तो आप क्या करेंगे?"

सफेद कुर्ताधारी मौन होकर विचार में डूब गया।

"जीसस तो भ्रष्टाचारी पादारियों के खिलाफ लड़े थे। वे स्वयं किसी ऑर्डर के सदस्य न थे और न ही उन्होंने किसी धर्म की स्थापना की। जीसस तो सन ऑव

गॉड थे। किसी सामान्य व्यक्ति से उसकी तुलना नहीं की जा सकती। ऑर्डर में रहने से संयम बना रहता है।''

''और ऑर्डर के बाहर जाओ तो क्या गायब हो जाता है? ऑर्डर यानी चौकीदारी ही हुई न? लंगड़े को बैसाखी तो चाहिए ही।''

''ऑर्डिनेशन का क्या महत्व है? बताइए तो जरा?''

''मुझे आपसे बहस नहीं करनी है।''

''माना कि आपको बहस नहीं करनी, किन्तु बचपन से आप जिस बात की प्रतीक्षा कर रहे हैं, उस विधि की महिमा तो जानूँ?''

''पोप मुझे कैथलिक चर्च के सदस्य के रूप में स्वीकारेंगे, बस इतना ही कह सकता हूँ।''

''आपके जीवन का उद्देश्य पादरी बनना है या अपने ध्येय को पूरा करने के लिए पादरी बनना पड़ा?''

जवाब में मौन!

''विश्व के किसी भी महान चिन्तक ने दुनिया को उधार की आँखों से नहीं देखा है। भगवान बुद्ध, ईशु, गाँधीजी, सॉक्रेटिस, शंकराचार्य, इन्होंने कोई रेडीमेड धर्म नहीं अपनाया।''

''लेकिन मैं उन लोगों में से एक नहीं हूँ।''

''टू बैड!''

पगडंडी समाप्त हो गयी और जापानी पंखे की तरह वह मैदान में खुल गयी। मैदान के बीचों-बीच गोल-सा भीमकाय पत्थर पड़ा हुआ था। शिवानी आतुरता से पत्थर की ओर दौड़ पड़ी। पत्थर की उस गुफा के बिल्कुल छोटे-से रास्ते को पेट के बल लेटकर उसने गुफा में प्रवेश किया। वह पालथी लगाकर बैठ गयी। थोड़ी ही देर में वह कुर्ताधारी गुफा के पास आकर रुक गया। समस्या थी पेट से घिसटते हुए अन्दर जाने की। वह दुविधा में था, यदि कुर्ता फट जाएगा तो? गुफा का प्रवेश बहुत ही छोटा था, किन्तु अन्दर उसमें काफी बड़ी जगह थी। पन्द्रह-बीस व्यक्ति वहाँ आराम से बैठ सकते थे। हाँ, खड़े नहीं हो सकते थे। गुफा की ऊँचाई बहुत कम थी। वहाँ पर रखी पीतल की घंटी को जोर-जोर से बजाकर शिवानी हँस पड़ी।

''अन्दर आने का इतना-सा कष्ट तो होता नहीं, जनसेवा कैसे होगी?''

सफेद कुर्ता घिसटता, सिकुड़ता हुआ अन्दर पहुँचा। उसे अन्दर आने में सहायता करने के लिए शिवानी ने अपने हाथ का सहारा दिया। शिवानी के कोमल स्पर्श से वह फूल-सा खिल उठा। इस अनजानी सम्वेदना से वह डगमगा गया। शिवानी को भी उसका स्पर्श बहुत सुखद लगा। काश! अन्दर आने में थोड़ा समय और लगता तो वह अन्दर आकर शिवानी के सामने बैठ गया। पश्चात्ताप की मुद्रा में उसने दोनों हाथ

जोड़कर आँखें बन्द कर लीं और मौन बैठा रहा। शिवानी उसे एकटक देखती रही। उसके मन में आया—यह तो अपने व्यक्तित्व को मिटाकर पादरी बनने चला है, और यदि मैं अभी इससे चिपककर बैठ जाऊँ, दो चार किस कर दूँ तो इस पादरी का क्या हाल होगा? शिवानी को अपने इस विचार पर हँसी आ गयी। कुर्ताधारी ने आँखें खोलीं, फिर पूछा, "क्या हुआ?"

"नहीं कहूँगी।"

अचानक पक्षियों तथा बन्दों का शोरगुल शुरू हो गया। शोर बढ़ता गया...बढ़ता गया...मानो डरकर चीखता हुआ जंगल भाग रहा हो। कुर्ताधारी काँपती आँखों से चारों ओर देख रहा था। उसकी घबराहट देखकर शिवानी खिलखिला कर हँस पड़ी। कुर्ताधारी ने होठ पर अँगुली रखकर चुप रहने का संकेत किया। शिवानी और जोर से हँसी। उसकी हँसी ने अग्नि में घी का काम किया। वह डरकर बिल्कुल धीमी आवाज में बोला, "आपको यह पता है यहाँ बाघ...चीता..."

"उन्हें तो कबसे हमारी सुगन्ध आ गयी होगी।...अब...चलो गीता के श्लोक बोल लूँ?" शिवानी ने गीता के दूसरे अध्याय 'स्थितप्रज्ञस्य' का भाषा से बोलना शुरू कर दिया। कुर्ताधारी का भय क्रोध में बदलने लगा।

कुछ देर में शोर ऐसे बन्द हो गया जैसे तेज बजता हुआ आर्केस्ट्रा संगीत मास्टर के संकेत से एक क्षण में बन्द हो गया हो। ठीक उसी क्षण 'ब्रह्म निर्वाणमृच्छति' बोलती हुई शिवानी भी चुप हो गयी। जैसे कुछ हुआ ही न हो, इस तरह वह सर्प के समान गुफा से बाहर निकल गयी। अपने कुर्ते में उलझता-फँसता जैसे-तैसे वह कुर्ताधारी भी बाहर निकला। तब तक शिवानी सामने जामुन के पेड़ पर चढ़ बैठी थी। उसने जामुन का एक छोटा-सा गुच्छा कुर्ताधारी पर इस प्रकार फेंका मानो फूलों से उसका स्वागत कर रही हो। अपनी सैकड़ों जामुनी जीभ से सफेद कुरते को चीरते हुए जामुन जमीन पर गिर गये। कुर्ताधारी के क्रोध में फिर उबाल आया। ऊपर से शिवानी ने आवाज दी, "पेड़ पर आइये, जामुन खाने में खूब मजा आएगा।" सफेद कुर्ता रूखे स्वर में 'गुडबाय' कहता वापस चल पड़ा।

दूसरे दिन शिवानी को पता नहीं क्या सूझी, वह सुबह-सुबह मुम्बई रवाना हो गयी। पादरी को अपने मन से निकाल उसे महाबलेश्वर में ही छोड़ गयी। वर्षों बाद वह सफेद कुर्ता रंगीन पोशाक में उसके सामने कुर्सी पर बैठा था। उसे देख शिवानी पर महाबलेश्वर की गुलाबी फिर छा गयी।

"अब इस उम्र में जब सफेद अधिक मैच होता है, तब आप कलरफुल बन गये? क्या अब पादरी के लिए सब छूट है!"

"मैं कहाँ पादरी बना, जो मुझे पता हो।"

"क्या बिशप ने इंकार किया?"

"मैं पादरी बना ही नहीं।"
"असम्भव!"

सच...आपसे मिलने के बाद मेरा पूरा अस्तित्व डगमगा गया था। जिन बातों को मैंने सहजता से स्वीकारा था, उन्हें मेरी बुद्धि चुनौती देने लगी। मुझमें ही जैसे दो व्यक्ति समा गये। एक 'मैं' कहता पादरी बनने के लिए ही मेरा जन्म हुआ है। दूसरा 'मैं' कहता कि जिन ईश्वरीय अनुभवों को प्राप्त करना ध्येय है, उसके लिए पादरी बनना आवश्यक नहीं, बल्कि बन्धन है। मैंने सन्त फ्रांसिस असिसी को पढ़ा, जिसने स्वेच्छा से पादरी बनना अस्वीकृत किया, गाँधीजी के सत्य के प्रयोग पढ़े। दोनों पर चिन्तन-मनन किया। बारह दिनों तक मैं अपने कमरे में पड़ा रहा। नींद हराम हो गयी। अन्त में बुद्धि को छोड़ मैंने ईशु की शरण ली। मैंने अपनी पूरी जिन्दगी उसके हाथों में सौंप दी। उस रात मुझे अद्भुत अनुभव हुआ इन आँखों से नहीं, किसी दूसरी ही आँखों से। मैंने भेड़ों का एक झुंड देखा। सब मिमियाते हुए चले जा रहे थे। एक लंगड़ा बच्चा बहुत पीछे रह गया था। में-में किये बिना वह अचल श्रद्धा और निडरता से चला जा रहा था। भेड़ों का झुंड कहाँ का कहाँ पहुँच गया था। लंगड़ा अँधेरे में भटक गया। वह ईशु को याद करता रहा। तब ग्वाले के वेश में ईशु आये। उस बच्चे को मैंने पहचान लिया, मैं ही था। उसी क्षण मुझे अद्भुत शान्ति का अनुभव हुआ। कुछ ही घंटे बाद 'ऑरक्कनेशन' विधि होनेवाली थी। इतने में दरवाजा खटखटाया। पिताजी की आवाज आयी, "नाजरथ जल्दी करो।" माँ ने चिल्लाकर कहा, "चलो बेटा।"

"नहीं आऊँगा! मुझे पादरी नहीं बनना है।" मैंने दरवाजा खोलते हुए कहा। माँ-पिताजी को सुनी हुई बात पर विश्वास नहीं हुआ। उन्होंने मुझे बहुत समझाया, धमकाया भी। फिर दोनों मुझे कोसने लगे। अपनी मन:स्थिति समझाने का मैंने बहुत प्रयास किया, पर कोई फायदा न हुआ।

वे बिशप को मेरे पास लेकर आये। वे बोले, "बेटा, तुम्हारा उत्साह कैसे शिथिल हो गया। जीत के शिखर पर पहुँचकर तुम हार रहे हो! बेटा चलो! प्रीस्ट बनना ही तुम्हारा धर्म है—उस धर्म का पालन करो। इसके बिना तुम्हारी मुक्ति नहीं।"

"किन्तु मुझे नहीं बनना पादरी।"

"प्रीस्ट बनकर ही तुम किंगडम ऑव हेवन प्राप्त करोगे।"

"वह तो मेरे अन्दर ही है।"

"पर दिव्य चक्षु के बिना तुम उस विराट के दर्शन कैसे करोगे?"

"ईश्वर कृपा से मुझे दिव्य चक्षु भी मिल जाएँगे।"

"धर्म का पालन न करनेवालों को नरक के सिवाय कुछ नहीं मिलता।"

''मेरा धर्म मुझसे कहता है कि तुम अपने अन्त:करण में ही ईश्वर को खोजो, न कि चर्च की चार दीवारों में। ईश्वर को खोजने के लिए मुझे पादरी बनने की आवश्यकता नहीं।''

बिशप परेशान होकर लौट गये। शर्म से गर्दन झुकाये मेरे माता-पिता भी चले गये। जाते-जाते कह गये, ''तू हमारा बेटा नहीं है।'' उसी रात मैं वहाँ से निकल पड़ा। बहुत भटका। कितनी ट्रेनें बदलीं। अन्त में इस गाँव में पहुँचा। यहाँ कॉलेरा फैला था। रोज कितने ही इस बीमारी से मरते। मैंने सोचा, किसी दूसरी जगह चला जाऊँ। लेकिन मानो इसी काम के लिए ईश्वर ने मुझे भेजा है, और मैं यहीं रह गया। कॉलेरा के मरीजों की सेवा करते-करते में पूरे गाँववालों के साथ सहजता से जुड़ गया।

बचपन से ही दूसरों ने मेरे जीवन का उद्देश्य तय कर लिया था। मेरे मन में भी उनका बताया ध्येय अपनी जड़ें जमा चुका था। यदि आप न मिली होतीं तो शायद मैं जीवन का कोई अन्य उद्देश्य न जान पाता। इसलिए मेरे मन में एक ऐसी शाला खोजने की चाह जागी, जहाँ बालक स्वतन्त्र हों, वह स्वयं ही निश्चित करें कि उन्हें क्या पसन्द है? क्या करना है? क्या सच, क्या झूठ? यदि उसे लगे कि उन्होंने कुछ गलत किया है, तो वे अपने तरीके से अपनी भूल सुधारें। किसी भी प्रकार के बन्धन के बिना बालक किस तरह खिलता है, यह देखते मेरा मन भरता नहीं।''

''शिवानी! तू...तुम...कुछ बोलो! तुमने क्या किया?''

शिवानी को जिन्दगी में पहली बार महसूस हुआ कि वर्षों पहले उस दिन अपने द्वारा फेंके गये जामुन से भी अधिक जामुनी उसके सामने फेंका हुआ यह सवाल था। मुँह झुकाकर धीरे से बोली, ''हाउस-वाइफ''

''पूरी जिन्दगी मात्र वही रहोगी?''

जवाब में मौन था।

''तुम्हारे लिए ही तो इस शाला का नाम 'शक्ति' रखा।''

जिस शक्ति ने उसकी जीवन धारा बदल दी, उस शक्ति को वह शिवानी के चेहरे में ढूँढ़ने लगा।

''मुझे जाना पड़ेगा, उनका ऑफिस से लौटने का समय हो गया है।''

''किन्तु अभी मेरी प्रार्थना का समय नहीं हुआ है।''

कुछ याद नहीं

भगवतीकुमार शर्मा

जगमोहन ने बॉम्बे सेन्ट्रल के प्लेटफार्म पर पैर रखा ही था कि गार्ड ने सीटी बजाई। वह दौड़कर एक डिब्बे में लटक गया। एक हाथ में सूटकेस। ठंड की ढलती शाम में भी जगमोहन पसीने से तर-ब-तर हो गया। साँस धौंकनी की तरह चल रही थी। आज भी ऑफिस से लौटने में देर हो गयी थी। कल तो ट्रेन छूट ही गयी थी, जिससे गाँव पहुँचने में एक दिन और देर हो गयी। आज भी यदि एक-दो मिनट का फर्क पड़ा होता तो...थैंक गॉड...उसने कन्धे से माथे का पसीना पोंछा। गहरी साँस ली और अन्दर जाने का प्रयास किया, लेकिन दरवाजे पर तो मानवों की दीवार-सी बनी थी। गाड़ी ने गति पकड़ ली थी। सारे विचारों को झटककर अब उसका ध्यान दरवाजे के हैंडल से चिपकी अपनी अँगुलियों पर था। अगले ही पल उसे ध्यान आया कि उसके दूसरे हाथ में सूटकेस है। आजकल डंडे के प्रहार से सूटकेस छुड़ाकर लूटने के किस्से बहुत हो रहे हैं। अब उसका पूरा ध्यान सूटकेस वाले बाएँ हाथ पर था। दो-तीन मिनिट बाद उसे दाहिने पैर में तेज चुभन महसूस हुई। चप्पल में ठोकी हुई कील बाहर निकल कर उसके पैर में डंक मार रही थी। उसके मन में टूटी चप्पल, कील, चप्पल दुरुस्त कराने का टाइम न मिलना...आदि विचारों के जाल गुँथ गये।

तभी उसका ध्यान दरवाजे पर उसकी ही तरह हैंडल पकड़े खड़े हुए मवाली जैसे आदमी की ओर गया। कहीं वह जेब तो नहीं काट लेगा, इस विचार ने उसे बाढ़ के पानी की तरह चारों ओर से घेर लिया। कुछ ही क्षणों में उसे भ्रम-सा होने लगा कि उसके शर्ट की बाईं जेब पर धारदार ब्लेड घूम रही है। उसने सिर झटक कर स्वस्थ होने की कोशिश की। ट्रेन तीव्र गति से दौड़ती जा रही थी। बाहर किसी खम्भे से न टकरा जाये, इस भय से उसने अपने शरीर को सिकोड़ते हुए थोड़ा अन्दर की ओर घुसने का प्रयास किया। इस कोशिश में बगल में खड़े व्यक्ति को हल्का-सा धक्का लगा। वह गुर्राया। जगमोहन को अपने बॉस की याद आ गयी। गाँव जाने के लिए जब छुट्टी माँगने गया था, तब ठीक इसी तरह गुर्राया था। फिर कई दिनों से सर्कस

देखने की जिद करते बच्चों की याद आ गयी। छः महीने पहले छोटे बेटे को पोलियो हो गया था, उसकी याद आते ही उसने फुटबोर्ड पर अपने पैर और मजबूती से जमाए। ऐसा करते हुए उस मवाली का पैर उसके पैर से दब गया। मवाली ने भद्दी गाली दी। जगमोहन सकपका गया। इस तरह तो उसे कितनी बार अपमानित होना पड़ता था—बॉस के सामने, पत्नी के शब्दों से, बच्चों की माँगों से...और फिर सब भूल जाता था वह। नयी घटनाओं की परत पर परत चढ़ने लगती।

जब पालघर आया तब कहीं जाकर वह डिब्बे के अन्दर घुस सका और दहाणु रोड आते-आते जैसे-तैसे बैठने की थोड़ी जगह मिल सकी। थकान से पूरा शरीर चूर हो रहा था। बैठने पर थोड़ी राहत मिली। कुछ देर बाद उसका ठिकाना आ गया। स्टेशन पर उतर कर जब वह एस.टी. में बैठा तब अँधेरा घिर चुका था और उसे जोर से भूख लग रही थी। फिर बॉस, पोलियोग्रस्त बेटा, अभी जिसका मिस्करेज हुआ वह पत्नी, ट्रेन की भीड़...सब भूल गया। बस गाँव पहुँचने की जल्दी थी।

गाँव पहुँचा तब लगभग आधी रात हो रही थी, अब भी उसके घर में लालटेन जल रही थी—मुम्बई की झोंपड़पट्टियों में देखी थी, उसने ऐसी रोशनी। घर में शायद सब जाग रहे हैं। उसकी ही प्रतीक्षा कर रहे होंगे। लली बुआ, कमु मौसी, काका, और गजरा—उसकी विधवा बहन।

"लो! आ गया जगूड़ा।"

"जगूड़ा हम तो कब से तुम्हारी राह देख रहे हैं। आज आओगे...कल आओगे... परसों आओगे...तुम्हारा तो पता ही नहीं मिलता।" लली बुआ बोलीं। गजरा ने उसका सूटकेस ले लिया। बूढ़ी कमु मौसी लगभग दौड़ती हुई पानी का ग्लास ले आयीं।

"बुआ, कल मेरी ट्रेन छूट गयी थी। आज भी बड़ी मुश्किल से आ सका। डिब्बे के दरवाजे पर लटकते हुए।" कहते हुए जगमोहन पुरानी आरामकुर्सी पर बैठ गया और एक ही साँस में ग्लास का पूरा पानी गटगटा गया।

"गाड़ी छूट गयी थी?" लली बुआ ने फिर दोहराया।

"दरवाजे पर लटकते आये?" काका बोले।

"वह भी बड़ी मुश्किल से?" कमु मौसी ने पूछा।

"भगवान ने हम बूढ़ों का ध्यान रखा। यदि कहीं हाथ-वाथ छूट गया होता तो... ?"

"लेकिन कल तुम्हारी गाड़ी छूट कैसे गयी?"

"काका, अब उस बात को आप छोड़ो न! जगूड़ा आ तो गया न! बस गंगा नहाए।"

"भाँजे, पाँच साल बाद तू आया है। गाँव को बिल्कुल भूल ही गया लगता

है।''

''अपनी गजरी विधवा हुई उस साल मार्गशीष में तू यहाँ आया था।''

''उस मार्गशीष में क्या ठंड पड़ी थी! कितनी ठंड!''

''हो...वे! अपनी कबरी गाय ने उस साल खूब दूध दिया था।''

''और तेरे काका ने उसी ठंड में मोतिया निकलवाया था।''

''तो क्या मुझे कुछ याद नहीं, ऐसा तुम्हें लगता है? मेरी मंछी उसी साल ब्याही थी।''

''हाँ, न! तेरी मंछी और मेरी भूरी दोनों साथ ही सोते थे न?''

''पाँच साल पहले जब तुम आये थे, तुम्हारा शरीर कितना अच्छा था! अब तो कितना दुबला हो गया तू भाँजे।''

''वह तो मुम्बई की कमाई, मुम्बई ने खाई। देखो न बेचारे की कल गाड़ी छूट गयी थी, आज दरवाजे पर लटकता हुआ आया है।''

''अरे, अपने गाँव का वो मनसुख कढ़ीखाऊ नहीं क्या? वो बारह साल पहले मुम्बई गया था। तब गाड़ी के डिब्बे से हाथ छूट जाने के कारण गिर गया और खेल खत्म!''

''और कहते है मुम्बई में कितनी गाड़ियाँ आती हैं और जाती हैं, फिर चाहे किसी की छूट जाए, चाहे कोई कट जाए।''

''अपना भाँजा नसीब वाला है। कल गाड़ी चूक गया, फिर भी आज जैसे-तैसे आ तो गया।''

''पर जगूड़ा डिब्बे पर लटके हुए तुम्हें डर नहीं लगा?''

''अरे काका, ये गाड़ीवाले अगर दो-पाँच मिनिट देरी से गाड़ी चलाते, तो उनके बाप का क्या लुटा जाता?''

''ही...ही...ही...! इस तरह यदि गाड़ी सबके लिए रुके तो फिर चले कब?''

''किन्तु भाँजा एक दिन देर से पहुँचा, उसका क्या? कल भी आधी रात तक राह देखते बैठे रहे हम सब...और काका, उसकी टिकिट के पैसे का क्या हुआ होगा?''

''कटे हुए हाथ लेकर मिलता तो क्या होता?''

''मेरे बाप! मुम्बई में पैसे तो पानी की तरह खर्च होते हैं। देखो यह मेरे पास साढ़े सात रुपये और ये चिल्लर...''

''तू चुप बैठ लली, ज्यादा होशियार मत बन।''

''जगूड़ा, कल सुबह तू आशापुरा माता के मन्दिर में जाकर आना। जैसे-तैसे पहुँचे हो, कोई छोटी बात है!''

इसके बाद के चार-पाँच दिन खेतों के ताजे फल खाते, चाय के प्याले खाली

करते, हलुआ खाते, सुपारी काटते, देर रात तक आग तापते, लली बुआ, कमु मौसी, काका और गजरा से बातें करते बीत गये। इन बातों पर विराम दो ही बातों से लगता—

"भाँजा गाड़ी चूक गया था।"

"जगूड़ा डब्बे में लटक कर आया।"

दिसम्बर की कड़कड़ाती ठंड में सुबह हाथ में सूटकेस लेकर जगमोहन वापस जाने के लिए गाँव के बस स्टैंड पहुँचने को तैयार हुआ। तब भी उसे वही बात कुछ अलग ढंग से सुनाई दी, "जरा जल्दी पैर उठाओ। बस छूट न जाए। तुम बचपन से ही ऐसे सुस्त हो।"

"और इस बार गाड़ी छूट जाए तो जाने देना, पर डिब्बे के दरवाजे पर लटक कर मत जाना मेरे भाई!"

गजरा ने गुड़ की कनी उसके मुँह में डालते हुए कहा, "अब दुबारा कब आओगे भैया? इतने साल मत निकाल देना।"

जगमोहन कुछ बोल न सका।

"हम तो आज ही से फिर तुम्हारे आने की राह देखेंगे। तुम्हारी ही बातें करते तो हमारा वक्त गुजरता है।"

आँखों में आये आँसुओं को रोक होठ भींचते हुए जगमोहन घर की देहरी लाँघ गया।

अन्धकार को चीरते हुए बस हाइवे की तरफ दौड़ने लगी। पिछले चार-पाँच दिनों की स्मृतियाँ जगमोहन के मनस्पटल पर उभरने लगीं। फिर धीरे-धीरे बिखर गयीं। लली बुआ, कमु मौसी, गजरा, काका सबके चेहरे थोड़ी देर के लिए उसकी बन्द आँखों में छा जाते, फिर धुँधले पड़ जाते। कुछ घंटों बाद वह फिर मुम्बई पहुँच जाएगा, यह ख्याल उसे बिच्छू के डंके की तरह चुभा और घटनाएँ, अनुभव, यादों की कशमकश उसके मन पर छाने लगी। सब गुत्थमगुत्था। कुछ भी साँस लेने भर के लिए भी थमता न था। उसे लगा, उसके भीतर एक बड़ी चट्टान-सी बन गयी है, जिस पर घटनाओं और अनुभवों का पानी निरन्तर बहता जा रहा है, फिर भी चट्टान बिल्कुल कोरी रहती है। प्रवाह कहीं ठहरता ही न था। असंख्य बिन्दुओं से बना प्रवाह जिसमें रोशनी की कतारें, सबर्बन ट्रेन के नीचे कटते आदमी, टापराइटर की खटखट, टेलीफोन की घंटियाँ, कॉलबेल, हड़तालें, मोर्चा, सभाएँ, सुबह दो क्षण में हो जानेवाली शेविंग, लंच के डिब्बे, बिना रुके प्रसारित होनेवाला रेडियो का संगीत, विज्ञापन, टी.वी. में खत्म हो जानेवाली जिज्ञासा, पश्चिम एशिया का युद्ध, ठंडी पड़ गयी उत्तेजना और चाँद पर यात्रा कर आये आदमियों के साहस का खालीपन सबकुछ घिसटता चला जा रहा है। सब क्षणभंगुर लग रहा था। आघात, आनन्द, अवसर, दुर्घटनाएँ, वेदना...

सबकुछ...कोई बात अधिक समय तक टिकती ही नहीं थी। केवल कुछ आवाजें उभरती और शान्त हो जातीं। उसके बाद फिर नये अनुभव...पोलियोग्रस्त बेटा, पत्नी का मिस्करेज, चश्में का बढ़ता नम्बर, पहली बार माहवारी शुरू होने पर बेटी के रिएक्शन...सब बासी होता जा रहा था। उसे फिर कुछ नया होने का इन्तजार रहता।

बस भी देर से पहुँची। वह स्टेशन पर पहुँचा, तब ट्रेन आ चुकी थी। प्लेटफॉर्म आदमियों से खचाखच भरा था। गाड़ी छूटने का संकेत हो चुका था। वह टिकिट लेकर दौड़ा। उसकी नजर सरकती ट्रेन पर थी। किसी भी डिब्बे में घुसने की जगह न थी। वह एक डिब्बे के फुटबोर्ड पर एक झटके के साथ चढ़ा। ट्रेन की स्पीड बढ़ी और हाथ फिसल गया। मन में एक क्षण के लिए घबराहट हुई उसे लली बुआ, कमु मौसी, काका, गजरा कोई याद न आ सका...बिल्कुल भी नहीं।

चिता

रघुवीर चौधरी

आग पर राख जम गयी है। कड़कड़ाती ठंड में ठिठुरती मध्यरात्रि। राख की ऊपरी परत भी ठंडी पड़ गयी है। जीवन घुटनों पर सिर टिकाये बैठा रहा। खेत के पश्चिमी कोने से किसी पक्षी की कर्कश आवाज से उसकी भयभीत पलकें उपर उठीं। उसने जिज्ञासा-शून्य दृष्टि से पश्चिम की ओर देखा और आग पूरी तरह बुझ न जाए, इस ओर ध्यान दिया। जीवन ने एक लम्बी फूँक मारी तो कुछ चिंगारी उड़ी। उड़ती चिंगारियों को देखते हुए वह विचारों में खो गया...

आज एक जवान स्त्री की मृत्यु हुई है। श्मशान अभी तक सुलग रहा था। आधे घंटे पहले ही जीवन फिर देख आया था। सारी लकड़ियाँ जल चुकी थीं। कुछ भी ठीक करने की जरूरत न थी। लकड़ियों से चिंगारियाँ फूटकर बिखर रही थीं। उन अंगारों के बीच का समय भी जल रहा था। श्मशान में सन्नाटा था। अब धीरे-धीरे इन पर राख जमेगी। सुबह तक तो केवल इसके नीचे की जमीन गरम रहेगी। ये धधकते अंगारे क्या कायेले में रूपान्तरित होने से बच पाएँगे? उनके बीच कुछ अस्थि-पंजर ढँके रहे जाएँगे। दो-तीन दिनों तक जीवन की नजर अनायास ही उस फैली हुई राख और उसका ढेर पर जाएगी। फिर ढेर चारों ओर बिखर जाएगा तथा आनेवाले लोगों को अलग पहचान दे सके, ऐसी कोई निशानी मरनेवाले की बाकी न रहेगी। कितनों के अविभक्त अवशेषों में वह भी मिल जाएगी। जीवन यह सब देखता रहेगा और सोचता रहेगा।

जीवन का खेत बड़ा है। श्मशान से तो बहुत बड़ा। श्मशान तो मुश्किल से बीस बीघा होगा। उत्तर दिशा में केवल घनी झाड़ियाँ। पूर्व की ओर खाड़ी तथा दक्षिण में जीवन का खेत। श्मशान का यह दक्षिणी सिरा जीवन के खेत के बीचो-बीच पड़ता है। एक बड़े लम्बे-चौकोन को जैसे त्रिकोण छेदता हो। दो गाँवों को जोड़नेवाला धोरी मार्ग इसी श्मशान से होकर गुजरता है। कभी-कभी जीवन उस सँकरी राह पर कदम रखते हुए ठिठक जाता है। पीठ घुमाये बिना ही वह पीछे नजर डालता है। उसकी

नजर श्मशान को पार कर सामने के छोर तक पहुँचने का प्रयास करती हैं। देर रात को एक बार उसने सपने में देखा था कि उस ओर पीपल और जामुन की उलझी हुई झाड़ी है। वे झाड़ हिलते नहीं हैं। हवा मोटे तने के पास गुजरती हुई बीच के तंग रास्ते और खाड़ी में गोल-गोल घूम रही है। खाड़ी के पश्चिमी किनारे पर लगे पीपल की बीच से काट डाली गयी जड़ें खाड़ी के बीच फैली पड़ी हैं। उसके ऊपर बिना छत की झोंपड़ी है। उसमें बिल्कुल अकेले बैठे बालक को जीवन ने देखा। सुनहरी पलकें उसकी आँखों पर ढँकी थीं और गाल पर लगातार बहनेवाले आँसुओं की धार सूखी दिखाई दे रही थी। वह बालक दाहिने हाथ की छोटी अँगुली पकड़े बैठा था। वह ऊपर देखता ही न था। जीवन क्या करे? आवाज देकर बुलाने को मन हुआ, पर हिम्मत न हुई। यह स्वप्न था, फिर भी उसमें देखी जगह को उसकी नजर ढूँढ़ती थी। अन्तत: अपने मन को समझाते हुए वह खेत में कदम रखता।

खेती से उसकी अच्छी कमाई होती है, किन्तु उसके कपड़े और अस्त-व्यस्त जीवन-शैली से किसी को इस बात का अन्दाज नहीं लगता। कितनी जमीन बेकार पड़ी है, इस बात का भी पता नहीं चलता। फिर भी हकीकत यही है कि उसके खेत की पैदाइश बहुत अच्छी है।

जीवन की बेटी का नाम रई है। पाँच वर्ष की और बहुत सुन्दर। शादी के सात वर्ष हुए! पिछले पाँच वर्ष से जीवन खुद ही चूल्हा जला रहा है। रई तो कब बड़ी होगी और कब यह भार सँभालेगी? और बड़ी होने के बाद वह कितने दिन बाप के घर रहेगी? ये सब विचार जीवन को नहीं आते, लोग चर्चा करते हैं।

गाँव के लोग कहते हैं, जीवन का सिर फिर गया है। कैसे पागलों की तरह जीता है! एक के बाद एक अनेक लोग उसका हाल देखकर यही स्वीकार करते हैं। कहाँ आज का यह कंगाल जीवन और कहाँ चार-पाँच वर्ष पहले का ताँबे की मूर्ति के समान चकाचक-सा जीवन। कुछ लोग उसकी सचाई समझ गये हैं, पर वे 'जीवन का सिर फिर गया है' कहनेवालों का विरोध नहीं करते। खुद जानता है कि उसे क्या हुआ है?

पिछली गर्मियों में बहुत लम्बे समय के बाद गाँव के लोगों ने जीवन की भारी, खड़खड़ाती बुलन्द आवाज सुनी। अलबत्ता यह आवाज कहीं-न-कहीं से टूटी हुई लगती थी। वह आवाज परिचयात्मक थी, नकारात्मक नहीं। इसलिए अब उसकी आवाज को बुलन्द कहना अतिशयोक्तिपूर्ण होगा। फिर भी इतना तो कहना ही पड़ेगा कि पहले जो बुलन्द आवाज थी, क्या यह वही आवाज है, यह स्पष्ट होना चाहिए। रास खेलते वक्त गीत का अन्तर खींचते हुए जो आवाज पूरे चौपाल और मन्दिर के शिखर तक छा जाती, वह आवाज पूरी तरह से धूमिल कैसे हो सकती है? अत: जीवन की यह आवाज एक बार फिर सुनकर सब स्तब्ध रह गये। पूरे गाँव में यहाँ-वहाँ की पंचायत करनेवाले, जो मीठी सलाह देने आये थे, वे भी जीवन के सामने देखने का

साहस नहीं कर पाये थे। जीवन ने सबको सुनाकर कहा था, "कैसी बात लेकर आये हैं? क्या समझते हैं सब लोग मुझे?" सब सिर झुकाये वहाँ से चले गये। जीवन देहरी पर अकेला खड़ा रहा। अपने घर से किसी को चले जाने के लिए कहने का यह पहला अवसर था उसके जीवन में। वरना उसका घर तो 'आगतास्वागता' के लिए जाना जाता था।

वह अँगीठी के पास से खड़ा हो गया। गौशाला से बचा हुआ चारा दोनों हाथों में भरकर ले आया। अँगीठी भभकने लगी। आग की लपट उसकी भौंहों से ऊपर तक जा रही थी, किन्तु फिर भी इसमें गर्माहट क्यों नहीं है? उसे लगा शायद बर्फ गिरेगी। थोड़ी-सी देर के लिए यदि हाथ अँगीठी से दूर हो जाए तो अँगुलियों की पोरों में जलन होने लगती। यह बर्फ गिरने का संकेत है। फिर नींद लेने के लिए रात नहीं बचेगी, यह सोचकर वह खड़ा हुआ और सोने चला गया। उसे देखकर बैलों ने गले में बँधी घंटियाँ खनकाईं। ज्वार की भाखर के टुकड़े कर बैलों को डाले और खुद छज्जे पर चढ़ गया। एक चादर डाली और गुदड़ी हटाकर देखा। चाँद डूब गया था। नींद न आने के कारण वह करवटें बदलता रहा। उसे लगा, आज नींद नहीं आएगी। वह उठकर बैठ गया। किन्तु करता क्या? कुछ न सूझा तो फिर से सो गया सिर तक ओढ़ कर।

थोड़ा समय शीघ्र गुजर गया। अब जीवन को अपने पूरे शरीर पर घूमता हुआ भार महसूस होने लगा। वह परिस्थिति को समझने की कोशिश करने लगा, फिर अपनी असफलता पर उसे खीझ आई। अपने दाहिने ओर चाँदी की चूड़े खनकने की आवाज आई। उसके कान के परदे काँपने लगे। बायें कान को एक तीक्ष्ण आवाज मानो छेद रही थी। थोड़ी देर बाद तीसरी एक और आवाज गूँजी। तीनों आवाजें एक हो गयीं, तब जीवन की छाती पर एक हाथ आकर रुका। वह हाथ आक्रामक नहीं, बल्कि गले में पहनने के हार की तरह आकर्षक है। संकोच से वह मानो जड़ हो गया हो, ऐसा समझकर उसने बड़ी कुशलता से वह हाथ दबा दिया। करवट बदलकर उस हाथ का अनुकरण करती काया को अपने काबू में ले लिया। छप्पर पर भार नहीं बढ़ा। रहस्य खुल गया। हाथ में और कुछ नहीं, दाँतेदार पतली लकड़ी देखकर उसका भ्रम दूर हो गया। जीवन ने लकड़ी को जोर से फेंका। वह लकड़ी ऊँचाई पर जाकर फिर पास ही आ गिरी। उसकी नोंक गीली जमीन पर धँस गयी।

"लोगों की बात सही निकली।"

"कौन-सी बात?"

"कि तुम भूत बन गयी हो।"

"आप ऐसा मानते हो क्या? मैं भूत बन सकती हूँ क्या?"

"हाँ, जरूर बन सकती हो। इंसान का दर्द इसी तरह छाया बनकर भटकता रहता है।"

"नहीं नहीं...यह आपका भ्रम है। मैं नहीं बनी, कुछ नहीं बनी।"

"देखो, इस तरह मत बहको। ये देखो, मैं अभी तुम्हें अपनी बाँहों में भरता हूँ।"

"ओह! आप तो कसाई हो।"

"कसाई? तुम भी मुझे कसाई समझती हो, हेती? सारा गाँव भले ही बोले, पर तुम भी ऐसा कहोगी? मुझे क्या पता था कि उस धारदार लकड़ी की फाँस लगने से तुम्हें धनुर्वात हो जाएगा, और मेरा सहारा छिन जाएगा।"

"दोष तो मेरा भी था। पर अब क्या हो सकता है? गुस्से ही गुस्से में मैंने मीठा दूध भी पी लिया था और बात छुपाकर रखी थी। आपका कोई दोष नहीं।"

"लेकिन सारा गाँव मुझे हत्यारा कहता है।"

"झूठ बात। लोग तो सब भूल गये होंगे। कितने साल हो गये?"

"नहीं...कल ही रई पूछ रही थी।"

"क्या?"

"कि मैंने हेती को मार डाला, सब लोग यही कहते हैं।"

"आपने क्या जवाब दिया?"

"मैंने कहा—सच बात है बेटा, मैंने ही तेरी माँ को मार डाला है।"

"ऐसा मत कहो! हाय राम! मैं अब किस तरह वापस आ सकूँगी? अब किस तरह जैसे पहले थी, वैसी बनकर आऊँ और रई को अपनी गोद में उठाऊँ? आपके पैर दबाऊँ? क्या करूँ? अब मैं क्या करूँ?" हेती जीवन के घुटनों पर सिर रखकर रो पड़ी।

"मुझसे भूल हो गयी। मुझे माफ करो। अब आप दूसरी शादी कर लो...दुखी मत हो।"

"यह क्या कह रही हो? ऐसा भी नहीं हो सकता।"

"आपसे वचन लिये बिना मैं आज यहाँ से नहीं जाऊँगी।"

"नहीं...ये नहीं हो सकता...कभी नहीं हो सकता...कभी नहीं...कभी नहीं... ।" अपनी ही आवाज से जीवन की नींद खुल गयी। दूर रोते हुए किसी सियार ने बीच में ही अपनी आवाज तोड़ दी। श्मशान के उस ओर कुत्ता भौंक रहा था।

जीवन खड़ा हो गया। सुबह हो गयी थी। उसकी आँखें भारी हो रही थीं। सिर पर फेंटा लपेट वह अँगीठी के पास गया। आग जलाई। सामने की बेकार जमीन पर फैली काली मिट्टी उस आग में चमकने लगी। और अधिक आग जलाता, पर इतने में ही वहाँ पर नुकीली घास-सी उग आई। एक युवती, घास के सिरों से अपने पैरों को बचाते हुए उस पर चलने लगी। घास में लगे छोटे-छोटे सफेद फूल ऊपर उठकर कोमलता से उन पैरों के तलवों का स्पर्श करने लगे। वह स्त्री आकर्षित हुई और कन्धे से आँचल समेट कर नीचे बैठ गयी। उन घास-फूलों को चुनने लगी।

"तुम्हें किसने कहा यह काम करने के लिए?"

"मेरी मर्जी।"

"उठ उठ, बड़ी आई मेरी मर्जीवाली! उल्टे काम ही करेगी।"

"देखे हैं बहुत सीधे काम करनेवाले।"

"उठ, नहीं तो खदेड़ दूँगा।"

"जा...जा...डरपोक।"

और हाथ से छीनी हुई लकड़ी ऊपर उठ गयी। ओह! लकड़ी मानो उसके ही सिर पर लगी हो, ऐसा महसूस हुआ जीवन को। उसने आँखें बन्द कर लीं। फिर से ऊपर देखा तो खून के दो-तीन धब्बे अलग-अलग आकार में उसकी आँखों के सामने गोल-गोल घूमने लगे। फिर गोलाकार छोटा हो गया और चन्द्रमा उसके अन्दर समा गया। चन्द्रमा पर एक धब्बा उभर आया।

पूर्व दिशा में सुर्ख उजाला फूट रहा था। कुछ देर पहले का दृश्य धुँधला पड़ता गया, फिर पश्चिम में लुप्त हो गया। लाल-लाल प्रकाश बढ़ता गया। सूर्य उगने की तैयारी हो गयी। जीवन ने कचेरे के ढेर के पास जाकर एक सूखा कंडा उठाया और अँगीठी में डाल दिया। मेंढ़ के नीचे पड़े जूते पहनकर घर की ओर चल पड़ा।

सँकरे रास्ते से वह खेत के किनारे-किनारे चल रहा था। गाँव के पास एक खेत में महुआ के नीचे आग जलती दिखाई दी। शायद किसी गवैये बंजारे के परिवार ने वहाँ पड़ाव डाला था। दो लड़के और उनका बाप...शायद बाप ही होगा। छोटे लड़के के पास सारंगी थी। बाप उसे बजाना सिखा रहा था...कुछ इस तरह गा रहा था—

"पेला पे'ला जुग माँ राणी!...
अमे रे पोपट राय, राजा राम ना,
ओतरा ते खंड माँ, आँबलो पाक्यो त्यारे,
सूडले मारी मने चाँच..."

बचपन में यह गीत जीवन ने अनेक बार सुना था। स्कूल में अन्त्याक्षरी खेलते हुए कभी इस गीत की पंक्तियों की मदद लेता था...आज फिर उसी गीत की पंक्तियाँ सुनी थीं। बचपन, और फिर वह पौष सुद द्वादश तक बीता हुआ समय उसे याद आया। उसके कदम अब घर तक पहुँच गये थे। घर के आँगन में वह खड़ा रहा। जीवन के आने की आहट से रई जाग गयी। काकी के घर से वह अपने घर आ गयी। जीवन ने भैंस दुही, रई ने चूल्हा सुलगाया, जीवन ने चाय बनाने रख दी, फिर दोनों ने चाय पी।

"आप...आप रो रहे हो...आप रो रहे हो बापू?"

"नहीं बेटा...वह तो आँख में धुँआ लगा न!" आवाज को सूखा बनाने का

प्रयत्न करते हुए जीवन ने उत्तर दिया।

"मुझे खेत में काम है बेटा, जब तक यह सानी उबल जाए, तब तक आग जलाना और तापना। मैं आता हूँ।"

वह खेत की ओर चल पड़ा। सूर्य उग चुका था।

श्मशान ठंडा हो गया था। शान्त चिता पर एक नजर डाल जीवन ने अपने खेत में पैर रखा और फिर एक बार मुड़कर पीछे देखा...

सिलवटें

नवनीत जानी

मुझे लगा उसकी आवाज, साँस के हर मोड़ से सँभल-सँभल कर निकल रही है : ''कल से आप यों ही हो चुपचाप, फिर भी आपका चेहरा बोल रहा है...'' मैंने नजर फेर ली : ''जानता हूँ, आँख-मुँह फेर लेने से कुछ नहीं फिर जाता। वह जो है—यहाँ करीब—जो कुरेद रहा है—जो सनसनाता हुआ अन्दर गहराई में उतर रहा है। किसी अधिकार का पिंड खड़ा कर उसकी छाया में लुप्त हो जाता है। वस्तु के प्रति अधिकार का स्वरूप जितना स्थूल होता है, उतना भावना के प्रति नहीं, फिर भी बहुत सूक्ष्म नहीं कह सकते, कहलाता है सुई की नोंक जितना ही।''

फूलदानी के मुरझाये फूलों पर सूर्य का ताजा प्रकाश बिखर रहा है। उठकर ब्रश करने के बाद, तुरन्त मेरा काम पिछवाड़े से फूल चुनकर फूलदानी में सजाना है। मैंने यथासम्भव फूलों को सजावट की है—अपनी आँखों जैसी फूलदानी की। आज खिले हुए फूलों तक जाया नहीं गया। ब्रश करते-करते घर के सामने की लम्बी सड़क को देखता रहा। रोज मुड़ जाने के अनुभव के बावजूद प्रश्न उठ रहे हैं—मेरे घर के सामने का रास्ता मुड़ने के बाद कहाँ जाता है? शायद ऐसा न भी हुआ हो; क्यों मुड़ जाता है रास्ता?

''आपको कुछ कहना है मैं जानती हूँ...नाराज हैं मुझसे?''

''नहीं—मन से।'' मुझे सौंपी गयी नौका को मैं समझ नहीं पा रहा, या मेरे हाथों की पतवार समझ नहीं पा रही मुझे...ऐसी स्थिति में, मैं सिर्फ समुद्र की उछलती लहरों को ताकता रह जा रहा हूँ, ऐसा लगता है मन से।

''क्या...मन से?'' उसने अपने हाथों का स्पर्श मेरे हाथ पर किया।

''मन के सिवाय भी कुछ होता है शीला, जिसकी जिद और अपनी समझ एक डाल पर होने के बाद भी एक दूसरे को देखना तक पसन्द नहीं करते।''

सच है शीला की बात...मैं ही ऐसा वृक्ष रोप चुका हूँ जिसके फल गिरते जाते

हैं। पक्षी की चोंच के निशान बिना केवल मैं ही देख पाता हूँ गिरते...पीले पड़ते...सड़ते फलों को, किसी बिल्कुल आसान से प्रश्न का जवाब हूँ मानो।

उसने अपनी बीती जिन्दगी के तमाम पृष्ठ मेरे सामने खोलकर रख दिये हैं। ठंड के मौसम में सुबह की धूप में या चाँदनी रात की उजले कणों के नीचे, उसने पढ़वाये हैं वे पृष्ठ—खंड-खंड कुछ संकोच के साथ तो कुछ लाचारी के बोझ के साथ। उस समय मैं, अपनी बीती हुई जिन्दगी की कहानी के शब्द उसकी कहानी के शब्दों के बीच की जगह में रखता गया, इस प्रकार कि उसके शब्द और मेरे शब्द एक अलग कहानी बना सकें।

असफल हुआ हूँ, ऐसा लगता है आज भी।

उसके रचे संसार से मैं उसे बाहर लाना चाहता हूँ। उसकी बनाई दुनिया—जिसमें मैं कहीं भी शामिल नहीं हूँ, वह है और उसका टूटा-फूटा सामान है, जिसे वह जोड़ तो नहीं सकती, पर छोड़ भी नहीं सकती। उसकी आँखों में मुझे एक ऐसी नमी दिखाई देती है जो ओट को नहीं पहचानती। मेरे मौन का एक भी रंग उसे स्पर्श नहीं करता। बस देखती रहती है। उसकी यह चेतना भी कितनी भोली है! कहती है, ''कुछ नहीं, बस! देख रही थी चाँद को...कितनी दूर है!''

''फिर भी कितना पास लगता है, है न शीलू?''

उसका मुझसे लिपट जाना और कहना, ''पास ही है न? यह रहा मेरा चाँद!'' वह मुझे अपनी बनाई दुनिया में ले जाती है, पर इस तरह जैसे वर्षों से दरवाजे पर ठहरा पवन का झोंका थोड़ा-सा दरवाजा खुलने पर प्रवेश कर जाए।

उदास शाम या बेचैन रात में उभरे मेरे किसी भी सवाल का जवाब वह मात्र दो शब्दों में देना जानती है, ''कुछ नहीं!''

''उसकी याद।''

''कुछ नहीं प्लीज, कुछ नहीं।''

ज़मीन पर गिरनेवाली बरसात की पहली बूँद को धरती कितनी होशिारी से संचित कर लेती है। फिर चाहे जितनी बरसात हो, पहली बूँद में समाये अरमान ही हरियाली फैलाते हैं, धरती के रोम-रोम में...ऐसा...ऐसा ही कुछ...।

उसकी बेचैनी एक निश्चित गन्ध के रूप में फैलती रहती है। उसकी खुशी की खुशबू भले ही तुरन्त पहचान में न आये, पर उसकी बेचैनी हृदय के एक कोने को अकेला कर मुझे झकझोरती है। उसकी आँखों के दर्पण में मैं अपना प्रतिबिम्ब देखने का प्रयास करता हूँ। उसने 'नीवु, तुम्हें अर्धचन्द्र पर छाई हुई बदली पसन्द है?' पूछकर मेरे नाम-नीवेश का सुन्दर अधूरा तोरण बना दिया। मैं देखता रहा अर्धचन्द्र को—तब कोई एक-दो बदली नहीं, सारा आकाश छाया हुआ लगता उस पर।

उस समय जब मैं उसकी आँखों में झाँकता हूँ, ''शीलू!''

मेरी आँखें जब झुक जाती हैं तब उसकी आँखें उठती हैं, "हूँ...।"

वह कोशिश करती रहती—नहीं छुपती उसकी बेचैनी। किचन में वह जो गीत गाती है, उसके भावार्थ को किचन की एक बन्द खिड़की का अँधेरा चखता रहा है, वह नहीं जानती। धीरे से उसके पास जाकर, उसके कन्धों को सहलाकर उसका सिर अपने सीने पर टिका कर पूछने का मन तो होता ही है—"क्या? क्यों उदास हो?" सबकुछ जानकर भी इस तरह पूछना मेरे लिए इतना सरल कैसे हो गया। वह जो जवाब देगी उन शब्दों से मैं परिचित हूँ, फिर भी उसके जवाब की आशा क्यों रहती है? मैं खड़ा नहीं हुआ। अपने खड़े न होने का कारण भी मैं जानता हूँ। यह मेरे जीवन का सबसे कमजोर क्षण होगा—उसकी उदासी का कारण मैं जानता हूँ, लेकिन अश्वासन नहीं दे पाता—उसका कारण भी मैं जानता हूँ फिर भी उसकी बेचैनी मुझे...

क्या पता उसके मन की किस गली में वह घर है जिसके दरवाजे तक उसके ह़ाथ पहुँच-पहुँचकर वापस लौटते हैं। उसकी आँखें खोजती रहती हैं किसी खोई हुई चीज को। अपनी खोज में वह कभी मुझे भी शामिल कर लेती है अचानक...

"आपको डार्क ग्रीन कलर की शर्ट पसन्द है?"

"पसन्द है न?"

"हम कल इस कलर की शर्ट खरीद लाएँगे क्या?"

उसकी खुशी में मुझे दिखता है कुछ—जो परिचित नहीं और आस-पास है।

हम स्टोर में जाते हैं। डार्क ग्रीन कलर की शर्ट माँगा जाता है। वापस कर दिया जाता है। किसी दूसरे रंग की शर्ट खरीदा जाता है। 'आपको यह कलर जँचेगा' कहते हुए वह शर्ट मेरी छाती पर फैलाती है। मैं उसे देखता रहा। उसकी आँखों में एकत्रित हुए सैकड़ों रंगों का गट्ठा मुझे उसके द्वारा पसन्द की गयी शर्ट के कलर को पहचानने नहीं देता।

किचन से आते उसके गीत के शब्द मेरे पास से गुजरकर, कुछ रुककर, जिस दिशा में मुड़ जाते हैं, वह दिशा अनजानी नहीं। लगता है कोई विरहिणी नायिका प्रिय के वियोग में अपने मन को समझा रही है।

नहीं, आज कोई इत्र-वित्र नहीं लगाना। कोई सुगन्ध मेरे अस्तित्व के नाजुक तन्तुओं को प्रफुल्लित नहीं कर सकेगी। मैं स्प्रे की शीशी वापस अलमारी में रख देता हूँ, अलमारी में रखी अन्य कॉस्मेटिक सामग्री को देखता हूँ। नेलपॉलिश, लिपस्टिक, टेलकम पाउडर, लूज़, लाइनर, हेयर ब्रश, डियोडरेंट, मुझे पिछले वर्ष की होली याद

आती है, कैसे चुपचाप पड़ी है सारी सामग्री! शालीन, संस्कारी, घरेलू अपने पूर्व जीवन के नाटक के अंशों को सहेज रही है। भविष्य में उपयोगिता की प्रतीक्षा कर रही है।

"मैं कॉलेज जाने के लिए निकलता हूँ।" कहने के लिए किचन के दरवाजे पर खड़ा रहता हूँ। मेरी उपस्थिति उसकी रोटी बेलने की क्रिया पर जरा भी असर नहीं करती। वह रोटी बनाती जा रही है। उसके गीत में मिठास है, "वो जब याद आये..." तवे में पड़ी रोटी के नीचे से धुआँ निकलते देख मैं तुरन्त रोटी पलटा देता हूँ। मेरी जली हुई अँगुली को वह मुँह में दबा चूस लेती है। मेरा ध्यान जली हुई रोटी पर है। धीरे से कहता हूँ, "रोटी जरा जल गयी है, तुम मत खाना, आकर मैं खा लूँगा।"

"मैं आपके लिए टिफिन भर देती हूँ, बस! दो मिनिट!"

"नहीं?"

उसकी आँखों में अपनी अँगुली की जलन के गीले-गीले दाग अपनी आँखों में भरकर मैं घर के बाहर आ जाता हूँ।

अचानक ही उससे मुलाकात होती है। आकाश—वह नाम जो मेरी अव्यक्त पीड़ा पर कवच की तरह जमा है। उस कवच को भेदकर मुझे उस तक पहुँचना है। पूछना है, "मैंने क्या बिगाड़ा है तुम्हारा? यदि तुम्हें लगता है कि मैंने शीला को तुमसे छीन लिया है, तो वह तुम्हारी गलतफहमी है। शीला को ही मेरे पास आना था। उसने ही शुरुआत की और मुझे अपनी ओर प्रेरित किया।"

"मुझे प्राध्यापक नीवेश भाई से..." वह स्टॉफरूम के दरवाजे पर खड़ा है। उसके साथ एक लड़की भी है।

"आइए...मैं ही हूँ नीवेश।"

"आकाश..." उसके बढ़ाये हुए हाथ से हाथ मिलाते हुए मुझे लगा कि वह मेरा कुछ ले तो नहीं रहा! उसने कुछ देर मेरा हाथ थामे रखा। मुझे अच्छा नहीं लगता यह पर फिर भी...। वह अपनी भतीजी के एडमिशन के लिए आया है। उसे मुझसे काम है। उसे किसने बताया होगा कि मैं इस कॉलेज में हूँ? शीला ने? कहाँ मिले होंगे? मेरी गैरहाजिरी में उसने मेरे घर आने की हिम्मत कैसे की? कितनी देर रहा होगा? शीला को यदि अच्छा लगता है तो फिर मैं क्या...

उसने मेरे साथ एडमिशन, कॉलेज के रूल्स-रेग्युलेशन्स, और पाठ्यक्रम के विषय में बातचीत की। उसकी आँखों में आदर की गहरी लकीरें दिखाई दे रही थीं। धीमे स्वर तथा स्पष्ट उच्चारण के साथ उसने 'आप' जैसे मानवाचक सम्बोधन का महत्तम उपयोग किया। वह दूरदर्शन केन्द्र पर ही रहता है।

वह उठकर जा ही रहा था और मैंने केवल वह सुन सके, इस तरह कहा,

"शीला आपको बहुत याद करती है।" उसने सुना, फिर भी वह सामने लगे ब्लैकबोर्ड को देखता रहा। उसके चेहरे की मुद्रा इस प्रकार थी जैसे ब्लैकबोर्ड के अक्षरों को पहचानने का प्रयत्न कर रहा हो। वह चला गया। शीला उसे किस तरह याद करती है, यह बताना रह गया।

"आकाश, मेरी शर्ट का कोई रंग तुम्हारी शर्ट के रंग से मिलती हो तो वह खिल उठती है...अचानक!"

"आकाश, मैं किसी डिश की तारीफ करूँ या बनाने का ऑफर करूँ और इत्तफाक से वह डिश तुम्हें पसन्द हो, उस समय शीला के चेहरे पर का उत्साह मैंने देखा है।"

"आकाश, तुम्हारी पसन्द के गीत, फिल्में, एक्टर, एक्ट्रेस, तुम्हारी हॉबी, इन सब के विषय में यदि अनजाने में ही कुछ मेरे होठों पर आ जाए तो उसे सुनकर शीलू को धन्यता का अनुभव करते देखा है मैंने।"

"आकाश, अनेक बार मुझे चूमते वक्त उसके होठ तो मेरे होठों पर...किन्तु उसकी आँखों के दर्पण में...ऐसा ही कितना कुछ समझता...मेरे चारों ओर लिपटता..."

आकाश के जाने के बाद मेरा मन कितनी देर तक खिड़की को जकड़ रखनेवाले हुक पर टिका रहा। उस पर लगी जंग से कुछ-कुछ टकराया भी।

उसकी भतीजी—क्या नाम होगा? पता चल जाएगा। प्रथम वर्ष में आनेवाले विद्यार्थी इनोसेंट होते ही हैं...विशेषकर कॉलेज के सन्दर्भ में...विशेषकर लड़कियाँ। मार्गदर्शन के लिए भागम-भाग करते रहते हैं। उसकी भतीजी पर विशेष ध्यान देना/ध्यान रखना। किसी यात्रा पर जाओ तो उसके साथ अधिक बातें...फिसल जाएगी। अठारह-उन्नीस वर्ष की उम्र होगी। जिद्दी होगी। घर आना-जाना करेगी उसे बुलाना—तुम्हारी मैडम बढ़िया ढोकला बनाती हैं, आओ एक दिन।...वह अपने घर, आकाश को बताएगी—"अंकल, अंकल हम वो नीवेश सर से मिलने गये थे न? बहुत अच्छा नेचर है उनका।" मेरा बहुत ख्याल रखते हैं।...इस देखभाल को मैं इतना बढ़ा दूँगा, इतना बढ़ा दूँगा कि आकाश पर एक दिन आकाश ही...ओह माय गॉड!

घर आया तब से लेकर शाम तक इसी उलझन में रहा—कहूँ या नहीं? कहूँ तो किस तरह? कुशल मछुआरे की तरह बातों का जाल बिछा दूँ या सामान्य तरीके से—फलाँ भाई मिले थे, ऐसा कहा जा सकता है?

मेरे शरीर में एक प्रकार की शिथिलता फैल रही थी। यह शिथिलता मेरी जीभ पर छा जाएगी, इसका डर लग रहा था। शीला के मुख की रेखाएँ मेरे अनकहे शब्दों को आमन्त्रित कर रही थीं। शायद उसे पता हो। उसी ने कहा होगा कि वे कॉलेज में

मिलेंगे। प्राध्यापक हैं वहाँ। मिलना, वे गाइडेन्स देंगे। एडमिशन नहीं हो रहा होगा तो करवाने की व्यवस्था अवश्य करवा देंगे। प्रयुत्तर में आकाश की आँखों में शीला के प्रति...आभार के अतिरिक्त कुछ और तो होगा ही। इसके सिवाय उसके और शीला के बीच और क्या बातें हुई होंगी?

''तुमने शादी की या नहीं? ऐसी ही कुछ बातें हुई होंगी!''

''आकाश को तुमने कहा था शीला?'' शायद मैं पूछ बैठता। फिर उसकी 'हाँ' या 'ना' सुने बिना...कब आया था? कितनी देर रुका? बाजूवाली मंजुला बेन बाहर बैठी थीं? उनके घर की खिड़की खुली...जाने दो...साथ में उसकी भतीजी थी। कहाँ बैठे? कुलटा...कुजात, मेरी गैरहाजिरी में...मेरी अदृश्य परछाईं में प्रश्नों के बुलबुले फूटने लगे। उसमें से निकलता शून्य मुझ पर हँस रहा था या रो रहा था, कुछ समझ में नहीं आया।

''सिर पर फुंसी हुई है क्या?'' वह व्याकुलता से मेरे सिर के बालों को एक तरफ कर देखने लगी...फिर, ''हाँ, थोड़ा-सा छिल गया है...मैं आयोडिन लाऊँ?'' वह खड़ी होने लगे इसके पहले मैंने उसका हाथ थाम लिया।

''क्या है? बिलकुल ध्यान नहीं रखते, कहाँ सिर टकरा गया?''

''आकाश मिला था आज।'' मैंने उसकी हथेली पर अपनी अँगुलियाँ फैलाते हुए कहा। मेरी नजर उसकी हस्तरेखाओं पर दौड़ती आगे निकल गयी। वह किसका ध्यान रखने की बात कर रही थी, यह सोचा पूछूँ...पर सोचने का क्रम टूटा। आकाश जाने के लिए खड़ा हुआ और बाहर निकल गया। तब अचानक मुझे कुछ याद आया और एकदम कुर्सी से खड़े होते समय भूल गया कि कुर्सी के ठीक पीछे खिड़की खुली है। उठते वक्त हमेशा याद रखता था, आज खिड़की को सजा देते हुए उसे बन्द कर दिया। कुछ देर बाद उसने पूछा भी, ''कोई सगे थे क्या साहब?''

मेरे सिर के जख्म को देखते हुए शीला की आँखें मेरी आँखों तक आकर अटक गयीं, स्थिर हुईं—''दर्द हो रहा है न?''

''शीला, मैंने उसके साथ बहुत बातें की। उसका नेचर...''

''मैं आयोडिन लेकर आती हूँ।'' वह खड़ी हो गयी।

''शीला...!'' मैंने उसे किसी गहरी खाई से पुकारा हो, ऐसा लगा। वह पुकार उसने सुना भी। उसने मेरी तरफ इस प्रकार देखा कि उसका देखना, उसके नहीं बोले गये शब्दों का परदा बन गया। उसकी वह स्थिति मुझे अच्छी लगी।

''वह दूरदर्शन में नौकरी करता है।''

वह कुछ न बोली। शायद उसे यह पता होगा। वह जानती ही होगी।

''एक दिन उससे मिलने चलेंगे। इसी बहाने दूरदर्शन केन्द्र भी देख लिया

जाएगा। उसका स्टुडियो, समाचार वाचक—जिन्हें हम टी.वी. पर देखते हैं, यदि होगा तो...''

''आपको जाना हो तो चले जाना। प्लीज़ मुझसे आगे मत कहना।'' उसने गर्दन थोड़ी झुका ली। मुझे लगा कि उसके हाथ जुड़ने की क्रिया की ओर आगे बढ़ेंगे। मुझे तो भी लगा कि वह कहेगी, ''मैंने देख लिया है दूरदर्शन केन्द्र...बहुत बार।''

''आकाश को मिलने...'' ऐसा लग रहा था कि मेरी आँख का तीखापन दोहरा होकर मेरी जीभ पर बैठ गया है।

''...मतलब कि—मैं कह रहा हूँ तो तुम्हें क्या परेशानी है? टेक इट ईजी यार!''

उसने झटके से गर्दन उठाई। उसकी आँखों ने धीरे-धीरे मेरी जीभ की आग पर पानी फेर दिया।

वह आयोडिन ले आई, तब मैंने जोर देकर कहा, ''आकाश को खाने पर बुलाएँ।''

''आपकी मर्जी।''

''सच कह रहा हूँ, ईमानदारी से।''

उसने मेरे सामने देखा। उसे पहले से ही मेरे चेहरे पर ईमानदारी दिखी है। आज मेरे कहने पर भी लगी। भले ही उसने ''मुझे कोई परेशानी नहीं।'' इतना ही कहा। उसके दिल में तो फुलझड़ियाँ छूट रही होंगी। सम्भव है ये फुलझड़ियाँ विविध रंगों की हों।

कल से सोच रहा हूँ आकाश के विषय में। मुझसे अधिक हैंडसम। ठोस आवाज। व्यवहार में शिष्टाचार। उसका रस, उसकी रुचि, उसके विचार कितने मिलते होंगे शीला से! उसके अधूरे वाक्यों को पूरा करते शीला के शब्द और वाक्य की पूर्णता का उसके चेहरे पर सन्तोष। उसकी समझ और शीला की समझ के बीच की सरहद खोजने के मेरे व्यर्थ प्रयास याद आते थे।

मैं मुड़-मुड़कर देख लेता था शीला के होठ और आकाश के होठ। खाना खाते हुए आकाश ने पूछा, ''वह पेन्टिंग?''

मैं कुछ क्षण चुप रहा। मुझे लगा शीला तुरन्त बोल पड़ेगी, ''इन्होंने बनाई है।'' फिर मेरी पेन्टिंग तथा शौक के बारे में बहुत-सी बातें...पर शीला भी मेरी पेन्टिंग देख रही थी इस तरह जैसे पहली बार!

''मैंने बनाई है।'' मैंने कहा।

''लवली सीन! वीरान जमीन के अन्तिम छोर पर दो वृक्ष।''

''निश्चित दूरी पर।'' मैं बीच में बोल पड़ा। शीला की नजर दो मिनिट आकाश

पर, फिर मुझ पर जम गयी।

''बढ़ती हुई आधी परछाईं...।''

''आधी यहाँ...'' आकाश ने पेन्टिंग से निगाह हटाकर मुझ पर टिका दी। शीला अचानक उठ जाए इसके पहले मैं बोल पड़ा, ''आधी खीर...मीन्स आधी कटोरी खीर मुझे दो और आकाश को...''

''नहीं नहीं, अब बिल्कुल नहीं।'' आकाश ने थाली अपनी ओर खींचते हुए कहा। थाली की खाली जगह में शीला का प्रतिबिम्ब मेरी कल्पना का आकार ले रहा था।

''आकाश के विषय में सोच रहा था।'' मैंने आँखें बन्द कर कुर्सी से सिर टिका दिया। शीला का मात्र 'हूँ' सुनाई दिया। मैंने जब आँखें खोलीं, उसे कपड़ों पर इस्त्री करने की तैयारी करते देखा।

''बहुत अच्छा आदमी था।''

''था नहीं, है।'' अलमारी से मेरे कपड़े निकालते हुए, बिना मुड़े उसने मेरा वाक्य सुधारा। मैं उसकी पीठ देखता रहा। ऐसा लगा कि वह मेरी भूल पर हँस रही है। कपड़ों का ढेर लिये जब वह पलटी तब उसका चेहरा सामान्य था।

''उसका बोलना, चलना...उसका व्यवहार...उसके विचारों की परिपक्वता... उसकी पारदर्शक समझ...शीला, बहुत से लोगों की कपड़ों की मैचिंग सेंस से ही उनका व्यक्तित्व समझ में आ जाता है। न?'' उसने केवल 'हूँ...' कहा। कपड़ों के ढेर को वह इस प्रकार देख रही थी जैसे कुछ भूल गयी हो। मुझे लगा कि बस अभी उस ढेर को टटोल कर मुझे ढूँढ़ निकालेगी। और तुरन्त मुझे बताएगी, ''यह रहे आप।'' फिर घटते उत्साह की कुछ फड़फड़ाहट के साथ पूछ बैठेगी, ''पर इस तरह? किसकी है यह नहीं पता—फिर भी होती हैं, ऐसी सिलवटें? कब पड़ी?''

इस्त्री पर रखे उसके हाथों की शीघ्रता मेरे कपड़ों की सिलवटों के साथ समाधान करती रही। मैं देखता रहा। मेरी शर्ट की छाती वाली हिस्से पर पड़ी सिलवटें उसके माथे पर पड़ी सिलवटों से अलग न थीं। सिलवटें अपने हाथों से ही निकाली जा सकती हैं और इस्त्री करना मुझे आ ही जाए—इन दो अन्त के बीच समझ न आनेवाला विचार दुविधा में डाल रहा था।

अचानक खड़े होकर फूलदानी के मुरझाये सारे फूल झटके से निकाले, हथेली पर उसका चूरा कर बाहर फेंकते हुए बोल पड़ा, ''यदि मेरी जगह वह होता तो?'' शीला दौड़कर आई। मुझे झिंझोड़ते हुए बोली, ''क्या हुआ है आपको? क्या बोल रहे

हैं यह आप?''

मुझे उसकी विद्रोही आँखों में गीलापन-सा महसूस हुआ। वह अपनी हथेलियों में मेरा चेहरा थामे, गाल थपथपाने लगी। मैंने उसके कन्धों पर सिर टिका दिया— ''शीला, खूब परेशान हूँ...लगातार महसूस हो रहा है कि अकेलेपन की किसी गहरी खाई में खड़ा-खड़ा तुम्हें पुकार रहा हूँ। क्यों, केवल रास्ता ही मुड़ सकता है?''

पीठ पर फिरती उसकी कोमल हथेली उत्तर देती रही। मुझे उसकी आँखें देखनी थी। आँखों में अपने प्रतिबिम्ब का छोटे से छोटा हिस्सा देखना था। सम्भव है मेरा पिघलता प्रतिबिम्ब उसकी आँखों से टपक रहा हो। उसकी आँखों में मेरी सोची हुई सिलवटें, सिलवटें न हों, अन्तर्द्वन्द्व की लहर हो! उसने सीने से अलग कर कन्धों से थाम रखा। पत्थर की किसी खंडित मूर्ति के प्रति उत्पन्न होनेवाली भावना की एक लहर दौड़ गयी।

''क्रूर हो तुम...एकदम बेवफा, नीच...हमेशा आघात देती रही हो, पराये नाम पर। कितने सपने देखे थे! लगातर वे कुचलते रहे हैं तुम्हारे भूतकाल के पैरों तले। बहुत गुस्सा आता है तुम पर। धिक्कारता हूँ हमेशा तुम्हें। तुमसे कोई बात नहीं करनी, कभी भी। दयाहीन! किसी की भावना को न समझनेवाली, स्वार्थी, बेपरवाह, नालायक...'' एक ही साँस में बोलते हुए जोर से हिचकियाँ भर उससे लिपट गया, ''इतनी क्रूर क्यों हो शीला? मेरा क्या दोष है? मेरा प्रेम कहाँ कम पड़ गया?''

उसकी हथेली मेरी पीठ पर फिरती रही। उसके आश्वासन भरे स्पर्श में कोई फर्क न पड़ा। मुझे अच्छा लगता, यदि फर्क पड़ता, वह रो पड़े, माफी माँगे, मुझे सन्तोष हो ऐसे स्पष्टीकरण दे। आँसुओं की धार के किनारे मेरी समझ का घाट हो। घाट पर बैठे एक पुरुष, बहते आँसुओं के खारेपन को व्यर्थ प्रश्नों से खँगालता हो...उस पुरुष की परछाईं मात्र भी मैं ही होऊँ...

''मुझे पता है नीवेश।'' बस इतना ही कहा उसने। मुझे अपने सीने से फिर अलग किया। अलग होते ही, तुरन्त बाकी बचा कहने को तत्पर हुआ, ''इसी तरह अलगाव...''

उसे पानी का ग्लास लेकर आते देख मुझे ऐसा अनुभव हुआ कि जैसे पिछले क्षण ही मेरा जन्म हुआ है। उसने ग्लास मेरे हाथों में देने की बजाय होठों से लगा दिया। आधा ग्लास पिया कि लगा अन्दर से नहा लिया हो। शर्म आई। शब्द निकल पड़े, ''शीला क्या-क्या कह डाला मैंने? शीला मेरे मन में कुछ नहीं है, तुम्हारी कसम। पर पता नहीं कैसे...कभी...शीला आई एम वेरी...''

उसने मेरे होठों पर अँगुली रख दी। मेरे हाथों, फिर गालों पर हथेली से स्पर्श किया, ''मुझे पता है।'' इतना कहते हुए उसकी आँखों में दिखनेवाले मेरे प्रतिबिम्ब पर नमी छा गयी। नमी मेरी मूर्खता के बिन्दु के रूप में परिवर्तित हो, इससे पहले वह

चलती बनी।

सुबह वह अपने नये ड्रेस से पोंछा लगा रही थी।

"क्यों, यह ड्रेस?" मेरी समझ में कुछ नहीं आया, उस ड्रेस को देखता रहा। पोंछा लग गया।

"कल इस्त्री करते वक्त ध्यान नहीं रहा, जल गया।"

"किन्तु उसे सिलाई आदि कर..."

"इतना अधिक जल गया था कि सिलाई नहीं हो सकती थी।" कहकर वह हँसी और यदि उसमें जोड़ बाँधना चाहती तो कहाँ बाँधती?

मैं उसे पोंछा लगाते देखता रहा—नहीं, पोंछा बन गये उस ड्रेस को।

विधुर

हरिकृष्ण पाठक

चटक-मटक करते फिर रहे हैं सब लोग। मैं इतना बड़ा राक्षस जैसा यहाँ बैठा हूँ, वह सबके ध्यान में तो आता है, पर कोई अनदेखी कर रहा है तो कोई तिरछी नजर से देख रहा है, कोई बार-बार देख रहा है तो कोई ताक रहा है उल्लू की तरह। अरे भाई! सीधी नजर मिलाओ न और बात करो सीधे-सीधे। यह तो सगे काका के बेटे की शादी है और मैं आया हूँ, तो इसमें ऐसी क्या बात है कि इस तरह देख रहे हैं मुझे? मुझे क्या कोई माहवारी पालना है? आजकल करते-करते डेढ़ साल हो गये...किन्तु यहाँ आते वक्त कुछ अपशकुन हुआ है। इस बारात की बस से नीचे उतरा ही था कि सबसे पहले मिली वह मंगल। बिखरे-बिखरे बाल, माथे पर बड़ा-सा टीका लगाये वह सामने आई तो मुश्किल से पहचाना उसे। वह बोली, "भाई, अच्छा किया तुम आये। कैसे हो गये हो बिलकुल, जैसे तुम हो ही नहीं! मैं पूछने ही वाली थी कि तुम चम्पक भाई के जैन्ती तो नहीं?" लो, कर लो बात! मैं, मैं लग ही नहीं रहा था तो फिर बात करने क्यों आई? और फिर कहती है, "बिल्कुल अपने बाप जैसे लगते हो, मानो चम्पक भाई ही सामने आकर खड़े हों।"

बुढ़िया की आँख देखकर लगा कि कहूँ—तुम कहना कुछ चाहती हो और कह कुछ और रही हो। कहना होगा कि अपने बाप की तरह बूढ़े लग रहे हो। बालों में आई यह सफेदी, चेहरे पर पड़तीं ये झुर्रियाँ। यह समझते हुए मैंने कहा—"बापू तो पचास की उम्र में विधुर हुए। मुझे तो चालीसवाँ अब लगेगा। और फिर बेटा तो बाप जैसा होता ही है न!" बुढ़िया ने तुरन्त बात सँभालते हुए कहा, "हाँ, चम्पक भाई के तो दो बेटे ही थे और तुम्हारी तो दो बेटियाँ।" हे भगवान! यह कहाँ से टकराई। मेरा जो है सो है, उसे क्या? संक्षेप में बात खत्म कर जरा यों ही छाएँ में जा बैठा तो दो-तीन लोग मुझे इस प्रकार देखते हुए गुजरे जैसे मैंने यहाँ आकर कोई गुनाह किया हो, कोई पाप किया हो! अरे बाबा, जो मन में हो कह डालो न, बक डालो न! कोई

फाड़कर खा जानेवाला है क्या? यह जैन्ती तो वही का वही है जो डेढ़ वर्ष पहले था।

डेढ़ वर्ष पहले ही तो, इनमें से कोई न कोई प्रभास पाटण की यात्रा पर जाते समय वेरावण मेरे घर आ चुके हैं। और आज मानो मुझे पहचानते ही नहीं हैं। एक-दो लोगों को तो आँखों के इशारे से बात करते भी देखा। तभी फड़क-फड़क करती हुई रमा मेरे बाजू से गुजरी। मुझे उसी समय लता की याद आ गयी। उसने कई बार कहा था कि रमा तो मेरी खास सहेली है। यह उसकी सहेली! पूछती तक नहीं है कि क्या हुआ था लता को? बच्चियों के पढ़ने की क्या व्यवस्था की? होटल का खाना ठीक लगता है? कुछ भी नहीं पूछ रही। देखती है तो इस प्रकार जैसे कोई दुखभरा कौतुक हो।

खाना खाने बैठा तो वह जगु पंड्या आया परोसने। साला, यह पंड्या की औलाद, दूसरों के घर तो आग्रह कर-करके खाना परोसेगा। मेरे पास आया और मुँह फैलाकर बोला, ‘‘अरे, मैंने तुम्हें तो पहचाना ही नहीं। कल ही बड़ौदा वाले मेहमानों के साथ तुम्हारी लड़कियाँ आईं तब तुम्हें याद किया था। सुना था कि तुम तो नहीं आनेवाले थे।’’

‘‘कौन कहता है?’’ मैंने पूछा तो बोला, ‘‘कोई नहीं, वो तो यों ही बात चली थी। अच्छा हुआ आ गये। जरा आएँ-जाएँ तो मन हल्का होता है।’’

अरे भाई! तुमसे किसने कहा कि मेरा मन भारी है। होता ही है वह तो। जब आदमी पर आ पड़ती है, तब लगता है, दुख होता है, सब होता है; फिर सब एक ओर रह जाता है। इससे आदमी कोई मर थोड़े ही जाता है! या बदल थोड़े ही जाता है! वह सबको बताने थोड़ी न बैठा है कि जैन्ती तो वही का वही है! डेढ़-दो साल पहले जो था वैसा ही। अब भी उसे हँसना आता है, ठहाका मारकर। कान फट जाएँ, पूरा घर गूँज उठे इस तरह...। लेकिन जो भी आता है शोक व्यक्त करता हुआ ही आता है। अरे भाई, मैं यहाँ कोई शोक उतारने नहीं आया हूँ। मैं तो शादी में आया हूँ शादी में! और शादी भी सगे काका के बेटे की। पर जो भी मिलता सब...

रमा मेरी बेटियों के साथ बातों में लगी है। बार-बार आँखें पोंछती खुद तो रो रही है, साथ में मेरी कोमल फूल जैसी बेटियों का मन भी कमजोर बना रही है। बड़ी मुश्किल से भूली हैं सब। उन्हें फिर से दुखी कर रही है। किन्तु मैं तो अब हँसूँगा। पागलों की तरह हँसूँगा, ठहाके लगाकर हँसूँगा। किसी भी तरह...नाम मात्र का भी कारण होगा तो भी हँसूँगा। इस पंगत में कुत्ता घुस जाए तो भी हँसूँगा। किसी का नए-कोरे कपड़े पहने बच्चा पानी में फिसल कर गिर जाए तो भी हँसूँगा। बारात के स्वागत के वक्त कन्या की माँ दिया ढूँढ़ती परेशान हो जाए तो भी हँसूँगा। वर का बाप—यह कल्याण काका, अपनी आदत के अनुसार तो ढोली को बख्शीश देने में चिक-चिक करेगा, तो भी हँसूँगा...जोर-जोर से हँसूँगा...सबको लगे कि यह तो वही पहले वाला

जैन्ती है...यह है वह तो...ऐसा सबको लगने लगे तब तक हँसूँगा...जोर-जोर से हँसूँगा... ।

इस तरह जब हँसूँगा तब दोनों बेटियाँ दौड़ती हुई आएँगी। दाएँ-बाएँ खड़ी हो जाएँगी। आँख के इशारे से बड़ी छोटी को कहेगी, ''लो तुम बोलो।''

छोटी कहेगी, ''नहीं, तुम बोलो।''

''नहीं, तुम।''

''...तुम कहो''

''नहीं, तुम...'' थोड़ी देर बहस चलेगी। फिर शरारतपूर्ण हँसकर, कुछ अजीब मुँह बनाकर छोटी कहेगी, ''पप्पा...ऐ पप्पा...''

''क्या है?'' मैं बनावटी गुस्सा दिखाते हुए पूछूँगा।

तो वह कहेगी, ''माँ पुछवा रही है कि जा अपने पापा से पूछ—पागल तो नहीं हो गये हैं न?''

एक अनुराधा की बात

गिरीश भट्ट

पति से उसे 'अनु' कहकर ही बुलाते। कभी बहुत प्यार में या गुस्से में 'अनुड़ी' भी कह देते। वैसे नाम तो उसका अनुराधा है। क्या मालूम किसने रखा होगा यह नाम? उसकी मान्यता तो यही थी कि माँ या पिता को तो ऐसा नाम सूझ ही नहीं सकता। उसे पसन्द था यह नाम। कविता जैसा लगता था। इस नाम में कृष्ण की राधा जो शामिल थी!

उसे देखने के लिए औरतों की टोली आई थी। हालाँकि उसमें से कोई भी कनु की निकट की रिश्तेदार न थी। एक बूढ़ी औरत ने हँसकर कहा भी, "भई...बड़ा लम्बा-लचकदार नाम है, कनु तो थक ही जाएगा बोलते-बोलते..." और सब ठहाका लगाकर हँस पड़ी—खीं...खीं...। अनुराधा की माँ ने तुरन्त कहा था, "अरे..नाम छोटा कर देना न, आपको जैसा पसन्द हो वैसा।" अनुराधा अपनी भाभी की साड़ी पहनकर इन सबके बीच बैठी थी...घबराती-सी। वह चौंक उठी, क्या...नाम बदल जाएगा? यह नाम तो उसे जान से प्यारा था। 'अनुराधा' शब्द सुनते ही वह नींद में भी हो तो तुरन्त जाग जाती।

"भाई, हमको तो पसन्द आई। अब कनु को...वह आकर मिले, फिर तय ही समझो।" कहकर वह औरत अपनी ही तरंग में हँसी। भीड़ चली गयी।

अनुराधा ने कपड़े बदले—आशावाद के बीच। रात को ख्याल भी आया—"उस कनु का नाम ही बदलो न! कैसा पुराना-सा नाम लगता है!" अपने ही विचार पर वह मुस्करा पड़ी।

अगली शाम कनु से मुलाकात निश्चित हुई। घर में सुबह से हड़कम्प-सी मची थी। सबके चेहरे गम्भीर थे। अनुराधा पर सूचनाओं और सलाह की बरसात हो रही थी।

"देखो...सँभालना, अब तुम पर है—सब। बोलने में ध्यान रखना...उसे बुरा नहीं लगना चाहिए...किनारे आई नौका डूबनी नहीं चाहिए।"

अनुराधा को एक बात समझ में आ गयी थी कि उसे 'हाँ' के सिवा कुछ नहीं कहना है। लड़का पसन्द न आये तब भी। आखिर कनु आ पहुँचा। उसने ओट से देखा-अरे! एक नहीं, ये दो आये हैं! इसमें से कौन-सा कनु होगा? एक तो देखने में ही नहीं जँचा। कैसा उल्लू जैसा चेहरा, बेडौल शरीर...। हाँ, दूसरा अच्छा था। बढ़िया कपड़े, प्रभावशाली चेहरा। उसे लगा यही कनु होगा...तो? जमेगी...।

वह पानी की ट्रे लेकर गयी तो कमरे का दृश्य ही अलग था। वह बेडौल पुरुष ही सारी जानकारी ले रहा था। अनुराधा की जान जलने लगी। मुलाकात के दौरान कनु ने ही बात आरम्भ की थी, "तुम्हारा नाम तो बहुत बड़ा है। मैं तो तुम्हें अनु कहूँगा।"

"इस बात में तो अनुराधा की स्वीकृति है ही।" रेगिस्तान में मानो किसी वृक्ष की छाया की कृपा मिली।

उसी क्षण अनुराधा दो हिस्सों में बँट गयी।

अनु कहती, "जो नसीब में था मिला। अब व्यर्थ दुविधा में न पड़ो...कनु ही तुम्हारा...पति।"

अनु से अलग हो गयी राधा; कहने लगी—"अभी कहाँ कुछ हुआ है...अभी कहाँ अग्नि के सात फेरे लेकर उसके साथ जुड़ गयी हो?"

"जरा मिल लो न...उसको...वह मित्र जो बाहर बरामदे में खड़ा था शायद हो भी जाए...शायद वह भी तेरी तरह सोच रहा हो!"

दोनों के बीच द्वन्द्व का एक नया अध्याय शुरू हुआ।

अनु पतिपरायण, कनु की आवाज सुनते ही दौड़ पड़ती।

राधा तो खिलखिलाकर हँसती और कहती, "यों पागल क्यों हो रही हो?" या फिर कभी मजाक करती—"जाओ..., दौड़ो, तुम्हारे स्वामी बुला रहे हैं, चाहिए होगा टूथपेस्ट...शायद पेपर-वेपर...! शायद तुम्हें प्रेम-व्रेम करना हो।"

"क्यों, वह तुम्हारा पति नहीं? जैसे मेरा, वैसे तुम्हारा।" अनु दलील करती।

"तो क्या सत्तर काम छोड़कर इस तरह दौड़ जाना? गैस पर दूध गर्म करने रखा है, उसका क्या?" राधा प्रत्युत्तर में कहती।

अनु दौड़ती और राधा हँसती।

"जाओ मेरी बला से, तुम्हारे कारण मुझे भी घिसटना पड़ता है।"

राधा बड़बड़ाती। रात को भी राधा तो मुँह फेरकर सो जाती। ऐसे आदमी के साथ कभी प्रेम होता है? चिढ़ नहीं आती? लेकिन अनु तो पति परायण बनी रहती। चिढ़ तो उसे भी आती, पर पति को क्या नाखुश करना चाहिए? माँ ने क्या सिखाया था? वह राधा को टोकती। खुद कितने प्रयास करती पति को खुश करने के लिए—राधा उसमें भी टाँग अड़ाती, "बिल्कुल पागल है!"

कनु बड़ी मुश्किल से खुश होता अनु पर—और राधा भाग खड़ी होती, प्राय:

इसी तरह होता।

"तुम भाग जाओगी, यह नहीं चलेगा! मूर्ख...क्या मुझे यह पसन्द है? तुम ऐसा समझती हो? इस जन्म में तो यही मिला है! फिर समझौता भी करना चाहिए कि नहीं।"

किन्तु राधा तुरन्त पलटकर जवाब देती, "जरा हिम्मत दिखाई होती तो...उसका दोस्त भी शायद मिल जाता, पर तुम तो बिलकुल ठंडी...पतिव्रता, सती...। सँभालो अब अपने कुन को।"

एक रात खुद कनु ने अपने उस मित्र की चर्चा की।

"देखो अनु, वह यहीं इस बिस्तर में, तुम जहाँ हो वहीं बैठता और रात को सोता भी वहीं। क्या बातें करते...कितनी बातें करते कि कब सुबह हो जाती पता भी नहीं चलता। बहुत बातूनी है वह। नयी-नयी चर्चाएँ करता दुनिया भर की। मुझे तो खास समझ में आती नहीं, फिर भी सुनना अच्छा लगता। बस, यही उसकी खूबी थी।" उसकी बात सुनकर अनु का पूरा शरीर झनझना उठता। राधा 'हाँ-हूँ' करती बिस्तर से उठ बैठती। कनु मूड में आ गया था। पत्नी से बताने में कैसी शरम?

"अनु...जब अपनी बात तय हुई तब वह बोला, "तुम जीत गये कनु, राधा भाभी जैसी लड़की नसीबवालों को ही मिलती है।"

यह कहकर कनु खीं...खीं... करता हँस पड़ा। उसके चेहरे से सियार के जैसी धूर्तता झलक रही थी। और राधा तो उछल ही पड़ी। "उसने मेरा नाम लिया? अनु से कहा भी था—देख ले, मैं न कहती थी? थोड़ी कोशिश की होती...उसके लिए।"

अनु ने अँगुली उठाकर आकाश की ओर संकेत किया—'यह सब नसीब की बात है—सुख या दुख!'

"और अनु...उसी रात के बाद उसका यहाँ सोना बन्द, कहने लगा—यह जगह अब मेरी नहीं..." इतना कहकर कनु मगरूर होकर इस प्रकार हँसा, मानो कोई बड़ी सिद्धि प्राप्त कर ली हो। फिर प्यार से अनु को अपनी ओर खींच लिया, पर बोलना जारी रखा, "तीसरे दिन उसने किराये का नया घर ढूँढ भी लिया। तीन वर्ष से मेरे साथ रहते हुए पूरा घर उसी ने सँभाला था। टिफिन लाना, हेयर ऑयल, टूथ-पेस्ट, साबुन, कपड़े...सब वही लाता। सुबह की चाय भी वही बनाता। सुबह जब मेरी आँख खुलती, तो वह झाड़ू लगाता हुआ दिखता। और मेरा तो पहले से ही ऐसा..." कहकर कनु ने हल्की-सी चपत अनु के गले पर मारी।

"फिर शादी की खरीदारी चली...सेंट-स्प्रे, सुगन्धित साबुन, टॉवेल, स्पेशल अंडरवियर-बनियान, नयी चादरें...कितनी चीजें! सब उसने ही खरीदे। ये 'स्वीट-हार्ट' लिखे हुए तकिए के कवर भी...गुलाबी लिफाफे...तुम्हें लव-लेटर भेजने के लिए... ?" कनु उत्साह से बताता जा रहा था और अनु मानो पत्थर की तरह शून्य होती

जा रही थी, पर राधा बहुत ध्यान से सुन रही थी।

"और अनु तुम्हें जो लव-लेटर्स लिखे थे न...वह किसने लिखे?" फिर वही खीं...खीं, उसने अनु का चेहरा उठाकर पूछा, "बोलो...कैसे थे वह पत्र?"

"वो भी उन्होंने ही लिखे थे?" राधा तुरन्त पूछा पड़ी थी।

"हाँ...ठीक समझीं। मुझे कहाँ समय था पत्र लिखने का? बस...खाना-पीना और मौज करना...हाँ किसी तरह से काम हो जाने चाहिए। कहो, बढ़िया थे न लव-लेटर?"

अनु स्तब्ध रह गयी। शरीर सुन्न हो गया था। राधा की ओर देखने का मन न हुआ। कितनी अपमानित हुई वह। तब तो खुशी से झूम उठती थी, जब उसने वो पत्र पढ़े थे। सोचा था—क्या हुआ अगर दिखने में अच्छा नहीं, पर आन्तरिक सौन्दर्य में कोई कमी नहीं। राधा को तो तब भी शंका थी, किन्तु अनु ने दो-टूक जवाब दिया था—"तुम तो पूर्वाग्रह से भरी हो। अष्टावक्र मुनि को कितना ज्ञान था, ठीक इसी तरह कनु में भी—तुम व्यर्थ ही... !" उसकी बात सुनकर राधा चुप हो जाती। पश्चात्ताप हो रहा था आज अपने विश्वास पर...अब क्या?

फिर भी अनु ठहरी पतिव्रता। उसकी सचाई देखकर स्वयं को सान्त्वना देती। राधा झुँझलाती रहती। दूसरे दिन से वह उसके ही ख्यालों में डूबने लगी, पर सावधानी के साथ। कितने प्यारे पत्र लिखे थे...सिर से पैर तक झकझोर देनेवाले। अनु उसे टोकती—"दिन भर कहीं उसके ख्याल में इस तरह डूबना ठीक है? आखिर वह पर-पुरुष है...पाप में पड़ोगी!"

राधा सोचती—एक ही बार देखा था, वह कहाँ तक याद रहता? कनु से बाहर ही बाहर मिल लेता है, घर क्यों नहीं आता कभी? उसके मन में फूटती इच्छा से अनु डर जाती। माना वह बहुत होशियार है, आकर्षक भी है, लेकिन...अब तो घर न आये वही अच्छा! खुद को तो किसी तरह सँभाल भी ले पर इस राधा का क्या करूँ? वह तो...वह तो न करने का कर बैठेगी।

और सममुच ही राधा को सनक चढ़ी तो बोल दिया कनु को, "क्यों वे घर नहीं आते...वह तो आपके खास मित्र हैं न? क्या मैं उनको खा जाऊँगी? यों...मर्द जैसे मर्द होकर...डरना क्यों?"

कनु ने भी बात पकड़ ली। दूसरे ही दिन हाजिर कनु के साथ। "क्यों आते नहीं हो, ऐसा अनु कहती है। अरे...भूल गये...तुम्हारी राधा...भाभी!" कनु अपनी धुन में बोल रहा था, "तीन-तीन साल की दोस्ती भी भूल गये! खा जाएगी तुमको?"

अनु परेशान थी, अब राधा पता नहीं क्या करेगी? कुछ उल्टा-सीधा कर बैठेगी! वह अच्छा लग रहा था। पहली बार देखा था उससे भी अधिक सुन्दर। सुडौल

शरीर, आकर्षक रूप-रंग। कपड़ों पर परफ्यूम। कपड़ों के रंग और डिज़ाइन से उसकी सुरुचि का पता चलता था। राधा तो क्या अनु का मन भी डावाँडोल हो रहा था।

"अनु चाय बहुत अच्छी बनाती है। बिल्कुल वैसी ही जैसी तुम बनाते थे मसालावाली। तुम्हारी याद आती है। पूछ लो अपनी राधा भाभी से...तुम्हें कितना याद..."

राधा के रोकने के बावजूद अनु चाय बनाने के बहाने किचन में चली गयी। यों तो उसे भी उसको एकटक देखना बहुत अच्छा लगता...राधा की तरह। पर ऐसा करना उचित है? पति की नजरों के सामने...इस तरह छलना? कनु का ध्यान मान लो न भी हो...तो...भी! राधा तो पागल ही हो रही है। वह भी कुछ देर और वहाँ रुकती तो?

अनु उपदेश देने जा रही थी, किन्तु राधा को गुस्से में देख चुप हो गयी। उसने छेड़ना ही ठीक है, कहीं बिफर गयी तो? इतने में वह किचन में आया हाथ धोने के लिए। कनु तो अपनी मस्ती में बोलता चलता जा रहा था, "अरे! पहले तो दरवाजा भी नहीं था बाथरूम में। पर दोनों ही पुरुष हैं, एक-दूसरे के सामने भी नहा लेते।" कनु खिलखिला कर हँस रहा था। तभी राधा ने पूछ लिया, "लव-लेटर तो मस्ती भरे लिखते थे। इतना अच्छा कैसे लिख लेते हैं आप?" वह पल भर के लिए गम्भीर हो गया, फिर हँस पड़ा, "तो इसी बात पर पिला दीजिए चाय" उसने जवाब दिया।

राधा को तो वह जवाब भी पसन्द आया, लेकिन अनु कनु के ख्यालों में डूबी थी। इस राधा को तो अब डपटना ही पड़ेगा। जरा भी नहीं समझती। ऐसा मानती है, जैसे कनु से शादी ही न हुई हो। मुझे कितना सँभालना? कितना छिपाना?

फिर तो अनु ने उसके कान पकड़कर उठ-बैठ ही करवाई।

"बोल, तू अनु ने कनु से विवाह किया है न?"

"हाँ।" राधा कहती।

"इस तरह करोगी तो क्या पति बदल जाएगा?"

"नहीं।"

"तो फिर क्यों तमाशा करती हो? चुप बैठ न, मेरी तरह!"

कुछ दिनों तक राधा शान्त रही, मानो दूसरी अनु!

अनु को आश्चर्य हुआ। राधा तो पति परायणता में उससे भी आगे निकल गयी। ऐसी बातें करती कि अनु देखती ही रह जाती।

एक दिन वह अनु से बोली, "मुझे...उससे मिलने जाना है, उसके घर...वह कहीं तो रहता होगा न!"

"किसलिए? नहीं जाना है, कह दिया।" अनु ने धमकाया। पर राधा ने कलैंडर के कोने में लिखा उसका पता ढूँढ़ लिया। बन-ठन कर तैयार हुई। हाथ में शॉपिंग बैग लिया।

"नहीं जाना...खबरदार।" बोलते हुए अनु की आवाज धीमी पड़ गयी। कनु उस समय अपने परिवार का इतिहास याद कर रहा था—दादा, परदादा, बड़ी दादी, इच्छा काकी, कंचन बुआ...वगैरह वगैरह...। राधा तो चल पड़ी और दबे पाँव अनु भी उसके पीछे-पीछे। पता उसने कागज में लिखकर पर्स में रख लिया था, पर अब उसकी जरूरत न थी। उसे पता याद हो गया था, जैसे परीक्षा में पूछे जानेवाले किसी प्रश्न का उत्तर हो।

ब्रह्म पोण, गली नम्बर चार, 'चामुंडा कृपा' आ गया। ऊपरी मंजिल की बारह-बारह सीढ़ियाँ भी चढ़ी गयी, अनु के साथ-साथ।

सामने छोटी-सी छत। राधा सोच रही थी—दो कुर्सियाँ तो आराम से रखी जा सकती हैं—ठंडी हवा खाने के लिए—पास में नीम जो था।

और अन्दर भी ठंडक ही थी।

"आइए...आइए...राधा..." वह भाव विभोर हो गया। थोड़ा आश्चर्य, थोड़ा संकोच और इतना अधिक—दो हाथों में न समाये, उतना आनन्द।

"घर तो सुन्दर है, सजाया भी अच्छा है, खासा बड़ा भी है—एक व्यक्ति के लिए!"

परस्पर भाव प्रदर्शित हुए।

अचानक अनु और राधा एक साथ बोल पड़ीं, "आप ही कनु होते तो कितना अच्छा होता!"

दरवाजा

हिमांशी शेलत

"मुई, ऐसे की ऐसे ही मरेगी। आज चार दिन हो गये, पेट का निपटारा होता ही नहीं। ये सब कितने आराम से जाती हैं, देखती नहीं। तुम्हीं एक अनोखी लाज की मारी हो जैसे..."

सवली मजबूरन खड़ी हो जाती माँ को इस तरह बड़बड़ाते देख। फिर भी खाड़ी के दूसरी तरफ जाने के नाम से वह ठंडी पड़ जाती। दो दिन पहले ही तो गड़गड़ाते हुए फेंका गया था। काई जमे फिसलन भरे रास्ते, गन्दे पानी की नालियाँ कूदते-फाँदते दूर झाड़ी-झंखाड़ तक जाना पड़ता। वहाँ भी गोबर, कीचड़, घास और न जाने क्या-क्या पैर के नीचे कुचलते जाते। ऐसे में एकाध अच्छी जगह खोजकर बैठना। कहीं कोई मेंढक उछले तो...या कोई कीड़ा, इल्ली चढ़ जाए तो चीख निकल जाती है। घबराते हुए चौकन्नी आँखें रख सब निपटा देना। पता नहीं क्यों सेवन्ती और देवू को तो इसमें कुछ बुरा नहीं लगता। चाहे जहाँ फट से बैठ जाती हैं।

"इतनी दूर कीचड़ में सनते हुए नहीं जाना है। चलता है, यहीं तक। कोई फुरसत में नहीं है हमें देखने के लिए..." फिर खीं-खीं कर कहती कि सभी अपना-अपना करते हैं तो कौन किसको देखने बैठा...बिल्कुल बेशरम है सेवन्ती तो।

घना अँधेरा औरा हल्का-सा उजाला। भोर होते ही खाड़ी की ओर जानेवाली पगडंडी पर चुपचाप कतार-सी सरकती दिखती है। पूरा हृदय यों तो रहस्यमय जान पड़ता है, किन्तु बात में कोई दम नहीं। खाड़ी के आस-पास की बस्ती, आजू-बाजू की खुली जमीन और गड्ढे-टेकरी का उपयोग इसी प्रकार करती चली आ रही थी। इसमें किसी को कुछ अटपटा नहीं लगता था। सवली ही डरपोक और लाज की मारी थी जो खुले खेतों में जाने से डरती।

"सवली की माँ कहती है कि इसे अपने साथ ले जाओ, पर सवली तो बाबा बहुत नखरेवाली। यहाँ नहीं...वहाँ नहीं, चलते-चलते थक जाएँ तब बड़ी मुश्किल से उसे कोई कोना मिलता है।"

"अरी ओ...इतनी दूर कहाँ जा रही हो? जर-जनावर चिपक जाएँगे पैर में..."

सवली को रुकना पड़ता। ऊबड़-खाबड़ टेकरी की आड़ में छुपती हुई वह बैठती तो सही, पर जरा-सी आवाज सुनते ही फट्-से खड़ी हो जाती। खुला आकाश उसे ताकता नजर आता और छोटा-सा गड्ढा गुफा की तरह दिखता। गाँव में थी तब उसे और बुधिया को बापू बाहर खटिया पर सुला देते। फिर रात को जब अचानक उसकी आँख खुल जाती तो बापू कहीं दिखाई नहीं देते और कमरे के दरवाजे बन्द दिखाई देते। दूर-दूर सियार के रोने की आवाज आती, हवा के झोंके से सूखे पत्ते टूटकर यहाँ-वहाँ टकराते जमीन पर आ गिरते। पास के बाड़े में सूखी घास के बीच कुछ सरकते रहने का आभास होता। ऐसे वक्त पर अँधेरा उसे निगल जाता और कड़कड़ाती ठंड में भी वह पसीने-सी तर-ब-तर हो जाती। एक बार तो जब बहुत डर गयी थी तो दौड़कर जोर-जोर से दरवाजा ठोंका था। और कोई बात नहीं, बस डर लग रहा था यह जानकर बापू ने गुस्से से उसे थप्पड़ मारा था, बहुत जोर से तो नहीं, क्योंकि बापू खुद नींद में थे। पर उसके बाद से दरवाजा ठोंककर बापू को जगाने से भी डर लगता था। इस तरह काली अँधेरी रात में, आँखें खोले, खटिया पर पड़े रहने में हाथ-पैर पत्थर की तरह हो जाते। बुधिया तो बहुत छोटा है। वह आराम से गहरी नींद लेता।

यहाँ शहर में सबकुछ अलग। पूरी बस्ती रात-दिन व्यस्त रहती। ऐसे में, खुली जगह में ही पानी का डिब्बा लिये सब...। एक बार छोटी चाची पक्के बने संडास में ले गयी थी। वहाँ तो लाइन लगी थी, लेकिन एक बात अच्छी लगी कि चलो दरवाजा तो बन्द होता है। वह तो अन्दर गयी तब पता चला कि दरवाजा तो नाम-मात्र का है। अन्दर की साँकल टूटी हुई थी। उसने छोटी चाची को बार-बार हिदायत दी थी कि ध्यान रखना कोई अन्दर न आए, किन्तु चाची तो गप्पें मारने में मशगूल थी कि किसी तगड़े, मूँछवाले आदमी ने धड़ से दरवाजा खोल दिया। वह तो बिल्कुल घबरा गयी, तुरन्त खड़ी होकर थर-थर काँपने लगी। वह नालायक तो हल्के से एक आँख दबाकर हँसते-हँसते बाहर निकल गया। उसके बाद रास्ते में आते-जाते वह जब भी मिलता सवली उसे अनदेखा कर देती।

अष्टमी की रात को दयालजीनगर में सिनेमा दिखाया गया। आधा तो नींद में ही गया, किन्तु गुलाबी टाइल्सवाला बाथरूम और उसमें साबुन की झाग में लिपटी परी जैसी लड़की याद है। सेवन्ती कह रही थी कि बंगलों में ऐसे ही बाथरूम होते हैं। शायद इसीलिए वह बंगलों में काम करने जाती होगी। यहाँ तो चार बाँस पर लिपटी बोरियाँ या बास मारते कपड़ों के बीच जैसे-तैसे नहाते हुए हमेशा खटका रहता है कि कोई देख तो नहीं रहा। पीछे कारखाने वाला रास्ता है इसलिए साइकिल, स्कूटर आते-जाते रहते। बेकार बैठे लड़के सीटी बजाते घूमते-फिरते मवाली की तरह। तब टाट के अन्दर होते हुए भी ऐसा लगता मानो खुले में सबके सामने नहा रहे हैं। मुमताज

और सेवन्ती तो पाँच-छः महीने से माहवारी से हो रही हैं तो कहती थी कि उन दिनों में बाहर जाने में बहुत मुश्किल होती है। सब रोककर रखना पड़ता है। फिर तो वह बंगले में काम करने लगी तो वहीं सब निपटाने लगी। पनी कह रही थी कि बाद में तुम्हें भी ऐसा ही होगा। ऐसा मतलब हर महीने सब गन्दगी...माँ तो पता नहीं फिर कितना बड़बड़ाएगी...अभी तो...

"दाग लगाकर रोज-रोज साबुन चाहिए। अभी तो एक पैसा भी ठीक से लाती नहीं है घर में, पर नखरे सबसे ज्यादा। और घिसती भी इतना है कि आठ दिन में खत्म..."

मैदान में मेला लगा है। बस्ती के लोग जब-तब वहाँ चक्कर लगाते रहते हैं। दो-चार दिन से पनी, सेवन्ती सब पीछे पड़ी हैं, लेकिन माँ की न तो ना। उसे लगता होगा कि सवली पाँचेक रुपये खर्च कर डालेगी इससे तो न जाए वही अच्छा। सेवन्ती के तो पास उसके खुद के पैसे हैं, फिर किसी से पूछने की क्या जरूरत? आखिर माँ मान गयी। उसने खींच-खींच कर सवली के बालों में कंघी की। सवली मुँह पर पाउडर पोतकर सेवन्ती की अँगुली पकड़ भीड़ में शामिल हो गयी। माँ ने दस बार कहा था कि हाथ मत छोड़ना नहीं तो गुम जाओगी। भीड़ में एक-दूसरे को ढूँढ़ने में ही रात हो जाएगी। अँधेरा होने से पहले वापस आ जाना, एक ही दुकान पर खड़े मत रह जाना। चूड़ी-टिकुली के ठेलों पर तो बहुत भीड़ थी। वहाँ धक्का-मुक्की चल रही थी। इतने में अचानक चीख-चिल्लाहट मच गयी। क्या हुआ कुछ समझ नहीं आया बस केवल भागम-भाग। इस हड़बड़ी में सेवन्ती का हाथ छूट गया। बहुत आवाज लगाई पर इतने शोर में कछ सुनाई न देता था। मैं वहीं खड़े-खड़े रोने लगी कि इतने में किसी भली औरत ने मेरा हाथ खींच लिया और भीड़ से बचाते हुए मुझे बाहर ले आई। फिर सब पूछने लगीं, "दयालजीनगर? चल छोड़ आती हूँ। डर मत।" फ्रॉक की आस्तीन से गीली आँखें पोंछकर उसके साथ चल पड़ी। उसने रिक्शा कर लिया। फिर बोली, "पहले जरा घर जाके बता दूँ, फिर बाद में तेरे घर चलेंगे, जल्दी नहीं है न तेरे कू?" उसने गर्दन हिलाई। गली-कूँचे और खचाखच भरी दुकानों के बीच से रिक्शा चला जा रहा था। कितने दरवाजे बन्द, किन्तु खुले। सब कुछ अनजाना, किन्तु उसे बिल्कुल भी डर न लगा, शायद यह सोचकर कि यह औरत भली है। एक कोने में पहुँचकर रिक्शा रुकी। बहुत बड़ा मकान, बहुत बड़ा चबूतरा, सुन्दर मजबूत दरवाजे। बीच में चौक था। ऊपर कुछ कमरे। छोटी-छोटी खिड़कियों से कुछ चेहरों ने झाँका, फिर खिड़कियाँ बन्द हो गयीं। बहुत सारे लोग रहते होंगे इतनी बड़ी जगह में। यहाँ-वहाँ देखती वह भौंचक-सी खड़ी थी।

कहीं से गाने और हँसने की दबी-बदी आवाजें आ रही थीं। ऊपर तो कोई

दिखता न था। कमरों के दरवाजे बन्द थे कसकर और जो खुले थे वे लाल-गुलाबी फूलोंवाले परदे से पूरी तरह ढँके हुए थे। अन्दर का कुछ न दिखता था।

"आती हूँ अभी, फिर चलेंगे, तेरे को घर छोड़ने के वास्ते।"

वह औरत कहीं चली गयी। सेवन्ती ढूँढ़ रही होगी उसे भीड़ में। अब तो शायद सब घर पहुँच गये होंगे। माँ शायद चीख-चिल्ला रही होगी। इसीलिए मना कर रही थी जाने को। अब भीड़ में सवली को ढूँढ़ने जाओ। दुबली-पतली-सी लड़की इतनी भीड़ में पता नहीं कहाँ...।

अचानक उसे पेट में मरोड़-सी महसूस हुई। भूख और प्यास तो लगी ही थी। अब यह पेट की तकलीफ...तकलीफ तो होगी ही न, पिछले तीन दिन से खेत जाना टाल रही थी। वह औरत बाहर आए तो पूछकर जाऊँ...इतने बड़े घर में सब सुविधा तो होगी ही। निपटा दूँ तो कल की खटपट नहीं।

पेट में अब कुछ गोल-गोल घूम रहा था। व्याकुलता से वह परेशान हो रही थी कि कब वह औरत बाहर आए कि तुरन्त ही...ऐसी बात के लिए कोई मना तो नहीं करता। वह औरत बोली, "हाँ...हाँ, अरे मुन्नी, जरा उसे..."

चौक की एक ओर दो बड़े बाथरूम। सुन्दर, चिकने गुलाबी टाइल्स वाले। उसे फिल्म में देखे बाथरूम याद आ गये। एकदम साफ-सुथरे। जिसके दरवाजे बराबर बन्द होते। पक्की, मजबूत दीवालोंवाला...इसमें जाना है? ये सब इसी में जाते होंगे?

आँखें फाड़े वह दरवाजा और उसके भीतर देख रही थी। दरवाजा बन्द हुआ तो सब बाहर ही रह जाता है...अपन को अन्दर जरा भी डर नहीं, किसी से बोलना भी नहीं, किसी को वह दिखे भी नहीं...कोई फिक्र नहीं, घबराहट नहीं।

"जा...अन्दर।"

खुशी से वह उछल-सी पड़ी। सपना देख रही हो इस तरह वह अन्दर दाखिल हो गयी और उसके पीछे दरवाजा बन्द हो गया...बिल्कुल न खुलनेवाला।

खरोंच

किरीट दूधात

प्रवास से देर रात जब घर लौटा तब खाना परोसते हुए जया ने कहा, "अरे हाँ...आज तरंग भाई का फोन आया था, गाँधीनगर से। मैं तो नाम भी भूल गयी...वो किसी बाबा के दर्शन के लिए जाना है। अपने पति को तैयार रखना, ऐसा कहा था।"

"हूँ...अचानक..."

"ये तरंग भाई आस्तिक हो गये हैं क्या? इतनी दूर से कोई साधूबाबा के दर्शन को आता है?"

पहले जब मैं सचिवालय में नौकरी करता था तब हम सब मित्र एक रेशनलिस्ट एसोसियेशन चलाते थे। यों तो सबकुछ अनियत था। होली के पहले सप्ताह में हम खासतौर से सचिवालय के सभी ब्लॉकों की दीवार पर, "हरिजनों के बदले हम आपके सेक्टर में होली जलाएँगे।" इस तरह के लिखित नारों की पर्चियाँ लगाते। वैसे तो कोई हमें होली जलाने के लिए बुलाता नहीं, किन्तु इन लिखित पर्चियों को पढ़कर रूढ़िग्रस्त हिन्दू कर्मचारियों की भावना को ठेस पहुँचती। हमारी टोली जब कैंटीन में चाय पीने या लंच करने बैठी हो, तब आजू-बाजू की टेबल से अनायास ही कोई इन पर्चियों की चर्चा छेड़कर अपनी भड़ास निकालता या गालियाँ बकता जिन्हें सुनकर हम, समाज की प्रगति में महत्त्वपूर्ण योगदान का सन्तोष प्राप्त करते।

मेरी गाँधीनगर की नौकरी छूटने के बाद भी एसोसियेशन का काम-काज चलता रहा। तरंग शाह हाथ-सफाई के कुछ खेल सीख आया था। शनि-रवि किसी गाँव में जाकर वहाँ लोगों को जमा करता। सबके सामने अपने खेल दिखाकर यह सिद्ध करता कि साधू-बाबाओं के चमत्कार हकीकत में इस तरह के हाथ-सफाई के खेल मात्र हैं। वह लोगों को भी ऐसे खेल सीखने का ऑफर देता। उसके चेम्बर में चमत्कार-विरोधी पर्चियों के ढेर लगे रहते। वह कभी उनमें से किसी पर्चे के लेख के जेरॉक्स करवाकर मित्रों में बाँटता। वह भी इसी प्रकार के लेख लिखता। केवल सूचना विभाग से मिलने वाली खबरें प्राप्त करने के उद्देश्य से प्रसिद्ध होते जिलाकक्ष के किसी पुरजे में उसका

ऐसा लेख साभार उद्धृत होते हुए भी देखा था। हाल ही में 'मन्थली रिव्यू' की मीटिंग के लिए गाँधीनगर जाना हुआ, तब मैंने उससे इस विषय में बात की। वह बहुत खुश हुआ, "सच कहूँ तो लेख तो बहुत लिखे हैं, पर अब अन्धश्रद्धा के विरुद्ध सच्चे अर्थों में नियमित रूप से काम करना है। तुम्हें तो ख्याल होगा ही कि लोगों में अन्धश्रद्धा भड़काने का काम तुम्हारे जिले के पिछड़े क्षेत्रों में अड्डा जमा कर बैठे साधूबाबा लोग करते रहते हैं। उनके ही क्षेत्रों में जाकर उन्हें चुनौती देना ही अब सही रास्ता है। प्रत्येक जिले में ऐसे दो-तीन लोगों की पोल खोल दें तो लोगों में तुरन्त ही दृष्टि का विकास होगा। शायद तुम्हारे जिले में भी ऐसे कोई साधूबाबा होंगे ही। यदि हों तो मुझे अवश्य खबर करना। मैं खुद वहाँ आऊँगा। हम उसकी जाँच-पड़ताल करेंगे।"

मुझे प्रणवानन्द बाबा याद आ गये। मैं उनसे हुई पहली मुलाकात की याद में खो गया। तरंग का ध्यान मेरे चेहरे पर था। उसे अपनी धारणा सच होती हुई लगी। उसने उत्साहपूर्वक पूछा, "बोलो है कोई ऐसा? तो शुरुआत तुम्हारे जिले से करें।"

"यों तो ऐसा कुछ नहीं है, पर अभी मेरी मुलाकात एक साधू से हुई जरूर है। मैं ही उनसे मिलने गया था। मेरे कार्य क्षेत्र के एक तालुके में उसने अपना आश्रम बनाया है। अभी तो उसका काम-काज कुछ विशेष नहीं है, किन्तु लोगों की उसके प्रति इतनी श्रद्धा है कि यदि वह चाहे तो चमत्कार भी कर सकता है। हालाँकि अभी कुछ भी ठीक से नहीं कहा जा सकता, क्योंकि मैं उनसे केवल एक बार ही मिला हूँ।"

उसने होठों तक लाये चाय के कप को टेबल पर रख दिया।

"बस, बस! ऐसे उगते अनष्टिों को तो तुरन्त खत्म कर देना चाहिए। नहीं तो बाद में उनका साम्राज्य स्थापित हो जाता है। ये लोग अपार धन एकत्रित करते हैं। मूलत: ये सब हिन्दीभाषी राज्यों से भागे हुए गुनहगार होते हैं। फिर दाढ़ी बढ़ाकर, बिना सर-पैर की धार्मिक बातें करते हैं, इसलिए लोग, उनमें भी तुम्हारे सौराष्ट्र के लोग खासतौर से, लम्बे होकर साधुओं के चरणों में गिरते हैं, और वह महात्मा बन जाते हैं। अच्छा तो मैं एक बार समय निकाल कर आता हूँ। हम उसका पर्दाफाश करेंगे। ठीक?"

चाहा कि कह दूँ, "अरे, प्रणवानन्द कोई इस तरह के व्यक्ति नहीं लगे हैं और चमत्कारी होने का वे कोई दावा भी नहीं करते..." उसी समय उसके सेक्रेटरी का फोन आया तो वह फाइल बगल में दबाये चला गया। तरंग इतनी जल्दी आने का प्रोग्राम बना लेगा, सोचा न था। एक बार मन में आया कि फोन करके उसे आने से रोक दूँ, पर रात के बारह बज रहे थे, अब तक तो वह गाँधीनगर से निकल भी गया होगा।

प्रणवानन्द के आश्रम में अचानक जाना हुआ था। राजविट्ठलगढ़ मेरे जिले का अन्तिम तालुका। जिले से वहाँ फोन भाग्य से ही लगता। वहाँ एक भी ऐसा स्थान नहीं जहाँ दोपहर या शाम को व्यवस्थित भोजन मिलता हो। किसी ग्राम सेवक या

अधिकारी के घर भोजन करना पड़ता, यह बात मुझे पसन्द नहीं थी। सुबह जल्दी निकलो तो भी केवल तालुका कचहरी के काम कर वापस घर पहुँचने तक रात ही हो जाती। भीतरी क्षेत्रों में ग्रामीणों से मुलाकात करनी हो तो वहाँ किसी पुराने रेस्ट हाउस में मजबूरन रात गुजरानी पड़ती। उस तालुके के चार में से तीन ग्रामसेवक की नियुक्ति पनिशमेंट के तौर पर थी। मुझे शक था कि वे सब कामचोर हैं। एक बार सरप्राइज़ चेकिंग का निश्चय किया। बीच का एक सप्ताह फुरसत का था। दो-तीन दिन बैठे-बैठे जम्हाई लेता रहा। सब दोस्तों को दो-दो, तीन-तीन बार फोन किया। तीसरे दिन अचानक राजविट्ठलगढ़ याद आ गया। तुरन्त ड्राइवर से कहा, "गाड़ी निकालो, आज राजविट्ठलगढ़ जाकर आएँगे। देखें तो सही वहाँ कैसा काम चल रहा है? सरप्राइज़ चेकिंग!"

निकले तब दोपहर के दो बज चुके थे। बीच में बीस किलोमीटर कच्चा रास्ता पड़ता था, वहीं गाड़ी पंक्चर हो गयी तो और देर हो गयी। राजविट्ठलगढ़ पहुँचे तो शाम के पाँच बज गये थे। तालुका-कचहरी जाकर पता चला कि वहाँ ताला लटक रहा है। ग्राम-सेवकों का पता लगाया तो मालूम हुआ कि वे सब पिछले दो माह से, निकट के गाँव में सपरिवार रहने चले गये हैं। उसी समय वापस लौट जाने के अतिरिक्त कोई चारा न था। मैंने ड्राइवर से कहा, "यहाँ तो देखने लायक कोई स्थान भी न होगा, चलो घर वापस।" ऐसे डी.ए. तो भारी पड़ते हैं। बिल्कुल यों ही वापस लौटना उसे भी पसन्द नहीं आया। कुछ देर जीप चलाने के बाद वह बोला, "वैसे यहाँ से तीसेक किलोमीटर पर प्रणवानन्द बाबा का आश्रम है, वहाँ जा सकते हैं। रास्ते में ही पड़ता है, सिर्फ पाँच किलोमीटर का डायवर्सन लेना पड़ता है। बाबा चमत्कारिक हैं और आपके साथ अनेक तरह की चर्चा कर सकें, ऐसे ज्ञानी भी हैं। वे सरकारी नीतियाँ भी जानते हैं। आप को आनन्द आएगा।" वैसे तो मैं कभी ऐसे आश्रमों में जाता नहीं। पर सोचा चलो कुछ नया देखने को मिलेगा। यों भी खाली चक्कर लौटने से अच्छा है, कुछ घूम-देख लिया जाए।

राजविट्ठलगढ़ की सारी जमीन अब खारे पाटवाली हो गयी है और पिछले दस वर्षों में जंगली झाड़ियों की खूब बढ़त हुई है, इस कारण दूसरे वृक्ष बिल्कुल कम हो गये हैं। दूर, एक जगह पर हरियाली नजर आ रही थी। वही आश्रम होगा, मैं यह समझ गया। जीप आश्रम के विशाल परिसर में पहुँची तो मेरी निरीक्षण शक्ति जागृत हो गयी। मैंने नोट किया, पूरा आश्रम सरकारी खराबे (खेती के अयोग्य जमीन) पर खड़ा किया गया है। शायद गौचर की जमीन भी हो। मुझे हँसी आयी। बेचारे, भगवान को बेकार की जमीन पर बसाया गया है। इस प्रकार के आश्रम ऐसे ही खड़े किये जाते हैं। आगे चलकर खेती अथवा उससे मिलते-जुलते अन्य कारणों से, पेपर तैयार किये जाते, फिर थोड़ा जुर्माना वसूलकर मामला रफा-दफा कर दिया जाता। मुझे लगा कि

राजविट्ठलगढ़ का चक्कर व्यर्थ नहीं जाएगा। मैंने तय कर लिया कि पूरे आश्रम का बारीकी से परिक्षण किया जाए। और फिर प्रान्त अधिकारी मेरा बैचमेट है, उसका भी ध्यान इस ओर खींचना होगा। सर्कल इंस्पेक्टर को लगना चाहिए कि प्रान्त अधिकारी उसकी अपेक्षा अधिक जानकारी रखता है। पर पहली जो बात मेरे ध्यान में आयी, वह बिल्कुल अस्वाभाविक थी। वह बात थी आश्रम के वृक्षों की। आश्रम में आम, कटहल और जामुन के वृक्ष ठीक-ठीक प्रमाण में थे। पूर्व, जिला कृषि अधिकारी ने, अनेक बार यह लिखित सूचना दी थी कि इस प्रकार के मीठे पानी में लगनेवाले वृक्षों को इस जिले में लगाना सम्भव नहीं। इसके बावजूद आश्रम में ये वृक्ष मौजूद थे। जीप की आवाज सुनकर आश्रम के एक कमरे से लगभग तीस वर्ष का एक साधू लंगड़ाता हुआ तेजी से हमारी ओर आया। मैंने धीरे से ड्राइवर को पूछा, "ये बाबाजी है?"

"नहीं, यह तो उनका चेला है, रामगिरी बाबा।"

रामगिरी ने पूछा, "कौन है?"

"डिप्टी कलेक्टर।"

"आइए आइए। सीधे बाबा के पास आ जाइए।" कहते हुए वह मुझे तीन ओर से खुले एक बरामदे में ले गया। वहाँ धधकती हुई धूनी के सामने एक प्रभावशाली व्यक्ति भभूत लगाये, तनकर बैठा था। वह गुजराती नहीं था।

"कौन?"

"डिप्टी कलेक्टर हैं, बाबा।" मैंने हाथ जोड़ने जैसा किया।

"अच्छा अच्छा।" मेरा ओहदा सुनकर उसे खुशी हुई। दूर आँगन में मेरी जीप की तरफ एक नजर डाली। शायद उस पर लाल बत्ती न देखकर पूछा, "रेवन्यू के डिप्टी कलेक्टर हो?"

"नहीं बाबा, ग्राम-विकास में हूँ।"

"अच्छा।"

"आश्रम अच्छा बनाया है बाबा।" मैं रेवन्यू डिप्टी कलेक्टर न होने का क्षोभ कम करने के लिए बोला। बाबा प्रसन्न हुए, "अरे, मेरे रामजी का आदेश हुआ कि इस बंजर में हरियाली कर दो, तो हमने आज्ञा का पालन कर दिया और कुछ नहीं। वैसे तुमने क्या बताया, हाँ, ग्राम विकास...तो उसमें क्या करते हो?"

"बस बाबा, गरीबों का जीवन स्तर ऊपर लाना।"

"अच्छा।"

"ये सब झाड़ आपने लगाये बाबा? इस जिले में ऐसे वृक्ष तो होते नहीं।"

"हमने अपने हाथों से बोये हैं और खुद ही कुएँ से सींचकर उसकी देखभाल की है। कावड़ उठाते हमारे दोनों कन्धे छिल गये थे। तब तो यह रामगिरि भी कहाँ था? हाँ, अब गाँववाले और चरवाहे भी उसकी देखभाल करते हैं।" बाबाजी उत्साह

से बोल रहे थे। इससे पहले किसी ने उनसे इस प्रकार वृक्षों की चर्चा नहीं की होगी।

थोड़ी देर में रामगिरि चाय ले आया। तभी कुछ किसान और चरवाहे अपने चोंचवाले जूतों की 'खड़क...खड़क' आवाज करते हुए आये।

''ऐ...पाय लागू, बाबा!'' कहकर सब सिर से अपने फेंटें उतारकर एक के बाद एक बाबा के पैर छूने लगे। फिर मेरे आस-पास आकर बैठ गये। मेरे कपड़े और आँगन में खड़ी जीप को देखकर वे अस्वाभाविक रूप से चुप थे। मुझे भी यों ही बैठने से घुटन हो रही थी। सोचा जाने की अनुमति लूँ।

अचानक दूर कुछ शोर-गुल हुआ। एक दीन-हीन-सा आदमी जोर-जोर से रोता हुआ आराम में आया। उसके पीछे तीन-चार लोग उतावली से चलते आ रहे थे।

''ओ बाबा, ओ बाबा, आपने मेरी घरवाली की जिन्दगी बचा ली। आपको तो अपनी चमड़ी के जूते बनवा कर पहनाऊँ तो भी कम है।'' कहकर वह बाबा के चरणों में लोटने लगा। आवेश में आकर उसने जमीन पर सिर पटका। बाबा ने उसके कन्धे पकड़ खड़ा करते हुए पूछा, ''लेकिन हुआ क्या है?''

साथ आये लोगों में से एक बोला, ''बाबा, इसे नहीं पहचानते? यह मनकू कोपी है। उसकी औरत को जचगी के दर्द से छुटकारा नहीं मिल रहा था। इसलिए मैं आपके पास से वो मन्त्रवाली जड़ें ले गया था और उसे उसकी कमर में बाँधा तो चुटकी बजाते ही मुक्ति मिल गयी। और कन्हैया जैसा बेटा पैदा हुआ। वरना यहाँ तो औरत बच्चा दोनों को खोने की बारी आती, पर आपके सत का आधार मिला।''

''सत मेरे रामजी का और क्या? अब वो मूल मुझे वापस कर दो।'' बाबा मेरी ओर देखकर मुस्कराये। उस व्यक्ति ने फेंटें के छोर में बँधी जड़ें निकल कर बाबा के पैर के पास रख दीं। एक व्यक्ति उसे उठाकर घुमा-फिरा कर देखने लगा। फिर एक के हाथ से दूसरे, दूसरे से तीसरे हाथ में। एक तो 'किरतार...किरतार...' कहकर उसे आँखों से लगा रहा था।

अन्त में वह मेरे हाथ में आया।

''बाबा, यह तो।''

बाबा बोले, ''यहाँ तो ऐसी ही सब चीज़ों से काम चलाना पड़ता है। यहाँ पच्चीस-तीस मील तक कोई अस्पताल कहाँ? अच्छा साब, तुम ऐसा करो, यहाँ एक अस्पताल बनवा दो, लोगों को हर रोज दिक्कत होती रहती है।''

''अरे, बाबा यहाँ कोई डॉक्टर पोस्टिंग नहीं लेता। पहले तो पी.एच.सी. मंजूर करानी पड़ती है। उसकी फाइल सचिवालय में, पंचायत विभाग में, आरोग्य विभाग, वित्त-विभाग में और अन्त में...।''

सचिव...मैं बोलते-बोलते रुक गया। गाँधीनगर से चार सौ किलोमीटर दूर अड्डा

जमाकर बैठे इस साधू को सचिवालय की कार्य पद्धति की सूक्ष्मता समझाने की क्या आवश्यकता है? मैंने संक्षेप में कहा, "बाबा, यह तो सम्भव ही नहीं।"

"अरे, तुम डिप्टी कलक्टर जो हो।" मुझे लगा बाबा मजाक कर रहे हैं, किन्तु उनके चेहरे पर ऐसा कोई भाव न था। वे उत्सुकता से मेरी ओर ताक रहे थे। इस दरम्यान वहाँ आये लोगों में उत्तेजना फैल गयी। एक ने जोर से चिल्लाकर कहा, "बोलो सियावर रामचन्द्र की जय, सनातन आर्य धर्म की जय, प्रणवानन्द बाबा की जय!" उसके बाद सबने बारी-बारी बाबा को साष्टांग किया। तब रामगिरी आया और बोला, "बाबा सन्ध्या आरती का समय हो गया है। आज्ञा हो तो आरती करूँ?"

"ठहरो! आज मैं आरती करूँगा।"

"ठीक है बाबा, मैं अब चलूँ।" मैं जाने के लिए खड़ा हो गया।

"अरे, जल्दी क्या है? रात यहीं ठहर जाओ। सुबह जलपान करके चले जाना।" मैं हँसा, "सुबह निकलूँ तो चार घंटे की मुसाफिरी में ऑफिस पहुँचते दोपहर बारह बज जाएँगे।"

"फिर भी। एक दिन भगवान के सान्निध्य में गुजरा था, ऐसा सोच लेना। आरती के बाद मैं तुम्हें थोड़ी गौएँ दिखाता हूँ। यहाँ परा एक गौशाला बनाने की सोच रहा हूँ।"

"बाबा, आज नहीं, फिर कभी।"

"ठीक है, मगर आरती तक ठहर जाओ। देखो, तुम्हारी तरह मुझे भी रामजी ने एक गरीब की सेवा का मौका दिया है।"

मैं दूर एक चबूतरे पर बैठ गया। शायद सप्ताह भर पहले ही चबूतरा बना था ऐसा लगा रहा था। सीमेंट की परत चमक रही थी। कोने गोलाकार में बनाए गये थे। चबूतरे के एक ओर तीन-चार तसले, रेती और टूटी हुई ईंटें पड़ी थीं। आस-आस के पेड़ों पर दूधराज, चकोर और कोयल उड़ बैठ रही थी। रोज की अपेक्षा आज आरती लम्बी चली, ऐसा लगा।

काँसे के घंटे एवं नगाड़ों की घनघनाहट से मानो पूरा माहौल काँप उठा। दो-तीन बार तो मेरे रोंगटे खड़े हो गये। सामने दूर छोटी-सी पहाड़ी के पीछे सूरज धीरे-धीरे डूब गया। मैदान में चरती भेड़-बकरियों की आकृतियाँ परछाईं में बदल गयीं और फिर अदृश्य हो गयीं। आरती खत्म होने के बाद बाबा ने आग्रहपूर्वक खाना खाने के लिए रोक लिया। खाने के पश्चात् जब जाने के लिए निकला तो बाबा मेरी जीप तक विदा करने आये, "कभी रात को यहाँ ठहरने आओ, खुल्ले में खटिया बिछा लेंगे और हाँ वो अस्पताल का तो कुछ करना ही पड़ेगा।"

थोड़ी दूर जाने के बाद बीस-पच्चीस लोग सामने मिले। उनमें कुछ स्त्रियाँ भी

थीं। सबके हाथों में कुछ न कुछ पुजापा था। मनकू वाली बात गाँव में फैल गयी होगी। मुझे मेरे रेश्यानालिस्ट मित्र याद आ गये। उन्हें यह अनुभव सुनाने लायक था। ड्राइवर बोला, "देखा न बाबा ने जड़ों से कैसा चमत्कार कर दिखाया। यह तो औरत थी, वरना गाय के आड़े को तो बाबा अँगुली के चमत्कार से सीधा कर देते हैं। मेरी इच्छा हुई कि उसे उन जड़ों के औषधीय गुणधर्म समझाऊँ किन्तु कहा, "जल्दी चलो, रास्ते में ही रात हो गयी है।"

तरंग ने सुबह पाँच बजे घंटी बजाई।

"रात की ही बस पकड़ी, थोड़ा जागरण हुआ है, पर कोई बात नहीं। तुम तैयार ही हो न?"

"अरे, तुम शान्ति रखो। ऐसा करो तुम पहले फ्रेश हो जाओ और फिर मैं जो कहता हूँ, सुनो।"

"क्या है? भाभी की तबीयत खराब है?" तरंग ने शंकित होकर पूछा।

"अरे, सब ठीक है, लेकिन तुम पहली बार मेरे इलाके में आये हो तो दूसरी बातें छोड़ो। हम आराम से गप्पें मारे, तुम्हें घूमना हो तो हम दोनों दीव चले जाएँगे। कुछ नॉनवेज़-ड्रिंक्स की इच्छा हो तो यहाँ घर पर भी व्यवस्था हो सकती है। हमारे एक क्लर्क ने सब...।"

"अरे छोड़ो, यह सब करने के लिए दो दिन की छुट्टी बरबाद नहीं करनी। अपन पहले उस बाबा को ठीक करें।"

मैंने उसे आश्रम की मुलाकात से लेकर अन्त तक सारी बातें बताईं। जड़ों के औषधीय गुणधर्म की बात भी समझाई। "प्रणवानन्द ने अधिक से अधिक यही दलील दी कि यह तो कुदरत का चमत्कार है। उसने खुद कोई चमत्मकार किया हो, ऐसा वह नहीं मानता।"

"तुम समझते नहीं हो। वह तुमसे कुछ और कहता है गाँववालों को कुछ और। इस तरह उसकी बातों में नहीं आना चाहिए।"

"अब छोड़ो न यार! बच्चे वगैरह सब क्या करते हैं? उन्हें साथ क्यों न..."

"देखो, इस तरह टालने की बातें मत करो। तुम तो डिस्ट्रिक की नौकरी में बिल्कुल ढीले पड़ गये हो। भूल गये? कालीचौदस की रात को पेथापुर के श्मशान में पूरी रात काटने के कार्यक्रम की अगवानी तुमने ही तो की थी न? या फिर बाबा के साथ टक्कर लेने से तुम्हारी पोस्टिंग में कोई मुश्किल आएगी? कुछ नहीं! तुम्हें नहीं आना है तो तुम्हारी जीप से मुझे आश्रम तक पहुँचवा दो और यदि वह भी न हो सके तो मुझे बस का टाइम टेबल बता दो। मैं अपने-आप आश्रम चला जाऊँगा।"

रास्ते में तरंग अलग-अलग गाँवों में, उसके द्वारा किए गये हाथ-सफाई के कार्यक्रमों की बातें करता रहा, "लोगों की प्रतिक्रिया बहुत उत्साहजनक है। मेरी मान्यता थी कि अन्धश्रद्धा लोगों के मन में घर कर गयी है किन्तु घटनाओं को तार्किक रूप से समझने की जिज्ञासा भी उनमें प्रबल है।"

"हूँ..."

"क्या हूँ-हूँ करते हो! तुम देखना तो सही, आज लोग कैसा व्यवहार करते हैं। अनपढ़ ग्रामीणों में भी सच जानने की तीव्र इच्छा होती है।"

हम आश्रम में पहुँचे तब प्रणवानन्द आँगन में टहल रहे थे। गाड़ी देखकर वे पहचान गये।

"डिप्टी कलेक्टर आए हैं।"

मैंने प्रणाम किया। तरंग उसी तरह अकड़कर खड़ा रहा। मैंने परिचय कराया, "बाबा, ये तरंग शाह है। गाँधीनगर सचिवालय में बड़ा अधिकारी है। हम दोनों खास समय निकाल कर आपके दर्शन करने आए हैं।"

"नहीं बाबा, हम तो आपका चमत्कार देखने आए हैं।"

"चमत्कार तो ठीक है। पहले आप चाय लीजिए। दोपहर का खाना भी यहाँ लेना होगा। और वे अस्पताल का क्या हुआ? अब तो ये गाँधीनगर वाला साब भी आ गया है।"

"बाबा, वह तो होगा, ऐसा लगता नहीं है।"

तरंग धीरज नहीं रख पा रहा था, "बाबा, यह कहता है कि आप चमत्कार करते हैं, यह सच है?"

"अरे, यह साब मेरे रामजी की माया है। कभी किसी को पुरानी जड़ी-बूटी दे दी और वो बच गया तो लोग ले बैठे कि बाबा ने चमत्कार कर दिया। बाबा क्या खाक चमत्कार करेगा।" बाबा आत्मविश्वास से हँसे, "भैया, मैं कोई चमत्कार नहीं करता।"

"अरे यह तो गाँधीनगर में आकर आपके चमत्कारों की बातें करता फिरता है।"

"क्या बक रहे हो तरंग?"

"चमत्कार मात्र फरेब है। बाबा आप कबूल करो कि ऐसा कुछ भी नहीं है।"

"ऐसा करो, तुम यहाँ आश्रम में दो-तीन दिन ठहर जाओ। यहाँ घूमो। हम भी बातें करेंगे, शायद तुम्हें कोई चमत्कार दिख जाए।" बाबा मेरी तरफ देख कर हँसे। तभी एक ग्रामीण बोला, "बाबा, उनके मुँह पर नहीं बोलते। वैसे तो वे मुर्दों को जिन्दा करते हैं मुर्दों को। क्या बोला न!"

‘‘देखा...देखा...’’ तरंग जोर से बोला, ‘‘इन सब भोले देहातियों का दिमाग फेर दिया है?’’ फिर ग्रामीण से बोला, ‘‘मित्र, तुम ये किस चमत्कार की बात कर रहे हो? इस दुनिया में चमत्कार जैसा कुछ है ही नहीं और यह बात जितनी जल्दी समझोगे, उतनी जल्दी ही प्रगति करोगे। तुम जिसे चमत्कार कहते हो, वह ऐसे साधुओं की हाथ-सफाई मात्र है।’’

वह ग्रामीण कुछ झुँझलाया और बड़बड़ाता हुआ चला गया।

तरंग थोड़ी देर चुप रहा। फिर उसने आलंकारिक भाषा में बाबा से बातचीत शुरू की, ‘‘देखिए महाराज, अभी तक आपने बहुत नाटक किये। उस ग्रामीण के व्यवहार से मैं समझ गया हूँ कि चमत्कार के नाम पर सबकी आँखों पर अन्धश्रद्धा की पट्टी चढ़ा दी है। यह मेरा पक्का रेशनलिस्ट मित्र आपकी प्रशंसा करने लगा है, इससे अधिक और क्या सबूत मुझे चाहिए? अपने चमत्कार के नाम पर इन गँवारों से भेंट-उपहार लेकर इनका आर्थिक शोषण नहीं करते, इस बात का क्या भरोसा?’’

बाबा अब क्रोधित हो गये थे। वे तरंग को घूरते हुए कुछ बोलने ही वाले थे पर तरंग ने मौका ही न दिया, ‘‘इसका कोई स्पष्ट समाधान निकालना ही होगा।’’

‘‘क्या है तेरा स्पष्ट समाधान?’’

तरंग ने जेब से स्टेन्सिल किया हुआ एक कागज निकाला, ‘‘देखो बाबा, यह माफीनामा है। इसमें लिखा है कि अनेक विचारशील नागरिकों की हाजिरी में आपके कथित चमत्कारों का परीक्षण किया गया जिसमें साबित हुआ कि आप किसी भी तरह का चमत्कार करने में असफल रहे हैं। अभी तक आपने धर्म और चमत्कार के नाम पर जो कुछ किया, वह सब खेल था, ऐसा आप स्वीकार करते हैं।’’ कहते हुए उसने माफ़ीनामा का कागज बाबा के हाथ में रख दिया।

‘‘अरे जा!’’ कहकर बाबा ने वह कागज पास में जलती धूनी में डाल दिया। फिर गुस्से से बोले, ‘‘अरे ये किस बन्दर को यहाँ लाये हो?’’ इस सब धमाल में आश्रम में रहनेवाले सब लोग वहाँ जमा हो गये। मुझे गुस्सा आया, ‘‘देखो तरंग, तुम्हें ऐसे तमाशे करने हों तो करो, मैं तो जाता हूँ। क्या चमत्कार के विषय में स्वस्थ चर्चा नहीं हो सकती?’’ मैं जाकर जीप में बैठ गया। ड्राइवर से कहा, ‘‘चलो घर।’’

ड्राइवर दुविधा में पड़ गया, ‘‘गाँधीनगरवाले साहब नहीं आये?’’

मैंने चिढ़कर कहा, ‘‘जाओ, बुला लाओ। उनसे कहना कि नहीं आओगे तो हम जा रहे हैं।’’

ड्राइवर गया और वहीं रुक गया। इस सब पंचायत में बाबा के भक्तों को इतना पता चल गया था कि कोई पढ़ा-लिखा शहरी बाबा को परेशान कर रहा है। वे आक्रोश में थे। तरंग उन सबके बीच अडिग खड़ा था।

‘‘महाराज, आपका दावा है कि आप मृतक को भी जीवित करते हो, तो वही

चमत्कार दिखाइए।'' कहते हुए उसने अपने थैले से एक मरी हुई चिड़िया निकाल कर बाबा के पैरों के सामने रख दी। मुझे आश्चर्य हुआ कि तरंग ने चिड़िया कहाँ से निकाली। एक ग्रामीण बोला, ''हाँ बाबा, कर दो जीवित इस चिड़िया को, फिर इस पढ़े-लिखे को पता चलेगा।'' बाबा चीखे, ''अरे बेवकूफ, ये क्या बकते हो?'' लेकिन बाबा के सब भक्तों ने तरंग की चुनौती को स्वीकार किया, ''ठीक है तो आज बाबा इस चिड़िया को जीवित कर दिखाएँगे।''

रामगिरि बाबा के कमरे से उनकी माला और जल भरा पीतल का कलश ले आया। फिर वह धूनी जलाने में जुट गया। भीड़ में धक्का-मुक्की हो रही थी। सबका ध्यान बाबा के पैरों के पास पड़ी भरी हुई चिड़िया पर था। तरंग ने जो परिस्थिति निर्माण की थी, अब उसे बीच में नहीं रोका जा सकता था।

बाबा अनिच्छा से जमीन पर बैठ गये हाथ में माला ली। आँखें मूँद कर होठ फड़फड़ाते हुए मन्त्रोच्चार करने लगे। उनके चेहरे से लगता था, मानो गहरी समाधि में उतर गये हैं। पन्द्रह-बीस मन्त्र बोलने के बाद उन्होंने आँखें खोलीं। बाजू में रखे लोहे से अँजुरी भर पानी ले चिड़िया पर छिड़का। भीड़ डरकर एक-दो कदम पीछे हट गयी। एक मिनिट...दो मिनिट...पर चिड़िया में प्राण का कोई संचार न हुआ। बाबा ने जल्दी से मन्त्र कह कर फिर से चिड़िया पर पानी छिड़का। चिड़िया ज्यों-की-त्यों पड़ी रही। तरंग ने कूदते हुए आवाज लगाई, ''हे पाखंडी मुर्दाबाद...पाखंडी मुर्दाबाद, बोलो पाखंडी...'' उसे लगा था कि भीड़ भी उसके साथ नारे लगाएगी, किन्तु पीछे खड़ी भीड़ में से किसी ने तरंग के सिर पर लाठी से प्रहार किया और वह लड़खड़ाता हुआ सामने खड़े लम्बे व्यक्ति से जा टकराया। उस आदमी ने एक हाथ से तरंग के बाल जोर से पकड़े और दूसरे हाथ से पूरी ताकत भर धौल जमाया। भीड़ में दो-तीन आवाजें आईं, ''मारो साल्ले को, जिन्दा न जाए यहाँ से।'' मैं जोर से चिल्लाया, ''तरंग, भागो जल्दी।'' चिल्लाहट सुनकर ड्राइवर जीप की ओर तेजी से लपका, सीट पर बैठते ही जैसे-तैसे गाड़ी स्टार्ट की। तरंग भी मुश्किल से दौड़ता हुआ आकर जीप में बैठ गया। ड्राइवर ने गोल घुमाते हुए गाड़ी भगाई। कुछ लोगों ने जीप के पीछे दौड़कर पत्थर फेंके। आगे और कुछ होता, उससे पहले जीप आश्रम से बाहर निकल गयी।

मैंने मुड़कर आखिरी नजर आश्रम पर डाली तब बाबाजी सिर झुकाये अपने कमरे की ओर जा रहे थे। भीड़ अब भी शोर मचाती हाथ ऊँचे कर हमारे पीछे दौड़ रही थी। रास्ते में तरंग ने कहा, ''यह चौथे बाबा का भांडा फोड़ा। इस अनुभव के विषय में मैं एक रोचक लेख लिखूँगा।''

आज पाँच-छ: महीने बाद फिर से राजविट्ठलगढ़ आना हुआ है। काम खत्म होने के बाद ड्राइवर से कहा, ''प्रणवानन्द बाबा के आश्रम चलो।'' ड्राइवर बोला, ''उस दिन मुश्किल से बचे थे, उसकी मार कहीं आज न खानी पड़े।''

''अरे, ऐसा नहीं होगा। हमें तो बाबा से माफी माँगने जाना है। उस दिन तरंग ने तो बचपना किया।''

जीप आश्रम के पास आई फिर आँगन में जाकर रुकी, लेकिन वहाँ कहीं कोई हलचल नहीं। मुझे लगा रामगिरी बाबा अभी किसी कमरे में लम्बे डग भरते हुए बाहर आएँगे और मुझे बाबा के पास खींच ले जाएँगे। अन्तत: मैं जीप से नीचे उतरा। आँगन में आया। वहाँ धूनी ठंडी पड़ी थी। लगा बहुत समय से उसमें आग नहीं जलाई गयी है। बिखरी हुई राख में दो-तीन गिरगिट अपनी गर्दन ऊँची-नीची करते खड़े थे। मैं फिर से आँगन में आया। बाबा खुद जिन पेड़ों की देखभाल करते थे, वे ठूँठ हो गये थे।

चरवाहों ने उसकी पत्तियाँ ढोरों को खिला दी होंगी। पेड़ों के आस-पास खुरों के निशान तथा सूखा हुआ गोबर पड़ा था। झाड़ की खोल से जंगली झाड़ियाँ झाँक रही थीं। थोड़ा घूमकर मैं उस चबूतरे पर बैठ गया गया, जहाँ से एक शाम मैंने बाबा को आरती करते देखा था। चबूतरे की गोलधार टूट-फूट गयी थी। ऐसा लगता है बहुत समय से आश्रम में किसी ने रहना छोड़ दिया है। दूर दिखाई देते चरवाहे से इन सब के विषय पूछने का मन हुआ, परन्तु फिर वह विचार छोड़ दिया। ड्राइवर आश्रम का चक्कर लगाकर आ गया, ''साहब सब तितर-बितर हो गया है। यहाँ तो कोई नहीं रहा।'' मैंने आजू-बाजू नजर डाली। अब बंजर जमीन आगे बढ़कर आश्रम में प्रवेश कर चुकी थी। मैं जाकर जीप में बैठ गया। ड्राइवर ने गाड़ी स्टार्ट की। दूर छोटी-छोटी पहाड़ियों के पीछे सूरज डूबने लगा था। मैदानों में चरती भेड़-बकरियों की आकृति छाया में बदलकर अदृश्य होने लगी। अँधेरा होने लगा। सन्ध्या-आरती का समय होने आया। वातावरण में जीप की घरघराहट के सिवाय सन्नाटा था।

पहचान

धीरेन्द्र मेहता

कैशियर ने बिना सर उठाये ही कह दिया—"तो जाकर साहब से मिलो।" पर मैं तुरन्त वहाँ से खिसक न सका। सामने एक छोर से दूसरे छोर तक सीधा काउंटर था। उसके पीछे बैठा स्टॉफ मुझे मानव समुद्र जैसा लगा। ऊपर जोर से घूमते पंखे की फड़फड़ाट वहाँ से सीधे मेरे कानों में घुस रही थी। मेरे आस-पास एक जबरदस्त शून्यावकाश था। काउंटर के उस पार की दुनिया भी मानो धीरे-धीरे शून्य बनती जा रही थी। मुझे लगा कि यह प्रक्रिया शायद क्रमश: मुझ तक पहुँचेगी।

ऐसा हो तो टिके रहने के लिए ही मैंने हाथ लम्बे किये। मेरे हाथ काउंटर पर टिक गये। इतने से आधार से ही मैं राहत की साँस ले सका। मैंने धीरे-धीरे स्वस्थ होने की कोशिश की। हाथ में पकड़ रखी चेकबुक और पासबुक को देखा। बाजू के केबिन के घूमते दरवाजे पर लगी पट्टी पर ध्यान गया। लाल रंग की पट्टी पर सफेद अक्षरों में लिखा था—पोस्टमास्टर! मैं दरवाजा धकेलकर अन्दर चला गया।

सामने टेबल के पीछे कुर्सी पर काले रंग की मोटी फ्रेमवाला चश्मा पहनकर बैठा, अधेड़-सा लगता आदमी कुछ लिख रहा था। मुझे उसका चेहरा नहीं पर सिर दिखाई दे रहा था, जिस पर रंग लगे थोड़े बाल थे। मैं बिलकुल टेबल तक पहुँच गया, तब तक उसने मेरी तरफ देखा नहीं। फिर देखा तो भी पहचान के लिए बिना किसी तैयारी के मुझे उससे क्या बात करनी है मैं निश्चय न कर सका। मैंने उसकी ओर देखा तो प्रश्नवाचक चेहरा लिये वह मुझे घूर रहा था। मुझे बोलना पड़ा, "मैं पैसे लेने आया हूँ।" हाथ में पकड़ी पासबुक और चेकबुक उसे दिखाई। अजीब नजरों से उसने देखा, फिर बोला, "अनजाने लग रहे हो, पैसे के लिए यहाँ नहीं आना, वो वहाँ...बाहर काउंटर पर जाना।"

उसके बाद वह मेरे जाने की राह देखने लगा। मैं ज्यों-का-त्यों खड़ा रहा, "लेकिन उसने ही मुझे आपके पास भेजा है।"

एक पल के लिए उसने मुझे देखा और पूछा, "आपको कोई प्रॉब्लम है?"

मैं अन्दर-ही-अन्दर खीझ गया। कैसी बात कर रहा है यह आदमी। मुझे क्या प्रॉब्लम होगा? फिर ध्यान आया, पिताजी के देहान्त के बाद ऐसा क्यों हो जाता है? यों लगता है मानो किसी का व्यवहार नॉर्मल नहीं। सब प्रश्न करते हैं...पिछले कितने समय से यह प्रक्रिया चल रही है—राशनकार्ड, इलेक्ट्रिसिटी कनेक्शन, गैस-कनेक्शन, बैंक-एकाउंट, सबसे पिताजी का नाम हटवाना था, उसकी जगह मेरा नाम दर्ज करवाना था। लोग पहचान माँगते थे, मुझे सन्देह से देखते थे। मैं सोचने लगा इंसान कितनी-कितनी जगहों से कितनी जल्दी मिट जाता है!

मैं कह रहा था—मैं इस शहर में पिछले पैंतीस वर्षों से रहता हूँ। अरे साहब, मेरा जन्म यहाँ हुआ। यही तो मेरा वतन है! फिर मानो विश्वास दिलाने के लिए कहता हूँ, शहर के विषय में जानकारी देते हुए—यह शहर बहुत छोटा था। शहर क्या, गाँव ही कहो। ये...इस तरफ गाँव के बाहर तो कोई बस्ती ही न थी। बिलकुल जंगल!

किन्तु मेरी इन सब बातों का उनके लिए कोई अर्थ न था। उन्हें तो पहचान चाहिए थी, पक्की पहचान, जो यकीन के साथ, सौ प्रतिशत यकीन के साथ यह कह सके कि मैंने निमेष हरिलाल पंड्या हरिलाल मणिलाला पंड्या का पुत्र हूँ और इसलिए उनका उत्तराधिकारी हूँ और वे मुझे इतने वर्षों से पहचानते हैं, इतना ही कहनेवाला कोई पदाधिकारी होना चाहिए, चाहे जो आदमी नहीं चलेगा।

एक जगह ऐसी शर्त रखनेवाले अधिकारी से मैंने पूछा था, "साहब, आप इस शहर में कब से हैं?"

उन्होंने प्रश्न को समझे बिना ही जवाब दे दिया, "मैं? मैं पिछले साल ही ट्रांसफर होकर यहाँ आया।"

मेरे कटाक्ष का उन्हें कोई असर न हुआ था। मैं ही चुप रह गया था। वह मुझ पर से नजर हटाकर अपना काम सँभालने लगा।

एक बार किसी ने विकल्प बताया था, "अथवा आप ऐफिडेविट कर सकते हैं। अदालत में आपको कसम खाकर कहना होगा कि आप..." इतना सुनते ही मैं स्तम्भित रह गया। किसी को यह समझ में नहीं आ रहा था कि आखिर समस्या कहाँ है? इस काम में उलझन कहाँ है? ऐसे सीधे-सरल मामले में, मैं दुविधा का अनुभव क्यों कर रहा हूँ? मेरे बताये अनुसार यदि मैं पैंतीस साल से इस शहर में रहा हूँ तो मैं एक भी ऐसे व्यक्ति को ला नहीं सकता, जो विश्वासपूर्वक यह कह सके कि..."कि?" यही मेरा प्रश्न था।

किन्तु इसमें सामनेवाले व्यक्ति को कोई परेशानी न थी। उसने तो लगातार बोलना शुरू किया, "कि आप..." नाम याद न आने के कारण उसे थोड़ा रुकना पड़ा किन्तु कोई मुश्किल नहीं। अगले ही क्षण उसने बात पूरी की, "कि आप फलाँ-फलाँ हो।"

लोगों को कोई फर्क न पड़ता था, मुझे ही इसमें आश्चर्य और दुख महसूस हो रहा था। कुछ देर चुप रहा और मुँह से निकल गया, "एक क्या, इक्कीस आदमी अभी हाजिर करता हूँ, जो यकीन के साथ कह सकें कि यह..."

"तो?"

मुझे एकाएक होश आया। मैं खुद उलझन में था।

सचमुच कुछ मुश्किल है सही।

"तो?"

मन में यह प्रश्न दोहराया और निराश हो गया। मुझे समझ में नहीं आ रहा था कि लोगों को जाकर मैं कहूँ क्या? इस शहर के किसी एक के पास जाकर यह कहूँ कि वह मेरे साथ आकर अमुक व्यक्ति को मेरी पहचान दे कि यह...

इस दुविधा में बहुत समय निकल गया। इस बीच पोस्टमास्टर ने उस कर्मचारी को बुलवा लिया जिसने मुझे यहाँ भेजा था। उन दोनों में कुछ बातचीत हुई होगी। मैंने कर्मचारी को यह कहते सुना, "कोई भी पहचान के बिना, इस तरह तो—साहब, कैसे हो सकता है?"

उसकी आवाज से लाचारी टपक रही थी। पोस्टमास्टर कर्मचारी की बात से सहमत होते हुए लगे।

फिर मुझे उनसे क्या कहना था? मैं समझ गया कि मुझे यहाँ से अब निकल जाना चाहिए। मैंने केबिन का दरवाजा खोला और देखने का प्रयास करने लगा कि यह दरवाजा कहाँ, किस ओर खुलता है?

मिजबानी

उत्पल भायारगी

रावेता के अनुसार चिन्नाप्पा ने रोटी खाने की जिद की। रावेता के अनुसार अम्मा ने मना किया। रावेता के अनुसार चिन्नापा ने थाली को धकेल दिया और रावेता के अनुसार अम्मा की मार खाकर चिन्नापा रोता-रोता फाटक के पास आकर बाकी का रोना पूरा करने लगा।

गली में चिन्नापा को देखनेवाला कोई न था। इसलिए उसे रोने का मजा नहीं आया। गली के सन्नाटे को देखकर उसने भी अपनी हिचकियाँ धीरे-धीरे कम कर दीं। गली सँकरी थी। उसके दोनों ओर खचाखच मकानों के बीच, पुरुषों से घिरी अकेली युवती की तरह वह अधिक संकुलित हो रही थी। गली की सड़क यों तो डामर की थी, परन्तु उसके ऊपर रेती की परत जमी होने के कारण, जब तक उस पर कोई चलता नहीं तब तक शायद ही कोई मानता कि सड़क पक्की होगी। गली छोड़कर कभी कहीं न जानेवाले बिजली के दो खम्भे और एक वृक्ष का ही समावेश था।

गली में इस समय सूरज की तेज गरमी कोड़े बरसा रही थी, जिसे गली चुपचाप सहन कर रही थी। बिछी हुई रेत और चाँदी जैसे बिजली के खम्भे से चमकती रोशनी मानो अपनी चोटों का प्रदर्शन कर रही थी। इस वातावरण में वृक्ष का अस्तित्व बिल्कुल ही अलग दिखाई देता था। एकदम फुरसत हो और अंकगणित प्रिय विषय हो तो गिनी भी जा सकें, इतनी ही पत्तियों और फूलों की संख्या होने के कारण, छाया देने का तो दम्भ मात्र कर सकता था। फिर भी बिजली के खम्भे के मुकाबले में वृक्ष की विशिष्टता निर्विवाद थी, जिसमें चिन्नापा भी अपवाद न था।

चिन्नापा की आँसू भरी नजर भी घूम-फिर कर उस वृक्ष पर ही ठहरती। वृक्ष के नीचे चिन्नाप्पा ने रोना बिल्कुल बन्द कर दिया था। रहे-सहे आँसूओं को शर्ट की आस्तीन से पोंछ डाला। वृक्ष के नीचे बैठे जीव की विशिष्टता भी वृक्ष की तरह ही थी। बहुत ही काला होने के कारण ऐसा लगता था कि उसके शरीर पर एक भी वस्त्र

नहीं होगा। पर अत्यन्त काला इसलिए नहीं लगा था क्योंकि सिर के बाल तथा कमर में बँधा काला धागा उसके रंग से अधिक काला था।

इस कालिमा में, उसके पैरों के बीच पड़े एल्यूमीनियम के बर्तन की सफेदी और आँखों की कोर, उसी तरह नाक से निकलती धार का हल्का पीला रंग अलग ही विरोधाभास उत्पन्न करता था। फूले हुए पेट को छोड़ उसकी काया कृश थी। शायद वृक्ष की डालियों जितनी उसकी मोटाई होगी।

चिन्नाप्पा ने यह सब नहीं देखा। उसका ध्यान तो उस मरियल कंगाल के हाथ बर्तन में से मुँह तक की गति पर ही केन्द्रित था। कुछ देर सूक्ष्म अवलोकन के बाद चिन्नाप्पा इस निष्कर्ष पर पहुँचा कि वह जीव रोटी खाता होगा। अन्दर से अम्मा उसका नाम लेकर जोर से पुकार रही थी। अनसुना कर चिन्नाप्पा ने वृक्ष की ओर कदम बढ़ाये। जैसे ही चिन्नाप्पा के कदमों में गति आई, उस जीव की बर्तन से मुँह की ओर जाते हाथ की गति रुक गयी। उसकी निगाह अपनी ओर आते चिन्नाप्पा पर स्थिर हो गयी। चिन्नप्पा बिजली के दूसरे खम्भे के पास पहुँचकर रुक गया। वृक्ष पाँचेक फुट दूर था। बर्तन में रखे रोटी के टुकड़ों को अब वह देख सकता था, और वह वही देख रहा था।

कालिया का वहाँ आना बिल्कुल अनपेक्षित था। कालिया आया भी एकदम शान्ति से। और जब उसने, उस जीव और चिन्नाप्पा के बीच आकर जम्हाई ली तो दोनों चौंक गये। भौतिक दृष्टि से देखें तो बात अलग है, पर कालिया के भाग्य से ही कुत्ता कहा जा सकता है। गली का निवासी यह कुत्ता बहुत-कुछ आदमी हो गया था। उसे किसी की चिन्ता न थी। शुद्ध लाभ या स्वार्थ के बिना वह किसी पर भौंकता न था और काटना तो लगभग भूल ही गया था। वह सहनशील या जड़ भी उतना ही था। 'हट्-हट्ट' के उपालम्भ और छोटे-छोटे पत्थरों की मार को वह गिनता ही न था। रात को जब नींद नहीं आती, तभी जागता था और जागते हुए भी किसी अनजाने को देखकर कभी भौंकता नहीं था। 'कालिया' नाम कोई पहले से न था। यह तो चिन्नाप्पा और उसके साथियों को, रंग के आधार पर उसे पहचानने की चाबी या निशानी थी। कालिया किसी भी प्रकार की विशिष्टता न रखते हुए एक सामाजिक प्राणी था।

कारण अलग थे परन्तु कालिया भी चिन्नाप्पा की तरह ही आज रोटी के लिए तरस रहा था और वह भी उस जीव के पैरों के पास रखे बर्तन में पड़े रोटी के टुकड़े को एकटक देख रहा था। चिन्नाप्पा ने कालिया के आने से घबराकर तो नहीं, शायद शरमा कर दूसरे खम्भे से आगे जाने का कार्यक्रम स्थगित कर दिया। किन्तु कालिया ने क्षुधा की तीव्रता या अन्य किसी कारण से चिन्नाप्पा की उपस्थिति को नकार कर बर्तन की ओर डग भरे।

उस जीव को चिन्नापा की गति के इरादे पर सन्देह था, लेकिन कालिया की

गति का इरादा वह बराबर समझ गया था। उसने आस-पास नजर डाली। कहीं पत्थर दिखाई नहीं दिया। चेहरे पर भय छाने लगा। जैसे ही उस जीव ने तेजी से बर्तन उठाकर उठने का प्रयास किया, वैसे ही जैसे-तैसे भौंककर कालिया ने अपनी गति और बढ़ा दी। ठीक उसी क्षण चिन्नाप्पा ने हाथ में लिया पत्थर कालिया के पिचके पेट पर दे मारा। चीखता हुआ कालिया दूर भागकर पहले बिजली के खम्भे के पास गया और गुस्से से चिन्नाप्पा की ओर ताकने लगा।

वह जीव उठा तो बर्तन लेकर था, पर खतरा देखकर उसके हाथ से बर्तन गिर गया था, फिर भी वह दौड़ा। कालिया की चीख सुनकर वह रुक गया, पीछे मुड़कर देखा। बात समझ में आते ही उसने आश्चर्य से चिन्नाप्पा की ओर देखा। चिन्नप्पा ने मात्र उठाते हुए बर्तन और गिरते हुए बर्तन को देखा था। अब वह जमीन पर बिखरे रोटी के टुकड़ों को ताक रहा था।

वह जीव बर्तन की तरफ आगे बढ़ा। चिन्नाप्पा और कालिया उसकी ओर देखते रहे। उस जीव ने जमीन पर पड़े रोटी के टुकड़ों को उठाकर फिर से बर्तन में डाला। चिन्नाप्पा और कालिया अभी भी ताक रहे थे। उस जीव ने चिन्नप्पा की ओर देखा। उसके चेहरे के भाव वह स्पष्ट समझ न पाया। चिन्नाप्पा का लगा कि वह शायद कृतज्ञता व्यक्त करना चाहता है। वह जीव फिर से वृक्ष के नीचे बैठ गया। अभी उसने खाना शुरू नहीं किया था। चिन्नाप्पा आगे बढ़ा। कालिया और वह जीव उसकी ओर ताक रहे थे। दोनों को चिन्नाप्पा का आशय समझ नहीं आया।

चिन्नाप्पा उस जीव के एकदम पास आ गया।

वह जीव कुछ संकुचित हुआ।

चिन्नाप्पा उसके पास बैठ गया। रेत लगी रोटी को वह जी भर कर देख रहा था। फिर उसने जीव की ओर देखा।

कोई प्रतिक्रिया नहीं।

चिन्नाप्पा ने अपनी भाषा में कहा, "तुम कालिया से डरना मत, वह अब नहीं आएगा।"

वह जीव चिन्नाप्पा के हिलते होठों को देखता रहा।

चिन्नाप्पा ने बात आगे बढ़ाई, "ये...ये रोटी है न? तुम यह रोटी खाते क्यों नहीं?"

रोटी की ओर इशारा करते हुए अनायास उसकी अँगुली रोटी को छू गयी। चिन्नाप्पा के चेहरे पर मुस्कान आई। उस जीव के होठों पर भी मुस्कान आई। उस जीव का हाथ बर्तन.में गया। रोटी का टुकड़ा उठाया गया, फिर रोटीवाला हाथ रुकते-रुकते चिन्नाप्पा की ओर बढ़ा। चिन्नाप्पा के चेहरे से मुस्कान गायब हो गयी। कभी रोटी के टुकड़े को तो कभी उस जीव की ओर ताकने लगा। हाथ अब भी उसके सामने

बढ़ा हुआ था।

चिन्नाप्पा ने रोटी का टुकड़ा ले लिया। उस जीव के सामने देखते-देखते रोटीवाला हाथ चिन्नाप्पा के मुँह में गया।

टुकड़ा चबा लिया।

चिन्नाप्पा के चेहरे पर फिर से मुस्कराहट आ गयी। उस जीव के चेहरे पर भी मुस्कान आई। अचानक दोनों की नजर कालिया की तरफ गयी। वह बिजली के दूसरे खम्भे तक आकर ताक रह था। चिन्नाप्पा ने रोटी का एक टुकड़ा कालिया की ओर फेंका। टुकड़ा पास में गिरा। कालिया पास आ गया। संशय से उसने पहले रोटी को सूँघा, फिर खा गया। चिन्नाप्पा और वह जीव सन्तोष से हँस पड़े।

सूरज अब भी गरमी के कोड़े बरसा रहा था। गली अब भी चुपचाप सहन कर रही थी। अभी भी गली में वहाँ स्थायी रूप से रहनेवालों के सिवाय कोई न था।

और मिजबानी चलती रही।

चिन्नाप्पा की अम्मा की पुकार सुनने की फुरसत किसी को न थी।

प्यास के कुएँ का प्रतिबिम्ब

वीनेश अन्ताणी

शाम तक तो कुछ न था, पर रात होते ही तेज आँधी उठी और शरीर पर रेत के कणों के प्रहार होने लगे। मरुस्थल के छोर पर अभी तो चाँद निकला ही होगा कि क्षितिज रेत की आँधी से ढँक गया। आकाश का रंग बदल गया। दिन भर की तमतमाती धूप के बाद ये हवाएँ अच्छी लगती थीं, किन्तु वह अपने साथ रेत का यह जो तूफान ले आई थी, वह अब कई दिनों तक रहेगा। अभी तो शुरुआत थी। सुबह तक रेत की दीवारें खड़ी हो जाएँगी और साँय-साँय करती आँधी गुजर जाएगी।

उसने आस-पास के झोंपड़ीनुमा घरों में देखा। छोटी-छोटी चिमनियों का प्रकाश उन घरों को द्वीप-सा बना रहा था। उनमें ऊँचे कद के दाढ़ीवाले आदमी, काले बुरके पहने गौरी औरतें, सिर्फ कमीज पहने घूमते बच्चे बार-बार बुझे हुए चूल्हे की ओर देखते हुए, कल चले जाने के दुख को कुरेदते होंगे। उसने जम्हाई ली। खुले मुँह में कुछ रेती घुस गयी। खाँसी आ गयी। एक ऊँट गँगारता हुआ खड़ा हो गया। इन लोगों को किसी भी तरह समझाया नहीं जा सकता। वह गहरी साँस लेकर, घरों के सामने लगी काँटों की बाड़ी में रेत सूँघते ऊँटों की परछाईं देखता रहा। उन ऊँटों की गरदन जंगल में उग आये किसी तने का आभास कराती थी। वह अपनी झोंपड़ी में गया। अन्दर जाकर बची हुई चिमनी फूँक मारकर बुझा दी। बाहर निकल आया और चलना शुरू किया।

चालीस-पचास झोंपड़ियों से बसा यह गाँव। रेगिस्तान की जमीन पर कहीं-कहीं लगी जंगली झाड़-झाड़ियाँ, जिसे दिन में ऊँट आराम से चरते। छाती की पसलियों से दम लगा-लगाकर तैयार किए गये चार-पाँच छोटे-छोटे खेत। उनमें लगी अनाज की बालियाँ किसी आगन्तुक की तरह लगतीं, किन्तु यह तो कभी-कभी वर्ना बंजर धरती पर उगी घास लोगों के पशुधन का चारा ही बनती। गाँव के बाहर खोदी हुई बावड़ी के चारों ओर मेंड़-सी बना दी थी, लेकिन पिछले चार वर्षों से यह बावड़ी

तो क्या पाताल तक पानी के बिना खाली पड़े थे। वह घूमता-घूमता सूखे तालाब की जमीन पर आ गया। झुर्रियों वाले चेहरे की तरह तलाब की जमीन पर दरारें पड़ी थीं।

झोंपड़ियाँ यहाँ से भी दिखाई दे रही थीं। कुछ झोंपड़ियों की चिमनी बुझ गयी थी। केवल परछाईं मात्र दिखती है। चाँद अभी पूरी तरह रेत में डूबा न था, किन्तु रात खत्म होने से पहले ढँक जाएगा। सूरज तो निकलेगा ही नहीं, कई दिनों तक। फिर भी सुबह को पूरा गाँव खाली हो जाएगा। उसे दुख हो रहा था। कई दिनों से वह सबको रोकता रहा है, समझाता रहा है पर लगातार चार वर्षों से, रात-दिन की तरह चले आ रहे अकाल ने ऊँची कायावाले आदमियों की छाती फाड़ दी थी। पानी के बिना पशु तड़प-तड़पकर मर गये थे। इन्तजार करने को कहा तो गालियाँ खाईं—"अरे मूर्ख, राह तो चार बरस से देख रहे हैं, तुम ही कहो, नहीं देख रहे?" हाँ कहने के सिवाय कोई उपाय न था। "तुम ही कहो, खाया है जो रहा कुछ बाकी।" उसने खाली हुए घरों पर नजर डाली। गहरी साँस भरते हुए पूछा, "पर जाओगे कहाँ?" कुछ देर तक तो किसी ने जवाब न दिया। फिर कोई बोला, "सड़क तो बहुत लम्बी है, चले जाएँगे।" वहाँ इकट्ठे हुए सब लोगों के सूखे चेहरों पर सहमति दिख रही थी। अब कुछ नहीं किया जा सकता। लेकिन मैं नहीं आऊँगा, इस बात पर किसी ने ध्यान नहीं दिया। मरना ही है तो सड़क पर मरने से अच्छा अपनी झोंपड़ी क्या बुरी है?

पर करूँगा क्या यहाँ पर?

इतने साल क्या किया?

उसे अच्छा नहीं लग रहा था। चले जाना व्यावहारिक था, पर उसे अच्छा नहीं लग रहा था। यह तो मानो हार थी। रेगिस्तान के आदमियों का सीना कुदरत तोड़ दे, यह कैसे सम्भव है? तुम तो अकेले हो...मर भी गये तो क्या फर्क पड़ता है...उसे लगा, यह तो आक्षेप है। उसे गलत तरीके से समझाया जा रहा था, पर बोलने का कोई लाभ न था।

दिन भर की तपन के बाद रेगिस्तान की रात बर्फ की तरह ठंडी हो जाती है। वह खड़ा रहा, फिर अपनी झोंपड़ी की ओर चल पड़ा। चारों ओर अन्धकार तथा रेत के ढेर में फँसा निस्तब्ध वातावरण था। चाँद धुँधला पड़ गया था। हर वर्ष की तरह आँधी आज भी चल रही थी।

वह खाट पर लेट गया। बाड़े में बँधा ऊँट उसे आया देखकर जोर-जोर से गर्दन हिलाने लगा। उसने हथेली से आँखें ढाँप लीं। उसकी आँखें जल रही थीं। रेती के कण आँखों में चुभ रहे थे। यह आँधी न जाने कितने दिनों तक चलेगी। दाढ़ी, बाल, दाँत, नाखून और कान में रेत के कण लटकने लगेंगे। उसने बचपन से ऐसी आँधी देखी है। ऊँटों को लेकर सीमा पर चराने जाता था तब ऐसे तूफानों के बीच सारा दिन गुजारना पड़ता था। यदि आँधी बहुत तेज हो जाती तो ऊँट गर्दन लम्बी कर पड़े रहते और वह

ऊँट के पेट की आड़ में छुप जाता। रोटियाँ खाने को बैठता तो रेत भी चबाता जाता।

अन्धकार, आँधी और रेत के बीच समय गुजरता गया और वह बड़ा होता गया। उसकी समझ और बढ़ती उम्र में रेत की आँधियों ने नये अर्थ दिये। भरी दोपहर में, ऊँटों को चरता छोड़कर, वह किसी झाड़ के नीचे बैठ अपनी बाँसुरी बजाता। धीरे-धीरे लय बँध जाता। उस लय में वह सबकुछ भूल जाता, रेत उगलती दोपहर, लम्बे-लम्बे शुष्क मैदानों का एकान्त और ऊँटों की आँखों में पिघलता समय...सब अदृश्य हो जाता। फिर बाद में तो वह दूसरों के लिए बाँसुरी बजाने लगा था। उस साल सबसे अधिक लम्बे समय तक आँधी चली थी। वह झाड़ के तने की आड़ में बैठा रहता। बन्द आँखों में रेत चुभती। हाथ और होठों के बीच बाँसुरी दबी रहती। वह जानता है कि उसके कन्धे पर जिस श्वास का स्पर्श है, वह किसी ऊँट का श्वास नहीं है। आँखों से खारा पानी बहने लगता और उसे सुनाई देता—"अब बस कर, पागल...मुझसे नहीं सुना जाता।" वह रुक जाता और पूछता, "थक गयी?" "ना" वह गर्दन हिलाती तो उसके लम्बे-लम्बे चाँदी के झुमके झूमने लगते, बालों में बँधे घुँघरू बज उठते, "नहीं, थकी नहीं...तुम्हारी आँखों में धार तो देखो..." वह हँसता। आँख में कण चुभे हैं तो आँसू तो आएँगे ही। फिर वह उसकी आँखों में ताकता। वह शरमाकर गर्दन नीचे की लेती। "कहो न..." वह कहता। "पर क्या कहूँ?" वह नजरें उठाकर पूछती। "ये कण अन्दर चुभे हैं। इस विषय में कुछ बोलो न!" वह हाथ पकड़ लेता। पुरुष के कठोर स्पर्श का भरपूर अनुभव करते हुए बोलती, "कण तो मेरी आँखों में भी चुभे हैं पर क्या करूँ? आँधी रुके तो ये कण भी निकलें!" आँधी की बात पर हँसता। "पगली, आँधी ऐसे नहीं रुकती। आँधी तो अपनी दीवार है। देखती नहीं, इस भरी दोपहरी में भी हमें कोई देख नहीं सकता।"

जब आँधी थम जाती तो रेत की दीवार जमीन पर ढह जाती। आकाश साफ हो जाता। रात को एकाएक बदला हुआ दृश्य जाने कहाँ चला जाता और उसके स्थान पर उजली भोर दिखाई देती। इतने दिनों का बदला लेने के लिए सूर्य दुगुनी आग उगलता। कबूतर तथा मोर के गले सूखते रहते। दिन भर लू के थपेड़ों को सहने के बाद शाम रमणीय और रात ठंडी हो जाती। वह रात को भी खाट पर लेटकर बाँसुरी बजाता। वह जानता था कि थोड़ी दूरी पर वह भी अपनी झोंपड़ी में खाट पर लेटे-लेटे उसकी बाँसुरी सुन रही होगी। रेगिस्तान में ठंडी रातों की शीतलता धीरे-धीरे पूरे वातावरण में छा जाती और वह नींद के आगोश में चला जाता।

यह सब होता पर वर्षा न होती। बादल घिरते, चिड़ियाँ धूल में पंख फैलाकर नहातीं, ऊँट गरदन ऊँची कर हवा को सूँघते, परन्तु कुछ नहीं होता। काले बादल छँट जाते और आकाश फिर साफ हो जाता। "इन बादलों को बरसना भी नहीं आता?" उसे मालूम नहीं था कि उसका बोलना किसी ने सुन लिया होगा।

एक बार रेत के काफिले के साथ कोई अनजानी ऊँटनी उसके गाँव में आई और बाँसुरी उठाकर जाती हुई दिखी, मानो वह कह रही थी, "हट् पागल, बरसना नहीं आता तो इतने छाये क्यों थे?" वह बेचैन होकर जाग गया। पूरा शरीर पसीने में नहाया था। चारों ओर निस्तब्ध शान्ति थी। बाबू की झाड़ियों में झींगुर बोल रहे थे। उसे लगा कि एक ऊँटनी अभी-अभी उसकी खाट के पास से गुजरी है, पर वहाँ कुछ न था। बढ़ी हुई झाड़ियों के उस पार सबकुछ सिमट गया था। धुँधला-सा चाँद इस बंजर जमीन पर उतरने की तैयारी में था। उसने बीड़ी जलाई। और जलती हुई बीड़ी के लाल प्रकाश को ताकता रहा।

सुबह आँख खुली तब दिन चढ़ आया था, पर सूर्य नहीं निकला था। कानों में कुछ अलग प्रकार का शोर सुनाई दे रहा था। वह उठ बैठा। गाँव के लोग जाने की तैयारी कर रहे थे। जरूरी सामान बाहर निकाला जा रहा था। ऊँट गँगार रहे थे। दो-तीन ऊँटों को नीचे बैठाकर उनकी पीठ पर खाट रख दी गयी। खाट के पाये के साथ लालटेन, खाली मटके और पोटलियाँ लटका दी गयीं। आदमी अपनी दाढ़ी के नीचे छिपी उदासी को व्यक्त किए बिना लगातार बोल रहे थे। काले बुरके पहने स्त्रियाँ बार-बार झोंपड़ी में आ-जा रही थीं। इस हलचल में एक वही निष्क्रिय बैठा था। उसने अपने बँधे हुए ऊँट की ओर देखा, वह शान्ति से बैठा अपना जबड़ा चला रहा था।

इस बार का अकाल किसी चट्टान की तरह गाँववालों के सीने पर गिरा था। उसे लगा कि वह पराजित हो रहा है। कुछ छूट रहा है। वर्षों से मिले अधिकार कोई उससे छीन रहा है...यहाँ से जाना हो तो जा सकते हैं...पर जाने के बाद क्या? सारा गाँव चला जाएगा तो फिर उसके यहाँ रहने का क्या अर्थ? सूनी, उजड़ी झोंपड़ियाँ, ऊँटों की आवाज और गन्ध बिना की हवा...रेत भरी आँधियाँ, सूखी झाड़ियों से बार-बार उड़ते पक्षी, जलते हुए मैदान और अँधेरी रात में चिमनी के प्रकाश रहित गूँजता सन्नाटा...

सब एक जगह एकत्रित हो गये। अब काफिला धीरे-धीरे सरकने लगा। वह भी उनके पीछे घिसटने लगा। दूर मरे हुए जानवरों के हाड़-पिंजर पर कौव्वे उड़ रहे थे। चालीस-पचास ऊँटों के चलने से उड़नेवाली धूल आनेवाली आँधी में समा गयी। उन सबको सड़क पर जाना था और सड़क आ गयी। नहीं गया तो मात्र वह अकेला। उसने बाड़े में बँधे ऊँट पर देर तक नजर जमाई। चारों ओर आँधी, रेत-ही-रेत। उसने बालों में हाथ घुमाया तो रेत झरने लगी। मरे हुए जानवरों को सड़ता छोड़कर, प्यास से बेहाल बच्चों को ऊँट पर बँधी खाट में बैठाकर वे सब चले गये। जा तो वह भी सकता था। प्यास तो उसके गले में भी काँटे की तरह चुभ रही थी। राहत कार्यों में मजदूरी करते-करते उसकी भी छाती फट गयी थी। फिर भी वह नहीं गया।

जाना कहाँ था? उसने गहरी साँस ली। उसके सभी प्रश्न निरुत्तर रह जाने के लिए ही पूछे गये थे। सामने एक सड़क थी। कुछ दूर तक दिखाई देने के बाद अनजानी

दिशा में मुड़ जाती थी सड़क। पीछे गाँव था खाली, सुनसान...। 'मैं नहीं जाऊँगा....' लेटे...लेटे...शान्त वातावरण में धीमी...धीमी...बाँसुरी बज रही थी और एक ऊँटनी दूर-दूर तक दौड़ती चली जा रही थी। सबकुछ खत्म हो गया था।

मुट्ठी भर रेत उसकी आँखों में पड़ी तब उसे होश आया कि सामने से आँधी आ रही है। उसका गला सूख रहा था। फेफड़ों में इस मौसम का समूचा तूफान भर गया था। नस-नस में दूर चले गये ऊँटों की पगध्वनि गूँज रही थी, पैरों में झाड़ियों के काँटें शूल की तरह चुभ रहे थे, आसमान रेत से घिरा था। 'घिरना ही था तो रेत बनकर क्यों घिरा, मूर्ख...' वह जोर से बोल उठा। फटी आँखों से वह वापस लौटा, पसीने पर रेत चिपक रही थी। आँखों से खारा पानी बह रहा था, रेत के कण जो चुभे हैं। गाँव की हर एक खाली झोंपड़ी में वह जाकर आया। वह दौड़ता हुआ अपनी झोंपड़ी के पास आया। वीराने में उसे एक आवाज सुनाई दी। बाड़े में उसका ऊँट गंगार रहा था। क्षण भर के लिए वह रुक गया। वह फटी आँखों से ऊँट को देखता रहा। वह झोंपड़ी में गया और कुल्हाड़ी लेकर बाहर आया। वह सीधा बाड़े में गया। आँख बन्दकर उसने जोर से ऊँट की गरदन पर प्रहार किया। ऊँट की आवाज अटकने लगी। उसने कुल्हाड़ी वापस खींची, फिर से चार-पाँच वार किये ऊँट जमीन पर लुढ़क गया। उसके लम्बे पैर छटपटा रहे थे। कटी गर्दन से खून की धार बह रही थी। कुछ देर में वह शान्त होकर जमीन पर गिर पड़ा। उसने अपने तने हुए शरीर को ढीला किया, फिर जोर से कुल्हाड़ी दूसरी ओर फेंक दी। ऊँट के पास गया। नीचे झुककर उसकी खुली आँखों में ताकने लगा। वह भौंचक रह गया। मरी हुई, निस्तेज उन दो आँखों में मानो प्यास के गहरे कुएँ थे और इन कुओं में उसका खुद का प्रतिबिम्ब दिखाई दे रहा था।

सारिका पंजरस्था

सरोज पाठक

''समुद्र में एक मौज उठी...ओह कितनी विशाल...। सागर में न समाये इतनी बड़ी...यह...तो...ए...गिरी...मैं तो डूब जाऊँगी। ओह...ओह...यह तो किनारे से आ टकराई...झाग...झाग...झाग!''

''ओह...मेरे सिर पर स्लेट किसने मारी? खून...खन...खून...!'' सारिका सिर पर हाथ फेरने लगी। पलंग पर लेटी बीमार सारिका मानो आठ-नौ साल की बच्ची बन गयी थी।

हाँ, उस दिन पहली बारिश हुई थी। ऊपर के कमरे में वह मास्टरजी के पास पढ़ने बैठी थी। शाम के पाँच बजे, पढ़ने का निर्धारित समय और रिम-झिम बरसती बूँदों को देख सारिका का बाल मन बाहर जाने को तरस रहा था। मास्टरजी ने सवाल लिखवाया। यह सब पढ़ना जरूरी है, इन सबका परस्पर क्या सम्बन्ध। गुणा, भाग, जोड़, घटाव...और इन सबका परस्पर क्या सम्बन्ध? किसलिए यह सब पढ़ना जरूरी है, क्यों इन सबकी अलग-अलग विधियाँ हैं? सारिका के मन में प्रश्न पर प्रश्न उठ रहे थे। लेकिन सामने बैठे मास्टरजी आँखें फैलाकर, हाथ घुमाते हुए—''समझी न...समझी कि नहीं...'' कहते जा रहे थे। पर सारिका का मन तो बाहर गीली मिट्टी के ढेर में दबा था। उसकी निगाहें बरसती बूँदों को निहार रही थीं।

''चलो अच्छा, तुम्हारी समझ में आ गया न! लो यह सवाल हल करके दिखाओ...'' मास्टरजी की बात पूरी होने से पहले ही सारिका अधीरता से पूछ बैठी, ''सर, उस मिट्टी के ढेर से टेकरी बनाने और गड्ढे बनाकर उसमें पानी भरने में कितना मजा आता है। है न!''

जान फूँक कर, गला फाड़-फाड़ कर गणित समझाते बूढ़े मास्टर एकदम झुँझला गये। सरिका की ओर बढ़ाई हुई अपनी हाथ की स्लेट उन्होंने उसके सर पर दे मारी।

"ओह...खून...खून...खून...। मैंने क्या गुनाह...किया था।" सारिका जोर से बड़बड़ा रही थी। नर्स दौड़कर आई। वह सारिका के सिर को सहलाते हुए उसे शान्त करने का प्रयास करने लगी।

"बुखार तो अधिक नहीं है। क्या बोल रही थी? सपना आया था न? अच्छा। अब सो जाओ।"

सारिका चुपचाप लेटी रही।

"हाँ...यह तो अस्पताल है। मैं तो बड़े घर की बेटी और रई घराने की बहू हूँ न? पर, पर...मेरी शादी में शहनाई भी न बजी, दावत भी न हुई...बारात भी न निकली...अरे, यह भला कैसे हो सकता है? प्रतिष्ठित जमींदार की बेटी हूँ मैं। हाँ, उस शाम शहर के कुछ नामी परिवार एकत्रित हुए थे। विवाह का कार्यक्रम शाम की इस महफिल में ही सम्पन्न हो गया था। माता-पिता ने खुद कभी कल्पना न की होगी ऐसे विवाह की। किन्तु विदेश से आये ऐसे सभ्य-सम्पन्न लड़के को हाथ से कैसे जाने देते वे। दूसरी जाति का था तो क्या हुआ? गाँव के रहनेवाले माँ-बाप के लिए तो विदेशी दामाद मिलना गर्व की बात थी न! बस, हो गया विवाह...चुपचाप...हृदय को चंचल बनानेवाला न कोई उत्साह, न विवाह की मौज-मस्ती का हंगामा...और मैं विवाहिता...पत्नी...बेटर हाफ...बनी।"

शून्यता...सब मर्जी के विरुद्ध!

'दवाई पी लो'...'दवाई पी लो'

"कौन चिल्ला रहा है?...नर्स...! नहीं...नहीं पीनी मुझे दवा, सोने दो।"

"फिर वही जिद। डॉक्टर ने क्या कहा था? भूल गयी? चलो उठो...। आपकी माँ को बुलाऊँ?"

"डॉक्टर...माँ...ओह—मुझे धमकी दे रही है यह? माँ दवा पिला देंगी ऐसा न! पीनी ही पड़ेगी, पीना ही चाहिए न?"

शून्यता...सब मर्जी के विरुद्ध!

"माँ...माँ...पप्पा से कहो न। मुझे साइंस नहीं पढ़ना। उसमें मेरी बिल्कुल रुचि नहीं।"

"सुरि!" माँ ने आँखें निकालकर कहा, "तुम्हें अपने पप्पा का स्वभाव नहीं मालूम? और फिर हमारे जैसे लोग साइंस नहीं पढ़ेंगे तो क्या उस मास्टर की लड़की साइंस पढ़ेगी?"

"मुझसे वह मछली-मेंढ़क काटना नहीं हो सकेगा माँ।"

"हाँ, तो तुम्हें कहाँ बहुत आगे पढ़कर विशेषज्ञ बनना है?"

शून्यता...विशेषज्ञ...डॉक्टर...मर्जी के विरुद्ध...

"डॉक्टर ने क्या कहा था...?" नर्स की आवाज गोल चक्र की तरह घूमी।

"माँ, मुझे नहीं करनी शादी। मैं तो डॉक्टर बनूँगी।"

"पहले तो साइंस पढ़ने के लिए मुँह बिगाड़ती थी और अब...है न बददिमाग! शादी के बाद पढ़ना यदि और पढ़ना हो तो। ऐसा खानदान फिर कहाँ मिलेगा! इतने बड़े शहर में ससुराल और कैसा पढ़ा-लिखा यूरोपियन जैसा वर!"

"पर माँ! जल्दी क्या है? मैं पढ़ लूँ फिर..."

"तब तक क्या वह तुम्हारा इन्तजार करे? शादी की बात खुद कहते तुम्हें शर्म नहीं आती?"

"पर शादी तो..."

"चुप! बैठ चुपचाप।"

डॉक्टर...विवाह...शून्यता...सब मर्जी के विरुद्ध।

चुपचाप शादी...दूल्हा घोड़े पर न चढ़ा। सजी हुई कार में न बैठा।

शहनाई न बजी। हस्तमिलाप...पंडित के मन्त्र...विवाह वेदी...अग्नि की साक्षी...सात फेरे...

"धत! नॉन्सेन्स!" जमाई राजा की सिगरेट का धुआँ सारिका के चारों ओर लिपट गया। मात्र धुआँ...धुआँ-ही-धुआँ...। पर धुआँ उड़ानेवाला ही धुआँ बन गया। रह गये केवल...ये मुझे देखनेवाले लोग सगे-सम्बन्धी।

सारिका आँख-कान लगाकर सुनने का प्रयत्न करने लगी।

"कैसी है अब सारिका भाभी?"

"वैसे की वैसी ही।"

"क्यों? डॉक्टर क्या कहते हैं?"

"क्या कहेंगे? बुखार चढ़ता-उतरता रहता है। कमजोरी भी बहुत है। प्रलाप बढ़ता ही जा रहा है।"

वह आवाज बिल्कुल पास आ गयी।

"क्यों सारिका भाभी, कैसी हो अब? पहचान रही हो मुझे?"

सारिका ने गहरे पानी में डुबकी लगाई। गोलाकार...गोल...गोल छोटे-बड़े गोलाकार...अब तो और छोटे...और अब केवल दो ही...गोलाकार दिख रहे हैं...यह तो मधुकर भाई के चश्मे हैं...अच्छा तो मधुकर भाई और मंजुला आये हैं।

सारिका अभी परिचय का स्मित भी न कर पाई थी कि फिर आवाज—"स्वीटी को पहचानती हो न? स्वीटी, आंटी को नमस्ते करो। करो बेटा...नहीं...मानेगी? मम्मी और आंटी फिर तुम्हें प्यार नहीं करेंगी। करो...करो...हाँ, ऐसे नमस्ते...गुड गर्ल...देखो... देखो...सारिका भाभी आपको नमस्ते कर रही है।"

सारिका के होठ फड़फड़ाये। बड़ी मुश्किल से बोली, "मर्जी के विरुद्ध?"

"नर्स, यह क्या कह रही है? कमलाबेन, देखो तो?"

"बकवास...प्रलाप...और क्या!"

प्रलाप...शून्यता...। सारिका ने आँखें बन्द कर लीं।

"बेकार नाटक मत करो। वह गाना जो टीचर ने सिखाया है, सुलुमासी को गाकर, नाचकर दिखाओ तो!" माँ ने चुपके से आँखें तेररकर सारिका का हाथ झटका।

"ऊँ...हूँ...मुझे भूख लगी है।"

"कहाँ की भूख लगी? कहना नहीं माननेवाले को खाना भी नहीं मिलता, चल उठ! खड़ी हो जाओ, जल्दी...हाँ...शुरू करो...ऐसा..." छोटी-सी सारिका रोनी आवाज में गाते हुए बेमन से अभिनय करने लगी...

"हूँ तो छारगा...वीणवा...गयी ती, रे मा...
मने...मने...वींछीडे चटकारी, रे मा...हंवो हंवो..."

"नहीं गाना मुझे!" बच्ची ने मर्जी के विरुद्ध थोड़ा गया और भाग गयी। "बहुत ही जिद्दी है। वैसे तो नाचती-गाती रहती है, पर जिद पर आ जाए तो ऐसा ही। उसके पापा का डर तो बहुत है उसे। आज रात ठीक करती हूँ इसे। यह इतना कहना मानती है तो केवल पप्पा के डर से ही तो।"

शून्यता...

"किन्तु नहीं गाना, नहीं नाचना हो, तो?"

"डांस क्लास जाना ही होगा।"

"पर...मुझे...मुझे सबके सामने नाचना नहीं आएगा।"

"नहीं आएगा इसलिए तो सीखना ही चाहिए। दोस्तों, रिश्तेदारों के साथ पार्टियों और क्लबों में जाएँ और यह सब न आए तो मेरी क्या इज्जत रहेगी? तुम्हें मेरे अनुसार ट्रेन्ड होना ही पड़ेगा।"

"किन्तु मैं क्लब में न आऊँ तो?"

"ऐसा नहीं चलेगा। मिस्टर ऐंड मिसेज़ साथ ही होने चाहिए...सब आना ही चाहिए। एक बार सीख लो, फिर शर्म, संकोच खत्म। चलो...चलो उठो! मेरी पत्नी ऐसी पिछड़ी हुई हो...यह मैं नहीं चला सकता। यू मस्ट...।"

डांसर ने पतली-सी छड़ी उठाई, ताल, रिदम के लिए।

"यस...कमेलोंग...हियर यू आर..." उसकी घूमती छड़ी के साथ मिस्टर और मिसेज़ ताल मिलाने लगे। "स्लो...स्लो...स्लो...क्विक! स्लो स्लो स्लो क्विक! वन टू थ्री फोर!..."

"मारवेलस! सुपर, वेरी स्मार्ट!" बिस्तर पर लेटी सारिका ने जोश में आकर दो-तीन तालियाँ बजाकर कहा, "हिप...हिप...हुर्रा..."

शून्यता...!

रास्ते में मदारी डुगडुगी बजा रहा था। बच्चों की टोली में शमिल छोटी-सी सारिका यह खेल देख रही थी।

"भोला भाई और रतना बाई! नाचो... नाचो... मेरे राजा-रानी। डुग...डुग-डुग...डुग!"

बन्दरिया रतन बाई कुछ खाने में मगन थी। मदारी ने उसको लकड़ी मारी, "चल उठ, रतन बाई नाचे तो भोला भाई नाचे।" डगाक् डुग...डुग...डुग...

बन्दरिया फिर भी न उठी।

"नहीं उठती? सब मालिक लोग क्या कहेंगे? हमारा पेट कैसे भरेगा? चलो... मान जाओ..." डुग...डुग...डुग...डुगाक!

मदारी लकड़ी घुमा रहा था। डुग...डुगा की ताल पर भोला भाई ने रतन बाई के कन्धे पर हाथ रखा और नाचने लगा।

"बच्चा लोग ताली बजाओ, बूढ़े, बच्चे, जवान, सब ताली बजाओ! पले हुए जानवरों का खेल देखो, रंगरेजी नाच देखो, बाबू साहब और मेमसाहब नाचे।" डुग...डुग...

बच्चों की टोली खुशी से एक साथ चिल्ला उठी, "बन्दर, बन्दर हिप्...हिप्..."

"बन्दर...बन्दर...हिप्...सुपर्ब...मारवेलस!"

"क्या है सारिका भाभी? यह क्या बड़बड़ा रही हो?" कटे हुए बाल हिलाते हुई उसकी ननद सुधा पूछ रही थी।

"ओह, सुधाबेन, इतने सारे कुत्ते क्यों भौंक रहे हैं?"

"कुत्ते नहीं, यह तो अपना टॉमी है! बुलाऊँ उसे? टॉमी...टॉमी...कम-ऑन!"

पूँछ हिलाता टॉमी सुधा के पैर के पास खड़ा हो गया। सुधा प्रेम से उसकी पीठ सहला रही थी।

"भाभी, देखो तो टॉमी कितना बड़ा हो गया है। अब उसका नाम टाइगर रखना होगा! बुच्...बुच्...बुच्... टाइगर शेकहैंड! यस डार्लिंग, हियर यू आर।" सुधा की गोद में बैठा टॉमी ऊपर उठकर सारिका के मुँह की ओर झुका।

शून्यता...

"कन्धे तक कटे हुए बाल...गोद में छिपकर बैठा टाइगर...किसका नाम यह...? डार्लिंग! कौन पुकारता था यह?"

माथेरान के होटल में देर रात मिसिस तारापुरवाला टाइगर से मस्ती करते हुए, बरांडे में आरामकुर्सी पर बैठी थी। "सारिका कल राइडिंग के लिए जाना है न? चलो जल्दी सो जाओ।" सरिका का हाथ अपने हाथ में लेते हुए पति ने 'गुड नाइट' कह दिया। थकी हुई सरिका बिस्तर में लेटते ही सो गयी। किन्तु...देर रात...

"हाउ लकी इज़ योर डॉग टाइगर।" बाहर पति की आवाज सुनाई दी।

"व्हाय डा...लिंग?" मिसिस तारापुरवाला ने इठलाते हुए कहा। इन शब्दों के साथ ही चुमकारने की आवाज सुनकर सारिका दबे पाँव कमरे के बाहर आई। उस चाँदनी रात में मिसिस तारापुरवाला उसके पति के सीने पर सिर टिकाये लाड़ से बोल रही थी, "देखो, ऐसा मत कहो, लेट मी से, हाउ लकी इज़ योर वाइफ।"

अब पतिदेव मिसेस तारापुरवाला के हृदय पर सिर रख स्वर्गीय सुख का आनन्द ले रहे थे। दोनों की प्रमत्तावस्था को तोड़ती हुई सारिका बिल्कुल उनके पास जा खड़ी हुई। दोनों ने सारिका की ओर देखा। कोई नहीं घबराया। सारिका ही शर्म से अधमरी होने लगी। शून्यता...

"बा कह रही थी कि मनीष आया था। बहुत देर तक बैठा रहा।"

"हाँ, सिनेमा की टिकिट लेकर आया था। आपका इन्तजार करता रहा। आखिर टिकिट बेकार ही गयी। कोई नहीं गया।"

"तो तुम दोनों को चले जाना था न? मेरी क्या जरूरत थी? यहाँ बैठकर सबकी नजरों में आने से तो अच्छा था वहाँ जाकर बैठते।"

"लेकिन आप..."

सारिका की बात को अनसुना कर, उसका कन्धा थपथपाकर पति ने बात वहीं खत्म कर दी। सारिका सोचती रही : मजाक किया होगा, किन्तु उसका सही अर्थ तो उसे माथेरान में इस देर रात को समझ में आया। उसकी उपस्थिति से दोनों को कोई फर्क नहीं पड़ा। किसी को कोई दुविधा न हुई। जड़ बनी सारिका ने बहुत ही सहजता से पति से पूछा, "नींद नहीं आई?"

मिसिस तारापुरवाला ने अपनी कुर्सी सरकाते हुए कहा, "हैव योर सीट मिसेज शाह!" और फिर तुरन्त ही, "टाइगर...टाइगर कम-ऑन।"

मिसेज तारापुरवाला की गोद में अपने पति के स्थान पर अब टाइगर खेल रहा था। उसकी अँगुलियाँ टाइगर के बालों में घूम रही थी। टाइगर...टाइगर...

"सारिका भाभी यह टॉमी कितना समझदार है, न? आपकी ओर ऐसे देख रहा है मानो आपका हाल पूछ रहा हो। बोल नहीं सकता न, फिर भी प्रेम उसकी आँखों से झलक रहा है।"

सुधा की बात सुनकर सारिका के मन में छोटे-बड़े न जाने कितने कुत्ते गोल चक्कर लगाने लगे।

"टॉमी...टाइगर...पिल्ला...बराबर है, यह तो छोटा-सा पिल्ला एक दिन का पिल्ला मेरी छाती पर चढ़कर बैठा है।" बड़बड़ाती सारिका फिर शान्त हो गयी।

शून्यता...

"तुम्हें गोद भराई की या वात्सल्य बरसाने की बहुत जल्दी है, तो यह पिल्ला

क्या बुरा है?'' उस दिन पति ने यही तो कहा था।

''नहीं नहीं...भगवान के लिए...मैं आपके पैर पड़ती हूँ। ओह! मुझे इससे वंचित मत करो। जो हो गया, उसे रहने दीजिए। ऐसी हत्या मत कीजिए। बस...एक बच्चा...यह बच्चा हो जाने दीजिए, फिर कभी नहीं...''

''अरे, माँ-बाप बनने के लिए तो जिन्दगी पड़ी है। अभी तो फ्री लाइफ, क्लब लाइफ, रिसेप्शन्स, डिनर, घूमना-फिरना, ऐश करना, बस यही होना चाहिए। अभी तो शादी किये एक वर्ष ही हुआ है। अगले सप्ताह हम मैरिज़ एनीवर्सरी धूमधाम से मनाएँगे।''

खाली गोद में पिल्ला खेल रहा है। उछलता, शेकहैंड करता, पैर चाटता, पूँछ हिलाता। यही पिल्ला कार में, पार्टियों में, क्लबों में, समारोहों में सब जगह साथ-साथ रहा। टॉमी डार्लिंग की कितनी देखभाल! और आज...''कैसा उस्ताद हो गया है, टाइगर नाम रखना पड़ेगा...वही पिल्ला...जिसे सन्तान से भी अधिक प्यार मिला था।''

''ओह...ओह, यह पिल्ला तो बड़ा और बड़ा होता चला गया। मेरे सिर पर, गाल पर, हाथों पर...ओह, कैसी खुरदरी जीभ फेर रहा है...चक्कर आ रहे हैं मुझे...जैसे हवाई झूले का चक्कर आ रहा है। झूला जब ऊपर से नीचे आता है, तब कैसा चक्कर आता है पर...पर...यह तो माथेरान...पेनोर में पॉइंट की ऊँचाई। बाप रे कितना ऊँचा! और चारों तरफ घाटियाँ...गहरी घाटियाँ ही घाटियाँ...कितनी सँकरी पगडंडी। घोड़े का पैर फिसल जाए तो...अरे...अरे यह घोड़ा, राइडिंग मुझसे नहीं होती।...''

शून्यता...

''तड़ाक्...तड़ाक्...ओह मेरी हड्डियाँ टूटी जा रही हैं। मुझे नहीं जमी राइडिंग। ये मुझे कहाँ ले जा रहे हैं? सब लोग कहाँ गये? मिस्टर तारापुरवाला, कितना अँधेरा? यह मंकी पॉइन्ट कितना निर्जन है? लेकिन...वो लोग कहाँ गये? दिखते क्यों नहीं? दूर ताकती सारिका के बिल्कुल पास आकर 'म्युच्युअल अंडरस्टैन्डिंग डार्लिंग' कहते हुए मिस्टर तारापुरवाला ने अपनी बाँहें उसकी कन्धे पर रख दीं।

''ओह...हटाओ...हटाओ, यह कुत्ता जीभ निकाल कर हाँफता हुआ, मेरी छाती पर...ओह...सुधाबेन...बचाओ...बचाओ...मेरा पलंग हवा में क्यों है? मैं भाग जाऊँ? मुट्ठी बन्द कर दौड़ जाऊँ? अरे...मुझे बचाओ...सब कहाँ चले गये? कौन बचाएगा? किसी को दया नहीं आती मुझ पर?'' लाचार सारिका जोर से रो पड़ी। उसकी हिचकी सुन सुधा घबरा गयी।

''नर्स...नर्स...डॉक्टर...देखो तो इसे जल्दी!''

''क्या हुआ? आप रोती क्यों हो? क्या तकलीफ है? रोना नहीं चाहिए। रोने

से तो...''

''यह नर्स क्या कह रही है? मैं रो रही हूँ क्या? मेरी आँखों में आँसू हैं क्या?...तो उस दिन ये आँसू कहाँ चले गये थे, जिस दिन परम दुर्भाग्य...।'' स्त्री की खराब से खराब दशा...उसे वैधव्य प्राप्त हुआ था...उस दिन एक बूँद आँसू भी न आये इन आँखों में...परिणाम...कोने में चुपचाप बैठकर कितनी बातें सुननी पड़ी थीं उसे।

''पागल हो गयी है।''

''नहीं नहीं, वह तो दुख के कारण जड़ हो गयी है।''

''अरे, दुख होता तो रोती नहीं? यह तो औरत है या पत्थर?''

''उसकी आँखें तो बिल्कुल कोरी हैं।''

बहुत से सगे-सम्बन्धी सासूजी के पास घेराव किये-से बैठे थे। सारिका सबसे दूर बिना श्रृंगार के सफेद साड़ी में घुटने मोड़कर बैठी शून्य निगाहों से आने-जानेवालों को ताक रही थी। मौत का गहरा साया वहाँ छाया था। उसकी शादी के समय कोई धूमधाम न हुई थी, वैसे ही इस मौत के समय भी बसा था एक मौन। वही रिश्तेदार, वही हल्का-हल्का शोर, वही आना-जाना। मुख पर लादी गयी गम्भीरता। लोग आ-आकर हाजिरी लगवा रहे थे। सभ्य कहलानेवाले लोग गला फाड़ कर रो नहीं सकते। माँ की आँखें रोते-रोते सूज गयी थीं, लेकिन सरिका की आँखों में आँसुओं का अकाल पड़ा था।

बीमारी और मृत्यु दोनों समान क्यों लगती है?

सारिका अब भी पति की मृत्यु को सच नहीं मान पा रही थी; क्योंकि पति की बीमारी की खबर सुनते ही दूर-दूर से सगे-सम्बन्धी उन्हें देखने के लिए आकर बंगले में डेरा डाले थे। और सबकी देखभाल में व्यस्त सारिका को इतनी भी फुरसत न मिली कि वह पति की बीमारी की गम्भीरता का अहसास भी कर सके।

डॉक्टरों का आना-जाना, इंजेक्शन की तैयारियाँ, यहाँ-वहाँ फोन, महाराज को खाना बनाने के लिए अलग-अलग सूचनाएँ। मेहमानों की सुविधाओं के लिए भागमभाग...इतना करते-करते थककर चूर हो जाती। बीमार पति अब कैसा है? उसे मेरी जरूरत है या नहीं? खुद के भाग्य का उसकी बीमारी से सम्बन्ध है या नहीं, यह सब सोचने की फुरसत उसे किसी ने न दी।

किन्तु...किसी के मुँह से हृदय विदारक रुदन नहीं फूटा। कोई इस आघात से बेहोश हाकर गिर नहीं पड़ा। आये हुए मेहमानों में से एक ने भी विदाई नहीं माँगी, बल्कि आनेवालों की संख्या और बढ़ गयी। वातावरण गम्भीर, निःशब्द बन गया।

सारिका के सारे गहने उतारकर, बाल खोलकर, सफेद साड़ी पहनाकर, उसे हॉल के एक कोने में बैठा दिया गया, तब सारिका को इस घटना की गम्भीरता समझ में आई। वह मौन होकर आने-जानेवालों की पगध्वनि सुनती रही। आनेवाले पाँच

मिनिट बैठकर चल पड़ते। बाहर चप्पल पहनते-पहनते उन लोगों की खुसफुसाहट सारिका के कानों से टकराती, "कैसी अजीब औरत है! सास की आँखें तो रो-रोकर फूल गयी हैं और यह तो बस टकटकी लगाये सबको देख रही है।" यह सब सुनते-सुनते सारिका को लगा उसे रोना चाहिए। मेरे फूट-फूटकर रोने के दिन आ गये हैं। वह गये...जिनकी इच्छाओं के लिए, जिनके आनन्द के लिए मैंने अपनी भावनाओं को जड़ बना लिया था, जिनके इशारे पर मैं आज तक नाचती रही, उस रंगभूमि का सूत्रधार आज नहीं है...आज तो है इतना बड़ा घर, उनके रिश्तेदार, नौकर-चाकर, सब सुख-सुविधाएँ और...मौत...पति की मौत के बाद की शान्ति...भयानक शान्ति।

मृत्यु...वैधव्य...अरे इतना बड़ा दुख...इतना दुर्भाग्य...फिर भी आँखें सूखी धरती की तरह वीरान। मुझे रोना है...दूसरों के लिए। आज तक तो दूसरों की खातिर ही किया है सबकुछ...और आज रो न सकूँ?...आँसू...आँसू...आँसू मुझे दगा न दो। सारिका बेहोश होकर गिर पड़ी। लोगों ने कहा—पागल है...दिमाग कमजोर हो गया है...डॉक्टर...अस्पताल...। तीन दिन के बाद जब उसे होश आया, वह अस्पताल के स्पेशल वॉर्ड में थी। दो महीने हो गये आज डॉक्टरों के मुँह से अलग-अलग बीमारियों के नाम सुनते-सुनते। विवश सारिका बिस्तर पर पड़ी रही। तबीयत और अधिक बिगड़ती जा रही थी। बल्डप्रेशर, हिस्टीरिया, ऐम्नेशिया, कभी-कभी पागलपन, सन्निपात...।

"नर्स...नर्स...मैं रो रही हूँ? मेरी आँखों में आँसू हैं? सासूजी को जल्दी बुलाओ...नहीं...नहीं...पहले मेहामनों को बुलाओ...नहीं...नर्स, नहीं मेरे आँसू मत पोंछो...बहुत मुश्किल से आये हैं यह आँसू...मैं किसी भी कीमत पर अपने आँसू तुम्हें नहीं दूँगी...जाओ...जल्दी जाओ...दौड़ो...देखो मैं रो रही हूँ...मेरी आँखों में आँसू देखो...हा...हा... आँसू...आँसू...।"

"आया...नर्स...डॉक्टर...मरीज हंगामा कर रहा है। चलो जल्दी करो, पलंग पर पिंजरा डाल दो...उसे बन्द कर दो।"

सारिका की चीख-चिल्लाहट और उठा-पटक के कारण उसके पलंग को चारों ओर से बन्द करता हुआ एक पिंजरा डाल दिया गया और पिंजरे के अन्दर कैद सारिका का शरीर और प्राण फड़फड़ाते रह गये।

मुखौटा

जिज्ञेस ब्रह्मभट्ट

चित्रकारी करना मेरा शौक है। वर्षों से चित्र बना रहा हूँ। मॉर्डन आर्ट की अपेक्षा रियलिस्टिक वर्क अधिक पसन्द है। उसमें भी पोट्रेट तो मेरा सबसे प्रिय विषय है। कितने चित्रकारों को जानता भी हूँ और उसमें से भी अधिक चित्रकारों के चित्र मैंने देखे हैं, पर मुझे कहना पड़ेगा कि आत्माराम जैसा चित्रकार, उनके जैसा पोट्रेट आर्टिस्ट दूसरा नहीं देखा। गजब की ताकत है उनकी रेखाओं में! पल भर में ऐसे हू-ब-हू हाव-भाव चित्रित कर देते कि...पूछो मत। सामने खड़े आदमी का ज्यों-का-त्यों चित्र बनाना कोई बच्चों का खेल नहीं। बहुत कठिन होता है व्यक्ति के एक-एक भाव को चित्रित करना, सम्पूर्ण व्यक्तित्व की अभिव्यक्ति करनेवाला स्केच या पोट्रेट बनाना। यह तो चित्रकार ही जानता है। किन्तु आत्माराम के लिए तो यह सब बाएँ हाथ का खेल! उनकी मास्टरी किसमें है, यह बताऊँगा तो कोई विश्वास न करेगा, यद्यपि आत्माराम की कला को मैं समझ पाया हूँ, ऐसा कहने की तो हिम्मत मेरी नहीं, फिर भी मैं जो समझा हूँ, उसके अनुसार सामनेवाले की पसन्द-नापसन्द, इच्छा-अपेक्षाओं को परखकर उसे कैसा चेहरा अच्छा लगेगा, उसे खुश करेगा, इम्प्रेस करेगा, ठीक वैसा ही चेहरा चित्रित करने में उन्हें मास्टरी हासिल है। मुझे लगता है, ये बातें अधिक विस्तार से मुझे बतानी चाहिए।

तब मैं छोटा था। हाल ही में स्कूल जाना शुरू किया था बाल-मन्दिर में। स्कूल जाना पसन्द नहीं था। पर जाना पड़ता था। अच्छे बच्चे बनकर, जैसा टीचर कहे करो। दिन-भर एक-दो-तीन घूँटना और अदब के साथ पालथी मार, मुँह पर ऊँगली... जान पर आता। पर क्या किया जा सकता था? ऐसे में कई बार बीमार पड़ा और स्कूल जाने से मुक्ति मिल गयी। और भैया, अपने छोटे से दिगाम में लाइट जल गयी...अन्य किसी की तो क्या मदद मिलती, आत्माराम से बात कही। आखिर थे तो छोटे बच्चे ही न? पर उन्होंने सबकुछ सँभाल लिया। मेरे चेहरे पर कुछ लीपा-पोती कर उन्होंने कुछ लकीरें इस प्रकार खींच दीं कि मैं खासा महीने भर का बीमार दिखने लगा। आत्माराम

से कहा, "गाल पर एक-दो आँसू की लकीरें भी खींच दो..." और सचमुच हमारी कारीगरी काम कर गयी।

फिर तो जब छुट्टी का मन होता आत्माराम से रोता चेहरा बनवाकर, बेचारा बनकर, बड़ों के सामने जाता और छुट्टी मिल जाती। हमेशा सफलता मिले, ऐसा भी नहीं। कभी दो-चार पड़ भी जाती तो सचमुच रोते हुए स्कूल जाना पड़ता...। पर धीरे-धीरे आत्माराम का हाथ अच्छा जम गया। स्कूल का होमवर्क न किया हो, या शरारत करते हुए पकड़ा जाऊँ तब आत्माराम से भोला-भाला चेहरा बनवा लेता। रिसेस में दौड़-भाग करते गिर गया होऊँ और अच्छी-खासी चोट भी लगी हो फिर भी बढ़ाई मारने के लिए दोस्तों के सामने हँसता चेहरा रखना हो, तब भी आत्माराम की मदद लेता। टीचर के पूछे गये सवाल का जवाब न मालूम हो, फिर भी वह मुझसे न ही पूछे इसलिए हाथ ऊपर उठाते हुए, 'मैं बोलूँ, मैं बोलूँ,' कहते हुए अति उत्साही दिखना हो तब भी आत्माराम को याद करता...यों ही लिस्ट लम्बी होती चली गयी। मुझे बार-बार आत्माराम की मदद की जरूरत पड़ने लगी। डर लगता हो और हिम्मत दिखानी हो, झूठ बोलते हुए पकड़ा जाऊँ और झूठा रोब झाड़ना हो, हँसी आती हो फिर भी नाराज होने का नाटक करना हो...इस तरह दिन भर आत्माराम मेरे चेहरे पर रेखाएँ खींचते रहते। हँसते-रोते, डरते-न डरते, गुस्सा होते—खुश होते, कुछ पसन्द—कुछ नापसन्द करते...ऐसे तो कितने भाव मेरे चेहरे पर आत्माराम चुटकी बजाते चित्रित कर देने लगे।

मेरे तो ठाठ हो गये। मैं अपना सोचा हर काम कर पा रहा था। आत्माराम को इशारा ही काफी होता। यहाँ तक कि कभी-कभी तो इशारा भी नहीं करना पड़ता, वे खुद ही निर्णय ले लेते और मेरे चेहरे के भाव बदल जाते। दिन, माह और साल बीतते गये...हम बड़े होते गये। लोगों ने हमें अच्छा लड़का, समझदार लड़का, सयाना, होशियार, भोला और ऐसी ही कितनी-कितनी उपाधियाँ दे दीं। आत्माराम भी अपना काम कर देते थे। हँसने के समय रोनी सूरत और घबराहट के समय रोबदार चेहरा बना देना, पर ऐसा बहुत कम होता। हाँ उन्होंने जो ठान ली हो, वह चेहरा हू-ब-हू बनाते।

अब हुआ यों कि कितने भाव बार-बार चित्रित करने पड़ते और गहराई लाने के लिए आत्माराम घिसकर गहरी लकीरें खींचते। चाहे जितना साफ करो, फिर भी कुछ रेखाएँ चेहरे पर हमेशा दिखतीं। आत्माराम नयी रेखाएँ खींचकर नये भाव चित्रित करें, फिर भी गहराई में मानो पहले के भाव ही स्थाई लगते...हास्य में रुदन और रुदन में क्रोध का मिश्रण होने लगा। सामनेवाला ठीक व्यक्ति बारीक नजरों से देखता रहता और कभी पूछ भी बैठता, "अबे, हँस रहे हो या रो रहे हो?" और सारा खेल बिगड़ जाता। मैंने आत्माराम से कहा, "यार, ऐसा नहीं चलेगा..." आत्माराम बोला, "अब

यह सब मुझ पर छोड़ दो, फिर देखो कमाल...''

उन्होंने कमाल यह किया कि एक कागज पर मेरा पूरा चेहरा, उस पर जो चाहिए वो भाव अंकित कर मेरे चेहरे पर चिपका दिया! अब आप सोचो, कागज पर बना मुखौटा चिपकाने के बाद भी किसी को सचाई का आभास तक न हो, वह चित्रकारी कैसी होगी? मुझे भी यह अच्छा जम गया। चार-पाँच एक्स्प्रेशन तो रेडीमेड ही रखते। जरूरत पड़ी कि तुरन्त चेहरे पर मुखौटा लगा लेता...अब पहले वाली रेखाएँ दिखने की चिन्ता खत्म हुई। नपे-नपे चेहरे लगाते रहो...। आत्माराम भी समयानुसार चेहरा चित्रित करने में और अधिक कुशल होते जा रहे थे। इतने वर्षों में उन्हें भी अच्छी तरह समझ में आ गया कि मैं कब, कहाँ, किसके सामने, कैसे हाव-भाव वाले चेहरे माँगूगा।

ऐसे में मुझे कभी किसी दूसरे के चेहरे भी अच्छे लगने लगे, सोचता, आत्माराम की कृपा से मनाचाहे हाव-भाव ग्रहण कर सका, और फायदा भी बहुत मिला इसका इससे इंकार नहीं, फिर भी अपना चेहरा उसके चेहरे के जैसा तो नहीं! मैंने आत्माराम से मन की बात कही, ''आप ऐसा चेहरा नहीं बना सकते क्या?'' आत्माराम खिलखिलाकर हँसते हुए बोले, ''लो, उसमें क्या देरी?'' मेरे चेहरे के बारीक से बारीक भाव चित्रित कर जोरदार ग्रिप कुछ ही देर में तैयार कर दिया, वह भी इतना सटीक कि अच्छे अच्छों को चक्कर में डाल दें।

''यह चेहरा मैं नहीं पहन सकता!'' मैंने कहा।

''क्यों?'' कहते हुए आत्माराम ने मुझे वह मुखौटा पहना दिया। तब से एक नया सिलसिला शुरू हो गया। मैं जो भी चेहरा पसन्द करता उसका मुखौटा मेरी इच्छानुसार हाव-भाव के साथ वे बना देते, इसलिए मैं मन-पसन्द चेहरे धारण करने लगा। पल में इसके जैसा, पल में उसके जैसा चेहरे पर चेहरा लगाता रहा। इतना ही नहीं, यदि किसी की सिर्फ मुस्कान अच्छी लगी तो वही मुस्कान चिपका लेना, किसी की आँख, किसी के होठ, किसी के गाल, किसी की दाढ़ी-मूछें, पलकें, नाक, हेयरस्टाइल...जो पसन्द आता वह अगले क्षण मुझे मिल जाता।

बात यहीं खत्म नहीं हुई। आत्माराम ने मुझे अपनी एक और विद्या का लाभ दिया। इतने-इतने चेहरे, इतने हाव-भाव चित्रित करते-करते उनमें एक और कला विकसित हो गयी। वे सामनेवाले व्यक्ति के चेहरे के भाव पढ़कर उसी के अनुसार मुखौटा बनाने लगे। हम भी तब जवानी के उन्माद में थे। कोई लड़की पसन्द आ जाए तो आत्माराम को इशारा कर देना। बस, उनका कम्प्यूटर चालू। क्षण भर में तय कर लेते कि उसे क्या पसन्द आएगा, क्या नहीं। फिर से अपना नया चेहरा तैयार और सचमुच आत्माराम का तीर निशाने पर लगता। उनका बनाया मुखौटा पहनने के बाद कोई लड़की इम्प्रेस न हुई हो, ऐसा कभी नहीं हुआ...किसी के सामने स्पोर्टसमैन,

किसी के सामने अल्हड़-रंगीला, शरारती...किसी के सामने संवेदनशील कवि तो किसी के सामने स्टुडियस-सिम्पल-ब्रिलियन्ट...रॅन्कर...पर जो भी हो सामनेवाले इम्प्रेस हों ही जाती।

कभी-कभी इम्प्रेशन खराब भी हुआ कि आत्माराम के कारण कभी ऐसी परिस्थिति खड़ी कर देते कि बताने लायक न रहते। उनका बनाया कोई मुखौटा फिर मुझे नहीं बचा सकता। जब सबके बीच मस्ती से बात कर रहा होता, आत्माराम फटाफट दूसरे चेहरे चिपकाते जाते। वह भी इस तरह कि मुझे पता भी न चलता। वे पीठ पीछे ये कलाबाजी कर देते। कला, ये कैसी कला? मेरे पहने पैंट-शर्ट पर, मेरे पीठ पीछे वे मेरा पूरा शरीर चित्रित करते तो मैं ठाठ से नये-नये चेहरे दिखाता और पीछे से जो देखे वह 'नंगा है नंगा' कहने लगता...।

एक और तमाशे की बात बातता हूँ। अत्यन्त भद्र और शालीन मुखौटा पहन किसी महिला से समझदारी की बातें कर उसे इम्प्रेस कर रहा था तब वह शर्ट के एक के बाद एक बटन खुल रहे हों, इस प्रकार मेरे शरीर की आकृति शर्ट पर बनाने लगे, वह स्त्री घबराकर भाग खड़ी न होती तो मुझे भागना पड़ता। आत्माराम को पैंट तक पहुँचने में क्या देर लगती! कभी सामने खड़ी महिला के कपड़ों पर भी वह चित्रकारी शुरू कर देता, मैं घबराकर इधर-उधर देखने लगता तो उसको घूरनेवाला मुखौटा मुझे चिपका देता। अब इन सारी परिस्थितियों में कितना खतरा उठाना पड़ता, सोचिए? पर ऐसे अवसर बहुत ही कम आते। उनकी कलाकारी का मैंने भरपूर फायदा ही उठाया है।

मुझे चाहनेवालों, पसन्द करनेवालों और मुझसे बात करने की इच्छा रखनेवालों की संख्या बढ़ती ही गयी। पाँच लोगों के बीच मेरी पूछ होने लगी। लोगों की भीड़ में आराम से बैठा होता हूँ, तब आत्माराम आँखें मींचे ध्यानस्थ मुद्रा का मुखौटा पहना देता। मुझे सामने के व्यक्ति के बदलते चेहरों के हाव-भाव की एक-एक रेखा को पढ़ने का अभ्यास कराया है उन्होंने मुझे। लोग समझते मैं आँखें बन्दकर बैठा हूँ जबकि मैं तब उनके मन के प्रत्येक आलोड़न देखता हूँ। मन ही नहीं, तन के भी रोम-रोम देख सकता हूँ। आत्माराम ने सबकुछ खोलकर रख दिया है। मेरे सामने कितने रहस्य कितने सत्य...फिर भी अब हिसाब मिलाने बैठा हूँ...क्या पाया और क्या खोया। अभी हाल ही में एक घटना हो गयी। यों तो है बिलकुल मामूली-सी बात, पर मैं उलझन में हूँ। कुछ समझ में नहीं आ रहा।

हुआ यह कि आईने के सामने खड़ा हो मैं कंघी कर रहा था कि फोन आया। मैंने बात शुरू की। वह सब्जी काट रही थी, मेरी पत्नी, "गोभी की सब्जी चलेगी न?" पूछ रही थी। मैं फोन पर बात कर रहा था और वह आईने में मेरा प्रतिबिम्ब देख रही थी प्रेमपूर्वक...भावपूर्वक...अहो भावपूर्वक...। मैं भी उसे देख रहा था। मन ही

नहीं भरता, देखने में इतनी सुन्दर है वह। उसे पाने के लिए आत्माराम को जुटाया था मैंने..तब उसने मुझमें क्या नहीं देखा होगा सोचिए...बिल्कुल सुपर हीरो की इमेज थी मेरी। फोन रख मैं फिर से कंघी करने लगा तभी मेरी गर्दन पर झूमती हुई बेटी बोली, "डैडी, आप सबके साथ ये सब क्या बोलते हो? मुझे पसन्द नहीं...।" उसकी गोलमटोल भोली आँखों मे, मुझे लगा जैसे वह मुझमें मुझी को ढूँढ़ रही हो...इतनी छोटी-सी बात।

हाथ की गोभी नीचे रखते हुए, 'दाग पड़े हैं शायद' बोलते हुए पत्नी आईने के पास आई और कपड़े से आईना पोंछने लगी। मैं देखता रहा आईने में पड़नेवाले प्रतिबिम्ब को...और मुझे लगा कि मेरे प्रतिबिम्ब के चेहरे एक के बाद एक बदल रहे हैं। उसका हाथ घूमता और मुखौटे साफ होते जाते...मुखौटे-मुखौटे-मुखौटै...नये-नये मुखौटे खुलते ही जा रहे थे...

"क्या कर रही हो?" कहते हुए वह बेटी के पास गयी। बेटी गोभी के पत्ते-पत्ते अलग कर रही थी। मैंने आईने में देखा, मेरे धड़ पर विशाल फूल-सा उग आया था और अनगिनत मुखौटे उसकी पत्तियाँ बन कर खिले थे। उन लाखों मुखौटों में मेरा असली चेहरा कहाँ है? मैं अपना चेहरा ढूँढ़ने के लिए उस विशाल फूल की पत्तियाँ तोड़ने लगा, तोड़ता ही रहा और तब रुका जब उसमें एक भी पत्ती न बची। सचमुच मुझे मेरा चेहरा कहीं नहीं मिला। मैं खुद को ही न खोज सका।

सिर्फ कल्पना करो...कभी अपने आपको चेहरे के बिना केवल धड़ के रूप में! मैंने स्वयं को ऐसा ही अनुभव किया। आत्माराम से कहूँ तो अभी अन्य हजारों चेहरे चुटकी बजाते चिपका देगा...पर फिर भी रह-रहकर लग रहा है—मैं कहाँ? इसी उलझन में पड़ा हूँ। मानता हूँ कि आत्माराम जैसा कलाकार कोई नहीं, मानता हूँ मैंने बहुत कुछ पाया है उनकी कृपा से...फिर भी...फिर भी...वह सब पानेवाला 'मैं' कहाँ?

मक्कार

मनीष मेकवान

''क्या साहब!''

''अपने यहाँ भी...'' मेरी बात पूरी होने से पहले ही वह बोला, ''उसमें, सेठ पैसा...''

''वह तो हो जाएगा।''

''पर यहाँ की तरह नहीं न! यहाँ तो एक आर्टिकल के सौ रुपये और वह भी मैटर देने के साथ ही। आपको पता नहीं साहब, ट्रांसलेशन अपने यहाँ...''

फिर वह गर्दन नीचे झुकाये कितनी देर तक खड़ा रहा किसी सोच में डूबा-सा। मैंने देखा तो चप्पल से बाहर निकले पैर के अँगूठे से जमीन खोद रहा था। उसकी यही अदा या स्टाइल रामी के लिए पहेली थी। रोज आते ही उसकी शिकायत शुरू कर देता, ''देखना साहब, कहीं और कोई अवसर हाथ आ गया न तो वह उसकी जीभ हिलाना बन्द कर देगा...एक नम्बर का मक्कार...''

रामी को आज की बात बताऊँगा तो वही कहेगा, ''मैं कहता न था। उसे अच्छी तरह पहचानता हूँ मैं। अपने अखबार में काम करने के बदले दूसरी जगह एक्स्ट्रा...''

''कमाने की जरूरत है साहब!'' मिट्टी में कलाकारी करते अँगूठे को रोककर वह बोला।

''पर तुम अपने यहाँ कन्फर्म हो, फिर यह सब नहीं करना चाहिए। सेठ को पता चलेगा तो?''

''ढाई हजार रुपये में क्या होता है?'' वह धीरे-से बोला और पीछे रखे पाट से कप उठाते हुए डगमगा गया, बल्कि पाट गिरते-गिरते बचा।

''धीरे...लाओ।'' कहते हुए मैं खड़ा हो गया।

''हाँ, साहब!'' कहकर वह हँसा। रामी साथ होता तो जरूर कहता कि उसकी हँसी में भी कृत्रिमता है। आप जोक सुनाएँगे तो हँसेगा पर जबरन फिर चुप हो जाएगा, मक्कार! जैसे बोलने के भी पैसे लगते हो।

चाय पीकर मैंने कप पॉट पर रख दिया। सिगरेट जलाई। वह अब भी गटक-गटककर चाय पी रहा था। एक बार डेस्क पर उसे बैठे-बैठे इसी तरह चाय पीते देखकर रामी उबल पड़ा था, "क्या छोटे बच्चे की तरह सुड़क-सुड़ककर चाय पीते हो?"

"तो किस तरह पीऊँ?" उस वक्त वह सच में गुस्से से बोला था, "बोलो तुम ही।"

रामी खीझा, "पैसे न देने पड़ें इसलिए धीरे-धीरे पीते हो।"

मैंने सिगरेट खत्म कर पैसे देने के लिए जेब में हाथ जेब में डाला तो वह तुरन्त खड़ा हो गया, "अरे साहब, यहाँ तो मैं आपको पैसे नहीं देने दूँगा।"

"पर यह कहाँ तुम्हारा घर है?"

"तो क्या, एरिया तो मेरा ही है।" कहते हुए उसने अपनी जेब से दस का नोट निकालकर चायवाले को दे दी। वापस मिले पैसे दो बार गिने। शायद हिसाब कर रहा था। इस तरह उसके होठ हिल रहे थे, फिर मेरी ओर देखकर बोला, "रास्ते में यह (अखबार) ऑफिस आती है, इसलिए ट्रांसलेशन का काम हो तो रोज यहाँ से आते-जाते ले जाता हूँ, और कुछ तो नहीं करता। बेकार में लूना का पेट्रोल खर्च होता है और मिलता कुछ नहीं।"

सिगरेट फेंककर मैं कुछ आगे चलने लगा तभी उसने हाथ पकड़ लिया, "साहब, यहाँ तक आये हैं तो ऐस ही थोड़े चले जाएँगे? घर चलिए।"

"अरे नहीं यार, मैं भी एक कहानी देने आया था। सम्पादक ने मँगवाई थी। बहुत काम है। फिर कभी।" मैंने हाथ छुड़ा लिया। वह कुछ गुमसुम हो गया। बहुत देर तक मेरी ओर देखता रहा..."तो फिर नहीं आएँगे आप? अभी नया घर रखा है। उस गली के पुराने घर में तो आप कभी आये नहीं, ऑफिस के बाजू में था फिर भी!"

रामी कह रहा था कि उसके घर हो आना ही चाहिए। साले की पूरी पोल खुल जाएगी। मेरे साथ तो साहब वह चार साल से नौकरी कर रहा है, पर एक दिन भी मुझसे नहीं कहा कि चलो मेरे घर, क्यों कहे? पोल खुल जाएगी न मक्कार की। रामी हमेशा उसकी ही बात करता। डेस्क पर काम खत्म होते ही शुरू हो जाता, "मार्क किया आपने?"

"क्या?"

"आज वह क्यों जल्दी आया?"

"क्यों?"

"उसे जल्दी जाना होगा।"

''होगा कुछ काम उसे।''

''महीने में दस बार इसी तरह जल्दी जाता है। आपको पता नहीं, दूसरे अखबार में काम करता है।'' रामी उसकी एक-एक बात का ध्वन्यार्थ निकालता। न बोले तो ध्वन्यार्थ और गूढ़ हो जाता। पहले तो मुझे उसकी बातों में कोई रुचि न थी, पर अब मजा आने लगा। एक-दो अनुभव मुझे भी हुए। जैसे नाश्ता करने के लिए जाने की बात वही तय करता और पैसे देने के वक्त कहीं छू हो जाता। अपना पेन कभी किसी को नहीं देता। डेस्क पर जब सब अपने घर की बातें करते रहते, रामी कहता था कि यह आदमी अखबार में तो बिल्कुल नहीं चलेगा। एक नम्बर का मक्कार। ट्रांसलेशन कर खाता है। रिपोर्टिंग में रखो तो दूसरे ही दिन नौकरी गुमा बैठेगा, कुछ बोलेगा ही नहीं। इन्टरव्यू लेने भेजो तो देनेवाला परेशान हो जाएगा। कुछ पूछेगा नहीं और पूछेगा तो एकदम बनावटी प्रश्न। उसका हँसना भी बनावटी है।

''अकेले रहना ही पसन्द करता है साहब, आपको खबर नहीं होगी! अकेले-अकेले नाश्ता करके आ जाता है, अपन से कहता है कभी?''

लगा तो मुझे भी था कि यह भाई कितने समय डेस्क से गायब रहता है। सोचा कहीं चक्कर लगा रहा होगा या लायब्रेरी में पेपर पढ़ रहा होगा। ''मार्क करना साहब!'' यह रामी का तकिया कलाम था। बात इसी से शुरू करता, ''दूसरा मकान लिया पर हमें बताया क्या?''

''हो नहीं सकता।''

''और क्या! फ्लैट लिया है।'' मानो कोई स्केन्डरम बता रहा हो, उस प्रकार रामी कहता।

धीरे-धीरे मुझे भी वह सिर-दर्द ही लगा। बहुत बार तो उसकी बातें (हकीकत में निन्दा) करनेवाले रामी पर क्रोध आता क्योंकि वह उसकी हाजिरी में तो उसका खास दोस्त बन जाता है। ड्यूटी खत्म होने के बाद दोनों साथ जाते। रामी के रास्ते पर ही उसके घर की गली पड़ती, इसलिए रामी उसे लिफ्ट देता।

''लूना है फिर भी लाता नहीं!''

''तो फिर क्यों लिफ्ट देते हो?''

''वह तो रास्ते पर ही उसका घर है, इसलिए।''

''एक बात कहूँ रामी...'' गले तक आकर बात अटक जाती, फिर भी एक बार कह ही दिया, ''मुझे तो तुम भी उसके जैसे ही लगते हो।''

''ऐसा हो सकता है क्या साहब? कहाँ वह और कहाँ मैं?'' मेरा कहना उसे शायद बुरा लगा होगा। उसके एक-दो दिन बाद रामी बातें कहता, केवल उसकी बात छोड़कर, लेकिन एक दिन चाय पीते-पीते उसने फिर रामायण शुरू कर दी, ''बिल्कुल बेचारा लगता है न साहब, यह मक्कार! दिखने में तो कैसा गरीब दिखता है, पर

आपको पता नहीं होगा, बहुत पैसा है उसके पास! अभी ही तो मुझे कह रहा था कि अस्सी हजार भरे...''

चाय में कुछ कड़वापन लगा, वह थूकने लगा, उसने थोड़ी देर आँखें चाय के कप में गड़ाये रखीं, फिर चाय फेंकते हुआ बोला, ''उसी ने यह बात मुझसे कही है, पर आप किसी से मत कहना।''

''हो नहीं सकता...''

''साहब, उसकी माँ टीचर है, उसकी पगार, इसकी पगार, और फिर दूसरे अखबार का काम...''

''होगा...हमें क्या?''

हर दो-चार दिन में रामी कोई अप्रिय खबर लाता। मुझे भी लगता कि उसे इन सब बातों की जानकारी कहाँ से मिलती है? वह शायद मित्रभाव से कभी रामी को बताता होगा, फिर भी मझसे यह सब बातें रामी को नहीं कहनी चाहिए। हालाँकि हमारे साथ भी एक-दो बार उसकी अनबन हुई, तब मुझे भी वह व्यक्ति अप्रिय लगने लगा। बीच में दो-चार दिन देर से आया। पूछा तो मुँह फुलाये बैठा रहा। एक बार मैटर लिखने में लापरवाही की और कहने पर जवाब मिला, ''क्या हुआ, भूल तो होती है!''

कुछ दिन मुझसे भी बात न करता था। दिए गये मैटर को तैयार कर मुझे देने के स्थान पर टेबल पर रखकर चला जाता। माँगने पर थमाता। कभी छुट्टी लेकर चला जाता। मुझे उस पर सख्त गुस्सा आता। उन दिनों वह देर से आता था। मुझे कारण पूछने की आदत न थी, इसका वह भरपूर फायदा लेता।

''कुछ गबड़बड़ लग रहा है साहब।'' रामी बोला।

''क्या?''

''उसकी बुआ का लड़का मिला था।''

''तो इस बात का इससे क्या मतलब?''

''है मतलब, वह उसका घर खाली नहीं करता।''

''यह किसने कहा तुमसे?''

''उसके बुआ के लड़के ने। वह मेरे भाई का दोस्त है...''

''मार्क किया आपने?''

''क्या?''

''आजकल वह टेंशन में रहता है।''

रामी की तरह यदि मैं भी मार्क करता रहूँ तो उसके सारे टेंशन मेरे गले पड़ेंगे। एक तो नौकरी का टेंशन, उस पर ऐसी बेफिजूल बातों को लेकर तो जी नहीं सकते।

रास्ते में मुझे लगा कि रामी सच कहता है क्योंकि उसने मुझे बताया था घर बिल्कुल पास है, वॉकिंग डिस्टेंस, दस मिनिट का रास्ता। वह तो सुबह पैदल ही आया था। मेरे स्कूटर पर पीछे बैठने के पन्द्रह मिनिट बाद उसने एक अपार्टमेंट आने पर मेरे कन्धे पर हाथ रखा, "बस यहीं पर।"

"तुम तो कह रहे थे कि दस मिनिट का ही वॉकिंग डिसटेन्स है।" मुझे कहे बिना रहा नहीं गया, "यहाँ तो स्कूटर पर पन्द्रह मिनिट लग गये।" फिर वही कृत्रिम हँसी! वह मेरे आगे चलने लगा, एक दरवाजे के पास जाकर रुका, फिर ताला खोलते हुए बोला, "अभी ही लिया है फ्लैट।" सब खाली-खाली लगता था। दरवाजे के सामने लकड़ी की एक कुर्सी, उसके पास कोने में दीवाननुमा तखत। "चलेगा साहब जूते।" कहकर वह अन्दर गया। पानी लेकर आया। गिलास रखते हुए फिर वही बनावटी हँसी हँसते बोला, "लोन पर लिया है।" मैंने अन्दर झाँका। एक दीवार से नजर टकरा कर वापस लौटी। दीवार पर एक फोटो—जिस पर चन्दन का हार था, लगी थी।

"पप्पा हैं।" मुझे फोटो की ओर ताकते देख कर बोला, "आपको पता नहीं होगा साहब, शायद..." वह आगे बोलना चाहता था या उसकी बात यहीं खत्म हो गयी, समझ में नहीं आया।

"चाय लेंगे या कुछ और?" वह मेरे और फोटो के बीच आ गया। "कुछ नहीं, कुछ नहीं।" कहते हुए मन हो रहा था कि इस मक्कार से कोल्डड्रिंक ही मँगवाऊँ। देखता हूँ आज पैसे निकालता है कि नहीं?

"चाय बनाता हूँ।" बोलते हुए रसाई की ओ गया, "माँ नहीं है, स्कूल गयी हैं।"

"अच्छा।" मुझे पता था, फिर पूछा, "शिक्षिका हैं?"

"हाँ, सात सौ रुपये मिलते हैं। प्राइवेट स्कूल है।" अन्दर स्टोव में पम्प मारने की आवाज के साथ उसकी आवाज आई, "इस उम्र में भी उन्हें काम करना पड़ रहा है। क्या करें बाप ने...!" तभी रसोई में स्टोव की आग का भभका उठा और फिर धीमा पड़ गया। धीरे-धीरे स्टोव जलने की आवाज आने लगी।

"आप जो देख रहे थे वह पप्पा का फोटो है..." स्टोव की लयबद्ध आवाज के साथ बाहर आते हुए वह बोला, "उन्होंने जुए में सबकुछ खो दिया। मैं बारहवीं में पढ़ता था, जब उनकी मृत्यु हुई। पढ़ाई छोड़नी पड़ी। एक मिनिट..." कहता हुआ वह फिर से अन्दर गया। अन्दर से फूँकने की आवाज आई...चाय उबल जाने से स्टोव बुझ गया..."एक मिनिट, अभी चाय छान कर लाता हूँ।" कप-प्लेट की आवाज आई। कुछ देर में वह बाहर आया। आज कुछ अलग ही लग रहा था वह। रामी कहता

था, वह गरीबी का केवल दिखावा करता है, वर्ना तो...हुँह!...''डेढ़ लाख का कर्ज था। अब जाकर पूरा हुआ। अन्तिम किश्त में अस्सी हजार भरे। यह बात रामी को बताई थी मैंने...''

चाय पर जमी मलाई होठों पर चिपक गयी। गरम कप से होठ कुछ जले भी।

''पाई-पाई जुटाकर कर्ज चुकाया है। घर में कुछ नहीं था। यह सब अभी लिया है।''

किसी गहरे विचार में खोया वह। देर तक फर्श को ताकता रहा। मेरे होठों में जलन हो रही थी।

''थोड़ा-थोड़ा करके कर्ज भरा तभी बुआ ने वह गली वाला मकान खाली करवाया। रामी को पता है यह बात...''

उसने मेरे हाथ से कप ले लिया, ''बीच में कुछ दिनों मुझे देर हो जाती थी, वह इसी कारण। पता नहीं क्यों आपसे कुछ कह नहीं पाता था, बहुत टेंशन रहता था। मुझे लगता था कि आप खुद ही मुझसे पूछेंगे...। रामी को सब पता है। आपको नहीं बताया उसने?''

चाय से जले होठों पर उँगली फेरता हुआ मैं चुपचाप बैठा रहा मक्कार की तरह।

आरामकुर्सी

अजय ओझा

जरूर ऐसा माना जाता है कि आरामकुर्सी में तो आराम ही मिलता है, चैन ही मिलता है। और जशवन्तराय, आप तो इस बात का अनुभव हमेशा करते आये हैं। हालाँकि पिछले चन्द हफ्तों से ही ऐसा होने लगा है कि कुर्सी में बैठने के बावजूद भी न जाने क्यों आपको आराम महसूस नहीं होता। आप बराबर जानते हैं कि इसमें दोष आरामकुर्सी का बिल्कुल नही है। दोष आपके हालात का है, दोष आपकी बेटी दर्शना का भी हो सकता है, दोष उस रेडियम नम्बरप्लेट वाली बाइक का भी हो सकता है जो आपकी कॉलोनी के नुक्कड़ पर आकर खड़ी रहती है।...या जशवन्तराय, ऐसा भी हो सकता है कि दोष आपकी नजरों का ही हो। जो भी हो, आपको आरामकुर्सी में आराम के बदले बेचैनी बढ़ती मालूम होती है, कोई रास्ता तो जरूर निकालना पड़ेगा।

देखा जाए तो बात सिर्फ इतनी ही थी कि पिछले चन्द हफ्तों से एक नौजवान कॉलोनी में बाइक लेकर घूमता रहता है। कॉलोनी में उसका आना-जाना काफी रहता है। सामने के नुक्कड़ पर अपनी बाइक पार्क करके बहुत देर तक वह वहाँ खड़ा रहता है। इतना ही नहीं, कई बार तो आपके घर के आस-पास भी वो अपनी बाइक पर चक्कर लगाता देखा गया है। यदि आपके घर में दर्शना जैसी जवानी बेटी न होती जशवन्तराय, तो यह बात आपके लिए कोई मायने भी नहीं रखती। शुरू के दो-तीन दिन तो आपने भी इस बात को साधारण समझकर ध्यान नहीं दिया, लेकिन बाद में आपने अपनी जिम्मेदारी को तराशा, और शार्प किया। घर में सिर्फ दो ही सदस्य; आप और आपकी बेटी दर्शना। इसलिए फिक्र होना जायज है, स्वाभाविक है।

इन दिनों दिखाई दे रहा था खास किस्म का म्युजिकल हॉर्न उस नौजवान ने अपनी बाइक में लगवाया है। वह जब भी कॉलोनी में प्रवेश करता है तुरन्त ही आप को पता चल जाता है। आपके घर के सामने से गुजरते वक्त फिर वह हॉर्न बजता है। उस समय आप अपने आँगन में आरामकुर्सी में बैठे होते हैं और दर्शना आँगन में कुछ काम करती होती है या घर में कुछ पढ़ती होती है। जब-जब म्युजिकल हॉर्न बजता

है तब-तब जशवन्तराय, आपके भीतर एक अजीबोगरीब कशमकश उठ खड़ी होती है। रक्तवाहिनियों में भारी दबाव बनने लगता है, तूफान उठता है। सारी ऐसी भावनाएँ मन में उठती हैं जशवन्तराय, जो एक बाप को होनी चाहिए।

आप सोचते, नुक्कड़ के ऐसे भटकते मजनुओं को बराबर पाठ पढ़ाना चाहिए। लेकिन कैसे पाठ पढ़ाएँ, ये समझ में नहीं आता। सोचते, बाइक की बारबार की आवन-जावन से दर्शना भी मन-ही-मन डिस्टर्ब होती होगी, व्याकुल हो जाती होगी। बेचारी भीतर-ही-भीतर अकुलाती हो, फिर भी बिना माँ की बच्ची कहे भी तो किसे कहे? और क्या कहे?

अब होता यह है कि बाइक का हॉर्न बजते ही आपकी आँखें विभिन्न आवर्तनों का पृथक्करण करने में लग जाती हैं। बाइक पसार हुई या नहीं? नौजवान खड़ा है या नहीं? उसकी निगाह आपके घर की ओर आती है या नहीं? उस वक्त दर्शना की प्रतिक्रिया क्या होती है? उसके चेहरे पर घृणा आती है या आकस्मिक स्मित? हॉर्न की आवाज सुनकर दर्शना भी चौंकती है या नहीं? सारे अवलोकनों का पृथक्करण निष्कर्ष तक ले जा सके, इतना ठोस नहीं बनता। वस्तुत: इन सभी बातों से आपकी परेशानियाँ बढ़ जाती हैं।

कई बार आपको ऐसा लगा कि बाइक का हॉर्न बजते ही आँगन में बैठी दर्शना मुँह फुलाकर कोई काम का बहाना बनाकर घर में चली गयी है। तो कई बार ऐसा भी हुआ है कि आवाज आते ही बैठक में पढ़ रही दर्शना दौड़कर बाहर आई है और आकुल-व्याकुल आँखों से सड़क पर दबी धूल में पहियों के निशान ढूँढ़ती है। नुक्कड़ पर नौजवान खड़ा हो तब कुछ लेने दर्शना बाहर निकली हो, ऐसा भी क्या नहीं हुआ? इसके विपरीत ऐसे ही मौके पर आपने कुछ काम सौंपकर दर्शना को बाहर जाने को बोला तो उसने इंकार किया हो, ऐसे प्रसंग भी कम नहीं। उसकी माँ होती तो प्यार से बेटी से पूछ सकती थी, "बेटा, कौन है ये नौजवान? तू जानती है इसे?" लेकिन जशवन्तराय, आप तो इकलौती प्यारी बिटिया से इतना पूछने तक की हिम्मत करनेवाले नहीं हैं। डर लगता है, जल्दबाजी में कोई गलत कदम उठा ले तो? बच्चों का मन पढ़ना इतना आसान थोड़े ही होता है? ये छोटी-बड़ी परेशानियाँ आपके ब्लडप्रेशर के फिगर को लगातार ऊपर-नीचे भगाती रहती हैं, इतना भगाती रहती हैं कि कई बार तो ब्लडप्रेशर को काबू में रखनेवाली दवा की गोली खाना भी आपको याद नहीं रहता, जशवन्तराय।

आप सोचते हैं, थोड़ा हिम्मत से काम लेकर दर्शना को घुमा-फिराकर पूछ लेने में क्या हर्ज है? फिर सोचते हैं कि शायद दर्शना का उस नौजवान से किसी तरह का परिचय हो तो भी क्या वह हाँ कहेगी? समझो कुछ भी नहीं है, तो इस तरह घटिया सवाल पूछकर खामखाँ बात का बतंगड़ बनाने की क्या जरूरत है? एक जोखिम और

भी है; आज तक तो मान लें कि दर्शना के मन में उस नौजवान के लिए कुछ भी नहीं है, लेकिन उससे पूछने के बाद उसे भी नौजवान के बारे में कुछ इस तरह देखने-सोचने की ढलान मिल गयी तो?...तो? आपका मानसिक व्यायाम भीतरी गहराइयों में फैलता जा रहा है, जशवन्तराय। आरामकुर्सी की लकड़ी में से उभरती फाँसें एक के बाद एक आप के बदन में चुभती रहती हैं, छलनी करती हैं।

खास किस्म का म्युजिकल हॉर्न हमेशा बजता है, बजता ही रहता है। बजने का कोई नियत समय नहीं होता, फिर भी आपको लग रहा है जसवन्तराय, कि ज्यादातर हॉर्न तभी बजता है जब दर्शना घर पर होती है। दर्शना जब घर में नहीं होती तब आपने हॉर्न सुना नहीं। ऐसे समय शायद आप निश्चिन्त होते हैं तो मन-ही-मन हॉर्न का ख्याल भी नहीं आता—बिलकुल उसी तरह जिस तरह दर्शना घर में होती है तब आपके मन में न बजे म्युजिकल हॉर्न की भी भनक बजती रहती है। उस नौजवान की गरदन मरोड़कर कॉलोनी का रास्ता भुला देने का आपका मिजाज व काबिलियत बिल्कुल है, पर प्रत्यक्ष रूप से किसी भी तरह के सबूत न होने से ऐसा करने में आपको आपकी सभ्यता आड़े आती है।

लेकिन पानी आपके सर से ऊपर तो उस दिन चढ़ गया जिस दिन पसार हो रही बाइक नौजवान ने दर्शना की ओर देखकर स्माइल दी। इतना ही नहीं, दरवाजे पर खड़ी दर्शना ने भी मुस्कराकर उत्तर दिया, ये आपकी तेज नजरों ने देखा। अब आपके हालात और बिगड़े। असमंजस बढ़ी। क्या वही हुआ जसवन्तराय, जो आप सोचते थे? या वही हुआ जो आपने कभी सोचा ही न था? यकीनन दर्शना उस नौजवान को जानती है। समझो अब आपके ऊपर एक साथ कई मुश्किलें आनेवाली हैं। आपके विवश चेहरे को देखकर आपकी परेशानी को भाँप गयी दर्शना तुरन्त बोली, "वे हमारे 'सर' थे। आप नहीं जानते। हमारे कॉलेज में आये हिन्दी के नये प्रोफेसर हैं।"

"हाँ, होंगे मैं नहीं पहचान सका, कभी देखा भी नहीं न।" आपने कुछ बेरुखी से जवाब देकर बात को बढ़ने न दिया। प्रोफेसर हैं तो क्या हुआ? यों किसी के ऊपर हम विश्वास भी कैसे कर लें? और क्यों कर लें? एक लम्बे अरसे से बड़े जतन से और जिम्मेदारी के साथ सोची-समझी बात को सिर्फ 'खयाली शक' मानकर महज एक 'प्रोफेसर' नामक हथियार से आप काट नहीं सकते, है न जसवन्तराय? है न?

आपके सामने आज सिर्फ स्माइल से बात रुकी है तो इससे हरगिज ये मत समझना कि बात आगे नहीं बढ़ेगी, और न ही ऐसा मानने का कोई कारण दिखता है। आप दूर की सोच रहे हैं, आज दोनों आमने-सामने मुस्कराये हैं, कल कुछ लफ्ज भी बोलने लगेंगे। फिर ऐसा भी हो सकता है कि आपके दरवाजे पर बाइक पार्क करके नौजवान आप ही के बैठक में अपनी छात्रा के हाथ की बनी कॉफी बड़े चाव से पी रहा हो, ऐसी सम्भावना से आप इंकार भी नहीं कर सकते। खास किस्म का म्युजिकल

हॉर्न आपके दरवाजे पर आकर हमेशा बजे, ऐसा दृश्य आपको हरगिज मुनासिब लगनेवाला नहीं है। कुछ रास्ता तो निकालना ही पड़ेगा।

आपकी छानबीन से इस बात का तो पता चल गया है कि वो नौजवान प्रोफसर नहीं है, बल्कि हाँ, वह दर्शना के कॉलेज में विजटिंग लेक्चरर के रूप में हिन्दी पढ़ाने आता है। अब सवाल है वो इधर से रोज क्यों गुजरता है? तो दर्शना ने बताया था कि वह पीछे की कोई गली में ही किराये के मकान में रहता है, तो जाहिर है उसका आपकी कॉलोनी में से गुजरना बिल्कुल वाजिब है, ये कोई अस्वाभाविक बात नहीं है। आप भी समझते हैं, म्युजिकल हॉर्न तो आजकल की ट्रेडीशन है। सोचिए अगर आपकी दर्शना एक नौजवान रंगीन मिजाज लड़का होता तो आप ही कि दिलवाई उसकी नयी बाईक में उसका मनपसन्द खास किस्म का म्युज़िकल हॉर्न लगवाने से आप उसे रोक पाते? बात में दम है, जसवन्तराय। सवाल गलत भी नहीं। इस जमाने में ठंडे दिमाग से कुछ इस तरह भी सोचना जरूरी होता है। हकीकत के दूसरे पहलू भी नजरअन्दाज कभी नहीं करने चाहिए। जो भी हो, कॉलेज का लेक्चरर जो है, उमसें परिपक्वता तो जरूर होगी। और फिर पूरी कॉलोनी में आप ही एक ऐसे बाप थोड़े ही हैं जिसकी जवान बेटी है? जसवन्तराय, धीरे-धीरे आपको ये बात समझ में आती है कि बिना वजह किसी के बारे में कुछ भी सोच लेना या शक करना अनपढ़-गँवार लोगों को काम है, जो हमें शोभा नहीं देता। हकीकत का ये दूसरा पहलू आपके आवेग को रोकता है। आपकी समझ में नहीं आता कि क्या किया जाए? स्वाभाविक है, कोई भी समझदार बाप—जिसे अपनी बेटी की फिकर है, सिक्के के दोनों पहलुओं को इतनी आसानी से कैसे समझ सकता है?

इतने में ऐसा हुआ कि पास के शहर में रहती दर्शना की मौसी ने दर्शना को किसी अवसर पर दो दिन के लिए अपने पास बुलवाया। आपको ये बात पसन्द इसलिए आई जसवन्तराय, कि दो दिन दर्शना यहाँ नहीं होगी तो कई तरह की समस्याओं से राहत मिल सकती है। फिर आपका काम सरल इसलिए हो गया कि किसी तरह की आनाकानी किये बिना मौसी के घर जाने को दर्शना तुरन्त ही राजी हो गयी। उसके कपड़े, रुपये आदि सामान बाँधकर सुबह की पहली बस में आप उसे छोड़ आए। दर्शना के जाने के बाद घर आकर आप आरामकुर्सी में चैन की लम्बी साँसें लेने लगे। हाँ, कुछ आराम जरूर मिला। दोपहर खाने के बाद आपने दर्शना की आलमारी इत्यादि साजोसामान की ठीक से जाँच की, बराबर छानबीन की। कोई आपत्तिजनक सबूत हाथ नहीं आया।

शाम को फिर चैन की साँस लेने आप आरामकुर्सी में खुद को फैलाकर पड़े। कभी अनुभव न किया हो, ऐसी शान्ति का अनुभव आपके दिल में छा गया। दूर कहीं म्युजिकल हॉर्न बजा हो ऐसी भ्रान्ति हुई, आपके कान तेज हुए। पर नहीं, ये आपका

भ्रम ही था। केवल भ्रान्ति, महज एक वहम था वो, क्योंकि आज हॉर्न नहीं बजा। इस भ्रान्ति के साथ ही आपके दिमाग में एक भयानक विचार कौंध गया : आज हॉर्न नहीं बजा जो रोज बजता है। हाँ, आज खास किस्म का म्युजिकल हॉर्न बजा नहीं नहीं। आज तक जब हॉर्न बजता तो बुरी तरह सहम उठते आप जसवन्तराय, आज दिनभर नहीं बजने के ख्याल से सर से पैर तक काँपने लगे। पता नहीं कितने दिन बिना हॉर्न के गुजरे होंगे। आज के दिन हॉर्न का सुनाई न देना किस अनहोनी का संकेत हो सकता है? न जाने क्यों ये ख्याल स्वयं ही एक शूल लगा। इस शूल ने आपके मन को कई भयानक ख्यालों की सौगात दे दी। कई बातों पर सोचने को आप मजबूर हो गये।

क्या उस प्रोफेसर के बच्चे को पता चल गया होगा कि दर्शना आज घर पर नहीं है? या वो खुद कहीं चला गया होगा? या तो...या फिर...कहीं ऐसा तो नहीं कि... ओह, नहीं नहीं, ऐसा नहीं हो सकता, नहीं हो सकता। जसवन्तराय, ऐसा अमंगल ख्याल क्यों करते हैं आप?

इतने में पीछे की गली में कुछ शोरगुल सुनाई पड़ा। उस ओर से आ रहे लोगों में से एक परिचित आदमी को पूछने पर उसने बताया, ''कुछ नहीं हुआ, जसवन्तराय। ये पीछे गली में कोई किरायेदार रहता था, कहते हैं प्रोफेसर था, आज सुबह किसी छात्रा को लेकर भाग गया है। शायद पुलिस भी आई थी। चिन्ता की कोई बात नहीं, आप अपनी आरामकुर्सी में शान्ति से आराम फरमा सकते हैं।''

अब आपको आरामकुर्सी में आराम क्या खाक मिलेगा, जसवन्तराय? क्या वही हुआ जसवन्तराय, जो आप सोचते थे? या वही हुआ जो आपने कभी सोचा ही न था? आपकी आँखों के सामने डरावना अँधेरा भयानक पिशाची नाच दिखा रहा था। ''दर्शना...मेरी बेटी, ऐसा कर सकती है? न, नहीं, कभी नहीं, कभी नहीं...।'' जिस बात को आपका दिल स्वीकार नहीं कर रहा, उसी बात को लेकर सोचने पर आप मजबूर हैं। दिल की धड़कनें तीव्रतम होने लगीं और एक समय आपके ब्लडप्रेशर का फिगर एक नियत बिन्दु पर शायद इस तरह स्थिर हो गया जैसे मोबाइल के पुशबटन पर आपकी फिंगर स्थिर हो गयी हों।

प्रिय कामिनी

शैलेष राठौड़ 'अभिधेय'

रसोईघर से निकले शब्द कामिनी के कानों से टकराये और कामिनी ने कानों पर हाथ रख लिये, जैसे बिच्छू ने डंक मारा हो। वह टिंकू को सुलाने का प्रयत्न कर रही थी अभी आँख लग ही रही थी कि वे शब्द तीर से नींद को बेधते चले गये।

'प्रिय कामिनी' कह कर सम्बोधित करनेवाला राजन और 'अभागिन' कह कर सम्बोधित करनेवाली सास के शब्दों के बीच का भेद उसे याद आने लगा...

सोलह शृंगार किये सजी-धजी कामिनी उस दिन बड़ी ही मनमोहक लग रही थी। झुकी हुई आँखें, मन्द मुस्कान बिखरते होठ, तारे जड़े ओढ़नी, होठों के नीचे काला तिल देख राजन बोला था, "प्रिय कामिनी...! देखो, तुम्हारे रूप से चारों ओर उजाला बिखरा है, तुम्हारे पुलकित चेहरे को देख रात-रानी खिल रही है। अब और अधिक सौन्दर्य मत बिखेरना नहीं तो..."

"ऐसा मत कहिए...आप तो मेरे अन्दर के एकान्त में बसे हैं। आपके हृदय की आवाज ही तो मुझे यहाँ खींच लाई है। आपको पाना मेरा अहो भाग्य है। बस, आप केवल मुझे आपके बगल में चलने की हिम्मत देना...।"

"कामिनी बगल में नहीं, साथ-साथ...तुम्हें जरा भी आँच नहीं आने दूँगा। मेरे घर में अब तुम राज करोगी।"

एकाएक मन को बेधनेवाले कर्कश शब्दों ने उसके विचारों को भंग किया—

"अभागिन...कबसे आवाज दे रही हूँ, सुनाई नहीं देता? ये बर्तन क्या तुम्हारा बाप धोयेगा? कोख-जन्मी लक्ष्मी को सुलाने का नाटक कर रही हो...जन्मते ही मार डाला होता तो दो में तीसरी न बढ़ती..."

"देखिए, बाप का नाम मत लीजिए बीच में और हाँ मेरी बेटी लक्ष्मी ही है। मुझे तो दो ही सन्तान चाहिए थी, यह तो आपका ही आग्रह था...।"

"अब ज्यादा सयानी मत बन...सामने मुँह चलाती है। तीन-तीन लड़कियों के हार गले में लटकाये घूमना। पता चलेगा कैसे जिया जाता है!"

कामिनी की आँखों से आँसू बहने लगे। मौन रहकर यह सब सहन करने की अब आदत पड़ गयी थी। सुबह से शाम यही दिनचर्या हो गयी थी। नववधू बन कर जब इस घर में पैर रखा तब सास ने कहा था, ''घर में लक्ष्मी आई है।''

समय तेज गति से बीत रहा था। कामिनी के आने के बाद ही राजन को नौकरी मिली थी। एक वर्ष के बाद पिंकी का जन्म हुआ था। सास कामिनी को किसी बात की कमी नहीं आने देती थी। पहले तो वे निराश हुई थी, फिर मन को मनाकर बोली थी, ''बेटा...अगली बार बेटा होगा! मैं भगवान से रोज प्रार्थना करती हूँ।''

''देखो बेटा...! बेटा ही तो कुल का नाम आगे चलाता है। बुढ़ापे का सहारा बनता है, नाम रोशन करता है...।''

दोनों के बीच बार-बार यही बहस होती। तीसरे वर्ष फिर बेटी का जन्म हुआ कि सास ने ताने मारने शुरू कर दिए। कामिनी दो ही सन्तान चाहती थी, पर सास रोज अपने बेटे के कान भरती। अन्तत परिणाम शून्य ही निकला, तीसरी बार भी बेटी ही हुई और कामिनी पूरी तरह टूट गयी। उसके चेहरे की लालिमा गायब हो गयी। निस्तेज चेहरा, अस्त-व्यस्त कपड़े उसकी वेदना प्रकट करते। राजन ने भी कभी माँ के सामने मुँह खोलने की हिम्मत न की।

सुबह का समय, नीरव शान्ति। राजन आज नौकरी पर नहीं गया था। सप्ताह भर की छुट्टी ली थी। सास मन्दिर गयी थी।

''सुनो...मैं कहती हूँ...मुझे यह सन्तान नहीं चाहिए...।''

''तुम्हें कितनी बार समझाऊँ...? इस बार कुछ नहीं बोलना...माँ सुन लेगी तो फिर कुछ अप्रिय होगा...''

''वो मन्दिर गयी हैं...चलो न, डॉक्टर से मिलकर एबार्शन करवा लें...सच कहूँ, अब मेरी हिम्मत...।''

''तुम चुप रहो, अब ऐसा सम्भव नहीं।'' राजन बीच में ही बोला।

गहरी साँस भरते हुए कामिनी चुप हो गयी और सोचने लगी—'कलंकित तो मुझे किया है।'

कामिनी प्रसव पीड़ा से छटपटा रही थी। चौथी प्रसूति! अब क्या फिर वही घटना घटेगी? कामिनी की बन्द आँखों में काले-काले वर्तुलाकार घूम रहे थे, प्रश्नों की ध्वनि आपस में टकरा रही थी—''अभागिनी...कलंकिनी...'' चौथा पुष्प भी भाग्य चक्र वही देगा? चारों ओर से शूल चुभ रहे हों, इस प्रकार वह बिस्तर पर पड़ रही थी। कुछ देर बाद कामिनी होश खो बैठी। राजन व्याकुल मन से उसके पास आकर बैठ गया। उसकी धड़कनें तेज हो गयीं।

जब कामिनी की आँखें खुलीं तो सामने हाथ में थाली और मिठाई का पैकेट लेकर सास को आते देखा, उसने बाजू में पड़े शिशु को तिलक लगाया। कामिनी ने चैन की साँस ली।

"प्रिय कामिनी...देखो, पालने में अपना कुलदीपक झूल रहा है।" राजन बोला।

कामिनी ये शब्द सुनकर चौंकी नहीं। इस बार उसे 'प्रिय कामिनी' शब्दों में खो जाने का मन नहीं हुआ। अपनी जात को अभागिन मानकर उसने आँखें मूँद लीं।

कमाई

पन्ना त्रिवेदी

"साइड प्लीज़..."

थोड़ा आराम करने के लिए रुकी रेवती ने पीछे मुड़कर देखा, वही रोज की तरह निक्की को बढ़िया से तैयार कर उसकी मम्मी उसे रिक्शे तक छोड़ने नीचे आई थी। रोज-ब-रोज के इस परिचित चेहरे पर भी मेरी कतराई नजर पड़ गयी। बिल्कुल सहजता से बोले गये शब्द थे, पर पता नहीं क्यों उसे लगा कि ये शब्द उसके कानों का स्पर्श न करें, हवा में ही घूमते रहें तो कितना अच्छा हो, अन्य सब चेहरों की तरह ये चेहरा भी उसे यातना देने सामने आ गया। मार्निंग वॉक की ताजगी अचानक गायब हो गयी। उसे लगा कि सहारा लेना चाहिए। सड़सड़ाकर नीचे उतर जाने का मन हुआ, पर सीढ़ी दूर थी और लिफ्ट नीचे थी। 'साइड' देना था। जैसे-तैसे दी। सामने ही खुद के फ्लैट का दरवाजा उसकी चालीस वर्षीय अंगुलियों की प्रतीक्षा कर रहा था।

दरवाजा खुलते ही, पल्लू खोंसे, तेज गति से चलती दो मजदूर स्त्रियों की आवाज बगीचे में खुलने लगी, "क्या करूँ? मेरे को अभी बहुत बाधा है खाने का। मर्द बीमार है। बच्चों को स्कूल में भेजो तो मुसीबत, नहीं भेजो तो मुसीबत माथा खा जाते हैं पूरा दिन...?"

"स्कूल में काय को भेजना? काम पर लगा दे। तेरे मरद ने ऐसे कैसे खटिया पकड़ ली?"

"मालूम नईं क्या तेरे कूँ? आक्खे मोल्ले का पता है। किसी गाड़ीवाले ने ठोंक दिया। ठोंका तो ठोंका, बेवड़ा समझकर उठाया भी नईं...गाड़ी भगा दी साले ने। डॉक्टर ने बोला कि तीन-चार महीने काम पे नईं भेजना। आराम चाहिए। तू ही बता छोटे-छोटे बच्चे...क्या करती मैं? पर जो भी है, जैसा भी है, मेरा मर्द सँभालेगा, पर ताकत जमा हो तो...?"

"नहीं-नहीं, मैं बनाती हूँ, आराम-वाराम कुछ नहीं। सब-के-सब साले कामचोर, कमानेवाले देखी कि लगे पैर फैलाने। तेरा तो बेवड़ा नहीं था, मेरे ने तो पी

रखी थी। जा टकराया साला खम्भे से...और खटिया पकड़ ली। उसी का कसूर, कौन हाथ पकड़ता? अब मजे कर रहा है मेरी कमाई पर। मैंने भी कह दिया कि दाल चाहिए तो ले, सब्जी चाहिए तो जा कमाने। एक तो हम औरत जात, कब, कैसे पैसों की जरूरत पड़ जावे। ऐसे-वैसे नौटंकी पर मत लुटा। अपनी कमाई को दबाकर रखियो...यही सबकुछ होवे है...क्या समझी?''

अचानक उस आवाज को धक्का मारती डोर बेल की आवाज धँस आई। कामवाली शान्ता आते ही चाय बनाने जुट गयी। अन्दर खड़खड़ाते बर्तनों की आवाज ने घर में जीवन्तता बिखेर दी। किन्तु वह बड़बड़ाती उन मजदूर औरतों को सुनाने के लिए निकल आये शूल जैसे शब्द मूक रहकर भी अधिक खड़खड़ा रहे थे। धिक्कार भाव उपज रहा था। उन्हें रोक कर कितना कुछ कहा जा सकता था। कहा जा सकता था कि 'बस एक बार... फिर तो...' जैसे शब्द उसने खुद ही वर्षों पहले सीने में दबा दिये थे। शब्दों के जाल में उलझना अच्छा लगता। कभी उन्हीं शब्दों के बहाव में बह जाती, स्तब्ध हो जाती, चेहरा लाल हो जाता, प्रचंड क्रोध होता, मुट्ठी कस जाने से बढ़े हुए नाखून कोमल हथेली पर चुभ जाते, फिर भी मान लेना पड़ता कि कुछ भी तो नहीं हुआ और लोगों के साथ उठना-बैठना, मिलना-जुलना पड़ता। खूब कमाना था, यही ध्यान रखकर कि कुछ भी तो नहीं हुआ। तब तो इच्छाओं की बाढ़ आ जाती थी। सपनों की सेज पर करवटें बदलत रहती, आकांक्षाओं का आकाश झूमता रहता...। उस वक्त छोटी-से-छोटी जरूरत के लिए मास्टर पिता की छोटी-सी आय उसके पैरों तले की जमीन का छोटा-सा टुकड़ा भी छीन लेती थी। त्याग और समर्पण के अर्थ उसे ही सिद्ध करने थे—''बड़ा भाई है न तुमसे? उसे दे दो तो!'' और अन्ततः झंझटों की प्रचंड ज्वाला में जलती माँ कभी उसके सामने हाथ जोड़ने लगती, तब सारी इच्छाएँ मर जातीं। वह माँ का हाथ थाम लेती पर भीतर तो 'माध्यमा' बनकर पिसने से चीख उठती।

भावनाओं के नाम पर इस तरह जान-बूझकर छल का शिकार होते रहना या बड़प्पन और उदारता की चादर लपेटना पसन्द न था। जब सहनशीलता की हद आ जाती तब संस्कारों की दृढ़ दीवारें शब्दों से ही टूट जाती। न बोलने की बात कही जाती। लगता कि जैसे क्षण भर में ही खत्म हो जाएँगे, इसलिए तो सबकुछ मन-ही-मन रखने की ठानी, लेकिन तब रात-दिन एक ही चक्र चलता रहता कि एक बार मुझे नौकरी करने दो फिर देखना, मैं क्या-क्या कर दिखाती हूँ।

शान्ता आकर तिपाई पर चाय का कप रख गयी। अभी तो सुनाना शुरू ही किया था कि खलल पड़ गयी। रखी गयी चाय तुरन्त ही यन्त्रवत पीने लगी, जीभ जल गयी, वह चिल्ला पड़ी, ''कह नहीं सकती कि गरम है...!'' शान्ता अन्दर से दौड़ती आई।

हकलाते हुए बोली, "आपने भी तो देखा कि मैंने अभी-अभी चाय रखी..."

"देखा या नहीं देखा, तुम्हें बोलने में जोर पड़ता है क्या? और आज यह क्या बिल्कुल कड़वी चाय बना डाली, जरा चख के देखो तो पता चलेगा?"

"हमेशा की तरह ही है। ठंडी होने दो फिर शान्ति से..." बाकी के शब्द शान्ता के साथ रसोईघर में चले गये। उसने चाय की लम्बी चुस्की भरी और अखबार पढ़ने लगी। एक के बाद एक समाचार पढ़ती चली गयी और नजर, 'राजी-खुशी से विवाह बन्धन में बँधे हैं।' छोटे से समाचार पर चिपक गयी। फोटो को भी लगातार देखा। नाम बार-बार पढ़े। चेहरे पर अप्रसन्नता छा गयी—"नॉनसेंस पीपल...इस तरह?" अखबार पटक दिया। घड़ी देखी, सात बज रहे थे। कॉलेज जाने के लिए फटाफट तैयार होने लगी। आईने में देखा—सफेद होते बालों की सफेदी चेहरे पर धँसती जा रही थी। वह तेजी से खड़ी हो गयी। शान्ता को जरूरी सूचनाएँ देकर बाहर निकली। नजर अनायास ही नेमप्लेट पर पड़ गयी—"डॉ. रेवती दवे, एम.ए., बी.एड., पी-एच.डी." एक-एक अक्षर गर्दन पर छुरी की तरह चुभने लगे।

अखबार में देखा फोटो पूरे रास्ते आँखों में तैरता रहा। उस वधू की जगह मैं होती तो? चेहरा चमक उठा। रोमांटिक फिल्मों के कितने दृश्य याद आ गये, किन्तु पल भर बाद सबकुछ विलीन हो गया। जलती यादें पीड़ा देने लगीं। एक से बढ़कर एक सम्भ्रान्त परिवारों से रिश्ते आये थे पर तब तो कमा कर 'सेट' होना था। ऐसे महत्त्वहीन विषयों पर सोचने की फुरसत भी न थी। खुली आँखों से देखे सपने सच हुए थे। इस शहर ने कमाई दी थी। घर मनीऑर्डर भेजने लगी थी। माँ के लिए वरक वाली महँगी साड़ियाँ, पिता के लिए महँगे फ्रेमवाले चश्मे, छोटे भाई-बहनों के लिए आवश्यक वस्तुएँ हाजिर कर देना सहज हो गया था। सम्बन्ध भी बिखरने-टूटने से बिल्कुल रुक गये थे।

और जब नींद से जागी तो तीस की उम्र पर खड़ी थी। पर तब भी औरों से अलग बनने का गर्व छलकता था—"इतनी सदियों से हम स्त्रियाँ बड़ी उम्र के पुरुषों को निभाते आये हैं, अब तुम पुरुष स्त्री की बड़ी उम्र को नहीं निभा लोगे? कौन-से जमाने में जी रहे हो मिस्टर? रसोई का शौक? बिल्कुल नहीं, मैं क्या रोटियाँ बनाने को जनमी हूँ? क्या समझे?—मेरे मत से विवाह बन्धन नहीं, स्वतन्त्रता है। मैं उसी पूर्ण स्वतन्त्रता को मानती हूँ—शादी के बाद इसी शहर में सेटल होने का विचार हो तो ही सूचित करना वरना पूर्णविराम समझना। नहीं नहीं, कुटुम्ब-कबीले की भीड़-भाड़ नहीं चलेगी..."

उम्र सरकने लगी और समय ने समाधान की भाषा सिखानी शुरू कर दी—"अरे, बताइए तो सही एक बार! इस शहर का चाहिए, ऐसा कोई आग्रह नहीं, बस घर अच्छा होना चाहिए...मेरे से कम कमाता है...तो क्या हुआ? कमाई को क्या चाटना

है? स्वभाव अच्छा हो...रसोई तो अच्छी ही बना लेती हूँ...पंजाबी और चायनिज़ डिश सीखने के लिए कुकिंग क्लास भी ज्वाइन की है।...हैं...नहीं? कोई बात नहीं..."

उस दिन तो जल मरने का मन हुआ जब हमेशा से प्यारी सीमा अपने स्मार्ट पति के साथ निकली थी। तब उसे साफ महसूस हुआ था कि उसका परिचय देते हुए सीमा ने अपने पति के हाथ में हाथ डालकर अपनी ओर खींचा था, मानो कोई भय जागा पति के छिन जाने का। पता नहीं क्यों अपने को दीदी मानती पड़ोसन सीमा को देख ईर्ष्या हुई। आँखों पर पट्टी बाँध लेने की इच्छा हो गयी थी। यह वेदना तब और अधिक बढ़ गयी जब यह पता चला कि उसके स्मार्ट पति का रिश्ता पहले उसके लिए आया था। यह रिश्ता सीमा की माँ द्वारा आया था। ऐसा हुआ होता काश...पर बेटी के अधिक पढ़े-लिखे होने से उसकी माँ ने 'ऐसा पूछना चाहिए क्या... ?' और फिर कुछ पूछा ही नहीं गया। तब 'मुझे जरा तो बताना था...' वाक्य हवा में झूल गया।

रास्ता कब कट गया, पता ही न चला। कॉलेज आ गया। तबीयत ठीक नहीं लग रही थी। महसूस हो रहा था कि पूरे स्टॉफ की आँखें उसे बेध रही हैं। फुसफुसाहट सुनाई दे रही थी—पेन्शन...चित्रलेखा...एनिवर्सरी...अखबार...उखड़ता रिज़ल्ट... एन्गेज़मेंट...मीटिंग...इन सब के बीच सीमा की अंगुलियाँ उस मजबूत हाथ में बँधी दिखाई दी। घबराहट होने लगी। 'पानी पीना पड़ेगा' सोचते हुए उठी। थोड़ा बाहर झाँका। एम.ए. के विद्यार्थी निकुंज और सुरेश स्टॉफरूम की ओर आते दिखे। उसने आँखें मूँद लीं। भीतर कुछ चुभ रहा था। आँखें खोल दीं। कन्धे अनायास तन गये— "क्या कर रहे हो दोनों यहाँ? जाओ क्लास में बैठो।" वह चिल्लाई। आश्चर्यचकित उन दोनों चेहरों को देखे बिना ही वह अन्दर आ गयी। तबीयत अधिक बिगड़ती लगी। छुट्टी लेकर तेजी से बाहर निकली।

घर में भी बेचैनी ने घेर लिया। दीवारों का रंग उड़ता-सा लग रहा था। उसमें जैसे छेद होने लगे थे। वह काँप उठी। एक के बाद एक आवाजें मानो उसके चारों ओर गूँज रही थीं—'साइड प्लीज़...साइड प्लीज़...।' किसी अपने से बात करने की जरूरत तब उसे पहली बार महसूस हुई और खिलखिलाता, हँसता, आँखें मिचकाता बात-बात पर ताली देता चित्रा का चेहरा सामने आया। पहले की तरह उसे ही सब कुछ कहा जा सकता है। वही थी उसके मौन शब्दों को समझनेवाली, इतने समय के अन्तराल के बाद भी। उसने फोन मिलाया—

"हैलो...चित्रा? मैं रेवती।"

"ओ हो... कितने दिनों बाद? तुम तो मुझे बिल्कुल भूल ही गयी न?"

"..."

"नहीं नहीं, क्या? कितना याद करती हूँ तुम्हें तो! अब भी वो मीनली, सोनाली तो मिलती ही है। तुम्हारी तरह नहीं कि नौकरी में याद करने का टाइम भी न मिले।

दोनों को दो-दो बेटे हैं—और मेरी नीलकी...बातें तो जैसे खत्म ही नहीं होतीं। पुरानी बातें याद करते, गप्पें मारते...क्या कर रही हो तुम आजकल?''

''...''

''यार, तुम किस दुनिया की इंसान हो? सोमिनार ना फेमिनार! याद है न अपन तो सेमिनार की बात आती कि पिकनिक की मजा लेते...पर अच्छा हुआ कि अन्त में सारा नारीवाद वहीं छोड़ आई, वर्ना मैं भी तुम्हारी पंगत में बैठी होती। तुमने तो ठीक से पचाया न? हा...हा...''

''...''

''देखना, मैं तो मजाक कर रही हूँ। बुरा मत मानना। अभी आने को तो कहना ही मत। तुम्हारी तरह थोड़ी है जब चाहे तब निकल जाएँ! सत्तर काम हमें तो...घर में सब मेरी प्रतीक्षा करते हैं। आज शाम को तो खाना बनाने की छुट्टी...शान्ति, साहब को इतनी उम्र में भी कैंडल-लाइट डिनर का शौक है...शादी की वर्षगाँठ दो दिन पहले थी। तब वे बाहर थे इसलिए आज...वर्षगाँठ मनानी ही है न? उसी की धूमधाम...छोड़ यह सब...! तुम भी अपनी ओर से कोई नयी खबर दो तो इसी बहाने मुलाकात हो...ओह...! मज़ाक कर रही हूँ मैडम। आदत गयी नहीं हैं अभी।''

रेवती स्तब्ध खड़ी थी...गला सूख रहा था। शब्द भीतर ही भीतर पिस रहे थे—''बस, एक बार यह नौकरी छोड़ दूँ, फिर देखना...?'' लेकिन आवाज में दरारें पड़ गयीं।

''हल्लो...हैलो...सुन रही हो?...और क्या? जेलस है न? जोरदार फ्लैट लिया है, ऐसा सुना है भई! खूब कमाई की है न?''

और रेवती भीगी आँखों से बिस्तर को ताकती रही।

अन्तिम निर्णय

संजय चौहाण

आरती उठी। घड़ी देखी तो सात बज गये थे। रात देर तक विचारों में डूबी जागती रही थी। वैसे तो मम्मी जल्दी उठा देती थीं, आज क्यों नहीं उठाया, वह सोच में पड़ गयी। किचन से बर्तनों का आवाज आ रही था। मम्मी चाय बना रही होंगी। टी.वी. बन्द था। ऐसा आज पहली बार हो रहा था, वरना सुबह से टी.वी. तेज आवाज में चालू हो जाता।

आरती ने पापा की तस्वीर की ओर देखा। लगा कि पापा धीमी और गम्भीर आवाज में कुछ कह रहे हैं। वह थोड़ी देर खड़ी रही, फिर बाहर आई। पैरों में झनझनाहट-सी हो रही थी, इसलिए वह दरवाजे पर ही ठहर गयी। चारों ओर नजर डाली, पूर्वी कोई कितब पढ़ रही थी। बाहर शिरीष की कर्कश आवाज आ रही था। आरती को देख पूर्वी ने किताब बन्द कर दी। रोज तो वह सुबह से टी.वी. देखने बैठ जाती है, पर आज? कल की घटना का असर तो नहीं होगा?

कल ही तो मम्मी, पूर्वी और वह—पापा के दया फाउंडेशन पर गये थे। पापा की मृत्यु के बाद वहाँ की दशा देख आरती द्रवित हो गयी। उसी फाउंडेशन में पापा की छोटी-सी डिसपेन्सरी थी। गाँव के गरीब मरीजों के इलाज में उन्हें सुख मिलता था। वहीं पर उन्होंने अपंग बच्चों के लिए स्कूल और हॉस्टल भी खोला था। इन सब की जिम्मेदारी पापा ही सँभालते थे। उन बच्चों की दुनिया में पापा बहुत खुश थे। विकलांग बच्चों की छोटी-छोटी जरूरतों को वे ध्यान रखते। वे उनके सुख से सुखी और दुख से दुखी हो जाते। वैसे तो आरती और पूर्वी पर भी उनका अटूट प्रेम था। बेटा न था, इस बात का उन्हें कभी अफसोस न था। वे अपनी संस्था के सब बच्चों को अपनी सन्तान मानते थे। पापा के बाद सारी जिम्मेदारी उनके मित्र जयन्तभाई ने सँभाल ली थी पर पापा जैसा उत्साह उनमें न था, इसलिए बच्चे भी खुश नहीं थे।

"आरती क्यों खड़ी हो? तैयार हो जाओ बेटा..." मम्मी ने चाय बनाते हुए

कहा। आरती ने मम्मी की ओर देखा, कुछ कहने का मन हुआ, पैरों की झनझनाहट शायद होठों तक पहुँच गयी थी। बिना कुछ कहे वह बाथरूम की ओर मुड़ी। ब्रश कर जल्दी-जल्दी नहा लिया। बाल पोंछते हुए वह बाहर आई। उसने मम्मी की तरफ देखा, वह नयन का पत्र पढ़ रही थी। कल ही नयन का पत्र आया था। गाँव से आते ही नयन का पत्र देख आरती खुश हो गयी थी। उत्साहित हो तुरन्त पत्र पढ़ने लगी थी। लिखा था—

'अब और अधिक समय तक मैं तुम्हारी प्रतीक्षा नहीं कर सकता। दिन पर दिन काम बढ़ता जा रहा है। तुम्हारी जरूरत है। वैसे भी अब कितने दिन वहाँ रहोगी? मैं तुम्हारे किसी भी विचारों से सहमत होना नहीं चाहता। यदि तुम मेरे विचारों से सहमत हो तो पत्र मिलते ही अगले दिन घर वापस आ जाओ। तुम नहीं आओगी तो मैं डिवोर्स पेपर भेज दूँगा। साइन करके वापस भेज देना।

मम्मी और पूर्वी को मेरी याद।'

किसी भी प्रकार की प्रिय लाक्षणिकता से रहित पत्र पढ़कर आरती का चेहरा फीका पड़ गया। पत्र पढ़कर मम्मी भी स्तब्ध थीं। माथे पर दो सिलवटें उभारते हुए बोलीं, "आरती, तुम्हें जाना चाहिए। नयन को तुम्हारी जरूरत है..."

आरती ने कोई जवाब न दिया। बालों पर तौलिया लपेटकर मम्मी के पास गयी और उनके हाथ से पत्र ले लिया। मम्मी बहुत कुछ बोलना चाहती थीं। उसके होठ फड़फड़ा रहे थे, पर वह कुछ बोल न सकी।

"मम्मी, एक कप चाय बना दो।" आरती ने कहा, जबकि रोज अपने लिए वह खुद ही चाय बनाती थी। कुछ स्वस्थ होकर मम्मी ने कहा, "कितने बजे जाना है?"

"साढ़े आठ।"

"रात को सब तैयारी कर ली?"

"हाँ।"

"तो नयन को फोन कर दो। लेने आ जाएगा।"

"नहीं करना है फोन।"

"पर क्यों?"

"सरप्राइज़, मम्मी सरप्राइज़..." पूर्वी कहकर जोर से हँस पड़ी। मम्मी भी धीरे से मुस्कुरा दीं।

"मम्मी मैं जानती हूँ, नयन के प्रति यह तुम्हारा बाहरी पक्ष है। तुम मेरा सुख चाहती हो इसलिए दिल पर पत्थर रख यह बोल रही हो कि..." आरती आगे कुछ बोल न सकी। सब मन में दबाकर चुपचाप अपने कमरे में आ गयी। आलमारी खोली, पत्र रखने के लिए डायरी निकाली, तभी डायरी से एक पुराना पत्र सरक कर गिर पड़ा। आरती ने पत्र उठाया। वह नयन का पहला पत्र था। पुराने दृश्य आरती की आँखों में

तैरने लगे...

तब आरती एम.बी.बी.एस. के अन्तिम वर्ष के पढ़ रही थी। पापा ने ही नयन के साथ उसकी सगाई तय की थी। नयन पढ़ने में होशियार था। उसके स्वर्गवासी पिता पापा के मित्र थे। नयन अपनी माँ के साथ मध्यवर्गीय समाज में रहता था। उसके पिता की मित्रता के कारण पापा ने एम.बी.बी.एस. तक पढ़ाने में उसकी मदद की। सगाई के सम्बन्ध में आरती को बताते वक्त पापा ने कहा था कि नयन ने गरीबी देखी है। शायद इसलिए वह फाउंडेशन के विकास में उन्हें सहयोग देगा। आरती ने पापा की पसन्द को स्वीकार किया था। नयन की गरीबी, उसकी सादगी, स्वभाव की सरलता से पहले ही वह प्रभावित थी। साथ-साथ पढ़ने के कारण वह उसे चाहने भी लगी थी। वह नयन के साथ भरपूर जीवन जीने के सपने देखने लगी थी। जब पापा ने सगाई की बात कही तो वह झूम उठी थी, फिर अगले ही दिन आरती ने अपनी सहेली द्वारा उसे पत्र भेजा था। जवाब में नयन ने भी पत्र भिजवाया था।

"आरती बेटा...चाय तैयार है, पी लो..." मम्मी की ऊँची आवाज सुन आरती के हाथ से पत्र गिर गया। तेजी से पत्र उठाकर डायरी में रखा और आलमारी बन्द कर दी। बालों से तौलिया हटाया और कंघी करते हुए बाहर आई। कंघी बालों में फँसी छोड़ वह डायनिंग टेबल की कुर्सी खींच बैठ गयी। मम्मी का चेहरा रोज की तरह खिला हुआ न था। पूर्वी भी चुपचाप चाय पी रही थी, "पूर्वी नाश्ता नहीं करोगी?" आरती ने पूछा। पूर्वी रोज तो नाश्ता न मिलने पर नारज हो जाती थी और आज...? पूर्वी आरती से देर होना नहीं चाहती थी, "तुम खा लो, कल से तो पूरा नाश्ता मैं ही खाऊँगी।"

मम्मी धीरे-से मुस्कुरा दीं। "पूर्वी, तुम नाश्ता करोगी तो ही मैं भी लूँगी।" आरती ने चाय का कप नीचे रख दिया। आरती की जिद के सामने पूर्वी को झुकना पड़ा। वह नाश्ता करने लगी। पर आरती का मन फिर खाने को न हुआ। वह अपने कमरे में वापस आ गयी। खाली बैग उठाकर, उसमें कपड़े रखने लगी। मम्मी भी आकर मदद करने लगीं, "मुझे पता था, रात को तुमने कोई तैयारी न की होगी।" पूर्वी भी एक-एक चीज याद दिल रही थी। सामान पैक हो जाने के बाद आरती कुर्सी में इस तरह बैठी, जैसे बहुत थक गयी हो। बाल बाँधे। साथ-साथ अकथ्य वेदना भी। वह कमरे को चारों ओर से देखने लगी।

वह एम.बी.बी.एस. के प्रथम वर्ष में थी तब पापा ने यह घर लिया था। पापा चाहते थे कि आरती और पूर्वी की पढ़ाई शहर में हो। इसलिए मम्मी को भी साथ भेजा था। खुद गाँव में ही रहे। उनकी माया तो अपंग बच्चों और गाँव के लोगों

से जुड़ी थी। जाते-जाते कहते गये थे, ''आरती बेटा, खूब पढ़ाई करना, डॉक्टर बनो। मेरे लिए तो तुम ही बेटा हो...मेरा फाउंडेशन तुम्हें ही सँभालना है। अपंग बच्चों को पढ़ा-लिखाकर जीवन जीना सीखाना ही मेरा सपना है। तुम हेल्प करोगी न?''

''हाँ पापा...बिलकुल...आप बेफिक्र रहिए।'' आरती ने दृढ़ स्वर में कहा था। आरती ने आँखें मूँद लीं। पापा की याद से दुख हुआ। मम्मी ने आकर सिर पर हाथ रखा, ''थक गयी हो। ऐसा करो, शाम को चली जाना...या फिर कल ही निकलना, नयन को फोन कर दो कि कल आओगी...।''

''नहीं मम्मी, अभी ही जाऊँगी, थोड़ी थकान थी इसलिए...'' कहते हुए आरती ने मम्मी का हाथ सिर से हटा दिया। वह खड़ी हो गयी। पूर्वी एकटक उसे देखती रही। पूर्वी का निर्दोष चेहरा देखकर आरती को उस पर दया आई, पर कुछ बोल न सकी। बैग बन्द करने लगी। जिन्दगी भी कैसे मोड़ लेती है। सब छोड़कर जहाँ की कभी कल्पना भी न की हो, वहाँ चले जाना। आरती सोच रही थी। ''यह तस्वीर मैं रख लूँ?'' पूर्वी नयन की तस्वीर ले आई। तस्वीर नयन की डिस्पेन्सरी के उद्घाटन के समय की थी। विवाह के कुछ समय बाद नयन ने डिस्पेंसरी खोली थी। उस समय आरती ने नयन को समझाया था, ''नयन यह तुम ठीक नहीं कर रहे। पापा का इतना बड़ा फाउंडेशन है। पैसा जीवन नहीं है। ऐसा करते हैं, हम दोनों पापा के साथ गाँव में रहकर लोगों की सेवा करें और पापा का काम आगे बढ़ाएँ।''

नयन आश्चर्य से बोला था, ''आरती आज तक मैं मुश्किलों में ही जिया हूँ, इसलिए अब मुश्किलों में नहीं जीना।''

''नयन तुम्हें पापा की हेल्प के लिए गाँव चलना ही होगा।''

''मैं किसी भी हालत में वहाँ नहीं जाऊँगा। वहाँ जाने के लिए मैं पापा के साथ कोई वचनबद्ध भी नहीं हूँ।'' नयन ने साफ शब्दों में कह दिया था। सुनकर आरती को यों लगा जैसे कान में इन्जेक्शन लगा हो। पापा का विश्वास टूट गया था।

''आरती, यह तस्वीर मैं रखती हूँ।'' पूर्वी ने फिर कहा। आरती विचारों की तन्द्रा से जागी, ''हाँ, रख ले!'' उसने कहा।

नयन की याद से आरती का मन भारी हो गया।

''अच्छा मम्मी, मैं निकलती हूँ।'' कहकर वह खड़ी हो गयी। पूर्वी उदास चेहरा लिए ताकती रही। आरती ने पापा की तस्वीर के सामने देखा। तस्वीर पर चन्दन का हार झूल रहा था।

नयन के डिस्पेन्सरी खोलने के बाद पापा गम्भीर हो गये थे। एक वर्ष के बाद उन्हें अटैक आ गया था। शरीर खूब भारी था, अतः तकलीफ तो थी ही। पहले अटैक

में ही पापा की मृत्यु हो गयी थी। उस समय तक नयन काफी आगे बढ़ चुका था। एक बड़ा फ्लैट और गाड़ी भी खरीद ली थी। नये फ्लैट में जाने के लिए वह आरती को लेने आनेवाला ही था कि पापा की मृत्यु हो गयी और वह न जा सकी। कुछ दिनों बाद नयन ने साफ बता दिया था, ''आरती, मैं अपनी डिस्पेंसरी बन्द कर गाँव नहीं आऊँगा। ईश्वर ने अब मुझे सबकुछ दिया है, फिर से मुझे मुसीबतों में नहीं पड़ना है। तुम मेरी पत्नी हो, इसलिए तुम्हें मेरे साथ रहना पड़ेगा।''

पापा की मृत्यु के आघात के बाद यह दूसरा आघात लगा था आरती को।

''बेटा, अपना ध्यान रखना...फोन करती रहना...मिलती रहना, और कोई चिन्ता मत करना...'' मम्मी कहती जा रही थीं। पूर्वी भी बोली, ''जीजाजी को मेरी याद कहना। वो यहाँ आएँगे तो अच्छी खबर लूँगी उनकी। खूब लड़ूँगी कि मेरी बहन को डिवोर्स की धमकी क्यों दी?'' आरती ने आखिरी नजर में भरने के लिए चारों ओर देखा। दरवाजे पर मदर टेरेसा की तस्वीर पर दृष्टि थम गयी। नीचे लिखा था—'दया फाउंडेशन' आरती के मन में पूरा फाउंडेशन चक्कर काटने लगा।

कल पापा की याद में फाउंडेशन के हॉल में सभा आयोजित हुई थी। मम्मी और पूर्वी के साथ वह खुद वहाँ गयी थी। अपंग विद्यार्थी, शिक्षक और गाँव के लोग पापा के सेवाभावी स्वभाव को याद कर रो पड़े थे। वहाँ से लौटते वक्त बच्चे आरती से लिपट गये थे, ''दीदी आप यहाँ आ जाओ न...साहब की तरह अब हमें कोई नहीं सँभालता। आप नहीं आएँगी तो हम पढ़ाई छोड़ देंगे।'' गाँव के लोग भी हाथ जोड़ कर खड़े हो गये थे। मम्मी और पूर्वी गम्भीर होकर सोच में पड़ गयीं। रोते हुए बच्चों को देखकर आरती भी रो पड़ी थी। उसकी नजर पापा के दवाखाने में ही अटक गयी थी।

आरती असमंजस में पड़ गयी। हे भगवान, अब क्या करूँ? एक तरफ नयन के साथ देखे स्वप्न और दूसरी ओर पापा का अधूरा सपना! अब वह क्या करे? मन में असंख्य प्रश्न घूमने लगे। उसकी नजर फिर से मदर टेरेसा की तस्वीर पर टिक गयी। एक गहरी साँस ली उसने। यह स्त्री अपना घर-परिवार, सम्बन्ध, देश सब छोड़कर इतनी दूर पराये देश में चली आई थी गरीबों की सेवा के लिए और मैं? आरती ने आँखें मूँदीं और खोलीं। सहसा मन के साथ-साथ पैर भी मुक्त हो गये।

आरती ने मम्मी के हाथ से बैग ले लिया।

''बेटा, रिक्शा कर लो...'' मम्मी ने भीगे स्वर में कहा। पूर्वी की आँखें भी गीली हो गयीं। आरती ने स्वस्थ होते हुए जवाब दिया, ''नहीं मम्मी, मैं पैदल ही चली जाऊँगी। चलने की आदत भी डालनी होगी न?''

मम्मी अनिमेष आँखों से उसे देखती रहीं। आरती मम्मी से लिपट गयी। उसकी

और पूर्वी की आँखों में आँसू बहने लगे। आरती ने पूर्वी के सिर पर हाथ रखा।

"मम्मी, मैं गाँव जा रही हूँ। नयन को फोन कर दो कि डिवोर्स पेपर भिजवा दे। साइन करके वापस भेज दूँगी। पूर्वी की पढ़ाई खत्म हो जाने के बाद आप भी वहाँ आ जाना।"

मम्मी और पूर्वी के चेहरे पर प्रसन्नता और आश्चर्य के मिश्रित भाव उपजे। आरती सधे कदमों से चल पड़ी।

मामा के घर

जितेन्द्र पटेल

नानी माँ ने तो साफ न कहा था, पर मुझे लगा कि मामा के गाँव आकर उनके घर न जाऊँ तो कैसा लगेगा? शाम को नानी तालाब की ओर गयी तब मैं निकल पड़ा। मणि मामा के लगातार पत्र आये थे, ''बहन से कहकर आप एक दिन के लिए ही सही, आ जाइए। यहाँ सब ठीक हो गया है। आप व्यर्थ चिन्ता मत करो।''

आखिरी पत्र तो दोनों मामा ने मिलकर लिखा था—''आप तो हम दोनों भाइयों के बीच एक ही बहन हैं। आप नाराज हो जाएँ, ठीक नहीं लगता। इससे पहले हमारे पिता ने भी तो अपने भाइयों के साथ खेतों का बँटवारा किया था, तो फिर हमने ही क्या गलत किया! आज भी सबके सामने हँसते-बोलते हैं एक-दूसरे से। यह पत्र हम साथ-साथ लिख रहे हैं, इसी से समझ जाना कि हम दोनों आज भी एक ही वृक्ष की दो शाखा हैं। इसके बावजूद भी आपको जो समझना हो समझें, पर भाँजे को तो भेजिए। उस बेचारे का मुँह क्यों मामा के घर से फेर रही हैं?'' उस समय तो बापू ने भी बा को डाँटा था, ''तुम्हें नहीं जाना है तो मत जाओ, पर हरिया को क्यों बाँध रखा है?'' अन्ततः बा मुझे भेजने को राजी हो गयीं, पर इस शर्त पर कि मैं नानीजी के यहाँ ही ठहरूँगा।

पहुँचा तो देखा कि मणिमामा चबूतरे पर बैठे बच्चे को खिला रहे हैं। मुझे देखते ही खड़े हो गये, ''कब आये?''

''सुबह।''

''सुबह से आये हो और अब दिखाई दिये!''

मैं कुछ नहीं बोला।

''अपनी बा को नहीं लाये? कैसा है अब उनका वात का दर्द?''

''ठीक है।''

''तुम्हारी मामी कब से पानी भरने गयी है। आती ही होगी।'' कहते हुए मामा ने खाट बिछा दी और सिर खुजलाते हुए बोले, ''भाँजे तुम तो आये पर अपनी बा को नहीं लाये?''

''वह बहुत नाराज हैं।''

''बेवजह जिद पकड़े बैठी है। यह सब तो चलता रहता है। हम दोनों भाइयों का कहाँ कोई मुश्किल हैं?''

''बा का हृदय नरम है। थोड़ा कुछ भी हुआ तो उन्हें बहुत लगता है।''

''पर अब ऐसा कुछ नहीं है। हमारे बच्चे स्कूल में साथ-साथ खेलते हैं। खेती में हम दोनों भी एक-दूसरे की मदद करते हैं। अभी-परसों ही मैंने छोटे के साथ हरी बालियों के दाने भूनकर खाये थे।''

''तो फिर यह चहारदीवारी क्यों खड़ी की?'' न चाहते हुए भी मेरे मुँह से निकल गया।

''दीवार का तो भाँजे ऐसा है कि लुगाइयों की आपस में नहीं पटती। हमने सोचा कुछ दिन के लिए अलग हो जाएँ ताकि सब ठीक हो जाए। दीवार तो बाद में गिराई भी जा सकती है।''

''तो आप लोगों ने अपनी औरतों से डरकर दीवार बनवाई? यह घर औरतें क्या अपने बाप के यहाँ से लाई हैं? तुम दोनों मामा कायर निकले वर्ना औरतें क्या...''

''धीरे बोलो, आती ही होगी, सुन लेगी तो चाय भी नहीं पिलाएगी?'' मामा ने मुझे आगे बोलने से रोक दिया।

''ठीक...और हाँ, तुम्हारे बापू क्या कर रहे हैं?''

''मजा।''

''इस साल जीरा कैसा रहा?''

''दो पाव की कमी हो गयी।''

तभी मामी पानी भरकर आ गयीं। मामा खाट से उठ खड़े हो गये, पर मामी तो इस तरह सीधे अन्दर कमरे में चली गयीं जैसे आँगन में कोई है ही नहीं।

''अरी, देखती नहीं? भाँजा आया है।''

''जरा, घड़ा नहीं रखने दोगे क्या?'' थोड़ी देर बाद मामी बाहर आईं, ''कैसे हो भाँजे?''

''हमें क्या होना है?''

''सुबह से आये हो न?''

''हाँ।''

''ठीक है, अब भाँजे के लिए बढ़िया चाय बनाओ।''

''जितना दूध था वह तो बबली को पिला दिया था। बाड़े में भैंस दुहने जाना पड़ेगा।''

''जाओ, जल्दी करो।''

मामी जिस हाव-भाव के साथ आई थीं, उसी मुद्रा में बाहर निकल गयीं। मैं

उनकी पीठ देखता रहा। मामा मेरी ओर देखते हुए बोले, "आज भैंस दुहने में देर हो गयी। जिस दिन से भैंस बाड़े में बाँधना शुरू किया है। तब से ऐसे ही समय खराब होता है।"

"आप अब भैंस बाड़े में बाँधने लगे?"

"हाँ, यहाँ गन्दगी बढ़ रही थी न!"

"वह तो बढ़ेगी ही, इतने से आँगन में भैंसे हगें-मूतें!"

"यों तो दीवार न थी तब भी कहाँ जगह थी!" मामा ने बात बदलते हुए कहा, "तुम्हारे गाँव में किसी गाय ने लड़के को जन्म दिया, ऐसा सुना था, सच है क्या?"

"लोग भी बे-सिर-पैर की हाँकते हैं।"

"कौन? भाँजे की आवाज लग रही है।" दीवार के उस ओर से छोटे मामा ने हाँक लगाई।

"हाँ मामा।" मैंने जोर से कहा।

"हम इस ओर रहते हैं, पता है न?"

"हाँ।"

"तो आओ इधर।"

"आप यहाँ आइये न।"

"भले आदमी तुम्हें मामा के घर आना चाहिए।"

"ठीक है तो ठहरिए कुछ देर।"

मैं और मणिमामा बातों में लग गये। उस तरफ छोटे मामा और मामी झगड़ रहे थे, ऐसा मुझे धीरे-धीरे सुनाई दे रहा था। बबलू रोने लगा तो मामा झुनझुना लेने अन्दर गये। मैंने अब दीवार की ओर ध्यान से देखा।

"क्या देख रहे हो भाँजे?"

"यों ही मामा, छोटे मामा के घर जाना हो तो दूर पड़ेगा?"

"कितना दूर? इतनी दूर तक तो मेरे बच्चे हँसते-खेलते चले जाते हैं।"

"पर उस गली में तो कितने सारे कुत्ते हैं।"

"तुम्हें जब वहाँ जाना होगा, तो मैं तुम्हें छोड़ आऊँगा। अभी से क्यों चिन्ता कर रहे हो?"

"आप लोग एक-दूसरे के घर जाते हैं?" मैंने सहसा पूछ लिया।

"भाँजे, तुम भी अजीब बात करते हो!"

मुझे लगा, मामा वह सब कैसे भूल गये? पिछली सप्तमी को मैं बा के साथ आया था, तब इस दीवार की नींव खोदी गयी थी। बा को मालूम न था। आते ही उन्होंने नानी माँ से कहा था, "ये आँगन के बीच नाली-सी क्यों खोदी है? पानी की लाइन ले रहे हैं क्या?"

''कैसी लेन?'' नानी माँ का मुँह बिगड़ गया, ''तुम्हारे भाई दीवार खड़ी कर रहे हैं। बाप के छोटे-से घर का बँटवारा करने पर तुले हैं।''

''क्यों?''

''लुगाइयों के सामने एक की भी नहीं चलती।''

''फिर आप?''

बा को सबसे अधिक चिन्ता नानी की थी। नाना की मृत्यु के बाद मामी ने उन्हें बहुत दुखी किया है। दोपहर का भोजन बड़े मामा देते और शाम को छोटे मामा। सुबह की चाय बड़े मामा के घर और शाम का नाश्ता छोटे मामा के यहाँ। इस बीच यदि दोनों में से कोई दूसरे गाँव जाता तो कोई किसी की बारी नहीं सँभालता। मरण तो नानी माँ का ही था।

''फिर आपको तो धर्मशाला में रहने चले जाना चाहिए, यही न!'' बा द्रवित होकर बोलीं।

''अच्छी-खासी तेरे बापू की कोठी है न!''

''वह क्या रहने लायक है?''

''तुम्हारी भाभियों की गालियाँ खाने से तो श्मशान में भी जगह मिले तो रहने को तैयार हूँ...बहुत मार खाई सबकी।''

''उनके लिए बुढ़ापे में तुम अलग होगी? निकालो न उन दोनों को ही बाहर, घर आपका है कि...'' बा लगातार बोलती जा रही थीं। वह तो अच्छा था कि एक भी मामी घर में न थी।

''न...न, मैं उनकी औरतों की तरह नहीं हो सकती। बेटों के चेहरे सामने आते हैं। दीवाली आने तो दो, फिर चाहे यहाँ दीवार बने या बाँध।'' कुछ देर ठहर कर, ''यह तो एक बात, दूसरी, दीवार बनने पर छोटे को अपने घर का दरवाजा पिछली गली में बनाना पड़ेगा, मुश्किल होगी।''

यह भी सच था। दीवार बनने पर छोटे मामा को दरवाजा उसी ओर बनवाना पड़ेगा। फिर एक ही आँगन में बने दोनों घर कितनी दूर हो जाएँगे? मामा के घर से सँकरी गली। वहाँ से गढ़ का चौक और फिर पिछली गली—पूरे दस मिनिट लगते हैं पैदल जाने में।

शाम को बा ने सबको एकत्रित किया। बा के कुछ कहने के पहले ही मणिमामा बोले, ''बहन, तुमको इसमें बीच में पड़ने की जरूरत नहीं। मान से आयी हो, दो दिन रहो और मान सहित वापस जाओ।''

''मान गया भाड़ में।'' बा उबल पड़ीं, ''मुझे क्या माँ से ज्यादा मान प्यारा होगा! तुम दोनों के लिए तो माँ जीवित हैं, इसका अहसास भी नहीं है।''

''पर बा भी ऐसी हैं, जमाना देखकर चलना नहीं सीखा।''

''क्या नहीं सीखा?'' नानी रूँआसी हो गयीं, ''आँखें काम के मैले धोएँ, भैंसे दुही।''

''उससे कहाँ इंकार है।'' मामा ने बचाव करते हुए कहा, ''यह तो जीभ कुल्हाड़ी जैसी है।''

''वह तो तुम्हारी लुगाइयाँ मुँह में मूँग भर कर बैठती होंगी, बात करते हो...'' नानी माँ के बोलने से पहले ही बा ने मामा को सुना दी।

''तुम मेरे लिए परेशान मत हो।'' नानी माँ ने बा को समझाया, ''दीवाली पूरी हो जाए, फिर एक दिन भी यहाँ रहना नहीं चाहती। अपना रास्ता खुद कर लूँगी।'' मणिमामा की ओर देखकर, ''दीवार बनवाने से पहले इतना सुन लो कि छोटे का दरवाजा भी इसी गली में होगा। अपने घर को दो गलियों में बँटने नही दूँगी।''

''इतने से आँगन में दोनों का आना-जाना कैसे होगा?''

''क्यों? छोटे ने अपने खेत में से तुम्हें गाड़ी हाँकने का रास्ता नहीं दिया?''

''अगर ऐसी बात है तो मैं उस रास्ते से गाड़ी नहीं हाँकूँगा।''

''नराधम कीड़े! सगे भाई को भी खुश नहीं देख सकते?''

''देखा न?'' नानी माँ की बातें सुन बड़ी मामी रसोई से बाहर आ गयीं, ''बुढ़िया को अब भी छोटे पर ही कितना प्रेम है? जीवन भर उसका ही ध्यान रखा। वही एक आपका बेटा है, ये तो ऊपर से गिरे हैं।''

''और कुछ बाकी हो तो बोल डालो न कि मेरे आदमी को दूध भी नहीं पिलाया अपनी छाती का।'' नानी माँ की आवाज तेज हो गयी।

''क्यों? सच कहा तो कड़वा लगा? एकबार नहीं सात बार उसी का भला सोचा है।''

नानी माँ सामने आ गयीं, ''गरज तो तुम्हारी है। तुम्हारे बच्चे बड़े किये, तुम्हारी गाय-भैसों को दुहा। तुमने कभी भैंस बाँधी भी है मेरी?''

''शर्म करो राँड, बोलते हुए।'' बा खीझ गयी थीं, ''मैं तो काँटे की तरह चुभती हूँ। वही भौजाई अच्छी है न जो तुम्हारे हरिया का बढ़िया मामेरा करेगी।''

पर बा ने भी सामने सुना दी, ''तुम भुक्कड़ों क्या करोगे? मुझमें उसको ब्याहने की ताकत है तभी जना है।''

गली में लोग जमा हो गये थे। भानुमासी आकर जबरन बा को अपने घर ले गयीं, ''रहने दो समझु, तुम्हें दो दिन रहना है और...''

नानी माँ गला फाड़ रोने लगीं, ''राँड, तुमने मेरी बेटी की और भाँजे का रुलाया है। कीड़े पड़ें तुम लोगों को।''

अगले दिन मैं और बा वहाँ से निकल पड़े। छोटे मामा स्टेशन तक बैलगाड़ी से छोड़ गये थे। एक माह बाद मणिमामा की चिट्ठी आई थी, ''बहन को कहकर हमने

दीवार बनवा ली है। छोटे ने खुद अपनी मर्जी से घर का दरवाजा पिछली गली की ओर बनवाया है। बा पुराने डेरे पर रहती है। आपकी तबीयत अच्छी होगी। दिवाली पर एक चक्कर लगा जाना। तुम्हारे दोनों भाई समान हैं।''

लेकिन बा ने तुरन्त ही जवाब भेजा—''अब काहे की शीतलता सप्तमी और काहे की दिवाली? मैंने तो पीर के नाम से नहा लिया है। तुम दोनों ने अस्सी साल की माँ को असहाय छोड़ बाप के घर का बँटावारा कर गाँव में तमाशा किया है। यों भी तुम लोगों से हमारा क्या सम्बन्ध था? तो अब समझूँगी कि मेरे पीहर में पीपल उगा था।''

मामी दूध का बर्तन लेकर आ गयीं। मामा झट-से बोले, ''चलो जल्दी करो, भाँजे के लिए बढ़िया, बिना पानी डाले चाय बनाओ।''

''और भाँजे, हमारे खेत में फसल अच्छी हुई है।'' मामा ने बबलू को उसकी माँ के पास छोड़ बतियाना शुरू किया। मैं जवाब में सिर्फ सिर हिलाता रहा तो मामा खीझ गये, ''क्या भाँजे? बार-बार किस सोच में डूब जाते हो? मन नहीं लगता?''

तभी छोटे मामा की आवाज आई, ''भाँजे, कब आ रहे हो? तुम्हारी मामी ने चाय चढ़ा दी है।''

''इससे अच्छा तुम ही यहाँ आ जाओ न!'' मेरे कुछ कहने से पहले ही मणिमामा ने जवाब दे दिया, जिसे सुनकर बड़ी मामी अजीब-सा मुँह बनाती हुई रसोई में चली गयीं। मामी ने चाय बनाने में कितनी देर लगा दी। मामा ने तीन बार उसे जाने से रोका।

''अरी, चाय बना रही हो या पेड़े? भाँजे को अभी उस घर भी जाना है।''

चाय पी ही रहे थे कि छोटी मामी ने फिर हाँक लगाई, ''भाँजे...निकले कि नहीं?''

''कल आऊँगा तो नहीं चलेगा मामा?''

''कल दुबारा भी आ सकते हो। यहाँ चाय चढ़ा दी है।''

मुझे वहाँ जाने में आलस आ रहा था। अँधेरा भी हो रहा था। नानी माँ को बिना बताये निकला था, वो कहाँ ढूँढ़ रही होगी! बड़े मामा जीरे की फसल की बात खत्म करें तो निकलूँ। सुबह आराम से छोटे मामा के घर हो आऊँगा। बड़े मामा की बातों का जवाब हाँ-हूँ से देता सोच रहा था कि छोटी मामी दीवार के ऊपर से झाँकते हुए बोलीं, ''तो भाँजे तुम नहीं आओगे न?''

''चलो...आता हूँ।'' कहते हुए मैं खड़ा हो गया।

''हाँ-हाँ, चलो तुम्हें छोड़ आऊँ। यहाँ आये हो तो वहाँ भी जाना चाहिए। तुम्हारे लिए तो दोनों घर समान।'' बड़े मामा भी खड़े हो गये।

‘‘और वहाँ बाड़े में घास–चारा डालने कौन जाएगा?’’

‘‘रे...रे...बातों में वह तो भूल ही गया।’’ मामी की रोक से मामा वहीं ठहर गये, ‘‘ऐसा करो न भाँजे, तुम ही चले जाओ। मुझे अभी बाड़े में जाना है।’’

‘‘पर मामा, गली में कुत्ते बहुत हैं।’’

‘‘छोटा सामने ही खड़ा होगा।’’

मैं पिछली गली के नाके पर पहुँचा ही था कि सामने छोटे–मामा खड़े दिखाई दिये। खुशी से भरकर उन्होंने मुझे उठा ही लिया।

‘‘भाँजे तुम तो बहुत भाव खानेवाले निकले।’’ कुछ देर रुक कर, ‘‘तुम्हारी बा अब कैसी हैं?’’

‘‘ठीक हैं।’’

‘‘अच्छा–अच्छा आया तो सही! तुम्हारी बड़ी मामी ने तो बहुत देर रोका!’’ मेरी आवाज सुन छोटी मामी बाहर आते हुए बोलीं। मुझे लगा, इसने भी बड़ी मामी की तरह मेरी बा के हाल–चाल न पूछे।

‘‘लो अब चाय लाओ फिर ठंडी हो जाएगी।’’

‘‘वह तो मैंने फेंक दी। मुझे लगा भाँजे भाई अब नहीं आएँगे।’’

‘‘फेंक क्यों दी? दो घड़ी इन्तजार नहीं कर सकती थी?’’ मामा बोले, ‘‘जाओ, दौगे, कड़वी भाभी ने अभी भैंस दुही है।’’

मामी भनभनाती दूध लेने चली गयीं। मैंने मना करते हुए मामा से कहा, ‘‘अभी चाय पीने का समय नहीं, मैं चलता हूँ। सुबह फुरसत से आऊँगा।’’ पर मामा ने हिलने न दिया।

‘‘अब भाँजे और कितनी पढ़ाई करनी है? ठीक है ठीक है, पढ़ो। खेती में कुछ नहीं रखा।’’ फिर धीरे से बोले, ‘‘जीरे की फसल पर ही उम्मीद थी। दो दिन ओले गिरे और आधी फसल चौपट।’’

‘‘मणि मामा तो कह रहे थे कि इस बार फसल बहुत अच्छी हुई।’’

‘‘भाग्य की बात है। वह जो भी करते हैं, लाभ ही होता है। अपने तो कुएँ का पानी भी घट गया है। बोरिंग लगाने की कूवत नहीं।’’

‘‘इतना तो मेरे बापू भी कर देंगे।’’

‘‘नहीं नहीं, आपसे नहीं ले सकता।’’

मामी मुँह चढ़ाये वापस आईं, ‘‘कहीं दूध न मिला।’’

‘‘तो फेंक क्यों दी? कुछ देर राह देखी होती तो क्या बिगड़ता?’’

‘‘इसके लिए मुझे क्यों डाँट रहे हैं? भाँजे को टेम से नहीं आना चाहिए? कितनी आवाजें लगाई आपने...!’’

‘‘जाओ अब सौंफ का शरबत बना लाओ।’’

‘‘ओ भाँजे भाई अपनी मामी से पूछो कि चाय बनाकर फेंकी किस जगह या

फिर...'' मामा की बात पूरी होने से पहले ही दीवार की उस ओर से बड़ी मामी ने ताना मारा।

''हाँ हाँ, राँड, मैंने तो सत्तर बार चाय नहीं बनाई, यदि तुम्हें बहुत प्यारा है तो खीर बनाकर पिलाओ न ।'' सारे गाँव को सुनाई दे इस तरह छोटी मामी ने गला फाड़ा।

''हजार बार कहूँगी—चाय नहीं बनाई, किसी को मूर्ख क्यों बनाती हो?''

''ठीक है नहीं बनाई और बनाऊँगी भी नहीं, तुम्हें क्या मतलब?''

मामी अब दीवार के पास जाकर चिल्ला रही थीं।

''यह तो भाँजे की माँ तेरे खसम का बहुत पक्ष ले रही थी न! अब पता चलेगा।''

''तो अपने खसम से कहो न कि भाँजे को गोद में बैठाकर हलुआ खिलाये। भाँजे की माँ को वह भाई अच्छा लगा, तभी तो समझाकर तुम्हारे घर पहले भेजा न।''

मैं खड़ा हो गया, पर मामा ने मेरा हाथ खींच कर वापस बैठा लिया, फिर मामी की ओर मुड़े, ''अब चुप हो मरो न!''

''मैं चुप मरूँ कि वह? मैंने उसका नाम लिया था? चंडाल क्यों मेरे पीछे पड़ी है?''

''पर तुम कुछ नहीं बोलोगी तो दुबली हो जाओगी क्या? क्यों सारे गाँव को इकट्ठा कर रही हो?'' मामा इस तरह बोले कि मेरी समझ में नहीं आया कि मामा डाँट रहे है या अनुनय कर रहे हैं?

''आप भी क्यों मेरा खून पीने खड़े हो? उसका आदमी उसे क्यों कुछ नहीं बोलता?'' अब मामी राग अलापते रोने लगीं, ''मेरा तो आदमी भी मेरा नहीं है, वरना वह दो कौड़ी की उसकी हिम्मत थी मुझे कुछ सुनाने की?''

''अब मैं निकलता हूँ मामा।'' मैंने देखा अब मामा भी मुझे रोकने की स्थिति में न थे।

''मरो न मरते हो तो अपनी बड़ी मामी के यहाँ। इस कलमुखी ने ही आकर यह सब झगड़ा करवाया है!''

''गाली दे रही हो भाँजे को?'' मामा तमतमाते मामी की ओर लपके।

''अरे हाथ लगाकर तो देखो।'' मामी शेरनी की तरह बिफरीं। मामा फिर एक कदम भी आगे न बढ़ा सके। मैं दुविधा में पड़ गया। ''चलता हूँ मामा।'' कहकर मैं तुरन्त वहाँ से निकल गया।

''रुको भाँजे, कहाँ चले?''...पर मैंने मुड़कर न देखा। ''ठहरो भाँजे, तुम्हें मेरी कसम।'' कहते हुए मामा ने आकर मेरे कन्धे पर हाथ रखा, ''तुमने तो सब देख लिया पर बा को मत बताना, एक तो उनकी कमजोर देह...'' मैं एक पल भी खड़ा न रहा। मुझे डर था कि ढूँढ़ते हुए नानी माँ कहीं यहाँ न आ जाएँ।

कामिनी

कल्पेश पटेल

कब से कामिनी की प्रतीक्षा कर रहा हूँ। रोज की अपेक्षा जल्दी आया हुआ देखकर कुछ लोगों को आश्चर्य हो रहा है। ''क्यों साहब आज?'' किसी को हँसकर टाला तो किसी को, ''क्यों जल्दी आना गुनाह है क्या?'' कहकर। मन तो हो रहा था कहूँ, ''जल्दी आऊँ या देर से, तुम्हें मतलब?'' मूड खराब हो इससे पहले कामिनी याद आ गयीं, प्रसन्नता बनी रही। मेज़ पर पुस्तकें तो थीं ही। दो-चार और रख दीं। कामिनी को लगाना चाहिए कि डॉक्टर ऐसे-वैसे स्कॉलर नहीं हैं। उसे भी मालूम तो होगा ही! हमारी सोसायटी में ही रहती है। विशेष परिचय नहीं है। जरा चर्चित महिला है। प्राथमिक शाला में टीचर है। पी.टी.सी. के बाद पढ़ाई जारी रखी। औसत बुद्धि है, पर सौन्दर्य काम में आ गया होगा। जहाँ भी जाती है रास्ता मिल जाता है उसे। बी.ए. किया। एम.ए. में भी अच्छे अंक ले आई—डिस्टिंकशन। एम.फिल. किया। अपने विभाग वालों को तो वह क्या गिनती होगी? जिसने छोड़ी लाज, चलता उसका राज। अब डॉक्टर कामिनी बनना है...बन भी जाएगी। उसे कौन राकेगा? एक परिचय में तो कोई भी धोखा खा जाए। उसने अच्छे-अच्छों को पानी पिलाया है, क्या जवान क्या अधेड़! एक हम ही इन सबसे से अलिप्त। घर से कॉलेज, कॉलेज से घर। फुरसत के समय अपने अध्ययन कक्ष में। शाम को एक-डेढ़ घंटा घूमने निकलता हूँ। किसी के साथ कोई पंचायत नहीं। संवाददाता का काम पत्नी अच्छी तरह निभाती है...कल ही उसने बताया था, ''सुनते हो...वो छम्मक छल्लो पी-एच.डी. करनेवाली है।''

''छम्मक छल्लो?''

''अरे वो मास्टरनी और कौन?''

''अच्छा है।''

''सचमुच कर लेगी?''

''दृढ़ इच्छा हो तो इंसान सबकुछ कर सकता है।''

''वैसे ही हवा में उड़ती है। पी-एच.डी. कर लेगी तो किसी के बस में

न रहेगी।''

''हमें क्या करना है?...'' मैं हँसकर खाना खाने बैठ गया।

कामिनी के विषय मे कम नहीं सुना था मैंने। सोसायटी तो ठीक, पूरे शहर में वह प्रसिद्ध थी। कई बार तो मैं ही उसके नाम से जाना जाता। कहाँ रहते हैं? धरणीधर में? अच्छा, जहाँ कामिनी रहती हैं, वहीं न? मैं खीझ उठता। मैं स्कॉलर हूँ तो क्या...कामिनी के सामने ज़ीरो!

ऐसियों को तो सासायटी में रहने देना भी पाप है। सबकी बदनामी होती है, पर शेर को कौन कहे कि तुम्हारे मुँह से बदबू आती है? शेरनी जैसी ही है। एक बार बसन्त की ऐसी खबर ली थी कि उसे नानी याद आ गयी थी। वह पान-ठेले पर खड़ा होगा। कामिनी वहाँ से गुजरी। बसन्त ने पानवाले से कुछ कहा कामिनी को सुनाते हुए। फिर बसन्त की जो निकाली उसने—''नालायक अपनी माँ को जाकर सुनाओ यह। दुबारा कभी कहा तो दाँत तोड़ कर रख दूँगी।...'' तब से बसन्त ने पान खाना छोड़ दिया है।

यों तो कामिनी कभी मुझे भी सामने मिल जाती है। स्माइल देती है। कभी बात भी करती है, ''कैसे हैं आप डॉक्टर साहब?'' सब मुझे प्रोफेसर कहते हैं। एक यह कामिनी ही सिर्फ मुझे डॉक्टर कहती है। अच्छा लगता है। उसकी आवाज में मधुरता है। वह मेरी तो इज्जत करती है। पत्नी से उसने कहा था, ''डॉक्टर साहब की तो बात हो ही नहीं सकती, मैडम! टाउनहॉल में सबको मन्त्रमुग्ध कर दिया! वाणी का इतना प्रभाव!'' यों तो पत्नी उसे देखना भी पसन्द नहीं करती थी, पर 'मैडम' सम्बोधन ने उसे खुश कर दिया।

''आपसे मिलने के लिए आने को कह रही थी।''

''मुझसे मिलने? क्यों?'' मैंने आश्चर्य व्यक्त किया।

''आपका...वो क्या...? हाँ, गाइडेंस लेने!''

समझ गया। कामिनी को पी-एच.डी. करना होगा, इसलिए...भोजन का आनन्द हो गया। कामिनी के साथ समय बिताने को मिलेगा...खाना खा रही पत्नी के साथ न चाहते हुए भी तुलना हो गयी।

''क्यों ठंडे पड़ गये?'' मैंने पत्नी के सामने देखा, कहीं कटाक्ष तो नहीं कर रही? कम पढ़ी-लिखी है—पर बुद्धि तो बाप-रे-बाप! चेहरे के पूरे भाव पल भर में पढ़ लेती है।

''ठंडा नहीं होऊँगा? ऐसी महिला को गाइडेंस देना!''

''मना कर देना।''

''तुमसे मना करते नहीं बना?''

''मैं क्यों मना करूँ? गाइडेंस मुझे तो नहीं देना है।''

वह खड़ी हो गयी। मैं सौंफ लेकर सोफे पर बैठ गया। पंखे की गति बढ़ाई।

तभी फोन की घंटी बजी।

"डॉक्टर साहब! मजे में?"

"हाँ, कौन?"

"नहीं पहचाना? कामिनी बोल रही हूँ!"

"ओह यस! बोलो कामिनी!"

"मिलना है आपसे। घर आऊँ!"

पत्नी की ओर तिरछी नजर डालकर कहा, "आप घर आएँ तो अच्छा ही लगेगा, पर...मैं जरा दूसरे काम में व्यस्त हूँ। कल फैकल्टी में ही आ जाइए न, दस बजे!"

"ओ.के. सर! कल दस बजे, साथ में कॉफी पिएँगे। बाय।" सामने से फोन रख दिया गया पर मैं रिसीवर पकड़े बैठा रहा। बर्तन इकट्ठे करते हुए पत्नी बोली, "आप तो मना करनेवाले थे न?" मैं झेंप छुपाने के लिए दूसरे कमरे में चला गया। कैसा लालची हूँ? दिखावा तो ऐसा करता हूँ कि जैसे स्त्री मातृ समान... जबकि नीयत तो...कैसा पकड़ा गया? तुम भी दूसरों के समान ही...मन को समझाया—नहीं, नहीं ऐसा नहीं है। यह तो मेरा सौजन्यशील स्वभाव है—कोऑपरेटिव! किसी को 'ना' नहीं कह सकते। कितनी आशा लेकर कोई अपने पास आता है।

सुबह तैयार होते वक्त जरा सतर्क हो गया। कपड़ों के मामले में विशेष रुचि नहीं। साफ-सुथरे हों बस, प्रेस हो या न हों आज प्रेस करने की इच्छा हुई, पर पत्नी से डर लगा। वह अवश्य ताने मारेगी—सज-धज कर जाओ। तुम्हारी सगी आनेवाली है न! एक जोड़ी कपड़े पहले ही प्रेस किये रखे थे। वही पहन लिए...न मामा से काने मामा अच्छे। देख लेता हूँ एक बार नजर झुका कर...चलेगा, दिक्कत नहीं। मुझे कहाँ कामिनी की तरह कपड़ों से पहचान बनानी है?...पर वह अभी तक आई क्यों नहीं? घड़ी देखी पौने दस। बेल बजाकर रूपजी को बुलाया। "सुनो, गोपाल चायवाले को कहना कि ऑर्डर दें तब फर्स्ट क्लास कॉफी लाये। दो रुपये अधिक ले ले, कोई बात नहीं, पर कॉफी अच्छी बननी चाहिए, क्या?"

"कोई खास मेहमान आ रहे हैं साहब?" रूपजी ने भोलेपन से पूछा। मैं चिढ़ गया, "तुम्हें क्या मतलब? तुम अपना काम करो, बस!"

वह जा ही रहा था कि कामिनी आ गयी।

"गुड मार्निंग डॉक्टर साहब!"

"वेरी गुड मार्निंग मैडम!" रूपजी जाते-जाते मुस्करा रहा था। मुझे थोड़ा संकोच हुआ।

"बैठिए, कामिनीजी।"

"थैंक्यू।" कहकर वह सामने की कुर्सी पर बैठ गयी। पंजाबी ड्रेस में वह और

सुन्दर लग रही थी, उम्र में भी छोटी लग रही थी।

"बोलिए, क्या मदद करूँ आपकी?" मैंने पूछा। असंख्य विद्यार्थियों को बाहर ही बैठानेवाला मैं डॉ. जानी, आज वही है या कोई और? एक सुन्दर स्त्री ने आपको अप्रामाणिक बना दिया। उसके आने से पहले उसके लिए कॉफी की व्यवस्था हो जाए, आश्चर्य! प्रश्न उठे, और शान्त हो गये। कामिनी का व्यक्तित्व ही ऐसा था...उसे आवश्यक निर्देश दिये। कॉफी पिलाकर विदा किया। क्लास में लेक्चर देते हुए मन आनन्दित था। प्रो. विनायक मिले, बोले, "सुबह कौन आया था मि. जानी?"

"कब?"

"दस बजे! मैं गोपाल के होटल में खड़ा था। रूपी कॉफी लेने आया था—फर्स्ट क्लास!"

"ओह...हाँ! कामिनीजी आई थीं। शिक्षिका हैं। हमारी पड़ोसी भी। पी-एच.डी. के लिए पूछने आई थी। अब बात ऐसी है कि सोसायटी में रहते हों और मना करना अच्छा नहीं लगता और फिर पत्नी की सिफारिश। कैसे बचूँ?" सफाई देने में ही सब बात खुल गयी।

उसके बाद बार-बार मिलना होता रहा। फैकेल्टी में, घर में। कभी-कभी गार्डन में भी बैठते। उसके विषय को लेकर गहरी चर्चा होती। मैं सन्दर्भ ग्रन्थों को जानकारी देता। दूसरे-तीसरे दिन ही वह किताबें लेकर आ जाती, "देखिए डॉक्टर साहब!" किताबों को देखने से अधिक आनन्द उसकी मुस्कान देखने में मिलता। मुझे आश्चर्य होता कि इससे पहले भी अनेक स्त्रियों के सम्पर्क में आया हूँ, किन्तु ऐसी अनुभूति कभी नहीं हुई। ऐसा क्यों? उसमें ऐसी क्या बात है...जो मुझे...एक मैच्योर पुरुष को बेकाबू बना रही है। कामिनी को परेशान करने के लिए ही मैं उसके लेखन को रिजेक्ट करता, "ऐसी कमजोर भाषा? आपको और मेहनत करनी चाहिए, कामिनीजी।"

जरा भी निराश हुए बिना वह विनम्रता से कहती, "ओके सर! मैं फिर से लिखूँगी..." उसका लाचार चेहरा देखने में मुझे मजा आता था। धीरे-धीरे उसका मेरे घर आना-जाना बढ़ गया। कभी-कभी तो बेल बजाने पर घर का दरवाजा कामिनी ही खोलती। सपने जैसी हकीकत।

"तुम यहाँ हो?"

"यस सर! आपको अच्छा नहीं लगा?" उसे क्या कहता। अन्दर जाकर देखता-सोफा पूरा का पूरा पुस्तकों से लदा। लिखे हुए और कोरे कागज, अलग-अलग रंग की कलमें। क्या है यह सब? नापसन्दगी का दिखावा करता—इस सोफे की दशा तो देखो। इस बार उसकी ओर से पत्नी ने जवाब दिया, "क्यों? पी-एच.डी. यों ही हो जाती है? और वह घर जाने से पहले सब ठीक करके जाती है। आपकी तरह नहीं! दोपहर से आई है। बर्तन साफ करने में मेरी मदद की और कपड़े तो उसने ही धो डाले।

मैं थोड़ी देर आराम करने लगी, वह पुस्तकों में सिर डाले बैठ गयी...'' कामिनी मेरे लिए पानी लाने किचन में गयी है, यह देख वह आगे बोली, ''लोग उसके विषय में जो चाहे बकते हैं, पर लड़की ऐसी नहीं है...''

''तुम्हारी सलाह के लिए धन्यवाद!''

''यों कोरे शब्दों से नहीं चलेगा, उसका भला करना जरा!''

''वाह! एक दिन उसने काम में तुम्हारी मदद कर दी, तुम तो उसकी वकालत करने लगीं।''

पानी लेकर आती हुई कामिनी हँसकर बोली, ''सर, जरा भी नहीं चला सकते, मैडम को।''

''नहीं कैसे चलाएँगे! तुम देखना तो सही।''

पानी पीकर ग्लास वापस देते हुए मैंने उसकी अँगुलियों को स्पर्श किया।

''बेवजह मेरी गलतियाँ न निकालें, बस यही बात है।'' उसकी आवाज में सहजता थी या व्यंग्य, यही सोचते हुए मैं कपड़े बदलने अन्दर चला गया। उसे पाने की चाह में मैं अनावश्यक रूप से कठोर होता जा रहा था। फिर भी वह समर्पित रहती है। उसके सम्बन्ध में लोग जो कहते हैं, वह ऐसी तो नहीं है। रूप का उपयोग कर उसने डिग्रियाँ हासिल की होंगी, ऐसी बात भी मुझे निराधार लग रही थी। वह बुद्धिमान हो या मूर्ख, मुझे इससे कोई फर्क नहीं पड़ता। मुझे तो उसे अपना बनाना था बस! चाहे एक बार ही सही! पत्नी के साथ उसका मिलना-जुलना मुझे अच्छा न लगा। मेरी इच्छा को जानकर वह कहीं पत्नी को ढाल तो नहीं बना रही? पत्नी को कहकर भी देखा, ''कामिनी का इस तरह आना मुझे पसन्द नहीं है।''

''कितने प्रेम से आती है? मुझसे मना करना नहीं होगा।''

पत्नी से अब कुछ और कहने का कोई अर्थ न था। कामिनी ने उसे पूरी तरह वश में कर लिया था।...सोचा था, उतना सरल नहीं। अब तो उसके लेखन में गलतियाँ भी नहीं निकल सकता। उसे लगेगा, सर जबरन काम बढ़ा रहे हैं। काम न बढ़ाऊँ तो क्या करूँ? तुम नजरों में बस गयी हो। उसका शोध-कार्य खत्म होने को है...कुछ दिनों बाद वह डॉक्टर कामिनी हो जाएगी। हाथ से गयी समझो...जानी!...सब सपने धूल में मिल जाएँगे। कुछ करो...जल्दी। तुम पुरुष हो। तुम्हें ही पहल करनी चाहिए।

फैकल्टी से फोन लगाया उसे।

''बोलिए डॉक्टर साहब।''

''अब तो तुम भी डॉक्टर हो जाओगी।''

''आपकी कृपा सर! आभार।''

''केवल आभार से नहीं चलेगा, कामिनी!''

''पार्टी दूँगी, सर! ओके, आपको और मैडम दोनों को।''

उफ्! मैडम को क्यों बीच में ले आती है यह लड़की?

"आज शाम को क्या कर रही हो?"

"कुछ खास नहीं। क्यों, कुछ काम था?"

"काम हो तो ही मिल सकता हूँ? शाम को आऊँगा। फैकल्टी से सीधे।"

"ओके सर!" शाम को उसके घर जाकर देखा तो बड़ा-सा ताला। कहाँ गयी होगी? जरा भी पंक्यूचल नहीं है। ऐसा अपमान? गुस्से से तिलमिलाता अपने घर की ओर चल पड़ा। घर पहुँच कर देखा पत्नी बिस्तर पर लेटी है। कामिनी नहीं थी।

"क्या तबीयत खराब है?"

"वही बी.पी. की तकलीफ।"

"मुझे फोन नहीं कर सकती?"

"कामिनी को किया तो वह डॉक्टर साथ लेकर ही आई। पूरे दिन मेरे पास खड़ी की खड़ी रही बेचारी।"

मैंने निःश्वास छोड़ा। 'छम्मकछल्लो' अब 'बेचारी' बन गयी।

"कहाँ गयी?"

"फ्रूट्स लेने गयी है। आती ही होगी। आपको चक्कर लगाना पड़ा होगा, है न?"

"चक्कर, कैसा चक्कर?"

"कामिनी कह रही थी आप कॉलेज से सीधे उसके घर जानेवाले थे! बेचारी चिन्ता कर रही थी, मैंने कहा फिक्र मत करो। ताला देखकर घर आ जाएँगे। कहाँ दूर है घर?"

मैं पत्नी के पलंग पर बैठ गया। उसकी नब्ज देखी।

"कह रही हूँ, सुनते हो? कितनी प्यारी लगती है यह लड़की! बेचारी को जाति में कोई अच्छा लड़का नहीं मिल रहा। आप तो दुनिया भर में घूमते हैं। एक अच्छा लड़का ढूँढ़ सकते है?...आपमें तो वह अपने बापू को देखती है। जबकि आप तो... धमका-धमकाकर उसका खून सुखा देते हो। अपनी बेटी होती तो...इतनी ही बड़ी होती न?"

"बक-बक किये बिना सो जाओ। सबकी चिन्ता करने में लगी रहती हो, फिर बी.पी. बढ़ जाता है।" कहकर मैं खड़ा हो गया। अन्दर जाकर कपड़े बदले। कमरे का एकान्त मुझे धिक्कारने लगा। मैं बाहर आ गया। कामिनी फ्रूट्स लेकर आ गयी थी। मैंने कहा, "शाम को यहीं रहना। अपने घर मत जाना"

"क्यों सर?"

"तुम्हारी आंटी को बेटी चाहिए, तुम्हारी जैसी ही!"

उसके निर्मल हँसी से मेरा मन भीग गया। उस वक्त पत्नी का बी.पी. नापा होता तो निश्चित ही नॉर्मल होता।

जिराफ

धर्मेन्द्र त्रिवेदी

बिहारी द्वारा आयोजित 'मोस्ट थ्रिलिंग' टूर आरम्भ हुआ। आगे की जीप में सुन्दर, कोमल गोरा जवान बैठा था। बिहारी ने उसका परिचय करवाया था। वह एक योग्य प्रोफेशनल शिकारी था। इतना कोमल इंसान किसी के प्राण लेने जैसा कठोर कैसे बन सकता होगा? मेरी स्मृतियों में से एक प्रत्युत्तर आया, "शरीर की बाह्य त्वचा और हृदय का कोई सम्बन्ध नहीं होता, यह तुम क्यों भूल जाते हो...?"

...गुलाब की पंखुरियों जैसे होठोंवाली बेहद खूबसूरत लड़की ने पूछा, "आप नाटक में काम करेंगे?" मैंने रूखा-सा जवाब दिया, "नहीं, मुझे नाटक करना नहीं जमता।" उसने पलकें झपकाईं, फिर हँसकर बोली, "मैं तो अभिनय की बात कर रही हूँ।" मैंने कहा, "मुझे अभिनय नहीं आता।"..."आ जाएगा...अचानक चिरायु बीमार पड़ गया, उसकी जगह तुम काम कर सकते हो..." "मुझे किसी का विकल्प बनना पसन्द नहीं..." मैंने नीरसतापूर्वक कहा...। "यूनिवर्सिटी डे के लिए कुछ ही दिन बचे है...हमारा नाटक खटाई में पड़ जाएगा...प्लीज़?" उसने अनुरोध किया, "नाटक आप डायरेक्ट कर रही हैं?" मैंने पूछा। "नहीं।" "तो फिर...अपनी सुन्दरता पर आप इतनी मुस्ताक हैं कि डायरेक्टर की बजाय आप...?" "आपने जो टोली देखी है, मैं उनमें से नहीं हूँ...।" सीप में से दो मोती गिर पड़े...

हमारी जीप के आगे दौड़ती शिकारियों की चितकबरी जीप घास के मैदान को पार करते हुए पूरी रफ़्तार से जिराफों की टोली के पास जा पहुँची। जीप के हुड पर एक विशेष मुद्रा में वह सुन्दर जवान बैठा था। उसके हाथ में रस्से का फँदा था। दूसरा गोरा जवान निर्देशानुसार जीप चला रहा था। हमारे पीछे की खुली वैन में निग्रो मददगार शिकारियों की टोली थी। जिराफों ने पहले तो पास आती जीपों को भोली आँखों से ताका, फिर भय का अनुमान लगते ही उनकी टोली में हलचल मच गयी। बड़े भारी-भरकम बेढँगी चाल में इधर-उधर भागने लगे। अजीब भगदड़ मच गयी। सबसे हृष्ट-पुष्ट दिखनेवाले एक जिराफ को निशाना बना जीप और वैन उसका पीछा करने

लगी। हमारी जीप उनके पीछे थी। वह जिराफ टोली के साथ दौड़ रहा था। कुछ देर बाद जिराफ को टोली से अलग करने के लिए जीप ने थोड़ी आड़ी दिशा ली। खुला मैदान देख जिराफ मुड़ा और टोली की विरुद्ध दिशा में दौड़ने लगा। अपने पीछे आती वैन को देख जिराफ ने गति बढ़ाई, परन्तु वैन ने आखिर जिराफ को घेर लिया। दोनों शिकारी वाहन जिराफ के दाएँ-बाएँ होकर उसके साथ दौड़ने लगे। भूरी जीप जिराफ से लगभग सटकर चल रही थी। हुड पर बैठा गोरा जवान रस्से के फन्दे को हवा में चक्राकार घुमा रहा था। दूसरे जिराफों की टोली बहुत दूर निकल गयी थी। सबसे अलग हो गया जिराफ घबरा गया था।

जादुई छड़ी लेकर आई परी के एक स्पर्श से मेरी बेरूखी के पत्ते झर गये। मेरे अस्तित्व की शाखाओं पर वसन्त आ गया। मेरे अन्दर हजारों कोंपले फूट पड़े। वह मेरे जीवन में वेद की ऋचाओं जैसी पवित्रता लेकर आई और यज्ञवेदी की अग्नि शिखाएँ जैसे आहुति स्वीकारती हैं, मैंने उसे ऐसे स्वीकारा। प्रतिभाव स्वरूप उसके होठ हल्के से काँपें और कुछ अनसुने शब्द सुगन्ध बनकर हवा में घुल गये। नीली आँखों को उसने पलकों में छिपा लिया, जिसमें मैंने अपनी स्वीकृति का स्वर सुना।

जिराफ के बिल्कुल समानान्तर जीप पूरी गति से दौड़ रही थी। दूसरी तरफ वैन जिराफ को जीप के निकट रखने का प्रयास कर रही थी। जिराफ की मासूम आँखों में आतंक छाया था। अचानक जिराफ ने पूरी ताकत से जीप पर लात मारी। तीव्र झटके के साथ जीप एक ओर झुक गयी, किन्तु पलटने की बजाय फिर सीधी पछाड़ लेते हुए चारों चक्कों पर दौड़ने लगी। हुड पर बैठे युवक ने बड़ी कुशलता से रस्सा गोल-गोल घुमाया और जिराफ की गर्दन पर फेंका...

"युगों से प्रेम की उलझनों को सुझलाने का उपक्रम चालू था।"

"नहीं, प्रेम इतना खोखला नहीं कि उसकी ऊँचाई केवल देह तक पहुँचती हो..." उसने तर्क दिया।

"तो देह के अस्तित्व का प्रेम से सम्बन्ध नकारा भी नहीं जा सकता।" मैंने कहा।

"तमाम मूल्यों का अस्तित्व देह के अस्तित्व तक ही होता है, तुम यह भूल रहे हो..."

"मैं प्रेम की शाश्वतता की बात कर रहा हूँ...जो आत्मा के साथ गहरा सम्बन्ध रखता है।"

"कुछ भी शाश्वत नहीं है, अमोल..."

"आत्मा?"

"एक व्याख्या...मैं मानता हूँ वह मात्र अनुभूति है...शायद एक छलना...मात्र देह ही अस्तित्व रखनेवाला सत्य है। जिसकी सीमा में ही समग्र मानवीय भावनाएँ

और उसकी परिभाषाएँ समाहित हैं। मुझे लगता है...अपनी चर्चा का केन्द्र आदम-ईव है..."

"अलबत्ता..."

"मुझे यही कहना है...उन आदिम वृत्तियों पर चाहे जो सुन्दर लेबल लगाओ, क्या फर्क पड़ता है? आदिम आकर्षण, जरूरतें और भावनाओं के मिश्रण से तुम जैसे लोगों ने प्रेम की बहुत बड़ी उलझन पैदा की हैं...ब्यूटीफुल इल्यूज़न...।"

"तुम्हारा तर्क नकारात्मक है..." अमोल खीझ गया।

"तुमने चाहे जैसी भाषा में बात करूँ...दो देहों का अद्वैत रचना तो प्रेम के अन्तिम खंड की परिणति है..."

"फिर दैहिक वासना की बात..."

"मैं पूछता हूँ उसके बिना, मात्र प्रेम द्वारा मानव जाति का अस्तित्व हो सकता है क्या?...मैं...? तुम...? और ये अपने वाद-विवाद....?"

"तुम बहुत निचले स्तर पर उतर आए..."

"एक अन्य स्तर पर बात करता हूँ...जो शायद तुम्हारी समझ में नहीं आएगी, यदि थोड़ा कुछ समझ में आया तो भी गहरा आघात लगेगा...फिर भी कहता हूँ...प्रेम, पुरुष और स्त्री के जीन्स की गर्भ के प्रति प्राकृतिक गति और उसकी स्वीकृति की प्रक्रिया का प्राथमिक नाम है...इसी कारण दो देहों का मिलन जीन्स की अति आवश्यक माँग है और यही है स्थूल देह की अन्तिम प्राप्ति तथा वृत्ति...दो ध्रुवों के ध्रुवीकरण की जबरदस्त प्रक्रिया!... गर्भ की ओर वापस लौटने की वृत्ति...! मेरा इसी में विश्वास है अमोल!"

चुपचाप हमारा विवाद सुन रही नीली आँखों में बादलों का घटाटोप उमड़ पड़ा।

जिराफ थक गया। गति कुछ शिथिल हुई। जीप और वैन का दबाव और निकट आ गया। जवान शिकारी फन्दा जिराफ की गर्दन पर फेंक चुका था। फन्दा उसकी गर्दन में ठीक तरह से आ पड़ा था...

पैकेट में अति सुन्दर छोटी-सी जापानी गुड़िया और एक पत्र था! पत्र में लिखा था—"रुचिर, शोरूम में लटकती इस गुड़िया को देखकर तुम कहा करते थे न—यह मेरी ऋचा है...आज तुम्हारे जन्मदिन पर मोमेन्टो के रूप में तुम्हें, यह तुम्हारी ऋचा...छोटी-सी गुड़िया...छोटे-छोटे हाथ-पैर...लाल चटक गाल...नीली आँखें और सुनहरे बाल, मोहक गुड़िया...गुड़िया का मोमेन्टो...! प्रेम का अर्थ निकालना तब मुझे पसन्द न था..."

जीप की रफ्तार कम की गयी और फन्दे के स्पर्श से भड़के जिराफ की गति बढ़ी। शिकारी ने रस्से का दूसरा छोर वैन में बैठे दूसरे शिकारी के हाथ में थमाया और

बलपूर्वक रस्सा खींचना शुरू किया। गतिविरोध के कारण जिराफ की गर्दन पर पड़ा फन्दा अधिक कसने लगा...

"...तुमको देखा नहीं...महसूस किया है मैंने..." एक प्रसिद्ध ग़ज़ल की पंक्ति गुनगुना रहा था मैं। मैं इस बात से बेखबर था कि आँसुओं की धार, गुलाब की पंखुरी जैसे होठों को गीला कर रही थी। चर्चा के अन्त में उसकी आँखों में सिमट आये बादल मुझे याद आए। क्षण भर भीगी आँखों से वह मुझे देखती रही। मैं उसके विषाद को पढ़ने में असमर्थ था। धीरे-से पलकें झुकाकर आर्द्र स्वर में बोली, "सारे दुख देह के ही हैं। शायद हमारी चर्चा से तुम्हें दुख पहुँचा हो...शायद मेरी अपेक्षाएँ...। हाँ, तुम्हारी अपेक्षाओं और मान्यताओं की सचाई मुझे पीड़ा दे रही है। रुचिर, प्रेम के साथ गहरे जुड़े देह-सम्बन्ध की अनिवार्यता समझाने के क्षण मुझमें वेदना उत्पन्न कर रहे हैं...तुमने जब मेरी समझ के झरोखे खोले तब मेरे हाथ में कुछ नहीं था...देह-लग्न का वचन जिसे पहले ही दे चुकी हूँ, उससे प्रेम नहीं करती और जिससे प्रेम करती हूँ उसे देह समर्पित नहीं कर सकती...त्रिशंकु-सी यह वेदना मुझे रात-दिन जलाती है...न कहते बनता है, न सहते...मुझे उबार लो, रुचिर...।"

"उबरना खुद को ही पड़ता है निशा! हम खुद ही बाँधते है दुविधाओं के कठोर महल...और फिर हम ही आक्रन्द करते हैं...मैं तो अपना मन खुला रखता हूँ...अपनी अपेक्षाओं को समेटने में मुझे देर नहीं लगेगी...सहजता के खुलेपन में हम मिले, चाहा...उसी सहजता के खुलेपन में परिस्थितयों को स्वीकार करें...सहजता के अभाव में ही दुविधाओं का जन्म होता है...मैं मानता हूँ कि देह-सम्बन्ध, प्रेम-सम्बन्ध का ही हिस्सा है, जिससे अद्वैत साधा जाता है, परन्तु इसका अर्थ इतना ही कि देह-लग्न मेरे प्रेम की अनिवार्य शर्त हरगिज नहीं...मैं पूर्णता में विश्वास करता हूँ, दुविधाओं और वंचनाओं में नहीं।" वह आँसू बहाती रही और मैं भावुकता में बहता रहा।

"तुमने मेरी ओर से निर्णय लिया होता तो मैं उसे तुम्हारे प्रेम की अप्रामाणिकता ही मानता...कम-से-कम तुमने ऐसा अप्रामाणिक आचरण नहीं किया...तुम अपना वचन खुशी से निभा लो...प्रेम का दूसरा नाम मुक्ति है निशा...!"

फूल पर जिस तरह कोई तितली आ बैठती है, उसी तरह वह मेरे जीवन में आई थी और उसी तरह उड़ गयी। मुझे तो उसके आने और उड़ जाने के समय को बाँधना है...उसी तरह मुझे उसको स्वीकार करना है।

जीप के विन्डस्क्रीन के एक कोने में लटकती बेहद खूबसूरत छोटी-सी गुड़िया ने अमानुषी ताकत से रस्सी खींची। फन्दा और अधिक कस गया। जिराफ ने छूटने के लिए उठा-पटक शुरू की। उसकी कोशिश जैसे-जैसे बढ़ती गयी। फन्दा और अधिक मजबूत होता गया। जीप और वैन की घरघराहट, खुर पटकने और गला घुटने से निकलने वाली आवाज तथा उड़ने वाली धूल के बादलों के बीच जिराफ का

वेदनाग्रस्त चेहरा छटपटा रहा था। दयालु आँखें फट रही थीं, मुँह से झाग निकलने लगा, फूले हुए नथुनों से श्वास रुँधने की हिंस्स...हिंस्स...आवाज गूँज रही थी। गुड़िया ने अन्तिम राक्षसी झटका मारा, फन्दा चमड़ी को चीरता हुआ गले में धँस गया...खून के छोटे-छोटे झरने गर्दन पर बहने लगे। जिराफ की गति शिथिल पड़ गयी, छटपटाहट बढ़ गयी। विकृत आनन्द के अट्टहास से वातावरण काँप उठा। रक्तपिपासु संहार-लीला जारी रही। फन्दा जिराफ की गर्दन में गहराई तक उतर चुका था। खून के फव्वारे फूट पड़े थे। कटे हुए वृक्ष की तरह जिराफ धड़ाम से जमीन पर गिर पड़ा...अरे... !...यह क्या... ! मेरी श्वास क्यों घुट रही है... ! मेरे गले से यह कैसी धार बह रही है...कोई बचाओ...बचाओ...मेरी श्वासनली कट रही है...मेरी सुन्दर देह धूल में लोट रही है...गर्दन ऐंठ रही है...प्रलम्ब पतली शाखाओं जैसे मेरे पैर के खुरों से धरती पर गड्ढे पड़ गये हैं...धूल की लहर उठ रही है...देखो, बिहारी...अपनी मृत्यु की भयानक पीड़ा मैं भोग रहा हूँ...देख रहा हूँ, फिर भी...फिर भी...मेरे गले से दर्द की एक चीख नहीं निकलती क्यों... ?

"तुम्हें प्रकृति का अभिशाप है...उसने तुम्हें स्वरयन्त्र ही नहीं दिया..." बिहारी के स्थान पर यह कौन बोला?...गुड़िया... ?

"नहीं, मुझसे दुख सहन नहीं होता...मुझे रोना है...चौधार आँसू बहाकर..."

"नहीं तुम रो भी नहीं सकोगे...आँसुओं का गीलापन भी नहीं..."

"क्यों?"

"प्रकृति ने तुम्हें अश्रुग्रन्थि भी नहीं दी..."

"तो फिर मैं क्या करूँ?"

"तुम्हें कुछ नहीं करना...तुम्हें मर जाना है चुपचाप...आह भरे बिना...सूखी-कोरी आँखें लिए..."

तितली के पंखोंवाली, नीली आँखोंवाली सुन्दर गुड़िया धूल की लहर के आर-पार उड़ गयी...दूर...बहुत दूर...।

चौकीदार

सौमित्र त्रिवेदी

रामबिहारी की 'स्वातन्त्र्य—कॉम्पलेक्स' में नौकरी लगने के तीन दिन बाद एक नयी ही बात सुनने को मिली—शम्भू, जो पहले यहीं पर चौकीदार था, कल उसने म्यूनिसिपालिटी के कार्यालय पर गालियों और पत्थरों की बरसात की और हेड ऑफिस में डंडा लेकर घुसने का निष्फल प्रयास किया। बाद में पुलिस ने उसे गिरफ्तार कर उस पर प्रमुख अधिकारी पर हमला करने के प्रयास का अपराध दर्ज किया।

रामबिहारी को गुजराती पढ़ना-लिखना-बोलना तो जरा भी नहीं आता, पर एक बूढ़े काका ने अखबार पढ़कर सुनाया था। रामबिहारी को गुजराती समझने में कोई तकलीफ न होती थी। बूढ़े काका इसी कॉम्प्लेक्स में हैं और रामबिहारी से बात करनेवाले एकमात्र व्यक्ति भी। शम्भू किस प्रकार नौकरी छोड़कर भागा और पिछले कुछ दिनों वह कैसा अनमना-सा रहता था, अजीब बातें करता था...यह सब काका ने ही उसे बताया था।

रामबिहारी और काका का वार्तालाप लगभग खत्म होने को ही था क्योंकि शाम हो गयी थी। काका ने घड़ी की ओर देखा, "साढ़े छः बजे के बाद तुम तीसरे हो भाई..." हँसकर आगे कहा, "अब तुम टिकना भाई।"

"काहे नहीं टिकेंगे...! हम तो बिहार से यहाँ टिकने के लिए ही आये हैं।" रामबिहारी बोला। काका को जैसे कुछ याद आया, "आज से तुम्हारी नाइट ड्यूटी चालू हो रही है न?" रामबिहारी से 'हाँ' सुनने के बाद काका थोड़ा गम्भीर होते हुए बोले, "सो जाना...यहाँ चोरी-चपाटी जैसा कुछ नहीं...।"

रामबिहारी को थोड़ा आश्चर्य हुआ, "अरे काका, जो हम ही सो गये तो चौकीदारी कौन करेगा?"

काका ने अड़ियल बिहारी को समझाने को प्रयत्न किया, "यह तो तुम्हें बताना मेरा काम है। मानना न मानना तुम्हारी मर्जी। सँभाल कर रहना।"

रामबिहारी को उसकी बातों में विशेष रुचि न देख काका ने 'आवजो भाई' कह स्कूटर चालू किया और घर की ओर प्रयाण किया।

"का हो जाएगा...कौनो हव्वा आके खा जाएगा का?"

बोलते हुए सिर ठोंका, फिर बाहर दो-तीन गन्दे कुत्तों को दरवाजे से खदेड़ कर पुनः अपनी कुर्सी पर आ बैठा और आते-जाते वाहनों को देखने लगा। देखते-देखते थक जाता तो सामने के ठेले से आधा कप चाय, धीरे-धीरे फूँक मार कर पीता। आज भी ऐसा ही किया। वापस आकर आठ बजे का अन्दाज लगा, कुर्सी के नीचे से टिफिन निकाला और तिरछे बैठ खा लिया। हाथ-मुँह धोकर खैनी मसली।

लगभग नौ सवा नौ बजे अन्तिम दो-चार वाहन पार्किंग से निकले। रामबिहारी ने फिर सामनेवाला कम्पाउंड गेट बन्द कर ताला लगा दिया। थैली में से हल्के हरे रंग का स्वेटर और टॉर्च निकाल कर उसने सोचा एक ठो राउंड लगा लेते हैं।

बिल्डिंग की पाँच मंजिलों की सभी लॉबियों में एक-एक चक्कर लगाया, गला खंखारा, एक-दो लाइट बन्द थी, उन्हें चालू किया। नीचे आया अपनी कुर्सी को अन्दर के शेड में रख अपना आसन जमाया और धीरे से मुस्कराया, "यहाँ तो कौनो हव्वा नाहिं है!" फिर थैली से छोटा-सा ट्रांजिस्टर निकाला। पुराने फिल्मी गाने सुनने में डूब गया। बीच-बीच में लकड़ी ठोंकता जाता। ग्यारह बजे के आसपास उसने कुर्सी पहली मंजिल में रखी, जहाँ से वह आजू-बाजू की लॉबियाँ देख सकता था। कुछ दूर की बिल्डिंगों से रोशनी आ रही थी। रामबिहारी के मन में विचार की एक लहर आई, उसके मुँह से निकल पड़ा, "इस बार दद्दा को जाके सब बता देंगे, सीधा जाएँगे, सब बताएँगे कि गुलबिया से हमारी शादी करा दो...और हम अपने पैरों पर खड़े हैं।" इस सोच के साथ वह धीरे से मुस्करा दिया। कुछ देर यहाँ-वहाँ देखा। अँधेरा बढ़ रहा था और ठंड भी। सामने की लॉबी की किसी ऑफिस से बारह के घंटे बजे। पहले घंटे की आवाज पर वह चौंक पड़ा था और फिर कुर्सी पर आकर बैठ गया। उसने पुनः उस सुखद विचार को याद करने की कोशिश की, पर दिमाग बिल्कुल खाली हो गया था। अचानक उसे जम्हाई आयी। उसे आश्चर्य हुआ। नाइट ड्यूटी करने की उसे आदत थी, पर आज अभी से...फिर तो रामबिहारी को लगातार जम्हाई आती रही। पलकें एकाएक ही गुरुत्वाकर्षण से प्रभावित होने लगीं। पूरे जतन से आँखें खुली रख वह बोला, "नहीं सोएँगे...बहुत हुआ तो चार-पाँच बजे सोएँगे।"

एकाएक 'भारत माता की जय', 'वन्दे मातरम्' के तेज नारे उसके कान में पड़े। उसकी आँखें फटी रह गयीं, साँस लगभग बन्द हो गयीं। दो घड़ी के लिए पूरे अंग शिथिल पड़ गये। क्या करूँ, समझ में नहीं आ रहा था। वह कुर्सी पर खड़ा हो लॉबी की दीवार से चिपक गया। पसीना माथे से बहते हुए नाक से टपकने लगा। उसने मुश्किल से आजू-बाजू नजर डाली। नारे अब भी सुनाई दे रहे थे। लगभग डेढ़-दो

सौ आदमी एक साथ नारे लगा रहे थे, पर उसे कुछ भी दिखाई नहीं दे रहा था। रामबिहारी ने हिम्मत कर नीचे गिरा डंडा उठाया और फिर से दीवाल से चिपक गया। कुछ देर बाद हाथों में डंडा मजबूती से पकड़ दो कदम आगे बढ़ा।

लॉबी के अगले कोने तक पहुँचने में उसे मानो युग लगा। 'वन्दे मातरम्' का प्रत्येक नारा उसके पैर की ताकत छीन लेता। नारों की आवाज तेज हो रही थी। अब तो असंख्य दमदार कदमों की आवाज भी आ रही थी। बहुत परिश्रम कर रामबिहारी ने आधी आँख से बाहर झाँका। उसके रोंगटे खड़े हो गये। लगभग दो सौ लोगों की टोली खादी के वस्त्रों में, तिरंगा हाथ में लिये, मानो उसे अपने पैरों तले रौंदने चली आ रही थी। रामबिहारी की आँखों में पानी भर आया। हाथ-पैर उसके बस में नहीं थे। आँखें भींच कर वह सामने की लॉबी की तरफ दौड़ा, पर घबराहट में एक सीढ़ी चूक गया। हाथ से डंडा दूर छिटक गया। भीड़ के कदमों और नारों की आवाज और पास से सुनते हुए उसके धड़कन तेज हो गयी।

"आई ऑर्डर यू टू स्टॉप द मार्च एंड लीव द प्लेस, ऑर वी विल हेव टु शूट।"

रामबिहारी की पीठ पीछे से आनेवाले नारों और कदमों की आवाज बन्द हो गयी। दो हाथों के बीच सिर दबाये पड़े रामबिहारी की समझ में कुछ नहीं आाया। दसेक खाकी वर्दीधारी घुड़सवार लम्बी वाली रॉयफल ताने सामने खड़े थे। आगे खड़ी उनकी जीप में एक गोरा वर्दी में था। उसने मुँह पर भोंपू रखा था। उसके दूसरे हाथ में रिवॉल्वर थी। रामबिहारी का मन हो रहा था कि कहीं अदृश्य हो जाए। फिर से कान फाड़ती आवाज सुनाई दी—'लीव द प्लेस' और उसके ठीक बाद उससे दुगुनी तेज आवाज में 'वन्दे मातरम्' सुनाई दिया। पूरी लॉबी गूँज उठी।

"फायर..." के हुकम के साथ दस गोलियाँ छूटीं। रामबिहारी की आँखों के सामने अँधेरा छा गया। डंडे पर पकड़ मजबूत हो गयी। आस-पास नजर डाली, सब ठीक था। वह धीरे-से खड़ा हुआ। उसका सिर घूम रहा था। शर्ट पसीने से गीली हो गयी थी। आश्वस्त होने के बाद धीरे से बोला, "हट् साला, यहाँ तो कुछ भी नहीं हुआ।"

रामबिहारी जब छोटा था और चड्डी न पहनता था, तब कभी-कभी रात को सपने आते। सपने देखने में खूब मजा आता क्योंकि सपने में दद्दा उसे कभी मिठाई दिलाते, कभी नयी चड्डी। बाद में सपने आना बन्द हो गये। उसने मुँह से पसीना पोंछा। सामने के ऑफिस से घड़ी ने चार बजाये। "साला! बहुत सो लिया हूँ!" बोलते हुए एक राउंड लगाने के इरादे से वह अगली लॉबी की ओर बढ़ा। लॉबी में नजर पड़ते ही उसके मस्तिष्क में एक विस्फोट-सा हुआ। वहाँ चारों ओर चप्पलें, गाँधी-टोपियाँ और फटे हुए तिरंगे के बीच खून के धब्बे लगे हुए थे। रामबिहारी अधिक देर तक खड़ा

न रह सका। डंडा फेंक वह नीचे की ओर दौड़ा। सीढ़ियाँ उतरकर नीचे आने तक वह बेहोश हो गया।

आँख खुलने पर बूढ़े काका को अपने चेहरे पर पानी छींटते पाया। उसके बाजू में वहाँ काम करनेवाले दो पुलिसवाले गम्भीर चेहरा किये बैठे थे। उसे होश में आया देख उनकी आँखें चौड़ी हो गयीं। वे और पास आये। काका ने सहारा देकर रामबिहारी को उठाया, फिर कन्धे पर हाथ रख पूछा, "क्या हुआ था भइया?" रामबिहारी के शरीर में कँपकँपी छूट गयी। उसकी सूजी हुई आँखों में भय छा गया। कानों में सुन्न करनेवाली 'वन्दे मातरम्' की आवाज सुनाई दी। काका के दुबारा पूछने पर उसने रात की पूरी बात कही। रामबिहारी की पूरी बात सुनकर काका कुछ देर उसके सामने देखते रहे, "भाई, तुम्हें कोई खराब सपना आया होगा। यहाँ तो ऐसा कुछ नहीं हुआ!"

एक पुलिसवाला थोड़ा मुस्कराया। उसने जो रात भर सहन किया, वह कोई हँसी में उड़ानेवाली बात न थी, रामबिहारी खीझ उठा, "का हम झूठ बोल रहा हूँ? का हम इतना डरपोक हूँ कि सपने से डर जाएँ?"

"ना भई...पर ऐसा मैं..."

"चलिए, हमारे साथ चलिए...हम आपको दिखाता हूँ, सब पड़ा है ऊँहा...अरे खून लगा है दीवारों पर...कौनो मजाक नहीं...चलिए..." रामबिहारी ने काका का हाथ खींचते हुए ऊपर सीढ़ी की ओर खींचा। पुलिसवाले उनके पीछे-पीछे। वहाँ पहुँचकर रामबिहारी ने अपनी गिरी हुई कुर्सी दिखाते हुए कहा, "देखिए...ये...दे...खि...ए...हम आपको और भी दिखाता हूँ...।" काका और पुलिसवाले उनके पीछे चले। पहली लॉबी के अन्त में जहाँ दो अन्य लॉबियाँ जुड़ती थीं, वहाँ पहुँचकर रामबिहारी रुक गया—'वन्दे मातरम्' की आवाज फिर से उसके कानों में पड़ी। वह तुरन्त बोला, "ई...ई...सुनाई दिया आपको?" काका की कुछ समझ में न आया, बोले, "क्या?"

"ई...ई...वन्दे मातरम् और का?"

काका ने उसकी पीठ पर हाथ फेरते हुए कहा, "भइया, यहाँ कुछ नहीं है...कुछ भी नहीं...अपने सिवाय कोई नहीं!"

रामबिहारी काका को खींचते हुए लॉबी के कोने तक ले गया—"सब देखिए...अब कहिए, ईहाँ कछु भी नहीं हुआ...ये चप्पल...ई...फटा हुआ झंडा...ये सब...।"

"पर यहाँ तो...?"

"ई...ई... खून तो दिखाई दे रहा हैं न...ई इतना सारा दीवार पर लगा है...ई

इहाँ जमीन पे...ई सब तो दिखता है न?"

काका ने खाली लॉबी पर नजर डाली। मात्र रामबिहारी का डंडा दूर पड़ा दिखाई दिया। वे रामबिहारी से बोले, "भाई, अभी एक काम करो, घर जाकर कुछ देर सो जाओ, फिर आराम से बात करेंगे।"

"अरे, अन्धे हो गये हो का? तीनों के तीनों अन्धे? ई खून नहीं दिखता क्या?" रामबिहारी काँप रहा था। फिर अचानक उसके सर में एक दर्द-सा उठा, कान में 'वन्दे मातरम्' की आवाज फिर कानों में गूँजी...कुछ देर बाद उससे भी दुगुनी तेज आवाज आई..वन्दे मातरम्...वन्दे मातरम्...रामबिहारी आँखें फाड़े दीवारों को ताक रहा था। अचानक वह उछल पड़ा और भागने लगा। काका ने पुलिसवाले से उसे पकड़ने को कहा, पर वे अपनी जगह से हिलते, इससे पहले ही रामबिहारी अपना डंडा उठाकर सीढ़ियाँ उतर गया।

दूसरे दिन काका ने ऑफिस आते ही एक पुलिसवाले को बुलाया और पूछा, "क्यों भाई, रामबिहारी आया क्या?" पुलिस ने सिर हिलाते हुए कहा, "नहीं, कल के बाद दिखाई नहीं दिया।" फिर धीरे से पूछा, "हे काका, यहाँ कुछ...? यह तो कल चायवाला कुछ कह रहा था...।"

काका कुछ गम्भीर हो गये, "भई, क्या पता?...शायद हो भी! लोग बातें कर रहे हैं। वर्षों पहले आन्दोलन के समय इस जगह पर अँग्रेजों ने आक्रमण किया था, गोलीबारी में पाँच लोग मारे गये...फिर...आजादी के बाद सरकार ने यहाँ पर उनकी समाधि बनवाई थी पर मयूनिसिपिलवालों ने यह जगह बेच खाई, यह कहकर कि खाड़ी रोड से बिल्कुल पास है, अतः एक्सिडेंड होने का डर है। फिर से जगह बेचने के लिए म्यूनिसिपल प्रमुख ने खूब पैसा खिलाया था...।"

काका बात पूरी करते, तभी दूसरा पुलिसवाला भगाता हुआ आया, "काका...कुछ सुना क्या?...उस रामबिहारी को पुलिस ने जेल में बन्द कर दिया...! कल...यहाँ से भागकर वह सीधा म्यूनसिपिल्टी के ऑफिस गया। हेड ऑफिस में घुस गया...डंडा था हाथ में...और फिर तो दे दना दन दे बड़े साहब को धुनाई कर डाली...मारते हुए कहता जा रहा था—हरामी के पेट के...इसलिए क्या हमने गोरों की गोलियाँ खाई थीं?...इसलिए...?"

अथ इति

नरेश शुक्ल

कहीं कुछ न था। और सबकुछ था भी। हरी-भरी लहराती धरती, बादलों को पखारता, शोर करता सागर, ऊँचे-ऊँचे धधकते-धधकते पर्वतों के मुख से निकलता लावा, उसके नीचे छम्म-से भाप बन जाती वनराजी के ठिठुरते जंगल...। दूसरी ओर ठंडे हिम के ढेर जैसी बैठी साध्वी-सी वसुन्धरा, लहराती चाल से डोलता पवन, कभी वराह के मुख से निकलती चीख—सब एक ताल हो गया। सूर्य स्थिर था, न उगता था, न डूबता था। तारों की बुन्दीवाली चुनरी में सजी धरती बे-फाम बनी घूम रही थी। देवगण सुरापान से मस्त हो अप्सराओं के आँचल में खो गये थे। विष्णु अभी क्षीरसागर में सो रहे थे। लक्ष्मीजी चरण दबा रही थीं और शेषनाग छत्रधर निद्रा में लीन हो रहे थे।

ब्रह्मांड में शब्द न थे।

इसलिए अर्थ भी न था। चन्द्र भी नहीं जन्मा था। अब क्या? "जैसी चिन्ता न थी। भूत या भविष्य कुछ न था। सबकुछ गतिमय था। इन्द्र की सभा में नृत्य चल रहा था। वह कब शुरू हुआ, पता नहीं। देवता मस्त थे। इन्द्र इन्द्राणी को बगल में बैठाकर उर्वशी की काया से लयान्वित हो उठे थे। द्वारपालों की नजरें भी उस पर ही चिपकी थीं।

बस, अचानक ही युवा यम की नजर उर्वशी की लचकती कमर से हटी कि धरती पर पहली कली छूटने की वेदना उठी। आराम से पसरे वराह की मुँदी आँखें गर्जन के साथ धीरे-धीरे खुलीं। पर्वत ने रोक रखा प्रस्वेद मुक्त किया और नदियाँ दौड़ पड़ीं। भौंरे की आँखें फूटती कली पर टिक गयीं। उर्वशी की कमर जरा-सा लय चूकी कि गुरु ने आँखें तरेरीं। पर सब ठीक हो गया।

यम अब स्थिर निगाह से नृत्य देख रहा था। मन में कुछ खटक रहा था। उर्वशी में अब रुचि न रही थी। बाकी सब आनन्दमग्न थे। धरती पर सब रागबद्ध था। वराह की आँखें गति खोजते हुए स्थिर थीं। यम बैठ न सका। पहली बार कोई चलती सभा

के बीच उठा। किसी को खलल न पहुँचे, इस प्रकार यम सभागृह के बाहर आया। द्वारपालों को भी भनक न लगी। बाहर खुली हवा के संस्पर्श से उसका रोम-रोम पुलकित हो उठा। चेहरे पर अनोखी सुर्खी आई।

दोनों हाथ ऊपर कर उसने अँगड़ाई ली। बेचैनी कम हुई। वह हल्का हो गया। यह नृत्यसभा कब शुरू हुई, वह याद करने का प्रयत्न करने लगा, तब पत्नी अक्षमाला ने कहा था, ''घर में मैं तुम्हें याद कर रही हूँ, यह भी ध्यान रखना।'' और यम की आँखें चमक उठीं। कुछ उत्साहित हो उठा। अक्षमाला का चेहरा नजरों के सामने तैरने लगा और हृदय उछलने लगा।

वह कली फूल में परिवर्तित हो गयी। वराह लपक पड़ा। नदी और सागर जोश से मिल गये। कोहरे में सब एकाकार हो गया। सूर्य ने सारी घटनाओं पर ध्यान केन्द्रित किया। तितली ने पंख फड़काये। धरती हँसकर तालियाँ बजाने लगी। ब्रह्मा की साँस तेज हो गयी। लक्ष्मीजी का ऊष्मा भरा हाथ भगवान के घुटनों की सीमा से आगे बढ़ा। शेषनाग चौंक गया और फिर उँघने का दिखावा करने लगा। वृक्ष पर बैठे बन्दर ने यह सब देख छलाँग लगाई। पूँछ पुरानी डाली पर भूल आया। ब्रह्मांड में कुछ गहरे...गहरे शब्द कोने-कोने में पहुँचने के लिए विराट होते गये। शान्ति भंग हो गयी। आकाश कितने-कितने शब्दों से भर गया। अर्थ अब भी न था।

शब्द इन्द्रसभा में आ पहुँचे। उर्वशी दुविधा में पड़ गयी। गन्धर्वी के हाथ रुक गये। मेनका का हिचकोले खाता तन स्थिर हो गया। कितने ही देवताओं के हाथों से सुरापात्र लुढ़ककर नीचे गिर गये। इन्द्राणी आँचल ठीक करते हुए कुछ दूर हट गयी। इन्द्र की आँखों में तरलता आ गयी, नृत्य थम गया। इस विघ्न से इन्द्र खीझ उठा। उन्होंने सभा में तीखी नजर डाली। यम की अनुपस्थिति तुरन्त ध्यान में आ गयी। इन्द्र की भौंहे तन गयीं, सृष्टि में क्रोध जन्मा। अप्सराएँ कोने में दुबक गयीं। गन्धर्व अपने वाद्य-यन्त्र छिपाने लगे। देव सुरा पात्र छोड़ तनकर बैठ गये। आश्चर्य और आशंका का भी जन्म हो गया था। सब पर एक नजर डाल इन्द्र निकल पड़े, उनके पीछे इन्द्राणी और अनुचरों ने भी गति पकड़ी। एक आनन्द चक्र पूरा हुआ। रुक गया। यम के कारण लय टूटी। उसके वर्तुल ब्रह्मांड में फैलते गये।

यम को कहाँ इसकी चिन्ता थी? वे अपने घर की ओर खिंचे चले जा रहे थे। अक्षमाला के आलिंगन में बँधने के लिए उतावली बढ़ती जा रही थी, इसकी जानकारी शायद उनके अश्वों को भी हो गयी थी। पेड़ों को कुचलते, पर्वतों को चीरते, बीच में आनेवाले छोटे-बड़े प्राणियों को वराह अब परे ढकेलता जा रहा था। उनकी पूरी चेतना सुलग उठी थी। उनकी भयंकर चीख से जंगल काँप उठे। फूल झर गये। आकाश में लालिमा छा गयी। सूर्य मन-ही-मन तिलमिला रहा था। एक पक्षी ने भय छोड़ इस

परिवर्तन की खबर चारों ओर पहुँचाने के लिए पंख फड़फड़ाये। बिना पूँछ का बन्दर चहक रहा था।

यम दौड़कर समा गया अक्षमाला की आँखों में। उसने पलकें मूँद लीं। अन्दर सब एकरस हो रहा था। गर्म-गर्म साँसों में वह धधकने लगे। गहरे आलिंगन के बीच से अवकाश छूटकर भागा। इन्द्र और अन्य देवताओं का क्रोध बढ़ता जा रहा था। उनकी अग्नि ज्वालाएँ एक-दूसरे से मिलकर और अधिक प्रचंड हो रही थीं। अन्ततः वह क्रोध-मूर्ति यम के घर की ओर बढ़ी। इधर यम को अचानक झटका लगा। आनेवाली ज्वाला से वह पीड़ित हो चिल्लाने लगा। आँखें चौड़ी और कान लाल हो गये। हाथ शिथिल, पकड़ ढीली। अक्षमाला चकित हो गयी। उसके मुख से चीख निकल गयी। दासियाँ दौड़ती आईं। महल में हड़कम्प मच गया। देवों को बुलाने के लिए सन्देशवाहक दौड़े। सब लोग साँस रोके यम की दयनीय दशा देख रहे थे। इससे पहले किसी ने ऐसी व्याधि न देखी थी, अतः क्या करना है, समझ में न आ रहा था किसी को...।

कुछ ही देर में समाचार स्वर्गलोक पहुँच गया। क्रोधित देव ये खबर सुनकर ठंडे पड़ गये। इन्द्र एरावत पर सवार हो तुरन्त हाजिर हो गया। सबको यम पर दया आ रही थी। अचानक अश्विन कुमारों को सूझा कि शीघ्र ही विष्णुजी को बुलाया जाए, जरूर कोई रास्ता निकलेगा...। विष्णु जागे, दौड़ते आये। यम की आँखें पूरी तरह फट रही थीं, मुट्ठी कस गयी थी। अक्षमाला यम का सर गोद में रख प्रलाप कर रही थी। तभी एक जोरदार झटका फिर लगा। अभूतपूर्व दृश्य था यह सबके लिए। यम की मुट्ठी खुल गयी। अक्षमाला भय से काँप उठी। धीरे-धीरे यम के चेहरे की नसें सामान्य होती गयीं। झटके बन्द हो गये। पूरा शरीर शिथिल हो अक्षमाला की गोद में शान्त हो गया। विष्णु ने कमरे में कदम रखा...सबने गहरी साँस भरी। विष्णु ने यम की खुली आँखों पर हथेली रख, मुँह घुमाकर कुछ बड़बड़ किया। इन्द्र की समझ में कुछ नहीं आया तो पूछा, "क्या कहा भगवान?"

"कुछ नहीं देवराज, उसकी गति मुझसे भी तेज निकली।" विष्णु ने निःश्वास भरते कहा। अक्षमाला की आँखों से टपके आँसुओं की पहली बूँद को अर्थ मिला। अर्थ के बाद शब्द जन्मा—मृत्यु। स्वर्ग का वातावरण बोझिल हो गया। विष्णु आश्वस्त भाव से चले गये।

अक्षमाला हिचकियाँ भरने लगी। उसका क्रन्दन देवों के हृदय तक पहुँच रहा था। नाच-गान के उत्सव बन्द हो गये। सबके चेहरे पर आतंक और भय छा गया। सब मृत्यु के रहस्य को समझने की कोशिश करने लगे। अक्षमाला के रुदन से ब्रह्मांड गूँज रहा था। वराह के पैर भी आगे उठने में भारी हो रहे थे। वह व्याकुल हो उठा, पुष्प मुरझा गये। भँवरे अपने पर ही खीझ रहे थे। अक्षमाला के विलाप से बर्फ पिघलने

लगी, सागर में खारापन बढ़ गया, पंछी अपने घोंसलों में छिप गये। सब निस्तेज, नि:सत्व...सब शोक में डूबे।

आखिरकार सूरज परेशान हो गया। उसे पृथ्वी पर देखी भाग-दौड़, फूलों-तितलियों की मस्ती याद आई, उसने देवों पर दृष्टि डाली। इन्द्र को लगा कि अब कुछ करना पड़ेगा, उसने सभा बुलाई और अप्सराओं को नृत्य करने के आदेश दिये, पर पहले जैसी रंगत न आ पायी। यम की जो गति हुई, उसने सबको सोच में डाल दिया था। यम की मृत्यु कैसे हुई? ऐसा तो क्या हुआ होगा? अक्षमाला के रोने की आवाज में सारी अन्य आवाजें दब गयी थीं।

पर यह सब कब तक?

बस चलता रहा...बाकी सब तो ठीक हुआ पर अक्षमाला का रोना नहीं थम रहा था, रोती ही जा रही थी। यम का शव यों ही पड़ा था। वराह की अति भयानक गर्जना से सृष्टि काँप उठी। पृथ्वी थम गयी, बादल थर-थर काँपने लगे, उस पूँछकटे बन्दर की लार टपकने लगी। उसके मन में विवश वराह की आँखें नोच लेने की नीयत जागी और उसने धारदार पत्थर पूरे जूनून से फेंका वराह पर। वराह की आँखें फूट गयीं। उसका विशाल शरीर तेज चीत्कार के साथ काँप उठा। पूरी सृष्टि को हिला देने वाला दुख कहाँ से आ गया? अक्षमाला का रुदन दुगुना हो गया। उसे शान्त करने से सारे प्रयास निष्फल हुए।

विष्णु दौड़ते हुए आये।

उन्होंने अक्षमाला को समझाया, "अक्षमाला, यह आज के बाद शाश्वत चलनेवाला क्रम है। तुम्हारे यम के तो नसीब अच्छे हैं। सिर्फ एक उसी को ही 'मृत्यु' शब्द सुनना-समझना नहीं पड़ा, अत: विलाप छोड़ दो।"

अक्षमाला ने सजल नेत्रों से विष्णु की ओर देखा। उसकी आँखों में गहरा अन्धकार था। हिचकियाँ अब भी वातावरण को गम्भीर बना रही थीं। विष्णु स्थितप्रज्ञ दृष्टि से अक्षमाला की आँखों में सिमटे अन्धकार को समाप्त करने की कोशिश कर रहे थे। आँखें बन्दकर वे ध्यानस्थ हो गये। सब विष्णु को देख रहे थे। अक्षमाला की आँखों का अँधकार धूम्रवलयों में बाहर छाने लगा। धीरे-धीरे ये वलय ब्रह्मांड को ग्रसने लगे। आकुल-व्याकुल वराह की चीखें धीमी और भारी होने लगीं। अभी तक लहराती सुगन्धित हवा थम गयी। पूँछ कटा बन्दर झाड़ छोड़कर गुफा के अन्धकार में घुस गया।

अक्षमाला की हिचकियाँ कम होती गयीं। धीरे-धीरे शान्त होकर उसने यम के शव पर चादर डाली। विष्णु ने आँखें खोलीं और हाथ ऊपर उठाया। बादल उमड़-घुमड़ पड़े, बिजली चमक के साथ कौंधने लगी। दिशाएँ काँपने लगीं। पवन हुँकारते हुए यहाँ-वहाँ डोलने लगा। पूरी सृष्टि पर भय का साम्राज्य छा गया। बन्दर जोर-

जोर से रोने लगा। विष्णु के ऊपर उठे हाथ में रत्नजड़ित दंड आ गया। वे धीरे-धीरे यम के शव के पास गये। शव के हाथ में दंड रखा।

महिष की आवाज से ब्रह्मांड थरथरा उठा। उसने नथुने फुला कर खुरों से जमीन खोद धूल उड़ाई। भगवान शंकर ने परशु की तेज धार पर अँगुली फेर अट्टहास किया। ब्रह्मा ने अपने काम में ध्यान लगाया और गति बढ़ाई। पंछियों की चहचहाट सुन बन्दर ने आँखें खोलीं। क्षितिज़ पर लाल आकाश सूरज के आगमन का स्वागत करने में शरमा रहा था...काल पिघलने लगा...बहता रहा...बहने लगा।

परिचय

ईवा डेव—	जन्म—	5 मार्च, 1931
	कृतियाँ—	आगंतुक, तरंगिनी, नुं स्वप्न, ईशु नी चरणें (कहानी संग्रह); कालाराक्षस, मिश्रलोही, छेल्लू फरमान (उपन्यास)। गुजरात साहित्य अकादेमी, गुजरात राज्य पुरस्कार से सम्मानित।
	सम्पर्क—	76, क्षितिज, प्रीतम सोसायटी—1, भरूच—392001
दिनकर जोशी—	जन्म—	30 जून, 1937
	कृतियाँ—	लगभग 42 उपन्यास, 11 कहानी-संग्रह, 10 निबन्ध-संग्रह, 11 सम्पादित पुस्तकों सहित कुल 115 पुस्तकों के लेखक। अनेक पुरस्कारों से सम्मानित।
	सम्पर्क—	102 ए, पार्क एवेन्यू, धनुक वाड़ी, एम.जी. रोड, काँदिवली (पश्चिम), मुम्बई—400067
हर्षद त्रिवेदी—	जन्म—	17 जुलाई, 1958
	कृतियाँ—	एक खाली नाव, रही छे वात अधूरी, तारो आवाज (काव्य-संग्रह); जाणियुँ (कहानी-संग्रह); पाणी कलर (बाल कथा); दर्जन से अधिक पुस्तकों का सम्पादन। अनेक पुरस्कार।
	सम्पर्क—	सेक्टर—17, गाँधीनगर—382017
वर्षा अडालजा—	जन्म—	10 अप्रैल, 1940
	कृतियाँ—	ऐ, बीलीपुत्र नुँ चौथुँ पान, साँझ ने उम्बर, गाँठे बाँध्यु आकाश, अनुराधा, कोई वार न्याय के आदि कहानी-संग्रह।
	सम्पर्क—	ए/2, गुलबहार, बेरेक रोड, मुम्बई—400020

बिन्दु भट्ट— जन्म— 18 सितम्बर, 1954

कृतियाँ— मीरा याग्निक की डायरी, अखेपार, अद्यतन हिन्दी उपन्यास, आज के रंग नाटक आदि। अनेक कृतियों का अनुवाद किया है। गुजराती साहित्य परिषद एवं साहित्य अकादमी (दिल्ली) सहित अनेक पुरस्कार।

सम्पर्क— सुरता, ए/11, नैमिशराय पार्क, तपोवन, अमयापुर-382424, जिला—गाँधीनगर।

रवीन्द्र पारेख— जन्म— 21 नवम्बर, 1946

कृतियाँ— 4 उपन्यास, 2 काव्य-संग्रह, 4 कहानी-संग्रह, 2 एकांकी-संग्रह एवं अनेक रेडियो नाटक तथा अनुवाद। कई पुरस्कार।

सम्पर्क— 1 यूनियन धारा, मोदी बँगला, सूरत—395007

अंजली खांडवाला—जन्म— 21 सितम्बर, 1940

कृतियाँ— लीलो छोकरो, आँख नी इमारतो (कथा-संग्रह)

भगवती कुमार शर्मा—जन्म— 31 मई, 1934

कृतियाँ— 12 कहानी-संग्रह, 8 निबन्ध-संग्रह, 11 काव्य-संग्रह, 3 विवेचनात्मक पुस्तकें, 3 हास्य-व्यंग्य की पुस्तकें। आषाढ़ का एक दिन (मोहन राकेश) का गुजराती अनुवाद एवं अन्य कई पुस्तकें। अनेक पुरस्कार।

सम्पर्क— 10/1740, देसाई पोल, एनी बेसेंट रोड, सूरत-395007

रघुवीर चौधरी— जन्म— 5 दिसम्बर, 1938

कृतियाँ— 3 काव्य-संग्रह, 1 कथा-संग्रह, 3 उपन्यास, 3 आलोचनात्मक पुस्तकें, 1 रेखाचित्र तथा 1 नाटक। अनेक पुरस्कार

सम्पर्क— ए/5 पूर्णेश्वर फ्लैट्स, गुलबाई टकरा, अहमदाबाद—380015

नवनीत जानी— जन्म— 21 अक्तूबर, 1976

कृतियाँ— तिराड़ नुँ अजवास (कहानी-संग्रह), गुजराती नरवलिका चयन (सम्पादन), पत्र-पत्रिकाओं में अनेक कविताएँ, लेख, समीक्षा प्रकाशित। भारतीय भाषा परिषद कोलकाता एवं गुजराती साहित्य परिषद,

अहमदाबाद द्वारा पुरस्कृत।

सम्पर्क— जाणीला रोड, ता. राजपुर, अहमदाबाद-382255

सरोज पाठक— जन्म— 1 जून, 1929, मृत्यु—16 अप्रैल, 1989

कृतियाँ— प्रेम घटा झुक आई, मारो असबाब मारो राग, विरट टपकुँ, तथास्तु, हुकुम नो एक्को, हूँ जीवु छूँ आदि कथा-संग्रह।

हरिकृष्ण पाठक— जन्म— 5 अगस्त, 1938

कृतियाँ— सूरज कदाच उगे (कथा-संग्रह), अड़वापचीसी (हास्य-व्यंग्य कविताएँ), जण ना पड़धा, गुलाबी आरस नी लग्गी (काव्य-संग्रह), गली ने नाके थी (विवेचना), दोस्तारी नी वातो (संस्मरण), राई ना फूल (हास्य-व्यंग्य)

सम्पर्क— 62/2, सेक्टर-2ए, गाँधीनगर—382007

गिरीश भट्ट— कृतियाँ— 6 कहानियाँ, 1 काव्य-संग्रह, दो कथा संग्रह

सम्पर्क— प्रशान्ति निलयम, माधवनगर, सुरेन्द्रनगर—3630001

हिमांशी शेलत— जन्म— 8 जनवरी, 1947

कृतियाँ— अन्तराल, अँधारी गली माँ सफेद टपकाँ, ऐ लोको, पंचवायका, साँझ नो समय, खाँडवियाँ माँ माथु आदि कथा-संग्रह।

सम्पर्क— 'सख्य' 18, मणिबाग, अब्रामा, जिला-वलसाड़

किरीट दूधात— जन्म— 1 जनवरी, 1961

कृतियाँ— बापा नी पींपर (कहानी-संग्रह)

सम्पर्क— 10, परिक्रमा अपार्टमेंट, सूर्योदय सोसायटी कालोनी के पास, अहमदाबाद—380013

धीरेन्द्र मेहता— जन्म— 29 अगस्त, 1944

कृतियाँ— चिह्न, दिशान्तर, आपणे लोको, अदृश्च (उपन्यास), पवन ना वेश माँ (काव्य-संग्रह), निस्वत (कहानी-संग्रह)

सम्पर्क— 'जीवन छाया' हॉस्पिटल रोड, भुज (कच्छ) 370001

उत्पल भायाणी— जन्म— 10 अक्टूबर, 1953

कृतियाँ— खतवणी, निमज्जन, हलो! (कहानी-संग्रह)

		महाभारत आधारित नाटक (अनुवाद) अन्य 5 विवेचनात्मक पुस्तकें।
	सम्पर्क—	12, मधुवन, 81 सरस्वती रोड, सांताक्रूज, मुम्बई—400054
विनेश अन्ताणी—	जन्म—	27 जून, 1946
	कृतियाँ—	नगरवासी, एकान्त द्वीप, पलाशवन, प्रियजन, काफलो, धुँध भरी खीझ (उपन्यास), होलाख (कहानी संग्रह), बरसाद (निबन्ध)
	सम्पर्क—	56, एम्बीएंस फोर्ट, अटापुर, हैदराबाद—500048
जिज्ञेश ब्रह्मभट्ट—	जन्म—	5 मई, 1972
	कृतियाँ—	'मोहराँ' कहानी-संग्रह।
	सम्पर्क—	9, सूर्यनारायण सोसायटी, विभाग—1, रन्ना पार्क, अहमदाबाद, फोन—9428124115
डॉ. नरेश शुक्ला—	जन्म—	12 अक्टूबर ,1972
		विभिन्न पत्र-पत्रिकाओं में गुजराती कहानियाँ प्रकाशित
	सम्पादन—	अस्मिता पर्व, गुजराती दीर्घ नवलिका, शब्द पल्लव एवं अन्य।
	सम्पर्क—	53/ए, हरिनगर, वाबोल, गाँधीनगर। फोन—9428049235
पन्ना त्रिवेदी—	जन्म—	20 जुलाई, 1979
	कृतियाँ—	'आकाश नी एफ चीस' (कहानी-संग्रह)
	सम्पर्क—	आर्ट्स विभाग, एम.एस. यूनिवर्सिटी, बड़ौदा। फोन—9979341177
मनीष मेकवान—	जन्म—	20 मई, 1972
	कृतियाँ—	'हैप्पी क्रिसमस ऐंली' (कहानी संग्रह), 'जेहादी' (उपन्यास), 'हॉट-स्पॉट' (शोध लेख संग्रह)।
	सम्पर्क—	एच-9, स्वप्ना अपार्टमेंट, थालतेज रोड, अहमदाबाद। फोन—9879704400
सौमित्र त्रिवेदी—	जन्म—	6 जुलाई, 1977
		विभिन्न पत्र-पत्रिकाओं में अनेक कहानियाँ प्रकाशित
	सम्पर्क—	ब-701, सांप्रत-2, राजपथ मार्ग के सामने, बोडक देव, अहमदाबाद। फोन—9825414880
अजय ओझा—	जन्म—	12 अगस्त, 1971

कृतियाँ— 'छीप', आराम कुर्सी (कहानी-संग्रह)।
सम्पर्क— 3अ/4640, अमरदीप सोसायटी, गायत्री नगर, घोघा रोड, भावनगर। फोन—9825252811

संजय चौहाण— जन्म— 15 अप्रैल, 1977
अनेक पत्र-पत्रिकाओं में कहानियाँ प्रकाशित
सम्पर्क— 'आरत' भवगती शेरी, अमतोल दरवाजा बाहर वडनगर, जिला, महेसाणा। फोन—9824952405

शैलेष राठौड़ 'अभिधेय'—कृतियाँ—'हैया नी वेदना' (कहानी-संग्रह) 'अपराध चक्र' (उपन्यास), 'परख' (काव्य-संग्रह), 'रात वाणी नुँ धायँ धायँ' (कहानी-संग्रह)।
सम्पर्क— बी-9, आदर्श सोसायटी,कॉलेज रोड, खंभात। फोन—9825442991

कल्पेश पटेल— जन्म— 3 सितम्बर, 1972
कृतियाँ— 'श्रद्धाभंग', 'बाढ़' (कहानी-संग्रह) 'महारथी कर्ण', 'विजय-यात्रा' (उपन्यास)
सम्पर्क— 'शब्द' लक्ष्मीनगर सोसायटी, सोनासण, जिला—साबरकांठा, फोन—9979991909

जितेन्द्र पटेल— जन्म— 10 दिसम्बर, 1972
कृतियाँ— चार कहानी-संग्रह, चार उपन्यास, एक नाटक-संग्रह अनेक पुरस्कार।
सम्पर्क— बी-8, पार्थ अपार्टमेंट, इंडिया कॉलोनी रोड, बापूनगर, अहमदाबाद, फोन—9426355969

धर्मेन्द्र त्रिवेदी— जन्म— 8 सितम्बर, 1969
विभिन्न पत्र-पत्रिकाओं में कहानियाँ प्रकाशित।
सम्पर्क— फ्लॉट नं. 597/1 सेक्टर-4, गाँधीनगर। फोन—09427318569

❑ ❑ ❑

णाणं

पयासयं

वीर नि.सं. 2470

ई.सन् 1944

भारतीय ज्ञानपीठ